AS PRIMEIRAS QUINZE VIDAS *de* HARRY AUGUST

CLAIRE NORTH

AS PRIMEIRAS QUINZE VIDAS *de* HARRY AUGUST

Tradução
Ângelo Lessa

8ª edição

Rio de Janeiro | 2023

Copyright © Claire North 2014

Publicado originalmente na Grã-Bretanha em 2014 por Orbit, um selo de Little, Brown Book Group

Título original: *The First Fifteen Lives of Harry August*

Texto revisado segundo o
Acordo Ortográfico da Língua Portuguesa de 1990

2023
Impresso no Brasil
Printed in Brazil

CIP-BRASIL. CATALOGAÇÃO NA PUBLICAÇÃO
SINDICATO NACIONAL DOS EDITORES DE LIVROS, RJ

N775p North, Claire, 1986-
8ª ed. As primeiras quinze vidas de Harry August / Claire North; tradução de Ângelo Lessa. – 8ª ed. – Rio de Janeiro: Bertrand Brasil, 2023.
23 cm.

Tradução de: The first fifteen lives of Harry August
ISBN 978-85-286-2142-6

1. Ficção inglesa. I. Lessa, Ângelo. II. Título.

CDD: 823
16-35277 CDU: 821.111-3

Todos os direitos reservados pela:
EDITORA BERTRAND BRASIL LTDA.
Rua Argentina, 171 – 3º andar – São Cristóvão
20921-380 – Rio de Janeiro – RJ
Tel.: (21) 2585-2000

Não é permitida a reprodução total ou parcial desta obra, por quaisquer meios, sem a prévia autorização por escrito da Editora.

Seja um leitor preferencial. Cadastre-se no site www.record.com.br
e receba informações sobre nossos lançamentos e nossas promoções.

Atendimento e venda direta ao leitor:
sac@record.com.br

Introdução

Escrevo para você.
Meu inimigo.
Meu amigo.
Você sabe, já deve saber.
Você perdeu.

Capítulo 1

O segundo cataclismo começou na minha décima primeira vida, em 1996. Eu estava morrendo a minha morte de sempre, indo embora aos poucos, entorpecido numa acolhedora névoa de morfina, que ela interrompeu como um cubo de gelo se arrastando pela minha espinha dorsal.

Ela estava com 7 anos, eu, com 78. Seu cabelo era loiro e liso, e estava preso num longo rabo de cavalo que descia pelas costas; meu cabelo, ou o que restava dele, era tão branco que brilhava. Eu usava uma bata do hospital feita para uma humilhação esterilizada; ela, uniforme escolar azul de um tom vivo e chapéu de feltro. Ela se empoleirou na lateral da minha cama, com os pés suspensos balançando, espreitando meus olhos. Então, olhou para o monitor cardíaco conectado ao meu peito, comprovou que o alarme estava desconectado, sentiu meu pulso e disse:

— Quase perdi você, doutor August.

Seu alemão tinha um forte sotaque de Berlim, mas ela poderia ter conversado comigo em qualquer idioma do mundo, que ainda seria apresentável. Coçou a parte de trás da perna esquerda, onde as meias três-quartos pinicavam por causa da chuva que ela havia apanhado lá fora. Enquanto coçava, disse:

— Eu preciso enviar uma mensagem de volta no tempo. Se é que se pode dizer que o tempo importa neste caso. Já que convenientemente você está morrendo, peço que transmita essa mensagem aos Clubes de sua época, assim como ela foi passada para mim.

Tentei falar, mas as palavras se amontoaram na minha língua e nada disse.

— O mundo está acabando — disse ela. — A mensagem tem sido transmitida de crianças para adultos, crianças para adultos através das gerações, vinda de mil anos no futuro. O mundo está acabando, e não podemos impedir. Então, agora é com você.

Descobri que naquele momento o tailandês era o único idioma que saía da minha boca de forma coerente, e as únicas palavras que consegui formular naquele momento foram:

— Por quê?

Devo deixar claro que não perguntei por que o mundo estava acabando. Por que isso teria importância?

Ela sorriu e entendeu o que eu queria dizer sem que eu precisasse explicar. Inclinou-se e murmurou ao pé do meu ouvido:

— O mundo está acabando, como sempre. Mas o fim está chegando cada vez mais rápido.

Aquele foi o começo do fim.

Capítulo 2

Comecemos pelo começo.

O Clube, o cataclismo, minha décima primeira vida e as mortes que se seguiram — nenhuma delas em paz — são todas sem sentido, um instante de violência que explode e se esvai, vingança sem motivo, até que você perceba onde tudo começou.

Meu nome é Harry August.

Meu pai é Rory Edmond Hulne; minha mãe, Elizabeth Leadmill, embora só tenha descoberto esses fatos num estágio bem avançado da minha terceira vida.

Não sei dizer se meu pai estuprou minha mãe. A lei teria dificuldade em interpretar o caso; talvez o júri se deixasse levar por algum advogado esperto que defendesse um lado ou outro. Disseram que ela não gritou, não resistiu, nem chegou a negar quando ele apareceu na cozinha na noite da minha concepção e, nos vinte e cinco inglórios minutos de paixão — e uso esse termo posto que raiva, ciúme e ódio também são paixões —, vingou-se de sua esposa infiel através da ajudante de cozinha. Nesse sentido, minha mãe não foi forçada, mas, levando-se em conta que ela era uma garota de vinte e poucos anos que vivia e trabalhava na casa do meu pai e dependia do dinheiro dele e da boa vontade de sua família, eu diria que resistir não era uma opção para ela, coagida pela situação tal qual houvesse uma faca encostada em sua garganta.

Quando a gravidez da minha mãe começou a aparecer, meu pai já havia voltado à ativa na França, onde serviria até o fim da Primeira Guerra Mundial como um major sem destaque da Guarda Escocesa. Em meio a um conflito no qual regimentos inteiros poderiam ser varridos do mapa num único dia, passar despercebido era considerado um feito digno de dar inveja. Portanto, ficou a cargo de Constance Hulne, minha avó paterna, expulsar minha mãe de casa sem escrever sequer uma carta de referência durante o outono de 1918. O homem que acabaria se tornando meu pai adotivo — e, ainda assim, um pai mais verdadeiro para mim do que qualquer relação biológica — levou minha mãe ao mercado local na traseira de sua carroça de pôneis e a deixou lá com alguns xelins na bolsa e a recomendação de que procurasse ajuda de outras mulheres do condado que estivessem passando por apuros. Um primo chamado Alistair, que compartilhava apenas um oitavo da carga genética da minha mãe, mas cujo superávit de riqueza mais do que compensava o déficit de conexões familiares, empregou minha mãe em sua fábrica de papel em Edimburgo. No entanto, à medida que a gravidez avançava, dificultando o cumprimento das tarefas, ela acabou discretamente dispensada por um funcionário subalterno a três cargos de distância do responsável pelo setor. Desesperada, ela escreveu para o meu pai biológico, mas a carta foi interceptada pela minha astuta avó, que a destruiu antes de ele ler o apelo de minha mãe; então, na véspera do Ano-novo ainda em 1918, minha mãe gastou os últimos tostões e comprou a passagem de trem mais barata saindo da estação Waverley, em Edimburgo, rumo a Newcastle e, uns quinze quilômetros ao norte de Berwick-upon-Tweed, entrou em trabalho de parto.

Um sindicalista de nome Douglas Crannich e sua esposa, Prudence, foram os dois únicos presentes no meu nascimento, que se deu no banheiro da estação de trem. Disseram que o agente ferroviário ficou do lado de fora da porta para evitar que qualquer mulher inocente entrasse ali, com as mãos cruzadas atrás das costas e o quepe, coberto de neve, abaixado tapando seus olhos de um jeito que sempre imaginei ser misterioso e maligno. Tão tarde da noite, não havia médicos na enfermaria, ainda mais num dia festivo como aquele, por isso o médico demorou três horas para chegar. Chegou tarde demais. O sangue já se cristalizava no chão, e Prudence Crannich me segurava nos braços. Minha mãe estava morta. Quanto às circunstâncias de seu falecimento, conto apenas com o relato de Douglas, mas acredito que tenha sofrido uma hemorragia, e ela está enterrada numa sepultura com os dizeres "Lisa, † 1 de janeiro de 1919 — Que os Anjos a Guiem em Direção à Luz". Quando o coveiro perguntou à senhora Crannich o que devia constar na lápide, ela percebeu que nunca chegou a saber o nome completo da minha mãe.

Houve discussão sobre o que fazer comigo, aquela criança subitamente órfã. Acredito que a senhora Crannich tenha se sentido bastante tentada a ficar comigo, mas sua situação financeira e o lado prático da ação a levaram a não seguir por esse caminho, assim como a interpretação taxativa e literal da lei feita por Douglas Crannich, bem como seu entendimento, esse mais pessoal, de propriedade. A criança tinha pai, exclamou ele, e o pai tem direito à criança. O assunto teria dado pano para manga, não fosse o fato de que minha mãe carregava consigo o endereço do meu futuro pai adotivo, Patrick August, aparentemente com a intenção de pedir sua ajuda para ver meu pai biológico, Rory Hulne. Houve averiguações para saber se esse homem, Patrick, poderia ser meu pai biológico, o que causou uma grande comoção no vilarejo, pois Patrick se via num casamento sem filhos com aquela que viria a ser minha mãe adotiva, Harriet August, e um casamento estéril num vilarejo afastado, onde a simples ideia da camisinha seguia sendo um tabu até os anos 1970, era sempre tópico para debates acalorados. A questão foi tão chocante que logo chegou à casa senhorial, a Mansão Hulne, onde residiam minha avó Constance, minhas tias Victoria e Alexandra, meu primo Clement, e Lydia, a infeliz esposa do meu pai. Acho que imediatamente minha avó teve suspeitas de quem era meu pai e da situação em que eu me encontrava, mas se recusou a se responsabilizar por mim. Foi Alexandra, minha tia mais jovem, quem demonstrou presença de espírito e uma compaixão que faltava ao restante dos familiares, e, vendo que as suspeitas recairiam bem rápido sobre a sua família assim que se revelasse a verdadeira identidade da minha falecida mãe, ela abordou Patrick e Harriet August com esta proposta: caso adotassem e criassem o bebê como se fossem deles — com os papéis de adoção formalmente assinados e a família Hulne como testemunha para acabar com todos os rumores de um caso extraconjugal, pois ninguém tinha mais autoridade do que os moradores da Mansão Hulne, então, ela cuidaria pessoalmente para que todo mês recebessem uma quantia por todo o incômodo e para dar apoio à criança, e também para que, quando crescesse, tivesse perspectivas adequadas — não excessivas, que fique claro, mas pelo menos ele não viveria na situação deplorável que se espera de um filho bastardo.

Patrick e Harriet discutiram o assunto durante um tempo e, por fim, aceitaram. Fui criado como filho deles, como Harry August, e só comecei a entender de onde vinha e o que era na terceira vida.

Capítulo 3

Dizem que há três etapas na vida para aqueles que vivem a existência em círculos. São elas a rejeição, a exploração e a aceitação.

São categorias bem superficiais, que englobam diversas outras camadas ocultas por trás dessas palavras mais amplas. A rejeição, por exemplo, pode ser subdividida em várias reações estereotipadas, como: suicídio, desânimo, loucura, histeria, isolamento e autodestruição. Como quase todos os kalachakra, eu vivi quase tudo isso em alguma etapa das minhas primeiras vidas, e a lembrança permanece em mim como um vírus enroscado na parede do meu estômago.

No meu caso, a transição para a aceitação foi tão difícil quanto se esperaria.

Minha primeira vida foi medíocre. Como qualquer jovem da época, fui convocado para combater na Segunda Guerra Mundial, na qual servi como um soldado da infantaria completamente medíocre. E, se a minha contribuição em tempo de guerra foi escassa, minha vida após o conflito pouco acrescentou a um senso de significado. Voltei para a Mansão Hulne após a guerra e assumi o posto que fora de Patrick, cuidando dos terrenos em volta da propriedade. Assim como meu pai adotivo, eu havia sido criado para amar a terra, o cheiro que ela exala após a chuva e o chiado repentino que toma conta do ambiente quando as sementes de tojo se espalhavam de uma só vez, e, se de alguma forma eu me sentia isolado do resto da sociedade, a sensação era apenas como a falta que um filho único sente de um irmão, um conceito de solidão sem a experiência para torná-la real.

Quando Patrick morreu, minha posição foi formalizada, embora àquela altura o esbanjamento e a apatia já tivessem acabado com praticamente toda a riqueza dos Hulne. Em 1964, o Departamento Britânico de Conservação comprou a propriedade. Com isso, passei meus últimos anos conduzindo excursionistas pelos pântanos descuidados e observando as paredes da mansão afundarem lenta e profundamente no lodo negro e úmido.

Morri em 1989, no dia da queda do Muro de Berlim, sozinho num hospital em Newcastle. Um pensionista divorciado e sem filhos que, até no leito de morte, acreditava ser filho de Patrick e Harriet August, falecidos há muito tempo, e que acabou morrendo da doença que tem sido o suplício recorrente das minhas vidas — mielomas múltiplos que se espalham pelo meu corpo até ele simplesmente parar de funcionar.

Como seria de se esperar, minha reação ao renascer exatamente onde havia começado — no banheiro feminino da estação de trem de Berwick-upon-Tweed, no dia de Ano-novo de 1919, com todas as memórias da minha vida anterior —, me deixou num estado de loucura bem típico. Quando minha consciência adulta voltou para o meu corpo de criança a plenos poderes, primeiro fiquei confuso, depois senti angústia, dúvida, desespero, então se seguiram os gritos, os berros a plenos pulmões, até que, por fim, já com sete anos, fui internado no Hospício St. Margot para os Desafortunados, lugar ao qual eu realmente acreditava pertencer, e no sexto mês de confinamento consegui me jogar de uma janela do terceiro andar.

Olhando em retrospecto, compreendo que normalmente três andares não bastam para garantir a morte rápida e relativamente indolor que as circunstâncias justificavam, e eu poderia muito bem ter quebrado todos os ossos da parte inferior do corpo e, ainda assim, manter a consciência intacta. Por sorte, caí de cabeça, e isso foi suficiente.

Capítulo 4

Há um momento em que o pântano ganha vida. Eu gostaria que você visse, mas, de algum modo, sempre que caminhávamos juntos pelo campo, perdíamos esses preciosos e escassos momentos de revelação. Em vez disso, o céu tem ficado bastante nublado, da cor das pedras sob ele, ou a seca transforma a terra num lugar marrom, empoeirado e espinhoso, ou teve aquela vez em que nevou tanto que a porta da cozinha ficou presa por fora e eu precisei sair pela janela e, com uma pá, abrir caminho para a nossa liberdade, e, durante uma viagem em 1949, choveu sem parar, acho que por cinco dias ininterruptos. Você nunca viu o pântano logo depois da chuva, quando fica tudo púrpura e amarelo e cheira a solo negro e fértil.

Estava correta a dedução que você fez logo no começo da nossa amizade, de que eu havia nascido no norte da Inglaterra, apesar de todas as afetações e manias que adquiri ao longo de tantas vidas, e meu pai adotivo, Patrick August, nunca me deixou esquecer minhas raízes. Ele era o único capataz do patrimônio dos Hulne, e havia sido durante toda a sua vida. Assim como seu pai, e o pai dele, remontando a 1834, quando a recém-enriquecida família Hulne comprou a terra para dar forma a seu sonho de cidadãos da classe alta. Plantaram árvores, abriram estradas no pântano, construíram torres e arcos ridículos — construções extravagantes de donos extravagantes — que, na época do meu nascimento, já se encontravam tomados pelos musgos que evidenciavam sua decadência. Não era para eles o sórdido matagal que cercava a propriedade, com seus dentes de pedra e suas gengivas pegajosas de carne viva da terra. Mais vigorosas, as gerações anteriores da família criavam ovelhas, ou talvez seja mais justo dizer que as ovelhas se criavam sozinhas, nos prados que se estendiam até os muros de pedra, mas o século XX não foi generoso com a sorte dos Hulne, e o terreno, embora ainda de propriedade da família, encontra-se negligenciado, selvagem — o lugar perfeito para um garoto correr livre enquanto seus pais cumprem os afazeres. Curiosamente, ao viver minha infância novamente, fui bem menos intrépido. Meu conservador cérebro de idoso passou a considerar perigosos os buracos e penhascos que eu pulava e escalava durante a primeira vida, e usei meu corpo infantil como uma idosa talvez use um biquíni atrevido presenteado por uma amiga esguia.

Como o suicídio falhou espetacularmente na tarefa de terminar o ciclo dos meus dias, decidi dedicar a terceira vida à busca das respostas que pareciam tão distantes. Acredito que seja um pequeno ato de misericórdia o fato de que nossas memórias voltem aos poucos, conforme avançamos na infância; por isso, a lembrança de ter me atirado para a morte surgiu, por assim dizer, como um resfriado que chega aos poucos, sem causar surpresa, apenas a confirmação de que aquilo acontecera e de fato não servira para nada.

Se considerarmos a ignorância uma forma de inocência e a solidão uma forma de se distanciar das preocupações, minha primeira vida teve um tipo de felicidade, por mais que não tivesse um objetivo concreto. Mas, já sabendo de tudo o que havia vivido antes, eu não poderia viver aquela nova vida da mesma forma. Não só por já saber os eventos que estavam por vir, mas principalmente por causa da nova forma de perceber a realidade ao meu redor, e, tendo sido exposto a essa realidade na minha primeira vida, nunca cheguei a pensar na possibilidade de que fosse uma mentira. Outra vez um garoto e ao menos temporariamente em comando de todas as minhas faculdades como adulto, percebi a realidade que muitas vezes é encenada na frente de uma criança na crença de que ela não será capaz de compreendê-la. Acredito que meus pais adotivos me amaram — ela, muito antes dele —, mas, para Patrick August, eu nunca fui carne de sua carne até que minha mãe adotiva morresse.

Há um estudo médico sobre esse fenômeno, mas minha mãe adotiva nunca morre exatamente no mesmo dia em cada vida. A causa é sempre a mesma — a menos que fatores externos intervenham violentamente. Perto do meu aniversário de seis anos, ela começa a tossir, e, perto de eu completar sete, a tosse vem com sangue. Meus pais não podem pagar os honorários do médico, mas por fim minha tia Alexandra fornece a moeda para que a minha mãe vá ao hospital de Newcastle e volte com o diagnóstico de câncer de pulmão. (Acredito que sejam carcinomas de células não pequenas, confinadas primeiro ao pulmão esquerdo; frustrantemente tratável quarenta anos após esse diagnóstico, mas, na época, absolutamente fora do alcance da ciência.) O médico prescreve tabaco e láudano, mas a morte chega depressa em 1927. Após o falecimento, meu pai para de falar por completo e começa a fazer passeios pelas colinas, às vezes sumindo durante dias. Eu cuido de mim mesmo com total competência, e a partir de então, na expectativa da morte da minha mãe, estoco comida para me alimentar durante as longas ausências de meu pai. Quando volta, ele permanece calado e distante, e, embora não responda com raiva a nenhuma das abordagens do meu eu infantil, isso se dá, em suma, porque ele não responde a absolutamente nada. Durante a minha primeira vida, eu não entendia seu sofrimento nem sua forma de manifestá-lo, pois eu mesmo me via sofrendo com a mudez exacerbada própria de uma criança que precisava de ajuda, ajuda essa que não tive dele. Na segunda vida, a morte da minha mãe se deu quando eu ainda estava no hospício, e eu me via concentrado demais na minha própria loucura para processar o fato, mas na terceira vida tudo veio como um trem que se aproxima devagar de um homem amarrado aos trilhos; inevitável, irrefreável, visto de longe à noite, e, para mim, saber de antemão o que vai acontecer era pior do que o acontecimento em si. Eu sabia o que estava por vir, e, de certa forma, quando ela morreu, foi um alívio, o fim de uma expectativa e portanto, um evento menos traumático.

A morte iminente da minha mãe também me proporcionou uma espécie de ocupação durante a minha terceira vida. A prevenção, ou pelo menos o gerenciamento da situação, havia se tornado minha principal preocupação. Como não encontrava explicação para o que vivia, salvo, talvez, que um deus do Antigo Testamento tivesse me lançado uma maldição, eu acreditava que, ao realizar atos de caridade ou tentar afetar os grandes eventos da minha vida, talvez quebrasse esse ciclo de morte-nascimento-morte que parecia ter se abatido sobre mim. Pensando não ter cometido crimes que precisassem de redenção e sem eventos maiores por desfazer na vida, eu me apeguei ao bem-estar de Harriet como minha primeira e mais evidente cruzada, e nela embarquei com toda a sabedoria que a minha mente de uma criança de 5 anos (já chegando aos 97) seria capaz de reunir.

Usei a ajuda que servia como desculpa para evitar o tédio da escola, e meu pai estava preocupado demais para prestar atenção ao que eu fazia; assim, eu me dediquei a cuidar da minha mãe e descobri como nunca antes o modo como ela vivia quando meu pai não se encontrava por perto. Acho que se pode pensar nisso como uma chance de conhecer, com a mentalidade de um adulto, uma mulher que conheci apenas brevemente quando criança. E foi então que suspeitei pela primeira vez que Patrick não era meu pai verdadeiro.

Toda a família Hulne foi ao funeral da minha mãe adotiva, quando enfim ela morreu na minha terceira vida. Meu pai entoou um breve discurso, e eu fiquei ao lado dele, um menino de 7 anos usando calça e paletó pretos emprestados de Clement Hulne, o primo três anos mais velho que, na minha vida anterior, implicava comigo, quando lembrava que eu estava lá para sofrer com seus maus-tratos. Apoiada na bengala com cabo de marfim talhado no formato de uma cabeça de elefante,

Constance Hulne disse algumas poucas palavras sobre a lealdade e a força de Harriet, além da família que ela deixava. Alexandra Hulne me disse que eu deveria ser forte; Victoria Hulne se curvou e beliscou minhas bochechas, provocando em mim um estranho impulso infantil de morder os dedos enluvados que haviam profanado meu rosto. Rory Hulne não disse nada e ficou me encarando. Ele havia feito isso antes, na primeira vez em que eu pegara roupas emprestadas para enterrar minha mãe, mas eu, tomado de uma tristeza inexprimível, não compreendera a intensidade daquele olhar. Dessa vez, nós nos encaramos, e pela primeira vez vi refletida a minha imagem, a imagem do que eu me tornaria.

Você não me conheceu em todos os estágios da vida, então me permita descrevê-los aqui.

Quando criança, eu nasço com o cabelo quase vermelho, tom que, com o tempo desvanece e os caridosos diriam que se torna castanho-avermelhado, mas que francamente parece mais a cor de uma cenoura. A cor vem da família da minha mãe verdadeira, assim como a propensão a ter bons dentes e à hipermetropia. Quando criança sou pequeno, um pouco mais baixo do que a média, e magro, embora isso se dê tanto pela má alimentação quanto pela predisposição genética. Meu estirão começa quando faço 11 anos e continua até os 15, quando, felizmente, posso fingir que sou um garoto de 18 anos que parece mais novo e, portanto, pular três anos entediantes e ir direto para a vida adulta.

Quando jovem, eu deixava a barba crescer desgrenhada, tal qual meu pai adotivo, Patrick; mas ela não me cai bem, e, quando a deixo descuidada, fico parecido com um conjunto de órgãos sensoriais perdido num arbusto de framboesa. Quando tomei consciência disso, comecei a fazer a barba com regularidade, revelando assim a face do meu pai verdadeiro. Temos os mesmos olhos acinzentados, as mesmas orelhas diminutas, o cabelo levemente ondulado e um nariz que, junto com a tendência a ter doenças ósseas quando idoso, provavelmente é a pior herança genética que ele me legou. Não que o nariz seja especialmente grande — não é;

mas ele é tão inegavelmente arrebitado que se encaixaria bem no rosto do rei dos duendes, e em vez de ser delineado na minha face e traçar um ângulo com meu rosto, parece homogeneizado, fundido com a minha pele, como se fosse um apêndice moldado em argila, não em osso. As pessoas são educadas demais para comentar, mas vez ou outra, quando uma criança menos comedida e dona de um melhor material genético o vê, começa a chorar. Quando idoso, meu cabelo fica tão branco que parece um flash de fotografia; o estresse pode adiantar a descoloração, e nem a medicina nem a psicologia são capazes de preveni-la. Preciso de óculos para ler aos 51 anos; lamentavelmente chego a essa idade durante a década de 1970, época ruim para a moda, portanto, assim como quase todos que chegam a certa idade, eu recorro ao estilo com que me sentia mais à vontade quando jovem e escolho uma armação discreta e antiquada. Com eles na frente dos meus olhos, que são mais juntos do que o normal, eu me olho no espelho do banheiro e percebo que fico igual a um acadêmico idoso; era um rosto ao qual, no momento de enterrar Harriet pela terceira vez, eu já tivera quase cem anos para me familiarizar. É o rosto de Rory Edmond Hulne, encarando-me do outro lado do caixão da mulher que não poderia ser minha mãe verdadeira.

Capítulo 5

Eu tenho idade suficiente para ser convocado quando eclode a Segunda Guerra Mundial, mas, mesmo assim, durante as primeiras vidas, de alguma forma eu consegui evitar todos os momentos dramáticos do conflito, sobre os quais leria com conforto nos anos 1980. Na primeira vida eu me alistei por vontade própria, acreditando de verdade nas três grandes falácias daquele tempo — de que a guerra seria breve, de que a guerra seria pelo bem da pátria e de que a guerra potencializaria minhas habilidades. Perdi o embarque para a França por quatro dias e me senti extremamente desapontado comigo mesmo por não ter sido evacuado em Dunquerque, o que, na época, parecia uma derrota triunfante. A sensação foi de que meu primeiro ano de guerra se passou em intermináveis exercícios de treinamento, primeiro nas praias, enquanto a nação — e eu me incluo nisso — esperava pela invasão que não aconteceu; depois, nas montanhas da Escócia, quando o governo começou a surgir com possíveis represálias. Passei tanto tempo treinando para a invasão à Noruega que, quando por fim desistiram da ideia, eu e minha unidade fomos considerados inúteis para a batalha no deserto que fomos impedidos de fazer o embarque inicial rumo ao palco do Mediterrâneo até que fôssemos retreinados ou surgisse algo em que fôssemos úteis. Nesse sentido, pode-se dizer que alcancei um dos meus objetivos, pois, como parecia que ninguém queria que lutássemos, eu me vi sem mais nada a fazer além de estudar e aprender. Um médico da nossa unidade foi um opositor que tivera os escrúpulos moldados pelos trabalhos de Engels e pela poesia de Wilfred Owen, e a quem todos os homens da unidade, inclusive eu, considerávamos um janota sem personalidade até o dia em que enfrentou o sargento, que havia abusado do poder durante muito tempo e em muitas ocasiões, e na frente de todos chamou o superior de criança metido a valente que falava soltando perdigotos. O nome do médico era Valkeith, e ele recebeu uma punição de três dias de confinamento pelo desabafo, bem como o respeito de toda a unidade. Sua erudição, antes fonte de escárnio, tornou-se motivo de orgulho, e, embora ele ainda fosse chamado de janota sem personalidade, ele passou a ser o *nosso* janota sem personalidade, e foi com ele que comecei a aprender os mistérios da ciência, da filosofia e da poesia romântica, nada ao que eu teria acesso na época. Ele morreu três minutos e cinquenta segundos após pisarmos nas praias da Normandia, de um tiro de metralhadora que lhe abriu as entranhas. Valkeith foi o único da nossa unidade a morrer naquele dia, pois nos encontrávamos longe da ação, e a arma que disparou o tiro fatal foi tomada dois minutos depois.

Matei três homens durante minha primeira vida. Eles estavam juntos, e todos morreram ao mesmo tempo, durante uma retirada de tanques em um vilarejo ao norte da França. Havíamos recebido a informação de que o vilarejo havia sido liberado, de que não haveria resistência, mas lá estava, entre a padaria e a igreja, como uma mosca numa fatia de melão. Estávamos tão relaxados que só o notamos quando o tubo do canhão se movimentou na nossa direção, como o olho de um crocodilo que se encontra no meio do pântano e abre as mandíbulas para soltar o disparo que matou dois dos nossos na mesma hora e o jovem Tommy Kenah três dias depois na cama do hospital. Eu me lembro de minhas ações com a mesma clareza de que me lembro de tudo mais, e foram estas: largar o rifle, soltar a mochila no chão e correr, gritando sem parar um momento, pelo meio da rua, bradando na direção do tanque que matara meus amigos. Eu não havia fechado a alça do capacete, e ele caiu a uns dez metros do tanque. Eu conseguia ouvir os homens se mexerem dentro daquela besta enquanto me aproximava, via uma fugaz sucessão de rostos dardejando de um lado para outro através das fendas da blindagem enquanto tentavam mover o tubo do canhão na minha direção ou subir para controlar metralhadoras, mas eu já havia chegado. O canhão principal ainda estava quente — mesmo a quase meio metro de distância eu sentia o calor no rosto. Larguei uma granada pela escotilha frontal, que estava aberta. Ouvi os gritos, a agitação lá dentro enquanto tentavam pegá-la, mas naquele espaço limitado isso só piorou a situação. Eu me lembro do que fiz, mas não do que pensei. Mais tarde, o capitão disse que o tanque provavelmente havia se perdido: o esquadrão havia tomado o caminho da esquerda, e aquele tanque, o da direita, e foi por isso que eles mataram três dos nossos homens e foram mortos em contrapartida. Recebi uma medalha, a qual vendi em 1961 quando precisei comprar um novo aquecedor de água, e senti um enorme alívio assim que me livrei dela.

Aquela foi a minha primeira guerra. Eu não me alistei para a segunda. Eu sabia que eram grandes as chances de ser convocado em breve, então preferi me fiar nas habilidades que adquiri na primeira vida para me manter vivo. Na terceira vida eu me juntei à Força Aérea Real como mecânico em terra e era o primeiro do esquadrão a chegar no abrigo assim que as sirenes eram acionadas, até que por fim Hitler começou a bombardear Londres e eu sabia que podia começar a relaxar. Era um bom lugar para se estar durante os primeiros anos de conflito. Quase todas as mortes se davam no ar, e o que os olhos não veem o coração não sente. Os pilotos não interagiam muito conosco, os homens sujos de graxa, e para mim foi fácil ver o avião como meu único foco de atenção e considerar o homem que o pilotava apenas mais uma parte mecânica a ser ignorada e substituída. Então chegaram os americanos, nós começamos a bombardear a Alemanha, e muito mais homens morreram no ar, situação que só me fazia lamentar a perda das máquinas, porém, cada vez mais eles começaram a voltar, atingidos por tiros de metralhadora, o sangue no chão espesso o bastante para reter o formato das pegadas que se arrastavam para todos os lados. Sabendo o que estava por vir, pensei no que poderia fazer de diferente e concluí que a resposta era nada. Eu sabia que os Aliados venceriam, mas nunca estudei a Segunda Guerra Mundial numa perspectiva acadêmica; meus conhecimentos se limitavam à experiência pessoal, um evento que eu havia vivido, e não a informações compartilháveis. O máximo que podia fazer era advertir um homem na Escócia chamado Valkeith para que, na praia da Normandia, permanecesse na embarcação dois minutos a mais, ou sussurrasse para o soldado Kenah que, no vilarejo de Gennimont, haveria um tanque que virara à direita em vez da esquerda e estava à espreita entre a padaria e a igreja para dar um fim aos seus dias. Mas eu não possuía informações estratégicas a transmitir, nenhum aprendizado ou conhecimento além de afirmar que, no futuro, a Citroën fabricaria carros elegantes e pouco confiáveis e que um dia as pessoas olhariam para o passado, para a divisão da Europa, e se perguntariam o motivo daquilo.

Com base nos meus eloquentes raciocínios, continuei desempenhando meu papel completamente insignificante na guerra. Lubrifiquei os trens de pouso dos aviões que destruiriam Dresden; ouvi rumores de pesquisadores científicos que vinham tentando projetar um motor a jato e como os engenheiros ridicularizaram a ideia; ouvi o exato momento em que os motores das bombas V1 pararam e, por um breve período, o silêncio causado por uma bomba V2 que caíra, e, quando chegou o Dia da Vitória na Europa, tomei um porre horrível de conhaque, do que não gosto tanto, com um canadense e dois galeses que eu conhecera dois dias antes e nunca mais voltei a ver.

E aprendi. Desta vez, eu aprendi. Aprendi sobre motores e máquinas, sobre homens e estratégias, sobre a Força Aérea Real e a Luftwaffe. Estudei padrões de bombardeios, observei onde os mísseis caíam para que, na vez seguinte — pois eu tinha sessenta por cento de certeza de que haveria uma vez seguinte, de que tudo aquilo ocorreria de novo —, eu tivesse mais serventia para mim mesmo, e possivelmente para os outros, e não me limitasse a falar de algumas poucas lembranças pessoais sobre a qualidade do presunto enlatado na França.

No fim das contas, o mesmo conhecimento que me protegeu do mundo me pôs em grande perigo tempos mais tarde, e, seguindo essa linha, me apresentou indiretamente ao Clube Cronus, e o Clube Cronus a mim.

Capítulo 6

O nome dele era Franklin Phearson.

Foi o segundo espião que conheci na vida e estava sedento por conhecimento.

Ele surgiu durante minha quarta vida, em 1968.

Eu exercia a medicina em Glasgow, e minha esposa me deixara. Eu tinha 54 anos e era um homem destruído. O nome dela era Jenny, e eu a amava e lhe contei tudo. Jenny era cirurgiã, uma das primeiras mulheres daquele setor; eu, um neurologista com reputação de trabalhar em pesquisas pouco ortodoxas e, por vezes, antiéticas — embora legais. Ela acreditava em Deus. Eu não. Muito se pode dizer da minha terceira vida, mas por ora afirmo apenas que a minha terceira morte, sozinho num hospital japonês, me convencera da insignificância de tudo. Eu vivera e morrera, e nem Alá, Jeová, Krishna, Buda ou os espíritos dos meus ancestrais desceram para acabar com meu medo, em vez disso eu renascera exatamente onde minha existência se iniciara, de volta à neve, de volta à Inglaterra, de volta ao passado onde tudo começara.

Minha perda de fé não foi reveladora nem intensamente angustiante. Foi meramente resultado de uma ampla e prolongada resignação, resignação essa que os eventos da minha vida só fizeram reforçar, até que me vi forçado a concluir que qualquer conversa que eu tivera com uma deidade foram via de uma só mão. Minha morte e meu renascimento onde tudo havia começado concluíam meu raciocínio com maestria e um cansativo ar de inevitabilidade, e observei tudo isso com a decepção e o desapego próprios de um cientista cujo conteúdo dos tubos de ensaio não havia precipitado.

Eu passara uma vida inteira rezando por um milagre, e nenhum se realizara. Então, passei a olhar para a capela enfadonha dos meus ancestrais e não via outra coisa senão vaidade e ganância, ouvia o chamado para a oração e pensava em poder, sentia cheiro de incenso e me pegava pensando no desperdício de tudo aquilo.

Na quarta vida, virei as costas para Deus e busquei a ciência para obter uma explicação. Estudei como nenhum homem jamais estudou — física, biologia, filosofia —, me esforcei ao máximo para me tornar o jovem mais pobre na universidade de Edimburgo, me formando como melhor aluno da classe de medicina. Jenny se sentiu atraída pela minha ambição, e vice-versa, pois os tacanhos haviam rido quando ela pegou o bisturi pela primeira vez, até que perceberam a precisão de suas incisões e a confiança com que ela manuseava a lâmina. Vivemos juntos durante dez anos, num pecado pouco corrente e politicamente incorreto para a época, até que, por fim, nos casamos em 1963, durante aquela onda de alívio que se seguiu ao fim da Crise dos Mísseis em Cuba; choveu no dia, e ela gargalhou e disse que ambos merecíamos aquilo, e eu estava apaixonado.

Tão apaixonado que, certa noite, sem motivo especial e sem pensar muito, eu lhe contei tudo.

— Meu nome é Harry August — disse eu. — Meu pai se chama Rory Edmond Hulne, minha mãe morreu no parto. Esta é a minha quarta vida. Eu vivi e morri muitas vezes até agora, mas minha vida é sempre a mesma.

De brincadeira, ela deu um soco de leve no meu peito e me pediu que parasse com aquela bobagem, mas eu continuei:

— Daqui a algumas semanas, um escândalo vai tomar conta dos Estados Unidos e derrubar o presidente Nixon. A pena de morte vai ser abolida na Inglaterra, e os terroristas do Setembro Negro vão abrir fogo no aeroporto de Atenas.

— Você devia estar no noticiário, devia mesmo.

Três semanas depois explodiu o escândalo de Watergate. No começo, não teve grande importância, com assessores sendo demitidos do outro lado do oceano. Quando a pena de morte foi abolida, o presidente Nixon estava participando de audiências no Congresso, e, quando os terroristas do Setembro Negro atiraram em turistas no aeroporto de Atenas, já ficara claro que Nixon estava de saída.

Curvada e cabisbaixa, Jenny se sentou na beirada da cama. Eu aguardei. Eu vinha gestando essa expectativa durante quatro vidas. Jenny tinha as costas ossudas e a barriga quente, o cabelo cortado curto de propósito, para desafiar os conceitos dos colegas cirurgiões, e um rosto suave que adorava sorrir quando ninguém a observava.

— Como você sabia... tudo isso... como sabia o que estava por acontecer? — perguntou ela.

— Eu disse. É a quarta vez que vivo isso, e minha memória é excepcional.

— Como assim a quarta vez? Como é possível que seja a quarta vez?

— Não sei. Eu me tornei médico para tentar descobrir. Conduzi experiências em mim mesmo, analisei meu sangue, meu corpo, meu cérebro, tentei descobrir se existe alguma coisa em mim que... não esteja certo. Eu me equivoquei. O problema não é médico, ou, se é, ainda não sei como encontrar um antídoto. Eu já teria desistido desse trabalho há muito tempo, teria tentado algo novo, mas então conheci você. Eu tenho a eternidade pela frente, mas quero você agora.

— Quantos anos você tem? — perguntou ela.

— Cinquenta e quatro... Duzentos e seis.

— Eu não... eu não acredito nisso. Não me entra na cabeça que você acredite numa coisa dessas.

— Lamento.

— Você é espião?

— Não.

— Está doente?

— Pelo menos do ponto de vista acadêmico, não.

— E então?

— Então o quê?

— Por que me disse essas coisas?

— É a verdade. Eu quero lhe contar a verdade.

Ela subiu na cama ao meu lado, pegou meu rosto e me olhou profundamente nos olhos.

— Harry — disse ela, e eu senti o medo em sua voz. — Eu preciso que você me diga. Você está falando sério?

— Sim — respondi, e o alívio que senti quase me explodiu de dentro para fora. — Estou, sim.

Na mesma noite ela pôs o casaco por cima do vestido, calçou um par de botas de chuva e me deixou. Foi para a casa da mãe, que vivia em Northferry, logo depois de Dundee, e deixou na mesa um bilhete dizendo que precisava de um tempo. Deixei passar um dia e liguei; sua mãe me disse para ficar longe. Deixei passar mais um dia, liguei outra vez e implorei que Jenny me ligasse de volta. Ao terceiro dia, quando liguei, o telefone havia sido desconectado. Jenny levara o carro, então fui de trem até Dundee e fiz de táxi o restante do trajeto. Fazia um tempo lindo, o mar era um espelho d'água, e o sol avermelhado e baixo estava tão encantado com a cena que parecia não querer se pôr. Perto de um penhasco cinzento, o chalé da mãe de Jenny era uma coisinha pequena e branca com uma porta principal em que só uma criança era capaz de passar. Quando bati, a mãe, uma mulher perfeitamente projetada para atravessar aquela passagem diminuta, atendeu e abriu porta sem tirar a correntinha.

— Ela não está em condições de vê-lo — soltou ela. — Lamento, mas você precisa ir embora.

— Mas eu preciso ver Jenny — implorei. — Preciso ver minha esposa.

— Você precisa ir agora, doutor August! — exclamou ela. — Sinto muito que seja dessa forma, mas é nítido que você precisa de ajuda.

Ela bateu a porta severamente, e escutei o ruído do trinco se fechando atrás da porta de madeira branca. Permaneci lá e bati com força na porta, depois nas janelas, e pressionei o rosto contra o vidro. Elas apagaram as luzes para que eu não descobrisse onde se encontravam, ou talvez esperando que eu me cansasse e fosse embora. O sol se pôs, e eu me sentei no alpendre e chorei e gritei por Jenny, implorei que ela falasse comigo, até que por fim sua mãe ligou para a polícia e, em vez de Jenny, foram eles que falaram comigo. Fui jogado numa cela com um homem preso por roubar uma casa. Ele riu de mim, e eu o estrangulei a ponto de deixá-lo a poucos batimentos cardíacos da morte. Então me puseram na solitária e me deixaram lá por um dia, até que um médico foi me ver e me perguntou como eu me sentia. Ele auscultou meu peito, e eu salientei do jeito mais educado possível que aquela não era a forma mais racional de diagnosticar minha doença mental.

— Você se considera um doente mental? — perguntou ele depressa.

— Não — retruquei. — Mas reconheço um mau médico quando vejo um.

Eles devem ter apressado a papelada, porque fui levado para o hospício no dia seguinte. Quando o vi, dei uma risada. O letreiro na porta dizia Hospício St. Margot. Alguém havia apagado o "para os Desafortunados". Era o hospício em que eu me jogara para a morte na segunda vida, aos sete anos.

Capítulo 7

Na década de 1990, esperava-se que os próprios profissionais da saúde mental procurassem aconselhamento e orientação constantes para manter o bem-estar emocional e mental. Certa vez, tentei seguir carreira na psicologia, mas percebi que os problemas que precisava diagnosticar eram extremamente emocionais ou subjetivos demais para tolerar uma análise reflexiva, e as ferramentas com que eu contava eram pueris ou pretensiosas. Resumindo, eu não tinha temperamento para ser psicólogo, e, ao ser internado no Hospício St. Margot pela segunda vez na minha existência, embora pela primeira naquela vida, senti uma mistura de fúria e orgulho ao ver que minha sanidade, mantida intacta apesar de todos as provações, poderia ser mal interpretada pelos mortais ignorantes que me rodeavam.

Os profissionais da saúde mental da década de 1960 fazem suas contrapartes da década de 1990 parecerem Mozarts espezinhando as obras inferiores de Salieri. Suponho que deva me considerar sortudo pelo fato de algumas das técnicas experimentais dos anos 1960 não terem chegado à cosmopolita Nortúmbria. Não testaram LSD ou ecstasy em mim, nem me convidaram a discutir minha sexualidade, já que nosso incomparável psiquiatra, dr. Abel, considerava Freud insalubre. O primeiro a descobrir isso foi a Tique, uma mulher infeliz que na verdade se chamava Lucy, cuja síndrome de Tourette fora tratada com uma mistura de apatia e brutalidade. Se por acaso nossos vigias tivessem alguma noção sobre terapia da quebra de hábito, colocavam-na em prática ao bater na lateral da cabeça de Lucy com as palmas abertas sempre que ela era tomada por um tique ou grunhia, e, se como consequência disso ela ficasse ainda mais alterada — o que era frequente quando provocada —, dois deles se sentavam em cima dela, um nas pernas, um no peito, até que ela quase desmaiasse. Na única vez em que tentei intervir, recebi o mesmo tratamento e fui imobilizado abaixo de Bill Feio, ex-presidiário e enfermeiro-chefe do turno diurno, com a aprovação vociferante de Clara Watkins e do Novato, que trabalhara lá por seis meses e ainda não havia revelado o próprio nome. Mostrando iniciativa, o Novato ficou em cima dos meus pulsos, enquanto Bill Feio me explicava que eu estava me comportando de maneira muito impertinente e prejudicial, e só porque eu pensava que era médico não significava que sabia de qualquer coisa. Chorei por me sentir impotente e frustrado, e ele me deu um tapa, o que despertou em mim uma raiva que canalizei para tentar conter as lágrimas e converter a autopiedade em fúria, mas não consegui.

— Pênis! — gritou Tique durante nossa sessão de grupo semanal. — Pênis pênis pênis!

Com seu minúsculo bigode tremendo como um rato assustado acima do lábio superior, o doutor Abel clicou a caneta para guardar a ponta.

— Calma, Lucy... — disse.

— Vamos, me dá, me dá, vamos, vamos, vamos! — gritou ela.

Observei o progresso do rubor que se estendia pelas faces do doutor Abel. Tinha uma luminescência fascinante, quase visível nos vasos capilares, e pensei por um instante que, se a expansão daquele rubor representava a velocidade de seu fluxo sanguíneo através da derme superficial, ele deveria considerar seriamente passar a praticar mais exercícios e submeter-se a uma boa massagem. Seu bigode saíra de moda um dia depois de Hitler invadir a Tchecoslováquia, e a única coisa que o ouvi dizer e que fez sentido foi:

— Doutor August, um homem não pode vivenciar um isolamento maior do que se ver sozinho em meio a uma multidão. Ele pode acenar, sorrir e dizer a coisa certa em cada ocasião, mas esse fingimento só faz com que sua alma perca cada vez mais a afinidade com os homens.

Perguntei em que biscoito da sorte ele havia lido isso, ele me olhou confuso e perguntou o que eram biscoitos da sorte e se eram feitos com gengibre.

— Me dá, me dá! — gritava a Tique.

— Isso é uma perda de tempo — disse o doutor Abel com a voz trêmula, no momento em que Lucy levantava o avental para nos mostrar suas enormes roupas íntimas e começou a dançar, o que fez Simon, que se encontrava no pior momento de sua crise de bipolaridade, começar a chorar, o que fez Margaret começar a balançar o corpo, o que fez que Bill Feio invadir a sala com um porrete na mão e uma camisa de força a caminho, enquanto o doutor Abel corria para longe já com as pontas das orelhas queimando como luzes de freio acesas.

Tínhamos permissão para receber visitas uma vez por mês, mas ninguém apareceu.

Simon disse que era melhor assim, que não queria ser visto daquele jeito, que sentia vergonha.

Margaret gritou e arranhou as paredes até que as unhas ficassem ensanguentadas e ela tivesse de ser levada ao quarto e sedada.

Com o rosto coberto de saliva, Lucy disse que não éramos nós quem devíamos nos sentir envergonhados, mas eles. Não disse quem eram "eles", nem precisava, porque simplesmente tinha razão.

Após dois meses, eu estava pronto para ir embora.

— Agora eu vejo que sofri um colapso nervoso — expliquei calmamente, sentado à mesa do doutor Abel. — É óbvio que eu preciso de aconselhamento, mas só me resta expressar minha profunda gratidão ao senhor por ter me ajudado a superar esse episódio.

— Doutor August, acho que o senhor sofreu mais do que um simples colapso nervoso — explicou o doutor Abel, alinhando a caneta com a borda superior de seu bloco de notas. — Você padeceu de um episódio completo de delírio, que, acredito, é sinal de problemas psicológicos mais complexos.

Olhei para o doutor Abel como se fosse pela primeira vez e me perguntei o que poderia significar sucesso para ele. Não necessariamente uma cura, concluí, contanto que o tratamento fosse interessante.

— E o que o senhor sugere? — perguntei.

— Quero manter você aqui por mais um tempo. Estão lançando alguns medicamentos fascinantes, e acho que podem ser exatamente do que você precisa...

— Medicamentos?

— As fenotiazinas têm avançado de forma bem promissora...

— Isso é inseticida.

— Não... não, doutor August, não. Entendo sua preocupação de médico, mas lhe asseguro que, quando me refiro às fenotiazinas, estou falando dos derivados...

— Acho que gostaria de uma segunda opinião, doutor Abel.

Ele hesitou, e notei um arroubo de orgulho em seu rosto ante aquele princípio de conflito.

— Eu sou um psiquiatra totalmente qualificado, doutor August.

— Então, como psiquiatra totalmente qualificado, o senhor sabe como é importante ter a confiança do paciente em qualquer tratamento.

— Sei — admitiu ele a contragosto. — Mas eu sou o único médico qualificado nesta ala...

— Isso não é verdade. Eu sou qualificado.

— Doutor August — disse ele abrindo um sorriso —, o senhor está doente. Não está apto a praticar a medicina, muito menos no senhor mesmo.

— Quero que você chame minha esposa — retruquei firmemente. — Ela tem poder legal sobre o que o senhor pode fazer comigo. Eu me recuso a tomar fenotiazinas, e, se o senhor vai me forçar, vai precisar da autorização do meu parente mais próximo. E ela é meu parente mais próximo.

— Pelo que entendi, doutor August, ela é parcialmente responsável por sugerir seu confinamento e seu tratamento.

— Ela sabe distinguir um medicamento bom de outro ruim — corrigi. — Telefone para ela.

— Vou pensar.

— Não pense, doutor Abel. Ligue.

Até hoje não sei se ele ligou.

Pessoalmente, duvido.

Quando me deram a primeira dose do medicamento, tentaram fazer de forma dissimulada. Com aparência de inocente e dona de um prazer malicioso ao exercer sua função, Clara Watkins foi enviada com uma bandeja contendo as pílulas habituais — as quais peguei na palma da mão — e uma seringa.

— Vamos lá, Harry — censurou ela ao ver minha cara. — Isto aqui é bom para você.

— O que é? — exigi saber, já suspeitando.

— É um remédio! — entoou ela, animada. — Você adora tomar seus remédios, não é?

Bill Feio estava no fundo do quarto com os olhos fixos em mim. Sua presença confirmou minhas suspeitas: ele já estava esperando para atacar.

— Eu exijo ver um termo de consentimento legal assinado pelo meu parente mais próximo.

— Tome logo isso — disse ela agarrando minha manga, a qual eu puxei.

— Eu exijo um advogado, um representante justo, imparcial.

— Isto aqui não é uma prisão, Harry! — respondeu ela em tom amigável, meneando as sobrancelhas para Bill Feio. — Aqui não tem advogados.

— Eu tenho direito a uma segunda opinião!

— O doutor Abel só está fazendo o que é melhor para você. Por que dificultar as coisas? Vamos, Harry...

Ao ouvir isso, Bill Feio me deu um abraço de urso por trás e, não pela primeira vez, eu me peguei pensando por que em mais de duzentos anos de vida eu nunca me dei ao trabalho de aprender algum tipo de arte marcial. Ele era um ex-condenado que descobriu que ser enfermeiro de hospício era como estar na prisão, mas melhor. Exercitava-se uma hora por dia no jardim particular da instituição e tomava esteroides que faziam com que sua testa reluzisse de suor a todo momento e, suspeito, também com que seus testículos encolhessem, o que ele compensava com mais exercícios e, claro, mais esteroides. Qualquer que fosse o estado de suas gônadas, seus braços eram mais musculosos que minhas pernas e me envolveram com força o bastante para me levantar da minha cadeira enquanto eu inutilmente chutava o nada.

— Não — implorei. — Por favor não faz isso por favor por favor não...

Clara estapeou meu braço para deixar uma marca avermelhada, então conseguiu perder a veia por completo. Dei um chute, e Bill Feio me apertou com tanta força que meus olhos se injetaram de sangue e comecei a perder a consciência. Senti a agulha entrar, mas não sair, então eles me largaram no chão e me disseram pra não,

— Ser tão estúpido, Harry! Por que você precisa ser sempre tão estúpido com o que é bom para você?

Eles me deixaram lá, com o peso do corpo sobre as pernas escancaradas, esperando surtir efeito. Minha mente disparou enquanto eu tentava pensar num antídoto químico facilmente disponível ao veneno que invadia meu sistema, mas eu só havia sido médico durante uma vida e ainda não tivera tempo de conhecer esses medicamentos modernos. Rastejei pelo chão até o jarro de água e bebi tudo, então me deitei de costas no meio do quarto e tentei me acalmar, desacelerar o pulso e a respiração, numa tentativa inútil de limitar a circulação do medicamento. Tive a ideia de monitorar meus próprios sintomas, então me virei no chão para manter o relógio à vista e perceber a passagem do tempo. Após dez minutos, senti uma leve tontura, mas passou. Após quinze minutos, percebi que meus pés estavam do outro lado do mundo, que alguém havia me serrado ao meio, mas mantido os nervos conectados, embora os ossos estivessem quebrados e outra pessoa controlasse meus pés. Eu sabia que aquilo era impossível, mas mesmo assim acreditei na explicação com uma resignação que me impediu de lutar contra a simples realidade da situação.

Tique chegou, se aproximou de mim e disse,

— Tá fazendo o quê?

Achei que ela não precisava de resposta, então não me dei ao trabalho.

A saliva escorria por um lado do meu rosto. Até que foi agradável, o frio do cuspe contra o calor da minha pele.

— Tá fazendo o quê tá fazendo o quê tá fazendo o quê? — gritou ela, e eu me perguntei se na Nortúmbria já haviam ouvido falar de epinefrina, ou se esse tipo de medicamento ainda seria criado.

Ela me sacudiu por um instante e foi embora, mas o efeito perdurou, porque continuei tremendo e batendo a cabeça no chão, e eu sabia que havia me molhado, mas isso também foi agradável, interessante e diferente como a saliva, a urina adotando a temperatura do meu corpo até que secou e começou a incomodar, e além disso era um longo caminho, então Bill Feio chegou lá e seu rosto havia sido destruído. Tinha se esborrachado no teto como um tomate maduro, o crânio esmagado para dentro, e só restaram um nariz, dois olhos e uma boca maliciosa flutuando nos restos de sangue e cérebro encharcado ao redor, e quando ele se inclinou sobre mim pedacinhos de seu cerebelo pingavam de sua bochecha, deslizavam para o canto da boca e formavam uma lágrima de matéria cinzenta-rosa que ficava pendurava no lábio inferior e caía, como purê de maçã da colher de um bebê, direto no meu rosto, e eu gritava sem parar até que ele me estrangulou e eu parei de gritar.

É óbvio que a essa altura eu já havia perdido a noção do tempo, e com isso parei de tentar chegar a um diagnóstico através do exercício de contagem do tempo.

Capítulo 8

Jenny fez uma visita.

Eles me amarraram à cama e me deram um sedativo quando ela apareceu.

Tentei falar, contar o que eles estavam fazendo, mas não consegui.

Ela chorou.

Lavou meu rosto, segurou minha mão e chorou.

Ainda usava a aliança.

À porta, falou com o doutor Abel, que expressou preocupação com meu estado deteriorado e declarou que estava considerando usar um novo tipo de medicamento.

Tentei gritar por Jenny, mas não emiti som algum.

Quando trancaram a porta, ela estava de costas para mim.

O doutor Abel estava bem próximo a mim, com a ponta da caneta encostada no lábio inferior.

— Pode repetir, Harry? — pediu ele.

Havia um tom de urgência em sua voz, mais do que um mero fascínio com os tratamentos de que se valia.

— Fim da crise do petróleo — respondeu alguém. — Revolução dos Cravos em Portugal, governo deposto. Descoberta do Exército de Terracota. Índia consegue bomba nuclear. A Alemanha Ocidental vence a Copa do Mundo.

Bill Feio estava sentado, envolto numa névoa alaranjada. Ele disse:

— Já não é tão esperto não é tão esperto tão esperto tão esperto você acha que é tão esperto mas não é tão esperto aqui você não é tão esperto esperto não é nada esperto é merda eu sou esperto eu sou esperto eu sou o esperto aqui...

Ele se inclinou e babou no meu rosto. Eu mordi seu nariz com força suficiente para ouvir a cartilagem se quebrar e achei muito, muito engraçado.

Então, ouvi uma voz, a voz de um desconhecido, refinada e com leve sotaque americano.

— Ah não, não, não, não, não — disse. — Não é assim que funciona.

Capítulo 9

Jenny.

Ela falava com um sotaque de Glasgow que sua mãe tentou corrigir, mas não conseguiu. Sua mãe era o tipo de pessoa progressista, que sempre seguia em frente na vida, seu pai era um retrógrado que ficava para trás, e como resultado ambos permaneceram exatamente onde sempre estiveram até um dia depois do aniversário de 18 anos de Jenny, quando enfim se separaram para nunca mais se verem na vida.

Eu a encontrei outra vez, na minha sétima vida.

Foi durante uma conferência de pesquisa em Edimburgo. Meu crachá dizia "Professor H. August, University College London", e o dela "Dra. J. Munroe, Cirurgiã". Eu me sentei três fileiras atrás dela durante uma palestra incrivelmente entediante sobre a interação dos íons de cálcio no sistema nervoso periférico e, fascinado, observei sua nuca. Eu ainda não havia visto seu rosto, por isso não podia ter certeza de que era ela, mas eu sabia. À noite serviram bebidas e uma refeição, que consistia de um frango que havia passado do ponto e purê de batata com ervilhas empapadas. Uma banda tocava os sucessos dos anos 1950. Esperei até que os dois homens em sua companhia ficassem bêbados o bastante para irem para a pista de dança e a deixassem sozinha com seus pratos imundos e a toalha de mesa amarrotada. Sentei-me a seu lado e lhe estendi a mão.

— Harry — apresentei-me.

— Professor August? — corrigiu ela ao ler meu crachá.

— Doutora Munroe, nós já nos conhecemos.

— É mesmo? Não consigo...

— Você cursou medicina na Universidade de Edimburgo e, no primeiro ano, viveu numa casinha em Stockbridge com quatro garotos que tinham medo de você. Você foi babá dos gêmeos da casa vizinha para conseguir uns trocados e decidiu que queria ser cirurgiã ao ver um coração ainda batendo na mesa de operação.

— É isso mesmo — murmurou ela, virando um pouco mais o corpo na cadeira para me olhar. — Mas sinto muito, ainda não consigo lembrar quem você é.

— Não tem problema. Eu era um dos garotos amedrontados demais para falar com você. Quer dançar?

— O quê?

— Quer dançar comigo?

— Eu... ah, meu Deus. Você está tentando me dar uma cantada? É isso?

— Sou um homem muito bem-casado — menti. — Moro com minha família em Londres e não tenho más intenções com você. Admiro seu trabalho e não gosto de ver uma mulher ser largada sozinha. Se preferir, durante a dança podemos conversar sobre os últimos progressos na tecnologia de imagem e sobre se a predisposição genética é mais importante do que os estímulos de desenvolvimento sensorial para o crescimento do caminho neural durante a infância e a pré-adolescência. Dança comigo?

Jenny hesitou. Seus dedos rolaram a aliança de ouro cravejada com três diamantes, mais espalhafatosa do que a que lhe comprei em outra vida, uma vida que se apagara havia muito tempo. Ela olhou a pista de dança, imaginou que no meio daquela multidão nada de ruim poderia acontecer e ouviu a banda começar a tocar outra música ideal para manter as barreiras do protocolo social.

— Tudo bem — disse ela pegando minha mão. — Espero que esteja em dia com os certificados em bioquímica.

Nós dançamos.

Perguntei se era difícil ser a primeira mulher em seu departamento.

Ela riu e respondeu que só os idiotas a julgavam por ser mulher — e ela os julgava por ser idiotas.

— A vantagem é que eu posso ser mulher e uma cirurgiã boa pra cacete, mas eles nunca vão passar de idiotas — explicou.

Perguntei se ela se sentia só.

— Não — respondeu Jenny após um instante.

Não era. Tinha colegas de quem gostava, colegas a quem respeitava, família, amigos.

Tinha dois filhos.

Jenny sempre quisera ter filhos.

Fiquei imaginando se ela gostaria de ter um caso comigo.

Ela perguntou quando eu parei de temê-la a ponto de ficar tão solto na pista de dança.

Eu disse que tinha passado uma eternidade, mas que ela ainda era linda e eu sabia todos os seus segredos.

— Você não ouviu a parte em que eu falei dos meus amigos e colegas de profissão, da família e dos filhos?

Sim, eu ouvira tudo, e tudo isso pesou dentro de mim quando falei com ela, gritou para que eu fosse embora e a deixasse sozinha, que a vida dela já era completa e não precisava de mais complicações. Perguntei-lhe qual deveria ser o tamanho da minha atração para, mesmo sabendo de tudo aquilo, sussurrar palavras sedutoras ao pé de seu ouvido.

— Palavras sedutoras? É assim que você chama isso?

Fuja comigo, falei, ao menos por uma noite. O mundo vai continuar girando, tudo vai acabar, e as pessoas vão esquecer.

Por um instante ela pareceu tentada, então seu marido se aproximou e a pegou pela mão, e ele era leal, amoroso, completamente são e o que ela queria, e ela estava mais tentada pela aventura do que por mim.

Será que eu teria feito as coisas de outra forma se soubesse o que aconteceria com Jenny Munroe?

Talvez não.

Parece que, no fim das contas, o tempo não é tão sábio.

Capítulo 10

De volta à insanidade, de volta ao lugar da devastação.

Na minha quarta vida, Franklin Phearson foi ao hospital para interromper o uso de uma série de medicamentos, não para o meu bem, mas para o dele. Era dele a voz que pairava sobre mim e dizia, enquanto eu estava deitado, imóvel, na cama do hospital:

— O que vocês têm dado a este homem? Vocês disseram que ele ficaria lúcido.

Era dele a mão que firmava a maca enquanto me passavam pela porta da frente e me colocavam na ambulância não identificada que me aguardava lá fora.

Eram dele as solas duras nos sapatos de couro que ressoavam nos degraus de mármore do grande hotel, vazio pela baixa temporada, os funcionários mandados para casa, e onde me depositaram numa cama de plumas coberta com uma manta bordô, para sonhar e vomitar até atingir algum tipo de salvação.

Interromper qualquer droga é desagradável; com antipsicóticos, então, é uma bênção, às vezes boa, às vezes ruim. Com certeza eu desejei a morte, e eles me amarraram para evitar um suicídio. Com certeza eu sabia que tudo estava perdido e eu estava nesse meio, eu sabia que estava amaldiçoado e que não havia para onde fugir, e ansiava por perder a cabeça completamente, arrancar os olhos e enlouquecer de vez. E com certeza eu não me lembro, mesmo agora, mesmo com a minha memória, dos piores momentos, mas me lembro deles como se tivessem acontecido com outro homem. E com certeza eu sei que tenho a capacidade de voltar a ser tudo aquilo, de sentir tudo de novo, e sei que, embora a porta esteja trancada agora, existe um poço negro sem fundo nas entranhas da minha alma. Dizem que a mente não consegue se lembrar da dor; mas eu digo que isso pouco importa, pois, mesmo que a sensação física se perca, a lembrança do terror que a acompanha é perfeita. Não quero morrer neste momento, mas as circunstâncias desta escrita vão ditar meu caminho. Eu me lembro de ter querido morrer, e que o sentimento foi real.

Não houve um momento de lucidez, um momento em que acordei da escuridão e me vi curado naquele lugar. Em vez disso, foi um arrastar de pés lento rumo à compreensão, algumas poucas horas de conciliação seguidas de sono, seguidas de um despertar que permanecia desperto por um pouco mais de tempo. Aos poucos fui recuperando a dignidade humana: roupas limpas, minhas mãos enfim livres, as cicatrizes em volta dos meus pulsos e tornozelos limpas de sangue ressecado. Recebi permissão para me alimentar sozinho, primeiro na cama e sob supervisão, depois na janela e sob supervisão, depois no andar inferior e sob supervisão, e por fim no pátio do outro lado de um campo de croqué e de frente para um jardim verde bem-cuidado, onde o supervisor tentava fingir que era apenas um amigo. Recebi permissão para fazer a higiene no banheiro, mas sem objetos pontiagudos no cômodo e com guardas do lado de fora, mas eu não me importava e me sentava debaixo do chuveiro até que a pele parecesse uma uva-passa e o aquecedor no andar de cima começasse a tremer em agonia. Uma barba desgrenhada começara a crescer em meu queixo, e chamaram um barbeiro que estalava a língua, fazia movimentos bruscos, borrifava óleos italianos e disse num tom de voz estridente, usado para falar com crianças,

— Seu rosto é sua riqueza! Não gaste tudo de uma vez!

Franklin Phearson estivera discretamente presente durante todo o processo, e por seu ar de indiferença só me restava imaginar que estivesse no comando. Sentou-se a duas mesas de distância enquanto eu comia, estava perto do fim do corredor quando deixei o banheiro e, concluí, era o responsável pelo espelho bidirecional no meu quarto, que permitia uma visão ininterrupta do cômodo e só se revelava quando as câmeras de segurança ajustavam o foco e emitiam um leve zumbido.

Então, durante um café da manhã, ele se sentou comigo, não mais distante, e disse,

— Você parece bem melhor.

Bebi o chá com cuidado, do mesmo jeito que bebia tudo o mais que me serviam naquele lugar, dando pequenos goles para ver se detectava toxinas, e respondi:

— Estou me sentindo bem melhor. Obrigado.

— Talvez você se alegre em saber que o doutor Abel foi demitido.

Ele disse isso de forma tão casual, com o jornal no colo, os olhos percorrendo as pistas das palavras-cruzadas, que eu não entendi exatamente o que ele acabara de contar. Mas ele havia falado, e eu disse outra vez, como o mesmo tom neutro que eu usara quando criança com meu pai,

— Obrigado.

— Eu bato palmas para as intenções do doutor Abel, mas os métodos dele eram insanos. Gostaria de ver sua esposa?

Contei mentalmente até dez antes de me atrever a responder.

— Sim. Muito.

— Ela está consternada. Não sabe do seu paradeiro, acha que fugiu. Pode escrever para ela. Para tranquilizá-la.

— Seria bom.

— Ela vai receber uma compensação financeira. Talvez haja um julgamento para o doutor Abel. Talvez uma petição, quem sabe?

— Só quero revê-la.

— Em breve. Nosso objetivo é tomar o mínimo do seu tempo.

— Quem é você?

Ao ouvir minha pergunta, ele jogou o jornal de lado com um impulso repentino, como se estivesse se contendo ao esperar essa pergunta.

— Franklin Phearson, senhor — respondeu, estendendo a mão lisa e rosada. — É uma honra finalmente conhecê-lo, doutor August.

Olhei para a mão, mas não a apertei. Phearson a recuou com um leve abano, como se sua intenção nunca tivesse sido estendê-la, e, sim, fazer um exercício de relaxamento muscular. Ele pegou o jornal e o abriu nas notícias da região, que prometiam greve. Deslizei a colher na superfície do cereal e observei o leite se agitar no fundo.

— Então, você sabe o futuro — continuou ele por fim.

Com cuidado, pousei a colher no lado da tigela, limpei os lábios, cruzei as mãos e me recostei na cadeira.

Ele olhava fixo para o jornal, e não para mim.

— Não. Foi um surto psicótico.

— Que surto.

— Eu estava doente. Preciso de ajuda.

— É — entoou, folheando as páginas do jornal com força, mexendo o pulso de repente. — Isso é bo-ba-gem.

Ele gostou tanto de dizer a palavra que esboçou uma tentativa de sorriso nos cantos da boca, e pareceu pensar em repeti-la só para saborear a experiência.

— Quem é você?

— Franklin Pearson, senhor. Já disse.

— E está aqui em nome de quem?

— Não posso estar aqui em meu próprio nome?

— Mas não está.

— Estou aqui em nome de algumas agências, organizações, nações, partidos... como preferir chamar. Os mocinhos, basicamente. E você quer ajudar os mocinhos, não quer?

— E como ajudaria, se pudesse?

— Como eu disse, doutor August, o senhor sabe o futuro.

Um silêncio passou roçando entre nós como uma teia de aranha numa casa sombria. Ele parou de fingir que estava lendo o jornal, e eu passei a estudar seu rosto descaradamente.

— Há algumas questões óbvias que eu preciso perguntar — comentei, por fim. — Suspeito que já sei as respostas, mas, já que estamos sendo tão francos um com o outro...

— É claro. Nosso relacionamento deve se basear na honestidade.

— Se eu tentasse ir embora, teria permissão?

Phearson sorriu.

— Bem, é uma pergunta interessante. Permita que eu responda com outra pergunta: se você quisesse ir embora, para onde acha que poderia ir?

Passei a língua no interior da boca e senti cicatrizes que estavam fechando e cortes recém-abertos na parte interna da bochecha e nos lábios. Então:

— Se eu tivesse esse conhecimento, e eu não tenho, que uso você faria dele?

— Isso depende do que seja. Se você me disser que o Ocidente vai sair vitorioso deste conflito, que o bem vence e o mal tomba sob a espada do justo, então, porra, vou ser o primeiro a lhe pagar uma garrafa de champanhe e um banquete na *brasserie* que preferir. Mas se você souber as datas de massacres, de guerras e batalhas, de assassinatos e crimes, bem, senhor, não vou mentir, talvez a gente precise conversar um pouco mais.

— Você parece muito disposto a acreditar que eu sei alguma coisa do futuro, embora todos, incluindo a minha esposa, acreditem que tudo não passa de um delírio.

Ele suspirou, dobrou o jornal e o pôs de lado, como se tivesse desistido de fingir.

— Doutor August, deixe-me perguntar uma coisa, já que estamos nesse espírito de uma conversa livre e franca — retrucou ele, inclinando-se na mesa, com as mãos cruzadas sob o queixo. — Em alguma das suas viagens, das suas muitas, muitas viagens, você já ouviu falar em Clube Cronus?

— Não — respondi sinceramente. — Nunca ouvi. O que é?

— Um mito. Uma dessas bizarras notas de rodapé acadêmicas que vão ao fim de um texto para animar uma passagem especialmente chata, um conto de fadas do tipo "por acaso, alguns dizem isso, mas não é esquisito?", enfiado em letras minúsculas no fim de um tomo nunca lido.

— E o que dizem essas letras minúsculas?

— Dizem... — respondeu ele, bufando com a resignação típica de quem está cansado de contar histórias. — Dizem que há certas pessoas vivendo entre nós que não morrem. Dizem que elas nascem, vivem, morrem e voltam a viver a mesma vida, mil vezes. E, sendo infinitamente velhas e sábias, elas se reúnem às vezes, ninguém sabe onde, e fazem... Bem, o que eles fazem varia de acordo com o texto. Alguns dizem que eles se vestem com túnicas brancas e se encontram para reuniões conspiratórias, outros dizem que fazem orgias para criar a geração seguinte de pessoas desse tipo. Não acredito nessas hipóteses, porque o Klu Klux Klan prejudicou a moda da túnica branca no Sul, e porque todo mundo aposta nas orgias.

— E isso é o Clube Cronus?

— Sim, senhor — respondeu Phearson, radiante. — Como os Illuminati sem o glamour, ou os maçons sem as abotoaduras, uma sociedade que se autoperpetua através do tempo para o infinito e o atemporal. Precisei investigar isso porque alguém disse que os russos faziam parte, e pelo que descobri é uma fantasia criada por alguém bem entediado, mas então... então aparece alguém como você, doutor August, e joga todo o meu trabalho no lixo.

— E você acha que pode ser verdade só porque os meus delírios são iguais à história que uma velha contou?

— Meu Deus, não! De jeito nenhum! Acho que é verdade porque os seus delírios correspondem à realidade. Então — disse ele, insinuando um leve sorriso ao se acomodar na cadeira —, cá estamos.

Tempo não é sabedoria; sabedoria não é inteligência. Ainda sou capaz de me sentir oprimido; Phearson me oprimia.

— Posso ter um tempo para pensar a respeito? — perguntei.

— Claro. Pense nisso com a cabeça no travesseiro, doutor August. Responda amanhã de manhã. Você joga croqué?

— Não.

— Lá fora tem um campo lindo, se quiser aprender.

Capítulo 11

Um momento para refletir sobre a memória.

Os kalachakra, os ouroboranos, aqueles de nós que orbitamos eternamente a mesma série de eventos históricos embora nossas vidas possam mudar — ou seja, os membros do Clube Cronus —, esquecemos. Alguns veem o esquecimento como uma bênção, uma chance de redescobrir as coisas que já foram vividas, de preservar alguma sensação de admiração pelo universo. Uma sensação de déjà vu persegue os membros mais antigos do Clube, que sabem que já viram tudo isso antes, mas não conseguem se lembrar bem de quando. Outros veem nossa memória imperfeita como prova de que, apesar de nossa condição, ainda somos humanos. Nossos corpos envelhecem e experimentam todas as dores dos humanos, e quando morremos as gerações futuras podem encontrar o local onde estamos enterrados, exumar nossos corpos putrefatos e dizer, sim, estes aqui são mesmo os restos mortais do falecido Harry August, mas alguém sabe dizer onde sua mente foi parar? No que concerne à realidade, as implicações dessa revelação são inúmeras para discutir aqui, mas sempre, sempre voltamos à mente — é a *mente* que faz a jornada através do tempo enquanto a carne se decompõe. Não somos nada além de mentes, e nada mais humano para a mente que ser imperfeita e esquecer. Então, ninguém consegue se lembrar de quem fundou o Clube Cronus, embora todos tenham cumprido seu papel;

talvez até o ouroborano que tenha feito essa primeira escolha já não se lembre mais de seu papel e, como todos os outros, fique imaginando quem foi o responsável. Quando morremos é como se o mundo reiniciasse, e só a memória dos nossos feitos permanecesse como evidência das nossas ações, nem mais, nem menos.

Eu me lembro de tudo, às vezes com tanta intensidade que mais parece que estou revivendo, não apenas recordando. Mesmo agora, enquanto escrevo, consigo me lembrar do sol se pondo atrás das colinas e da fumaça marrom que saía do cachimbo de Phearson ao vê-lo sentado no pátio abaixo da minha janela, olhando na direção do campo vazio de croqué. Não consigo recriar o padrão exato dos meus pensamentos, no sentido de que eles não tinham palavras, não tinham uma em que eu pudesse me agarrar; mas posso dizer o exato momento em que cheguei à minha decisão, onde estava sentado e o que estava vendo. Eu estava sentado na cama e vi uma pintura rústica de casas de campo em tons de verde e cinza, com um spaniel latindo do lado de fora, numa postura parecida com a de um coelho saltitante.

— Aceito, mas tenho uma condição — disse eu.

— E qual seria?

— Quero saber tudo o que você sabe sobre esse Clube Cronus.

— Está bem — respondeu Phearson, após pensar por um breve instante.

Assim começou minha primeira — e praticamente única — manipulação do curso dos eventos temporais. Comecei de forma mais geral, com pinceladas amplas. Phearson ficou satisfeito ao saber da queda da União Soviética, mas sua satisfação tinha toques de suspeita, como se tivesse uma leve suspeita de que eu estivesse inventando bobagens para aplacar seus desejos. Ele exigiu detalhes — detalhes — e, quando lhe contei da *perestroika* e da *glasnost*, da queda do Muro de Berlim, da abertura das fronteiras da Áustria, da morte de Ceauşescu, ele entregou anotações incessantes a seus assistentes, pedindo que verificassem os nomes que eu mencionava, para confirmar a existência de um Gorbachev no Kremlin e para saber se de fato esse homem poderia se tornar um poderoso aliado na destruição da glória de sua própria nação.

Seus interesses não eram puramente políticos. Durante a tarde, queria saber sobre ciência e economia, como se fosse um leve passatempo entre os interrogatórios políticos sérios. Meus interesses não o ajudaram. Eu sabia que o telefone celular seria criado e que uma força misteriosa chamada internet estava ganhando força, mas não conseguia dizer como nem quem inventara essas coisas, pois eu nunca havia me interessado por elas. A política nacional pouco o interessava, e perguntas se adaptavam às respostas que eu dava, tornando-se cada vez mais específicas conforme eu me esforçava para mantê-las tão genéricas quanto possível. Após suas dúvidas iniciais de que o futuro seria de fato tão auspicioso, ele começou a se ater aos detalhes mais precisos, pressionando-me cada vez mais para eu me lembrar das manchetes que eu via de passagem nas bancas de jornal ou das recordações de uma viagem de trem que partira de Kyoto em 1981.

— Meu Deus, senhor! — exclamou ele. — Ou você é o maior mentiroso do mundo ou tem uma memória de dar inveja.

— Minha memória é perfeita. Eu me lembro de tudo, desde a primeira vez que entendi o que era uma recordação. Não me lembro de nascer; talvez o cérebro não seja desenvolvido o bastante para entender esse evento. Mas me lembro de morrer. Me lembro do momento em que tudo para.

— E como é? — perguntou Phearson, com um particular brilho de entusiasmo nos olhos que eu ainda não tinha visto.

— A interrupção é delicada. Não passa disso. Uma interrupção. O chegar lá é que é difícil.

— Você viu alguma coisa?

— Não.

— Nada?

— Nada diferente da ação natural de uma mente que está se deteriorando.

— Talvez não tenha importância para você.

— "Não tenha importância"? Para você minha morte não é... — Eu me contive, depois desviei o olhar. — Bom, acho que não tenho nada com o que comparar, não é?

Não acrescentei que ele também não tinha.

Mesmo falando apenas a verdade, ele não se satisfazia.

— Mas como é possível alguém invadir o Afeganistão? Não há ninguém lá para combater!

Seu desconhecimento sobre o passado era quase tão profundo quanto sobre o futuro, mas ao menos tinha a vantagem de contar com uma equipe diferente para corroborar os fatos. Eu lhe disse para estudar o Grande Jogo, pesquisar o povo *pashtun*, olhar um mapa. Expliquei que poderia lhe dar datas e mencionar lugares, mas o entendimento ficaria por conta dele.

Durante meu tempo livre eu estudava. Aparentemente, Phearson era um homem de palavra. Li a respeito do Clube Cronus.

De fato, havia pouca literatura sobre o assunto. Se minha experiência não tivesse sido tão parecida com o que li, eu teria considerado toda a questão uma fraude. Em 56 d.C., uma referência a uma sociedade em Atenas famosa pela erudição e pela exclusividade, o mistério em torno de sua natureza, o que causou a expulsão de seus membros quatro anos depois, expulsão essa que, de acordo com o cronista, eles aceitaram com boa vontade e desprendimento fora do normal, despreocupados com os acontecimentos da época. No próprio diário, outro cronista escreveu que, dois dias antes do Saque de Roma, um prédio na esquina de sua rua dedicado ao culto ao deus Cronos havia sido evacuado, as damas e os cavalheiros muito bem-vestidos que compareciam ao local fizeram a mudança ao receber o alerta de que em breve não valeria mais a pena ficar ali, e eis que os bárbaros chegaram. Na Índia, um homem acusado de assassinato e que se dizia inocente cortou a própria garganta na cela, alegando antes de morrer que morrer era um tédio, mas que, assim como a serpente, engoliria o próprio rabo e renasceria. Um grupo conhecido pela discrição deixou a cidade de Nanquim em 1935, e um dos membros, uma senhora conhecida por sua riqueza — ninguém sabia como ela a conseguira —, alertou sua criada favorita para que deixasse a cidade e levasse a família para o mais longe possível, dando a ela dinheiro para isso e profetizando uma guerra em que tudo se esvairia em chamas. Alguns os chamavam de profetas; os mais supersticiosos os chamavam de demônios. Qualquer que seja a verdade, para onde quer que tenham ido, o Clube Cronus parecia ter a dupla habilidade de evitar problemas e de ficar longe das vistas.

De certa forma, o arquivo de Phearson sobre o Clube Cronus foi sua ruína. Pois, ao ler o material, pela primeira vez comecei a pensar na questão do tempo.

Capítulo 12

Já mencionei alguns dos estágios pelos quais passamos ao tentar entender o que somos. Reconheço que fui pouco original e me matei para acabar com minha segunda vida, e na terceira vida eu busquei uma resposta em Deus.

Eu já contei que, durante a Segura Guerra Mundial, dei o melhor de mim para encontrar postos escondidos e seguros. O que eu não contei foi que a guerra também me deu a oportunidade de aprender um pouco mais sobre os limites do meu aprendizado atual. Então, de um engenheiro jamaicano com o duvidoso nome de Friday Boy, ouvi a respeito das almas dos mortos e dos fantasmas furiosos que continuam vagando por não terem sido honrados. De um circunspecto oficial americano chamado Walter S. Brody aprendi os mistérios dos batistas, dos anabatistas, dos mórmons e dos luteranos, tudo isso explicado com a seguinte conclusão:

— Minha mãe foi tudo isso por um tempo, e o que ela aprendeu foi que o melhor jeito de falar com Deus é ir atrás dele da sua própria maneira.

Antes de fugir — ou ser capturado, o rumor nunca foi esclarecido —, um soldado sudanês que transportara as bagagens para os tanques de Rommel em retirada da Tunísia me mostrou o caminho para Meca. Ele me ensinou a recitar as palavras "Sou testemunha de que não há

Deus senão Alá, e sou testemunha de que Maomé é servo de Deus e seu mensageiro", primeiro em inglês, depois num árabe deficiente, por fim, em acholi, que ele declarava orgulhosamente ser um idioma incomparável, e ele, sendo muçulmano e acholi, era um homem incomparável. Recitei a frase em acholi diversas vezes tentando acertar a entonação, e quando ele ficou satisfeito me deu um tapa nas costas e disse:

— Veja só! Talvez você não precise queimar no fogo do inferno, no fim das contas!

Acho que foi este soldado, mais do que os outros, que me encorajou a viajar. Ele contou histórias fantásticas e, como acabei descobrindo na maioria das vezes, completamente inventadas de terras gloriosas do outro lado do mar Mediterrâneo, de mistérios e respostas aguardando nas areias. Quando a guerra terminou fui atrás do primeiro navio em direção a essas terras que tantos ingleses estavam deixando e, embebido pelo espírito da época, cometi uma série de delitos e acabei passando por aventuras na impetuosa ignorância digna de minha aparente juventude. No Egito, eu me converti num crente fervoroso das palavras de Alá, até que um dia, três de meus irmãos da mesquita me encurralaram num beco no Cairo, e apanhei deles até desmaiar. Alegando que era um espião judeu — embora um espião judeu ruivo —, um imperialista, um comunista, um fascista, um sionista e, acima tudo, alguém diferente deles, eles arrancaram minha barba, rasparam a minha cabeça com facas cegas, cuspiram no meu rosto e rasgaram minha túnica branca, a qual eu comprara durante um arroubo típico de um recém-convertido e que ficara do tamanho errado. Passei quatro dias no hospital e, ao ter alta, procurei meu mulá em busca de conforto. Com educação, ele me serviu chá numa tulipa e me perguntou como eu me sentia a respeito da minha vocação.

Fui embora no dia seguinte.

Eu me diverti por um tempo com o judaísmo no recém-fundado estado de Israel, mas, apesar de todas as minhas credenciais de ex-soldado ferido na guerra a serviço da espionagem hebraica, estava claro que eu não me adaptaria, e minha condição de ex-soldado dos odiados britânicos também não ajudou. Vi homens e mulheres com marcas na pele ainda azuladas das tatuagens de campos de concentração, ajoelhando-se no Muro das Lamentações e chorando de alívio ao verem as pedras que refletiam a luz do sol, e soube que não pertencia àquele universo.

No topo do monte Sinai, um padre católico me cumprimentou quando eu subi em busca de um deus que atendesse às minhas preces. Eu me ajoelhei aos seus pés, beijei sua mão, disse que sua presença ali era um sinal, um sinal de que havia um deus e que ele tinha um propósito para mim, então lhe contei a minha história. Ao final foi ele quem se ajoelhou aos meus pés, beijou minha mão e disse que eu era um sinal, um sinal enviado por Deus de que afinal sua vida tinha um propósito, que através de mim sua fé havia sido renovada, e falava sobre meus prodígios com um ar tão sincero que comecei a duvidar deles eu mesmo. Ele disse que me levaria a Roma para conhecer o papa, que eu teria uma vida de meditação e oração para decifrar os mistérios da minha existência, e três dias depois acordei e o encontrei no chão do meu quarto, nu, a não ser por um colar de contas, ajoelhado e beijando minha mão enquanto eu dormia. Disse que eu era um mensageiro e pediu desculpas por ter em algum momento nutrido qualquer dúvida, e fugi pela janela dos fundos e pulei o muro do jardim logo antes de o sol raiar.

Tendo ouvido falar do misticismo e de filosofias que talvez conseguissem explicar minha situação onde a teologia ocidental havia falhado, rumei para a Índia. Cheguei em 1953, e foi fácil conseguir um emprego de mecânico para uma sucessão de linhas aéreas comerciais fadadas ao fracasso. Os fracassos em si quase nunca me afetavam; podia acontecer de, uma segunda-feira, eu sair do trabalho empregado por um homem e chegar para trabalhar na terça e encontrar meu antigo contrato de trabalho destruído e um novo somente esperando pela minha assinatura, idêntico, com todas as cláusulas, exceto a data e o nome do empregador. A Índia vinha se recuperando de seu processo de divisão, e eu estava no sul, longe da pior parte do derramamento de sangue que manchou sua independência. Nehru era o primeiro-ministro, e eu me vi completamente apaixonado, primeiro por uma atriz cujos olhos pareciam olhar para mim e somente para mim da tela do cinema, depois por uma sósia dela que vendia frutas no aeroporto e nunca havia aberto a boca para falar uma palavra importante durante toda a vida, a quem eu idolatrava de forma humilhante e a quem cortejei de forma desastrosa. Já se observou que até os mais velhos de nós, kalachakra, são movidos por um certo incentivo biológico, não importando a idade da nossa mente. Quando criança, senti apenas o incentivo biológico para crescer e o desalento intelectual que o processo provocava. Quando adolescente, lutei contra a depressão mantendo-me ocupado e prestando atenção às conspirações da Mansão Hulne. Já homem, no auge da vida, sentia mais do que nunca o impulso, a vontade de cair no mundo e desafiá-lo como um toureiro na arena. Viajei em busca de respostas, discuti com homens que retrucavam, amei até o fundo da alma e fui rejeitado até o fundo do coração, e idolatrei Meena Kumari, deusa de Bollywood, como símbolo da perfeição, embora não falasse uma palavra de híndi quando vi seus filmes pela primeira vez.

Não encontrei respostas nem no amor nem em Deus. Falei de ressurreição e reencarnação com os brâmanes, e eles me disseram que, se eu vivesse uma vida boa e pura, poderia retornar como algo maior do que eu mesmo.

— E como eu mesmo? Posso retornar como eu mesmo?

A questão causou comoção entre os sábios do hinduísmo para os quais perguntei. Gosto de pensar que fui eu a introduzir os primeiros indícios da física relativística no discurso deles, enquanto acadêmicos debatiam com fervor se, na natureza, a ressurreição precisava se dar na mesma linha temporal. Por fim a resposta veio de um sábio barrigudo com bons hábitos alimentares, que proclamou,

— Não seja ridículo, inglês! Você melhora ou piora, mas todas as coisas mudam!

A resposta pouco me satisfez, e, com as economias de dez anos consertando o mesmo jato que tinha um nome diferente a cada semana, eu me mudei. A China era bem pouco acolhedora, e o momento não era bom para uma visita ao Tibete, então rumei para o sul, desviando de Vietnã, Tailândia, Birmânia e Nepal, tentando me movimentar por lugares que os americanos não invadiriam ou uma guerra civil não estava prestes a ser deflagrada. Raspei a cabeça e passei a comer apenas vegetais, aprendi a rezar em voz alta usando palavras incompreensíveis e perguntei a cada representação de Buda, de Gautama a suas dez mil encarnações, por que eu era daquele jeito, e se a morte seguinte seria a minha última. Ganhei certa reputação, a de inglês que sabia o discurso de todas as religiões, que era capaz de argumentar com qualquer monge ou imame, padre ou pastor, sobre qualquer questão filosófica que eles fossem capazes de levantar, contanto que se referissem à alma imortal. Em 1969, recebi a visita de um homem alegre com óculos de aro redondo que se sentou de pernas cruzadas à minha frente na minha choupana e disse:

— Boa tarde, venerado senhor. Meu nome é Shen. Venho aqui representando uma instituição interessada, e estou aqui para descobrir suas intenções.

Na época, eu morava em Bangcoc e tinha descoberto que, por mais puras que fossem minhas orações, elas não aliviavam as penúrias provocadas pelos fungos tropicais que se desenvolvem nas dobras da pele quando se vive numa selva úmida. Os jornais publicavam histórias sobre a grandeza do governo em letras garrafais e negrito, e, em letras de corpo bem menor e usando uma tinta preta melancólica, boatos a respeito de guerrilhas comunistas nas montanhas. Eu custava a crer que aquele enésimo caminho me conduziria à iluminação, mas sabia que estava ficando velho demais para acreditar em qualquer outra coisa, então dividi o tempo entre consertar carros com minha túnica laranja e meditar sobre o que faria se não fosse capaz de morrer.

Com o rosto tão reluzente quanto uma castanha-da-índia e uma camisa azul grudenta de suor nas costas e nas axilas, o senhor Shen ergueu os óculos de leve e acrescentou:

— Você está aqui para se dedicar a atividades contrarrevolucionárias?

Eu havia passado por uma fase de dar respostas místicas e sábias, mas, francamente, em certo momento ficamos velhos demais para essas coisas, então soltei:

— Você trabalha para os serviços de segurança chineses?

— É claro, venerado senhor — entoou ele, inclinando-se numa reverência mesmo sentado com as mãos juntas, do jeito que os tailandeses demonstram respeito ao tratar com um professor. — Temos pouquíssimo interesse neste país, mas algumas pessoas têm sugerido que você é, na verdade, um agente imperialista do Ocidente que pretende se aliar às forças contrarrevolucionárias com esse separatista burguês que chamam de Dalai Lama, e que seu templo é um polo de subversão capitalista criado para atacar o coração do nosso povo glorioso.

Ele respondeu de um jeito tão cordial que eu me vi forçado a perguntar:

— E isso é ruim?

— É claro que é ruim, venerado senhor! Esse tipo de atividade subversiva seria motivo para represália por parte do meu governo, embora seja claro que — um breve sorriso, brilhante e alegre —, naturalmente, você seria protegido por seus aliados imperialistas, e sem dúvida isso causaria repercussões.

— Ah! — exclamei, enfim compreendendo. — Você está ameaçando me matar?

— Eu odiaria que chegasse a esse ponto, venerado senhor, ainda mais porque acredito que você é apenas um inglês excêntrico em busca de uma vida tranquila.

— Como você me mataria? Seria rápido?

— Eu gostaria que sim! Ao contrário da propaganda do seu governo, não somos bárbaros.

— E eu precisaria saber? Seria possível, por exemplo, você me matar sem dor, enquanto eu durmo? Isso seria uma opção?

Um olhar consternado atravessou o rosto de Shen enquanto ele considerava a possibilidade.

— Imagino que seria conveniente para todos os envolvidos que sua morte parecesse indolor e natural. Se você estivesse acordado, sem dúvida haveria briga e sinais de autodefesa, o que seria inaceitável para um monge, mesmo que seja um monge porco imperialista. Você... *não* é um porco imperialista, é?

— Eu sou inglês — salientei.

— Existem muitos ingleses comunistas.

— Não sou comunista.

Indeciso, Shen mordeu o lábio inferior e correu os olhos pelos cantos da sala, como se esperasse encontrar uma rachadura na parede de bambus por onde um rifle pudesse aparecer. Então, abafando a voz, murmurou:

— Espero que não seja um agente imperialista, venerado senhor. Recebi ordens de compilar o dossiê contra você e não encontrei evidências de que você seja algo diferente de um louco inofensivo com crenças antiquadas. Meu trabalho ficaria bem manchado se você se revelasse um espião.

— Com certeza não sou espião — garanti.

Shen pareceu aliviado.

— Obrigado, senhor! — exclamou, enxugando a testa com a manga da camisa e logo depois pedindo desculpas por aquela suada falta de desrespeito. — De fato parecia bem pouco provável, mas, nos tempos em que vivemos, é preciso ser meticuloso.

— Aceita um chá?

— Não, obrigado. Não posso ser visto confraternizando desnecessariamente com o inimigo.

— Pensei que você havia concluído que eu não era o inimigo.

— Você é ideologicamente corrompido, mas inofensivo — corrigiu ele.

Ao dizer isso, e depois de abundantes reverências, Shen se encaminhou à porta.

— Senhor Shen — chamei-o.

Ele parou à porta, e seu rosto traía a expressão tensa de um homem que sinceramente esperava não estar prestes a ficar mais atarefado.

— Eu não consigo morrer — expliquei com educação. — Eu nasço, vivo, morro, nasço outra vez, mas é a mesma vida. Por acaso seu governo tem alguma informação a respeito disso que me possa ser útil?

Ele sorriu, dessa vez com uma verdadeira expressão de alívio tomando conta de suas feições.

— Não, venerado senhor. Obrigado pela cooperação. — Então, um adendo: — Boa sorte com esse assunto.

Shen abriu a porta e saiu.

Ele foi o primeiro espião que conheci, e Franklin Phearson foi o segundo. Dos dois, acho que preferi Shen.

Capítulo 13

Uns setenta anos depois, Phearson estava à mesa, de frente para mim, naquela mansão em Nortúmbria, irritado ao me ouvir dizer:

— A complexidade deve ser seu pretexto para não agir. A complexidade dos eventos, a complexidade do tempo... De que adianta você saber isso?

Chovia lá fora, um aguaceiro forte e incessante que chegara dois dias depois de um calor sufocante, o céu abrindo a torneira. Phearson viajara para Londres; voltara com mais perguntas e uma atitude menos dócil.

— Você está escondendo coisas! — atacou. — Diz que tudo isso vai acontecer, mas não diz como. Fala de computadores, telefones e do maldito fim da Guerra Fria, mas não diz merda nenhuma de como nada disso funciona. Nós somos os mocinhos, estamos aqui para melhorar as coisas, entendeu? Criar um mundo melhor!

Quando Phearson se enfurecia, uma veia azul como uma cobra contorcida surgia em sua têmpora esquerda, e seu rosto, em vez de vermelho, ficava pálido e acinzentado. Ponderei suas acusações e concluí que boa parte não tinha fundamento. Eu não era historiador; os eventos do futuro haviam se desdobrado como ações no presente, dando pouco tempo para análises ou análises retrospectivas, apresentando-se em matérias de sessenta segundos no noticiário da TV. A capacidade que eu tinha de explicar o funcionamento de um computador era a mesma que tinha de equilibrar um peixe na ponta do nariz.

E, sim, eu estava escondendo coisas — não todas, mas algumas. Eu havia lido sobre o Clube Cronus, e a primeira lição que tirei foi que era um lugar em que se fazia silêncio. Se seus membros fossem como eu, se sabiam o futuro, ao menos no que dizia respeito às suas trajetórias pessoais, então eles tinham o poder de afetá-la diretamente. Ainda assim, escolhiam não fazê-lo. E por quê?

— Complexidade — repeti com veemência. — Você e eu somos meros indivíduos. Não podemos controlar os grandes eventos socioeconômicos. Você até pode tentar alterar um evento, mas isso, mesmo que da forma mais insignificante possível, invalidaria todo e qualquer outro evento que eu já tenha descrito. Eu posso lhe contar que os sindicatos vão sofrer durante a Era Thatcher, mas a verdade é que não sou capaz de apontar exatamente quais as forças econômicas por trás disso, nem explicar em poucas palavras por que a sociedade permite a destruição de suas indústrias. Não sou capaz de dizer o que passa pela cabeça das pessoas que dançam durante a queda do Muro de Berlim, ou exatamente quem no Afeganistão vai se levantar um dia e dizer: "Hoje é um bom dia para a jihad." E do que valem as minhas informações, se agir para mudar um único pedaço vai mudar o todo?

— Nomes, lugares! Diga nomes, diga lugares!

— Por quê? Você vai assassinar Yasser Arafat? Vai executar crianças por crimes que ainda não cometeram? Vai dar armas ao Talibã antes do tempo?

— Isso é uma decisão política, todas essas decisões são políticas...

— Você está tomando decisões com base em crimes que ainda não foram cometidos!

Ele jogou os braços num grande gesto de frustração.

— A humanidade está evoluindo, Harry! O mundo está mudando! Nos últimos duzentos anos a humanidade mudou de formas mais radicais do que nos dois mil anos anteriores! O ritmo da evolução está acelerando, tanto para a espécie quanto para a civilização. É o nosso trabalho, o trabalho dos bons, dos homens e das mulheres de bem, supervisionar o processo, agir como um guia para evitar mais cagadas e desastres! Você quer outra Segunda Guerra Mundial? Outro Holocausto? Nós podemos mudar as coisas, melhorar as coisas.

— Você se considera capaz de supervisionar o desenvolvimento do futuro?

— Claro que sim, porra! — rugiu ele. — Porque sou um puta defensor da democracia! Porque sou um puta liberal que acredita na liberdade, porque eu sou um cara bom pra cacete e de bom coração e, porra, porque alguém precisa fazer esse trabalho!

Eu me recostei na cadeira. A chuva caía na diagonal, batia no vidro da janela. Havia flores recém-colhidas na mesa, café frio no meu copo.

— Lamento, senhor Phearson — disse, por fim. — Não sei o que quer ouvir de mim.

Ele girou uma cadeira, sentou-se nela, aproximou-a de mim e, baixando o tom de voz de um jeito que parecia querer conspirar, esticando as mãos num gesto que parecia um pedido de desculpas, perguntou:

— Por que não ganhamos no Vietnã? O que estamos fazendo de errado?

Eu grunhi e levei as mãos à cabeça.

— Vocês não são bem-vindos! Os vietnamitas não querem vocês, os chineses não querem vocês, seu próprio povo não quer lutar no Vietnã! Não dá para ganhar uma guerra que ninguém quer lutar!

— E se jogássemos a bomba? Uma bomba, em Hanói, uma limpeza geral?

— Não sei, porque isso nunca aconteceu, e nunca aconteceu porque é absurdo! — gritei. — Você não quer conhecimento, quer afirmações, e eu... — Eu me levantei de súbito, e fui o primeiro a me surpreender com o movimento repentino. —... eu não posso lhe dar isso — concluí. — Lamento. Quando concordei em fazer isso, pensei que... que você queria outra coisa. Acho que errei. Eu preciso... preciso pensar.

Ficamos em silêncio.

Em chinês, a asma é descrita como um animal ofegante, com a respiração pesada resultado de uma enfermidade. Phearson permaneceu imóvel como uma estátua, apertando as mãos para se conter de forma civilizada, seu terno bem passado, seu rosto impassível, mas sua respiração era toda de um animal que ofegava dentro de seu peito.

— Para que você serve? — perguntou ele, do jeito típico de uma pessoa criada em meio aos valores da boa educação, do autocontrole cuidadoso, mas a respiração que acompanhou a pergunta queria rasgar meu pescoço com os dentes e beber o sangue. — Você acha que isso não importa, doutor August? Você acha que morre e fica por isso mesmo? O mundo reinicia, bum! — Ele deu um tapa na mesa, forte o bastante para fazer as xícaras pularem dos pires. — Nós, os homens insignificantes com suas vidas insignificantes estão mortos e esquecidos, e tudo isso... — ele não precisava se mexer, não precisava fazer mais do que correr os olhos ao redor do quarto — ...tudo não passa de um sonho. Você é Deus, doutor August? Você é o único ser vivo que importa? Acha que, só porque é capaz de se lembrar, a sua dor é mais intensa e importante? Acha que, porque viveu essa dor, sua vida é a única vida que conta? Acha?

Ele não gritou, não levantou a voz, mas a respiração animal se acelerou, enquanto ele contraía os dedos para conter o próprio instinto destrutivo. Eu vi que não tinha nada. Não tinha palavras, ideias, justificativas, réplicas. Ele se levantou de repente, de um jeito brusco, como uma espécie de ruptura, embora eu não soubesse dizer de quê, enquanto a veia de sua têmpora se fazia cada vez mais visível sob a pele.

— Está bem. — Ele ofegava as palavras. — Está bem, doutor August. Está bem. Nós dois estamos um pouco cansados, um pouco frustrados... Talvez precisemos de um descanso. Por que não tiramos o resto do dia, e você pensa sobre isso? Tudo bem? Tudo bem — decidiu ele antes de eu responder. — É esse o plano. Ótimo. Vejo você amanhã.

Ao dizer isso, Phearson saiu a passos largos do quarto sem dizer mais uma palavra ou olhar para trás.

Capítulo 14

Eu tive que ir embora.

O sentimento já vinha crescendo dentro de mim fazia um tempo, mas naquele momento chegou ao nível de certeza. Ficou claro que nada de bom aconteceria se eu permanecesse lá, portanto, eu precisava ir. Não seria tão simples quanto sair pela porta da frente, mas às vezes os melhores planos de fuga são os mais simples.

Por que, em todos os anos que passei no Oriente, não me dei ao trabalho de aprender pelo menos um pouquinho de kung fu?

A pergunta me pareceu ridícula enquanto eu aguardava sentado no quarto esperando o anoitecer. Havia guardas — não vestidos como guardas propriamente ditos, mas no tempo que passei lá eu aprendera o suficiente sobre a rotina do lugar para perceber que havia pelo menos cinco homens de serviço a qualquer momento, perambulando em silêncio, aguardando uma ordem. Todas as noites às sete havia mudança de turno, e no geral a equipe que entrava ainda estava digerindo o jantar. Isso os deixava displicentes, mais lentos e um pouco relaxados demais. O terreno que se estendia à frente da minha janela era composto de tojos e urzes, e quando o leiteiro fazia a entrega falava com um sotaque pesado do norte. Não precisei de muito mais do que isso. Eu trabalhei na terra e fui criado naquela parte do país; havia nascido e morrido naquele solo na primeira vida e sabia sobreviver num pântano. Apesar de todos os recursos e homens à sua disposição, Phearson me parecia um garoto da cidade desacostumado à caça em meio à natureza selvagem. Eu só precisava atravessar os muros.

Quando começou a escurecer, já perto das sete da noite, catei os recursos que pude. Uma faca de cozinha que roubara durante o jantar, um copo e um pratinho de metal furtados da cozinha, uma caixa de fósforos, uma barra de sabão, escova e pasta de dente, e algumas velas. Phearson havia sido cuidadoso: pouco mais havia ao alcance de um ladrão ávido. Ele me dera papel para anotar minhas lembranças; eu o aproveitei para escrever duas cartas antes da fuga. Envolvi tudo no meu cobertor e o amarrei às costas com tiras de lençol da cama. Às sete e cinco, quando as últimas luzes do dia começaram a se esvair do outro lado do pântano, abri com cuidado a porta do quarto, me sentindo uma criança ridícula, e desci as escadas.

Haveria guardas na porta de entrada e na da cozinha, mas muitos deles dormiam no local, e nenhum se importava em vigiar os quartos dos próprios guardas. Num deles, encontrei um casaco pesado e vários pares de meias, além de alguns xelins na cômoda, depois fui para os fundos da casa, onde uma janela dava para um telhado baixo em arco. Saí com os pés primeiro, mal me equilibrando no beiral, então caí fazendo um baque metálico que me chacoalhou até os ossos, e esperei para ver se alguém iria até lá.

Mas ninguém foi, então, desci escorregando e andei com cuidado no caminho de cascalho que serpenteava ao redor da casa. Correr seria avisar da minha fuga, então caminhei como os guardas, com desenvoltura e determinação, o coração palpitando a cada passo, até que finalmente me vi atrás das sebes de urze e pronto para correr, e foi o que fiz.

Eu estava fora de forma, mas a verdade é que nunca havia estado em forma para sair dela, e meu confinamento em nada ajudou. Mas eu carregava pouco peso, e uma euforia estranha, uma lembrança dos sons e cheiros da infância e do pântano, e o fato de que cada passo era como uma libertação me deram forças para seguir em frente. Um muro rodeava todo o terreno, algo que eu notara nas caminhadas supervisionadas no jardim, mas era um muro projetado mais para manter os estranhos do lado de fora do que os prisioneiros do lado de dentro, e foi fácil resolver o desafio de encontrar um velho carvalho cujo galho mais baixo pendesse acima do muro de tijolos amarelos, tal qual a prancha de um navio pirata. Afastando com os dedos os insetos que se alimentavam da madeira apodrecida, eu escalei, deslizei pelo galho como fizera tantas vezes quando garoto e me deixei cair do outro lado. E, assim, eu estava livre.

Quem dera tivesse sido tão simples.

Eu tinha um plano, que se dividia numa série de outros planos que poderiam acabar de diversas maneiras, dependendo de como o plano maior sucedesse. Considerei alta a chance de ser recapturado, tendo em vista minha inexperiência em fugir de autoridades e a quantidade de detalhes que revelara a respeito de mim mesmo, mas contava com algum tempo até que isso acontecesse.

Independentemente do que acontecesse, eu precisava descobrir onde estava, determinar até que ponto seria difícil cumprir com o restante do plano. Uma estrada antiga era ladeada por dois densos arvoredos; eu a segui rumo ao oeste, escondendo-me na floresta ao som dos três carros que passaram durante todas as horas de caminhada. Criaturas murmuravam entre as árvores a meu lado, tentando imaginar o que eu estava fazendo; eu poderia criar uma visão romântica e dizer que ouvi o piado de uma coruja, mas a verdade é que ela teve mais bom senso e se manteve longe de mim quando passei. Estimei que, do lado de fora, eu teria no máximo três horas antes de o alarme soar dentro da casa. Se tivesse azar, poderia ser em muito menos tempo.

Havia um entroncamento logo após um córrego coroado com uma pequena ponte de alvenaria. Ela oferecia duas opções: Hoxley, a oito quilômetros, ou West Hill, a onze. Escolhi Hoxley, sabendo que seria a escolha mais óbvia, mas também a mais rápida, e comecei a andar em paralelo com a estrada. Logo a cobertura da floresta deu lugar a campos abertos emoldurados por muros baixos de pedra; pulei para o outro lado e me agachei no terreno barrento sempre que ouvia o ronco de um motor, não importava a distância. A lua estava crescente — ideal em termos de fornecer luz o bastante para eu ver, mas não tanto para me expor. O ar, tão quente durante o dia, ficara frio o bastante para minha respiração virar vapor. O terreno continuava barrento por causa da chuva, minhas calças estavam sujas de barro, e, minhas meias, empapadas num chapinhar interminável. Encontrei a Estrela do Norte, o Cinturão de Órion, Cassiopeia e Ursa Maior. A Cassiopeia estava alta, e a Ursa, baixa, o que significava que mal passava de meia-noite quando passou perto de mim o primeiro carro a uma velocidade que indicava urgência. Eu dera sorte: eles haviam demorado várias horas para perceber minha ausência, e só lhes restava dirigir pelo campo com os faróis totalmente acesos para me localizar enquanto eu conseguia me orientar com a luz das estrelas.

Hoxley era um pequeno vilarejo de construções de pedra à beira de uma pequena colina de pedras, que outrora fora minerada e agora estava decadente. Eu me adentrei por caminhos secundários entre as casas, pelas ruelas que davam para campos e cercas. Embora não fosse capaz de abrigar mais de quatrocentas almas, Hoxley contava com um memorial de guerra em sua minúscula praça central, onde estavam listados os nomes daqueles que haviam morrido nas duas guerras. Vi um carro prata estacionado ao lado dele, com os faróis ligados, e um vulto lá dentro. O carro havia parado perto do único pub, e isso nitidamente irritou o proprietário, que estava à porta discutindo com um segundo homem, indignado por ter sido despertado tão tarde. Em silêncio, rastejei para longe da praça, subindo até chegar a uma rua que só poderia se chamar rua Alta, com sua única mercearia que vendia tomates frescos e cordeiro, além de uma agência dos correios, pintada com orgulho num tom vermelho vivo que estava descascado. Já sabendo onde a agência ficava, voltei a escapulir para os arredores do vilarejo, passei com cuidado por entre as tábuas frouxas de um celeiro torto e me escondi entre os carrinhos de mão enferrujados, as pilhas de pacotes de feno e as penas empoeiradas que os frangos perderam durante alguma briga.

Não dormi, e esse não era o problema.

Capítulo 15

Durante meu tempo na casa, eu havia cronometrado o nascer do sol, então sabia exatamente quando ele sairia.

Deixei passar mais ou menos uma hora após o nascer do sol para sair rastejando de minha toca, e, sujo de barro e coberto de penas, fui o primeiro a entrar na agência dos correios de Hoxley assim que a funcionária abriu a porta, uma mulher carrancuda de rosto redondo e corado. Com os xelins que havia roubado dos guardas, comprei dois envelopes e alguns selos, e coloquei as cartas na mão dela.

— Você é muito gentil — disse eu com meu melhor sotaque escocês, e ela ergueu as sobrancelhas ao ouvir um sotaque estrangeiro.

Foi uma péssima tentativa de disfarce, mas minha intenção era deixar a menor quantidade possível de indícios da minha presença na cidade, para o caso de os perseguidores perguntarem a meu respeito. Observei-a colocar as duas cartas em sua bolsa e fui embora.

O dia estava quente, claro e lindo.

Relutante, abandonei meu casaco roubado, que fizera um excelente trabalho durante os momentos mais frios da noite. Achei que, com ele, seria muito fácil me identificarem, além de ele já estar sujo demais por causa da minha caminhada noturna. Sem ele e apenas com a roupa que estava por baixo, eu quase parecia um respeitável, apesar de enlameado, cavalheiro.

O carro prata que eu vira na noite anterior estava rondando as cercanias de Hoxley. Quando o caríssimo veículo se aproximou ruidosamente, eu me agachei atrás do muro de um cortiço que tinha cheiro de banheiro ao ar livre e do sabão que tentava eliminá-lo. Havia chegado a hora de voltar para o campo, de me afastar dos perigos das estradas à luz do dia.

Numa decisão totalmente aleatória, rumei para o norte, e durante algumas poucas horas a luz do dia e o calor me fizeram sentir livre, até que a sede, a fome e uma estranha sensação na boca começaram a me incomodar. Procurei por um declive ou um lugar onde houvesse árvores apesar da ação do homem, e seguindo essas diretrizes encontrei um riacho que aspirava a se tornar um rio, com rochas redondas e escorregadias ao longo do leito. Lavei o rosto, as mãos, o pescoço e bebi com avidez. Escovei os dentes e vi a corrente levar a espuma branca da minha saliva rio abaixo. Contei os centavos que me restavam do roubo da noite anterior e me perguntei a que distância estava a cidade vizinha e se era bem patrulhada. Estava velho demais para fazer armadilhas para coelhos, então juntei minhas coisas e segui em frente.

Cheguei ao vilarejo vizinho no começo da tarde.

Os homens de Phearson estavam espalhados pela região como moscas em torno dos olhos de um cavalo xucro. Lá havia uma padaria, e o cheiro de levedura era quase insuportável. Fiquei à espreita até os homens de Phearson irem embora, então, a passos largos, entrei na padaria com confiança e disse, desta vez com uma pronúncia sem sotaque:

— Um pão e toda a manteiga que o senhor tiver, por favor.

O padeiro se movia a uma velocidade glacial enquanto pensava na questão da manteiga.

— Bem, senhor, serve banha? — perguntou ele por fim.

A banha serviria, desde que chegasse logo.

— Você não é daqui, é, senhor? — perguntou ele.

Não, eu não era daqui; estava passeando e iria encontrar meus amigos.

— O tempo está ótimo para isso, senhor.

E não é que está mesmo? Torçamos para que continue assim.

— Seriam seus amigos os que chegaram à cidade esta manhã, senhor? Os que disseram que estavam procurando alguém?

Ele falava tão devagar, de um jeito tão amistoso, que era quase trágico perceber o tom de suspeita, a calma acusação em sua voz.

Eles pareciam estar aqui para caçar?

Não, não pareciam.

Ah, pois é. Então não poderiam ser meus amigos. Obrigado pelo pão, obrigado pela banha, e agora...

— Harry!

Phearson também conseguia falar sem sotaque quando precisava. Congelei à porta, com um pão debaixo de um braço e o pacote de banha já meio desembrulhado e pronto para passar. Phearson se aproximou depressa e me abraçou com enorme afeto.

— Eu estava preocupado de não acharmos você! — exclamou ele, e sua voz ressoou com força pela rua silenciosa de paralelepípedos. — Graças a deus você chegou a tempo.

Seu carro estava estacionado a menos de vinte metros, uma fera rugindo num bosque de conto de fadas. Um dos meus guardas anônimos — muito provavelmente o que tivera o casaco roubado — mantinha a porta traseira do carona aberta. Olhei para o carro, olhei para Phearson, e então, sem muita convicção do movimento, mas sabendo que precisava executá-lo, larguei o pão e lhe dei uma forte cotovelada na cara.

Tenho orgulho de dizer que ouvi alguma coisa se quebrar, e, quando voltei o braço, vi uma mancha de sangue na manga.

Infelizmente, não consegui me distanciar nem dez metros antes de o padeiro — que avançou a uma velocidade surpreendente para um homem sedentário — me derrubar com um movimento certeiro de rúgbi e se sentar na minha cabeça.

Capítulo 16

Medicamentos.

Mais medicamentos.

Eles me amarraram à cama, assim como fez o doutor Abel, mas, ao contrário do médico, eles não tinham o equipamento próprio para isso e portanto, tiveram que usar gravatas e cintos. Eles não me bateram mais do que o necessário para me subjugar, apenas o bastante para deixar claro que essa era a única opção. Então, Phearson disse:

— Lamento que tenha chegado a este ponto, Harry. Lamento mesmo. Eu esperava que você acabasse entendendo.

A escopolamina me fez rir; o temazepam me fez dormir. Tentaram usar amital sódico, mas eu não conseguia parar de chorar, embora não me sentisse triste. Calcularam mal a primeira dose de barbitúricos, e meu coração quase saiu pelos ouvidos. Alteraram a dose, e Phearson se sentou perto de mim enquanto eu babava bobagens sem sentido.

— Ninguém aqui quer machucar você, Harry — disse ele. — Meu Deus, eu não sou esse tipo de gente; não sou mesmo. Eu sou o mocinho. Eu sou um mocinho tentando fazer o melhor. Ninguém aqui quer machucar você, mas você precisa entender que este assunto é maior do que nós dois. Muito, muito maior.

Então, eles chegaram com os alicates para bateria da garagem do andar inferior, e ele aproximou o rosto do meu e disse:

— Harry, não me obrigue a fazer isso. Vamos lá, nós podemos fazer isso. Nós podemos melhorar as coisas, você e eu. Nós podemos fazer deste mundo um lugar melhor!

Percebendo que eu não responderia, eles me entupiram de antipsicóticos e ligaram os alicates a uma tomada na parede. Mas um dos sujeitos não entendeu o jeito certo e encostou um alicate no lugar errado, então tomou um choque, uivou como um personagem de desenho animado e deu um salto de quase meio metro. Precisaram descer com ele para aplicar gelo na mão, e com isso não tentaram mais nada com eletricidade durante aquela noite.

— Vamos lá, Harry — sussurrou Phearson. — Faça a coisa certa. Faça a diferença, porra! Faça a diferença!

Eu dei uma gargalhada e me deixei levar pelo abraço caloroso da onda de temazepam.

Capítulo 17

A complexidade deve ser seu pretexto para não agir.

Esse sempre foi o mantra do Clube Cronus, e eu lhe digo isso agora. Não é nobre, não é corajoso, não é honrado, não é ambicioso, mas, quando se mexe com o transcorrer da história, com o tempo em si, ganha ares de voto sagrado que deveria estar escrito acima de toda porta do Clube Cronus. Eu disse isso a Phearson, mas ele não entendeu.

Já falei do transcurso das nossas vidas, dos três estágios. Um é a rejeição da nossa natureza, e acho que já havia superado bem esse estágio quando Phearson chegou e me entupiu de alucinógenos psicotrópicos. Minha situação me mantinha longe da aceitação, mas acredito que, à minha maneira, eu vinha tentando explorar minha natureza para tirar melhor partido de minhas habilidades. Na terceira vida busquei Deus; na quarta, a biologia. Falaremos da minha quinta vida mais adiante, mas na sexta vida eu tentei explorar os mistérios da nossa natureza através da física, ainda que de forma tardia.

Você precisa entender que eu era um garoto nos anos 1930. Não qualquer garoto, mas um garoto que crescia sendo o filho bastardo de um homem que tinha tanto interesse nos avanços científicos quanto eu em relação aos pedigrees de seus cavalos preferidos. Eu não tinha noção alguma da revolução que estava ocorrendo no pensamento científico, da relatividade e da física nuclear, de Einstein, Bohr, Planck, Hubble e

Heisenberg. Eu tinha vagas noções de que o mundo era redondo e de que uma maçã que cai da árvore é atraída pela massa que está abaixo dela, mas durante séculos das minhas primeiras vidas o conceito que eu tinha de tempo era tão linear e desinteressante quanto uma régua de metal num local de obra. Precisei chegar à década de 1990 para começar a entender os conceitos da década de 1930 e como eles impactavam não apenas no mundo ao meu redor, mas também possivelmente na questão de quem e o que eu era.

Na sexta vida eu consegui o primeiro doutorado aos 23 anos — não porque fosse especialmente talentoso no campo da ciência, mas porque consegui pular muitas matérias entediantes de conhecimento geral e ir direto para áreas que me interessavam. Fui convidado a participar do Projeto Manhattan, o membro mais novo da equipe, e passei muitas noites angustiado, pensando se deveria ou não aceitar. O dilema não era ético — a bomba seria construída e jogada, não importava o que eu pensasse, e o projeto me daria a chance de conhecer algumas das mentes mais brilhantes da época, que ficariam trancafiadas na mesma sala. Mas, no fim das contas, a ideia de ficar trancafiado e de ter meus antecedentes investigados muito a fundo — além da relutância em me expor a um perigo desnecessário numa época em que a radiação não era bem controlada e ainda era gravemente incompreendida — me fizeram negar o convite, e passei a maior parte da guerra desenvolvendo hipóteses espantosamente plausíveis a respeito da tecnologia nazista, abarcando desde explosivos até motores de foguetes, passando pela água pesada e chegando à planta de reator nuclear que haviam projetado.

Conheci Vincent no fim de 1945. Já havíamos ganhado a guerra, mas o racionamento ainda estendia seu manto sombrio na minha mesa de jantar. Sei que é mesquinho me sentir ainda frustrado por pensar em como a comida era sem gosto durante boa parte da minha infância ou em como demora para que o aquecimento central se faça onipresente. Eu era palestrante em Cambridge e estava no meio de uma competição agressiva por uma cátedra que eu era jovem demais para receber e merecia muito mais do que meu rival muito mais qualificado aos 53 anos, P. L. George, um homem que se destacava especialmente pela complexidade de seus erros matemáticos. No fim, eu não conseguiria a cátedra; minha incompreensível dedicação ao conceito de Big Bang frente ao do estado estacionário, além de minhas insistências despropositadas na natureza da dualidade onda-partícula, combinadas com a minha juventude fora do padrão, me tornaram bastante impopular no alto escalão. De fato, era justa a censura que eu recebia pelos meus pontos de vista, já que em grande medida eles tinham base em evidências ainda não descobertas e, para justificá-las, requeriam tecnologias ainda não inventadas.

E foi exatamente essa falácia que levou Vincent a bater à minha porta.

— Doutor August, quero conversar sobre o multiverso — disse ele sem preâmbulos.

Como declaração inicial, essa foi bem inesperada, e me doía saber que cada segundo que Vincent permanecia à minha porta era mais um segundo em que o calor da minha lareira alimentada com tanto cuidado se consumiria com base no princípio da entropia máxima, e ninguém mais o aproveitaria. Contudo, ao perceber que ele não sairia do lugar, e em vista da nevasca cada vez mais forte caindo lá fora, eu o convidei para entrar, embora não estivesse nem um pouco disposto a isso.

Vincent Rankis. Quando nos conhecemos, ele era jovem, havia acabado de fazer 18 anos, mas já tinha a aparência de um homem preso para sempre na meia-idade. De alguma forma, apesar do racionamento que vigorava na época, ele era rechonchudo, mesmo sem ser gordo, arredondado sem ser obeso, embora nunca pudesse ser descrito como alguém musculoso. Seu cabelo castanho já estava começando a ficar ralo na coroa, indício de uma calvície que estava por chegar, e seus olhos verde-acinzentados compunham um rosto entalhado em argila úmida por um escultor ocupado demais. Já na época, as pernas de suas calças ficavam arregaçadas de um jeito que desencoraja qualquer interação social, e ele vestia um paletó de tweed que eu veria sempre, fosse qual fosse a época do ano. Talvez eu conseguisse tolerar suas afirmações de que o paletó duraria mil anos; mas me neguei a acreditar quando ele insistiu em afirmar que arregaçava as calças para pedalar na bicicleta com mais facilidade, já que nenhum veículo com rodas seria capaz de atravessar as ruas bloqueadas de Cambridge aquela noite. Arfando por causa do esforço, Vincent se sentou no braço da poltrona mais esfarrapada perto da lareira, e, antes mesmo de eu me sentar de frente para ele, tentando arrastar meu cérebro para fora da silenciosa letargia para os domínios da ciência moderna, ele exclamou,

— Permitir que filósofos apliquem seus argumentos banais à teoria do multiverso é um atentado contra a integridade da teoria científica moderna.

Estiquei a mão para pegar o copo mais próximo e a garrafa de uísque escocês, ganhando tempo para responder. O professor dentro de mim estava tentado a fazer o papel de advogado do diabo; o professor perdeu.

— É — respondi. — Concordo.

— Um multiverso não tem relevância alguma no que diz respeito à responsabilidade individual por uma ação; ele se limita a ampliar um paradigma simples do conceito newtoniano de que a toda ação corresponde uma reação, e do conceito de que onde não existe estado de repouso absoluto não se pode alcançar o entendimento da natureza de uma partícula sem mudar o objeto observado!

Ele parecia fervoroso a respeito do assunto, então, mais uma vez, eu disse apenas:

— É.

Vincent meneou as sobrancelhas furiosamente. Ele tinha o espantoso dom de falar movimentando as sobrancelhas e o queixo, enquanto o resto do corpo permanecia parado.

— Então, por que gastou quinze páginas do seu último artigo discutindo as implicações éticas da teoria quântica?!

Tomei um gole da minha bebida e esperei suas sobrancelhas voltarem ao estado natural, ainda que não absoluto, de repouso.

— Seu nome é Vincent Rankis, e só estou ciente disso porque, quando o bedel o repreendeu por ter cortado o gramado, você disse seu nome a ele e afirmou que, numa sociedade em transformação como a nossa, em breve o papel dele logo não só seria supérfluo, mas motivo de piada das gerações futuras. Se me lembro bem, você estava usando essa mesma camisa verde-oliva, e eu...

— Camisa azul, meias cinza e toga, e pelo seu jeito de caminhar depressa em direção ao portão, só me restou pensar que você estava atrasado para uma palestra, pois faltavam cinco minutos para uma da tarde e a maioria das suas salas de aula ficava a mais de dez minutos de distância dali.

Olhei para Vincent de novo, desta vez percebendo conscientemente todas as características que já havia percebido inconscientemente.

— Pois bem, Vincent, vamos discutir o pensamento ético e o método científico...

— Um é subjetivo, o outro válido — interrompeu-me ele.

— Se o seu ponto de vista é tão absoluto, não vejo de que serve o meu.

Ele esboçou um sorriso de canto de boca e teve a elegância de, pelo menos por um instante, parecer envergonhado.

— Desculpe — disse ele por fim. — Talvez eu tenha me excedido um pouco na bebida durante o caminho até aqui. Sei que posso passar a impressão de ser alguém... veemente.

— Um homem volta no tempo... — comecei e, ao ver sua careta de desagrado ergui a mão e acrescentei, para aplacá-lo: — Hipoteticamente falando, um exercício mental, se quiser chamar assim. Um homem volta no tempo e vê os eventos do passado se desdobrando diante dos seus olhos como se fossem parte do futuro. Ele sai da máquina do tempo...

— E altera o passado imediatamente!

— ...e sua primeira ação é mandar uma carta para ele mesmo quando mais jovem com os números dos cavalos vencedores nos páreos em Newmarket. Qual é o resultado disso?

— Paradoxo — declarou Vincent com firmeza. — Ele não se lembra de ter mandado a carta; é impossível ele ter ganhado em Newmarket. E, se tivesse, talvez não houvesse construído a máquina do tempo e voltado ao passado para enviar a carta com os resultados, para começo de conversa. Impossibilidade lógica.

— E qual é o resultado?

— Impossibilidade!

— Considere por um segundo que a hipótese é viável.

Ele bufou furiosamente, então exclamou:

— Três possíveis resultados! Um: no exato instante em que decide mandar para si mesmo a carta com os cavalos vencedores, ele se lembra de receber a carta e sua linha do tempo pessoal muda, e assim perpetua a própria existência na qual, sem os números dos vencedores, ele não poderia ter construído a máquina do tempo. Nesse caso, o paradoxo é que tudo deve surgir de algum lugar, e a iniciativa que ele toma é na verdade um efeito, um efeito que vem antes da causa, mas acho que neste cenário a lógica não é levada em conta. Dois: o universo inteiro entra em colapso. Eu sei que é melodramático, mas, pensando no tempo como um conceito de grandeza escalar sem valor negativo, não vejo outra saída, o que é uma pena, já que só estamos discutindo aqui uma pequena aposta num páreo de Newmarket. Três: no exato instante em que ele decide mandar os números, cria-se um universo paralelo. Neste universo, seu cronograma linear, ele volta para casa sem ganhar nada no Newmarket durante a vida inteira; por outro lado, no universo paralelo, sua versão mais jovem tem uma surpresa ao descobrir que ficou milionário e segue com sua vida muito feliz, obrigado. E qual é a implicação disso tudo?

— Não faço ideia — respondi francamente. — Só queria ver se você era capaz de realizar um pensamento lateral.

Ele deu outra bufada exasperada e olhou furioso para a lareira.

— Gostei do seu artigo — disse ele, depois de um tempo. — Deixando de lado toda a baboseira filosófica, o que, para mim, beirou a teologia, achei seu artigo um pouco mais interessante do que o que normalmente se lê nos periódicos. Era isso que eu queria dizer.

— Eu me sinto honrado. Mas, se a sua reclamação é de que a ética não tem lugar na ciência pura, lamento, mas me vejo forçado a discordar de você.

— É claro que ela não tem lugar! A ciência pura não é nada mais, nada menos do que o processo lógico de dedução e experimentos sobre eventos observáveis. Ela não encerra as noções de bem ou de mal, tudo gira em torno do que é certo ou errado por definição estritamente matemática. O que as pessoas fazem com ciência é motivo para debates éticos, mas o verdadeiro cientista não deve se preocupar com essas coisas. Isso deve ficar nas mãos dos políticos e filósofos.

— Você atiraria em Hitler?

Ele fez uma careta.

— Achei que havíamos acabado de determinar a possibilidade de destruir o universo com uma manipulação temporal desse tipo.

— Também postulamos um universo paralelo que você pode salvar dos efeitos da guerra. Até chegamos a criar a hipótese de um mundo em que você próprio poderia desfrutar essa paz, deixando de lado o paradoxo que isso implicaria.

Vincent tamborilou os dedos no braço da poltrona, então soltou:

— As forças socioeconômicas também devem ser levadas em conta. Hitler foi a única causa da guerra? Eu diria que não.

— Mas a direção que a guerra tomou..?

— Mas aí é que está! — exclamou ele, voltando a agitar as sobrancelhas. — Se eu decidisse atirar em Hitler, como iria saber se alguém menos disposto a invadir a Rússia no auge do inverno, a sitiar cidades sem estratégia alguma ao custo de centenas de milhares de soldados ou a começar a bombardear Londres, em vez dos campos de aviação... como vou saber se esse outro belicista mais sensato não vai surgir das condições que passaram a existir?

— Então você argumenta que a complexidade é um pretexto para a inércia?

— Argumento que... argumento que... — grunhiu, largando as mãos nos braços da cadeira, frustrado. — Argumento que foram exatamente essas brincadeiras hipotéticas com a filosofia que minaram a perfeita integridade do seu artigo!

Então Vincent se calou, e eu, já cansado mesmo antes de ele chegar, aproveitei o silêncio por um tempo. Ele olhou para a lareira e parecia que havia passado a vida toda na minha poltrona, como se fosse uma peça a mais do mobiliário.

— Aceita uma bebida? — perguntei por fim.

— Está bebendo o quê?

— Uísque escocês.

— Eu já bebi um bocado...

— Não vou contar para o bedel.

Uma breve hesitação, então:

— Obrigado.

Servi um copo e, enquanto lhe entregava, disse:

— Então me diga, senhor Rankis: o que o traz aos nossos veneráveis corredores?

— Respostas — retrucou ele, veemente. — Mensuráveis, objetivas. O que se oculta do outro lado desta realidade, o que está acontecendo no mundo e somos incapazes de perceber, algo mais profundo que os prótons e nêutrons, maior do que as galáxias e os sóis. Se o tempo é relativo, então a velocidade da luz se tornou a régua do universo, mas será que o tempo se resume a só isso? Uma simples variável das equações de velocidade?

— E eu aqui pensando que os jovens só se interessavam por sexo e música.

Vincent sorriu, e aquele foi o primeiro momento verdadeiro de bom humor que vi da parte dele.

— Ouvi dizer que você se candidatou a uma cátedra.

— Não vou conseguir.

— Claro que não vai — concordou ele em tom afável. — Você é jovem demais. Não seria justo.

— Obrigado pelo voto de confiança.

— Você não pode dizer que não espera alcançar algo então ficar ressentido quando alguém concorda com você.

— Tem razão, é irracional. Você parece bastante... franco... para um graduando.

Ele deu de ombros.

— Não posso perder tempo sendo jovem, a sociedade impede os que têm menos de 30 anos de fazer muita coisa.

Suas palavras me causaram uma comoção interna imediatamente; eu havia passado 25 anos vivendo no tédio de não poder fazer essas coisas.

— Você se interessa pelo tempo?

— Complexidade e simplicidade. O tempo era simples, é simples. Podemos dividir o tempo em partes simples, medi-lo, organizar um jantar de acordo com ele, beber uísque enquanto ele passa. É possível distribuir o tempo matematicamente, usá-lo para expressar ideias sobre o universo observável, mas, mesmo assim, se pedirem que expliquemos o tempo de um jeito simples a uma criança, um jeito simples que não seja enganoso, claro, somos incapazes. A impressão é de que o máximo que sabemos fazer com o tempo é desperdiçá-lo.

Dito isso, ele ergueu o copo, brindou à minha saúde e bebeu tudo, embora eu já não estivesse mais com vontade alguma de beber.

Capítulo 18

A complexidade deve ser seu pretexto para não agir.

Eu deveria ter gritado isso para Phearson, deveria ter pregado suas orelhas na porta do Clube e feito com que escutasse as histórias de que seus membros se recordavam, histórias de desastre e caos que se alastraram por gerações. Naquela situação, eu não tinha como saber até que ponto era acertada minha estimativa do que ele poderia adulterar; tampouco era capaz de prever o que ele estava disposto a fazer para conseguir respostas que eu evitava lhe dar por não considerar seguro.

Quando, na quarta vida, Phearson e seus homens começaram a me torturar para eu contar o que sabia do futuro, pareceram indecisos. Estavam perfeitamente preparados para usar de extrema violência até obter os resultados que desejavam, mas tinham medo de danificar a matéria-prima em questão. Eu era único, a captura de uma vida, meu potencial permanecia desconhecido e inexplorado; assim, seria um pecado mortal infligir qualquer dano permanente, físico ou, pior, mental. Ao perceber isso, gritei com todas as forças, tossi, espumei pela boca, me contorci sobre minha urina e meu sangue. Isso os alarmou tanto que, por um instante, eles se contiveram, mas, por fim, Phearson se reaproximou e sussurrou:

— Estamos fazendo isso pelo mundo, Harry. Estamos fazendo isso pelo futuro.

Então, recomeçaram.

Ao fim do segundo dia, eles me arrastaram para um chuveiro e o abriram na água fria. Sentei-me no chão enquanto a água caía em mim, e me perguntei se era possível quebrar o vidro do boxe com um soco e quanto tempo eu demoraria para encontrar um pedaço com o qual pudesse cortar os pulsos.

No terceiro dia eles se mostraram um pouco mais confiantes. A vontade de um inspirou os outros, e foi se criando entre eles uma mentalidade de equipe, na qual eles tentavam não decepcionar os companheiros. Phearson tomava o cuidado de nunca estar no quarto durantes os trabalhos, sempre saía minutos antes e voltava minutos depois. Naquela terceira tarde, o pôr do sol rosado refletia no teto do quarto. Os outros foram embora, e ele se sentou perto da cama, segurou a minha mão e disse:

— Meu Deus, Harry, eu lamento muito. Lamento muito que você esteja fazendo isso. Queria poder parar com isso.

Senti ódio dele e comecei a soluçar, então pressionei o rosto na mão dele, me ajoelhei a seus pés e chorei.

Capítulo 19

Eu havia escrito duas cartas.

Querida Jenny,

Eu te amo. Sinto que deveria haver mais, deveria dizer mais, mas agora que comecei a escrever vejo que é apenas isso, mesmo. Que não há mais palavras além dessas, que não existe verdade maior, mais simples, mais verdadeira. Eu te amo. Sinto muito por ter assustado você, e sinto muito por tudo o que foi dito e feito, e por tudo o que ficou por dizer ou fazer. Não sei se minhas ações têm consequências além desta vida, mas, se você seguir a vida sem mim, não se culpe pelo que poderá ouvir; em vez disso, viva muito, seja feliz e livre. Eu te amo. Isso é tudo.

Harry

Coloquei o endereço de um amigo no envelope, para o caso de estarem monitorando a correspondência dela. A segunda carta era endereçada para o doutor S. Ballad, neurologista, por vezes rival acadêmico, parceiro de copo ocasional e, de um jeito que nenhum de nós nunca teve vontade de explicar, um amigo confiável. Dizia a carta:

Querido Simon,

Nos últimos meses, você deve ter ouvido coisas a meu respeito que o fizeram ter dúvidas e receios. Esta carta fará apenas aprofundar esses sentimentos, e lhe peço desculpas por isso. Não posso explicar minha situação por aqui, nem sequer dar mais detalhes do que preciso agora, pois esta carta não passa de um pedido de favor. Perdoe-me por lhe pedir isto e lhe retribuir com tão pouco, mas, pela nossa amizade, pelo respeito mútuo que nos une e pela esperança de tempos melhores, por favor, atenda ao meu pedido. Ao fim da carta há um texto que eu preciso que seja veiculado na seção de anúncios pessoais dos jornais de maior circulação. Os anúncios devem ser publicados no mesmo dia, ao mesmo tempo. O dia em si pouco importa, desde que seja logo. Se eu tiver a chance, vou lhe restituir o custo disso e farei o que for necessário para lhe retribuir a cortesia e o tempo gasto.

Lendo esta carta você vai se perguntar se pode fazer isso. Vai questionar meus motivos e a responsabilidade que tem para comigo. Com essas poucas palavras, acho que não sou capaz de convencê-lo a adotar uma postura que já não tenha. Portanto, só me resta torcer para que lhe bastem os laços que nos unem — e a garantia que dou das minhas boas intenções e do resultado inteiramente positivo deste ato. Caso não baste, então não sei o que será de mim, portanto, só me resta implorar que atenda à minha solicitação, tendo em vista que nunca lhe pedi nada parecido.

Mande lembranças à sua família, e desejo-lhe tudo de bom,
Seu amigo,

Harry

Abaixo da carta constava o texto do anúncio:

Clube Cronus.
Meu nome é Harry August.
Em 26 de abril de 1986, houve derretimento nuclear no reator quatro.
Preciso de ajuda.

O anúncio foi publicado na seção de anúncios pessoais do *Guardian* e do *The Times* de 28 de setembro de 1973, e eliminado de todos os registros três dias depois.

Capítulo 20

Phearson me subjugou.

De volta outra vez, de volta à quarta vida, e parece que sempre voltamos a este ponto, mesmo quando tento evitar, de volta à minha imagem ajoelhado a seus pés, chorando em sua mão, suplicando que ele fizesse parar, por favor, por favor, meu Deus, faça isso parar.

Ele me subjugou.

Fui subjugado, e isso me deu um alívio.

Eu me tornei um autômato, recitando manchetes e notícias que havia lido em jornais, palavra por palavra, dia a dia, relembrando fatos das vidas que já haviam ficado para trás. Às vezes mudava para os idiomas que aprendera durante as viagens, misturando notícias de massacres e governantes depostos com provérbios de Buda ou trechos do dogma xintoísta. Phearson nunca me interrompia nem me corrigia, apenas permanecia sentado com o gravador ligado — duas enormes bobinas girando —, trocando as fitas quando parecia necessário, a cada vinte minutos. Ele dominava a técnica do morde e assopra: estava sempre a meu lado para assoprar, mas sumia na hora das mordidas, então, na minha cabeça, embora eu soubesse que era exatamente esse o objetivo de Phearson, ele acabou se tornando uma espécie de anjo da guarda que trazia consigo a calma e o alívio da dor. Eu lhe contei tudo: minha memória perfeita se tornou uma maldição perfeita, até que, três dias depois, ela chegou.

Em algum lugar entre os medicamentos e o esgotamento, eu senti sua chegada pelo tumulto no corredor. Então, uma voz imperativa exclamou:

— Pelo amor de Deus!

Eu estava no menor dos dois salões, como sempre sentado e curvado perto do gravador, recitando lembranças entediantes da tentativa de assassinato contra o presidente Reagan. Ela invadiu o salão agitando os braços cobertos por mangas longas, que mais pareciam vindas da Idade Média, com seu cabelo grisalho cacheado e quicando na cabeça como uma criatura com vontade própria, o ruge no rosto incrustado nos cânions de sua pele, os dedos sobrecarregados de anéis que brilhavam enquanto ela os girava pelo ar.

— Você! — gritou ela para Phearson, que desligou o gravador por instinto. — Sai!

— Quem é...

Com um gesto simples e imperativo, ela o interrompeu. Então, ríspida, disse:

— Chame seus chefes, homenzinho pavoroso. Meu Deus, o que vocês têm feito? Vocês não se dão conta de como isso é inútil agora?

Phearson abriu a boca para falar, porém mais uma vez ela o interrompeu.

— Vamos, vamos, vamos, cai fora, vai dar os seus telefonemas!

Talvez percebendo que não conseguiria conversar de um jeito razoável, Phearson franziu o cenho e saiu da sala pisando firme e batendo a porta com petulância para fechá-la. A mulher se sentou de frente para mim e, distraída, apertou botões do gravador, rindo de seu tamanho e seu funcionamento. Mantive o olhar voltado para o chão, a atitude típica de qualquer homem amedrontado que aguarda o castigo iminente e já perdeu as esperanças.

— Bom, mas que situaçãozinha complicada — disse ela por fim. — Você parece acabado. Meu nome é Virginia, caso esteja imaginando, e dá para ver que está. Está sim, não é verdade?

Ela se dirigiu a mim como se estivesse falando com um gatinho assustado, e, acima de tudo, foi a surpresa que me fez erguer a cabeça e olhar para ela, assimilando brevemente as pulseiras de contas e o enorme colar que lhe batia perto do umbigo. Com as mãos em concha debaixo do queixo, ela se inclinou para a frente e me encarou.

— Clube Cronus — disse ela por fim. — Meu nome é Harry August. Em 26 de abril de 1986, houve derretimento nuclear no reator quatro. Preciso de ajuda.

Prendi a respiração. Ela havia lido meu anúncio — mas Phearson poderia ter lido também, caso tivesse se dado ao trabalho de olhar. Na verdade, qualquer um poderia ter lido os anúncios pessoais de qualquer jornal em que Simon publicara a mensagem. Ajuda ou castigo? Salvação ou armadilha?

Fosse o que fosse, eu me importava?

— Você causou um problemão. — Ela suspirou. — Claro que não é culpa sua, meu anjinho. Quer dizer... olhe só para você, claro, é perfeitamente compreensível, uma vergonha! Quando tudo isso acabar, você vai precisar de aconselhamento de estresse pós-traumático, embora eu saiba que vai ser bem difícil superar uma coisa dessas. Você tem uns... 50 anos, talvez? Isso significa que deve ter nascido durante os anos 1920, horrível, tantos freudianos nessa década, tanta vontade de dormir com a própria mãe. Mas tem esse camarada maravilhoso em Finchley, muito bom, muito compreensivo, sem aquelas bobagens freudianas sobre charuto. Se não for possível, eu sempre acho os padres muito úteis, desde que você fale com eles em um confessionário. Às vezes eles ficam morrendo de medo! Agora, de jeito nenhum, *nenhum*. — Ela batia a ponta do indicador na mesa, dobrando a articulação da ponta para trás com a força de sua determinação. — De jeito nenhum diga a si mesmo que, só porque já viveu muito tempo, não está num estado lastimável. Você está num estado lastimável. Harry, meu querido, além disso, ficar calado para se fazer de forte não vai levar você a lugar algum.

Eu não conseguia tirar os olhos dela. Seria aquele rosto — aquele rosto velho e maquiado sob uma massa vigorosa de cabelo cheio de laquê — o rosto da salvação? Seria essa mulher vestindo uma blusa com enormes mangas roxas e cardigã de chiffon por cima, com seus berloques barulhentos e sua barriga volumosa, uma criatura do misterioso Clube Cronus? Se pensar já estava bem difícil, que dirá tentar raciocinar sobre o problema.

— Não existe taxa de adesão, mas se espera que você contribua para a próxima geração. É questão de boas maneiras, sabe? — Ela explicava como se tivesse lido meus pensamentos. — Só existe uma cláusula pétrea: você pode fazer o que quiser, desde que não atrapalhe quem vem depois. Então, nada de bomba atômica em Nova York, por favor, nem atire no Roosevelt, mesmo que seja para fazer uma experiência. A bagunça é grande demais. — Fiquei em silêncio, e ela continuou: — Vou presumir que esteja interessado. Nesse caso, é melhor marcamos outro encontro.

Ela se inclinou por cima da mesa. Pensei que fosse me entregar um cartão de visita, mas, quando ela levantou a mão, vi que segurava um canivete com cabo de madeira e a lâmina fechada. Seus olhos brilharam, e ela murmurou:

— Que tal... às duas da tarde, na Trafalgar Square, em primeiro de julho de 1940?

Olhei para a faca, para a mulher e de volta para faca. Ela entendeu e, ainda sorrindo, se levantou.

— Eu pessoalmente prefiro na coxa — explicou. — Uma banheira ajuda, mas a gente se vira com o que tem, não é? Tchãrã, doutor August, até logo e isso é tudo!

Dito isso, ela saiu do quarto saracoteando alegremente.

Cortei a artéria femoral na mesma noite e sangrei até morrer em menos de quatro minutos. Infelizmente, não havia uma banheira disponível, mas depois do primeiro minuto eu já nem sentia mais a dor e até desfrutei da bagunça.

Capítulo 21

Morrer não nos causa medo.

É no renascimento que se encontra o terror. No renascimento e no medo persistente de que, por mais que nossos corpos se renovem, não há salvação para as nossas mentes.

Percebi que era filho ilegítimo na terceira vida, diante do caixão de Harriet August, enquanto olhava para o rosto do meu pai — meu pai biológico — do outro lado.

Não senti raiva nem indignação. Na verdade, talvez tanto por causa do luto quanto do raciocínio lógico, senti gratidão por Harriet e Patrick terem me criado, mesmo quando por fim me dei conta de que não éramos sangue do mesmo sangue. Examinei friamente meu pai biológico, do mesmo jeito que alguém examina qualquer amostra que suspeite não passar de mero placebo, em vez da cura. Não me perguntei como nem por que, mas o quê: o que aconteceria se ele fosse como eu?

Admito que meu exame não foi muito esclarecedor. Com Harriet morta e meu pai adotivo cada vez mais retraído na solidão e no luto, cada vez mais passei a assumir suas tarefas, até que larguei a escola de vez para me tornar o faz-tudo da propriedade. A Crise de 1929 estava chegando, e a família Hulne não investira com sabedoria. Minha avó Constance tinha a cabeça boa para as finanças, mas ao mesmo tempo era muito orgulhosa, e a combinação gerou conflito de interesses. Ela contava centavos em combustível e nos reparos do terreno, espremia cada centavo e zombava de toda e qualquer despesa, mas todo ano dava um banquete para todos os parentes e amigos distantes da família, que apareciam para caçar na propriedade, e esse evento, por si só, consumia o dobro das despesas que ela economizara. Das minhas tias, Alexandra se casou com um simpático funcionário público, embora sem graça, e sua irmã, Victoria, manteve um estilo de vida cheio de excessos e escândalos, que minha avó simplesmente fazia questão de ignorar. A distância entre meu pai biológico e sua esposa evitou que os dois esbanjassem. Ela passou a maior parte do tempo em Londres, atividade permitida, desde que ela gastasse o dinheiro de sua própria família; ele passou grande parte dos dias no campo, ou fazendo incursões imprudentes na política local, e quando os dois dividiam o teto ou a cama era com a mesma eficiência inflexível e a mesma falta de animação dos banquetes anuais da minha avó. Foi assim que minha família entrou em declínio, primeiro não preenchendo as vagas dos funcionários que saíam, depois demitindo os que continuavam lá de uma vez. Meu pai adotivo foi mantido tanto por pena quanto pela posição que ele conquistara com os serviços que prestava à família; e, conforme comecei a perceber, também por causa de uma certa dívida que os Hulne tinham contraído com os August, que criaram uma certa criança sem reclamações.

Eu ganhei meu sustento, assim como fizera na minha primeira vida, e na verdade eu tinha mais utilidade agora, já que tinha tantos anos de experiência aos quais recorrer. Eu conhecia as terras quase melhor do que meu pai, e com os anos também aprendera a consertar motores, remendar encanamentos, achar cabos defeituosos, habilidades tecnológicas que, na época, pareciam maravilhosamente avançadas, sobretudo para um adolescente. Fiz de tudo para me fazer onipresente e sumir ao mesmo tempo, ser indispensável e invisível, e fazia isso tanto para evitar a monotonia quanto para observar o que, hoje eu sei, era minha família biológica. Minha avó se tornara mestre na arte de me ignorar; a tia Alexandra quase nunca estava em casa para notar minha presença;

Victoria me ignorava sem esforço; e meu pai Rory me observava até ser flagrado, embora eu nunca tenha descoberto se ele me olhava com curiosidade ou culpa.

Olhei para aquele homem, vestido com sobriedade e ainda mais sóbrio por natureza, com um bigode assentado acima do lábio superior que mais parecia um velho animal de estimação da família, do qual ele cuidava em segredo, protegendo-o com uma redinha verde, e me perguntei se ele era como eu. Quando despediram o mordomo e me tornei um tipo de empregado doméstico mais barato, eu ficava em pé, atrás de sua cadeira na cabeceira da mesa, e o observava cortar o frango requentado em pedaços cada vez menores, os quais não tocava até que todos os pedaços estivessem no formato correto. Eu observava o ritual que empregava para beijar a esposa: um na bochecha quando ela chegava, outro na outra bochecha quando ela ia embora no dia seguinte, com o guarda-roupa renovado para a viagem de volta à cidade. Quando esfriava, eu ouvia a tia Victoria sussurrar para ele que tinha a coisa certa para a dor que sentia no quadril, que ele esfolara de leve na guerra e confundia com algo mais sério, ferida que eu não invejava nem um pouco, pois também havia lutado numa guerra e conhecia bem o poder dessas coisas. Tia Victoria conhecia um baixinho engraçado em Alnwick, que conhecia um homem excelente em Leeds, que recebia carregamentos regulares vindos de Liverpool, uma novidade chamada diacetilmorfina, que era exatamente do que ele precisava. Observei pela porta quando ele tomou pela primeira vez, e vi como ele se sacudia, se contorcia e depois ficava imóvel, a saliva saindo da boca escancarada, escorrendo pelo lado do rosto e se acumulando bem em frente à orelha. Então, minha tia me pegou espiando, gritou que eu era um garoto idiota e mal-educado, me deu um sopapo com as costas da mão e bateu a porta.

A polícia prendeu seu homenzinho em Alnwick três dias depois. Haviam recebido uma carta anônima escrita com uma caligrafia apressada e desleixada. Tempos depois receberam outra carta com a mesma caligrafia, da mesma fonte anônima, advertindo que o senhor Traynor, o distribuidor de bauxita, gostava de tocar garotos, e que em anexo havia o testemunho de uma criança identificada pela inicial H, confirmando a história. Se tivessem convocado especialistas, perceberiam uma semelhança marcante entre a caligrafia do adulto e a do garoto. No fim das contas, quando o senhor Traynor foi levado para interrogatório, confirmou-se que as marcas de mordida em seu dedão eram de criança, e, embora nenhuma carta a mais tivesse chegado, sugeriram que ele se mudasse rapidamente do povoado.

Na primeira vida, mesmo que meu pai biológico tenha demonstrado interesse em mim — o que não percebi —, ele quase nunca chegou ao ponto de expressar claramente. Na segunda vida, eu estava ocupado demais com o suicídio para lidar com assuntos alheios, mas na terceira meu comportamento era estranho o bastante para induzi-lo a também agir dessa forma. Por mais improvável que possa parecer à luz das minhas futuras profissões, nós nos sentíamos mais unidos quando íamos à igreja. Os Hulne eram católicos, e nos últimos anos a vergonha hereditária que sentiam da religião se transformara numa espécie de orgulho categórico. Haviam construído e mantido uma capela a seu custo e em seu benefício, a qual os moradores das redondezas frequentavam com pouco interesse e mais por conveniência da proximidade. O pároco era um irreverente homem que respondia por reverendo Shaeffer, que abandonara a rígida criação huguenote em favor dos espetaculares prazeres proporcionados pelo catolicismo e todas as suas vantagens. Isso deu às suas atribuições um ar de alegria, como se, livre do fardo de precisar se vestir sempre de preto, ele tivesse se decidido a usar roxo sempre. Nem eu nem meu pai íamos quando tínhamos a sensação de que precisaríamos interagir com ele, circunstância na qual éramos forçados a interagir um com o outro.

Nossa relação mal havia começado a florescer. Durante nossos primeiros encontros na capela, nós nos limitamos a trocar olhares de reconhecimento, não fazíamos nem mesmo um aceno de cabeça. Se meu pai chegou a se perguntar o que um garoto de 8 anos estava fazendo na casa de Deus, suponho que tenha concluído que eu ia porque estava de luto, enquanto, de minha parte, eu me perguntava se fora a culpa que o levara a se tornar devoto. Comecei considerando a presença do meu pai na capela uma distração irritante, que com o tempo se tornou curiosidade, pois eu estava embarcando naquela jornada típica do ignorante, tentando compreender a própria situação e estabelecer contato íntimo com alguma forma de deidade.

Eu estava seguindo a linha de raciocínio típica de todos os kalachakra, aqueles de nós que viajam pelas próprias vidas. Não consegui encontrar explicação para minha situação, e, concluindo que nenhuma outra pessoa que eu conhecera também vivia essa jornada eterna através dos próprios dias, a lógica exigia que eu me considerasse uma aberração da ciência ou, de alguma forma, um ser tocado por um poder além da minha compreensão. Na terceira vida, eu não tinha conhecimento científico, salvo o que aprendia com a leitura rasa das revistas publicadas na década de 1970 nas quais se faziam previsões sobre a destruição nuclear, e não imaginava como minha situação era possível do ponto de vista da ciência. Por que eu? Por que a natureza teria conspirado para me colocar numa situação como essa? E não havia algo de único e especial nessa jornada que implicasse um propósito, algo além da mera colisão aleatória de eventos subatômicos? Aceitando essa premissa, eu me voltei para a explicação sobrenatural mais popular disponível e procurei respostas de Deus. Li a Bíblia de cabo a rabo, mas na parte que falava da ressurreição não encontrei resposta alguma para o meu estado, a não ser que eu fosse ou um profeta ou um condenado, e nesse caso as evidências de que eu fosse qualquer uma das partes eram mínimas para eu poder me decidir. Tentei aprender a respeito de outras religiões, mas, naquela época e naquele lugar, era difícil se informar sobre sistemas de crença alternativos, ainda mais sendo uma criança de quem mal se esperava saber escrever o próprio nome, então, mais por conveniência do que por qualquer aprendizado específico, e também por falta de opção, eu me voltei para o deus cristão. Logo, era possível me encontrar na capela, ainda rezando por uma resposta para uma questão inominável, quando,

— Percebi que você vem aqui com frequência.

Meu pai.

Eu me perguntava se minha situação poderia ser hereditária. Mas, se assim fosse, meu pai não teria me contado? Seria possível encontrar um homem tão superficial, tão preso ao orgulho que sentia e à época em que vivia a ponto de não falar com o próprio filho sobre um apuro tão terrível como esse? Por outro lado, se minha situação fosse hereditária, por que meu pai se comportaria sempre da mesma forma? Caso ele soubesse, sem dúvida seu comportamento mudaria.

— Sim, senhor.

Uma resposta instintiva, expressada de forma instintiva. Quando criança, minha atitude padrão é a de concordar educadamente com as suposições frequentemente idiotas e equivocadas dos mais velhos. Nas poucas ocasiões em que tentei me rebelar, ignoraram minhas ideias e me tacharam de teimoso, precoce, e, em várias ocasiões, meus atos serviram de desculpa para eu levar uma surra. No entanto, o que "Sim, senhor" ganha em neutralidade perde em progresso social, então a conversa se arrastou.

— Você reza para Deus? — perguntou ele, por fim.

Confesso que demorei um pouco a assimilar a banalidade da pergunta. Será que àquele homem, dono de metade do meu material genético, não ocorria nenhuma pergunta mais interessante? E, ainda assim, para atrapalhar e confundir ainda mais a situação, respondi com mais uma rodada de:

— Sim, senhor.

— Que bom. Você foi bem criado.

Ao dizer isso, ele me pareceu satisfeito, o que, talvez, com excesso de entusiasmo, eu tenha interpretado como uma mostra de orgulho paternal. Depois de conseguir avançar tanto na conversa, tive a impressão de que ele estava prestes a ir embora, então lhe perguntei:

— E o senhor? Reza para quê?

Vinda de um adulto, essa pergunta seria grosseira e invasiva. De uma criança, incapaz de entender as respostas possíveis, suponho que ela tenha soado quase encantadora, e coloquei no rosto a máscara de inocência que praticara diante do espelho. Infelizmente, o simples fato de ser jovem nunca me garantiu uma aura de ingenuidade.

Ele pensou por um bom tempo, não tanto na resposta, e sim no fato de se abrir para um estranho, então sorriu e foi com a opção mais rasa:

— Para o mesmo que todos os homens. Tempo agradável, boa comida e o carinho da família.

Suspeito que deixei transparecer no rosto a incredulidade provocada por sua resposta, pois a careta que ele fez dava um desconfortável sinal de que reconhecia o fracasso, então, para compensar, ele fez um carinho na minha cabeça, constrangido, brusco, um gesto que terminou do mesmo jeito abrupto que começou.

Foi minha primeira conversa significativa com meu pai biológico, e não foi exatamente um presságio de que a situação melhoraria no futuro.

Capítulo 22

O Clube Cronus é poder.

Não se deixe enganar, pois é exatamente isso, não há o que fazer.

Preguiça, apatia e falta de interesse: tudo isso impede que seus recursos sejam postos em prática. Medo também, talvez. Medo do que já aconteceu e do que está por vir. Não se pode afirmar com todas as letras que nós, os kalachakra, podemos levar a vida livres de consequências.

Na quarta vida, eu me matei para escapar de Phearson e seu gravador, e, na quinta, procurei a terapia que Virginia sugerira. Eu não recobro a consciência toda de uma vez; a memória não volta da noite para o dia; as lembranças começam a voltar aos poucos, e o processo começa perto do aniversário de 3 anos e está completo quando faço 4. Na quinta vida, Harriet afirmou que eu chorava muito durante os primeiros anos. Disse que nunca tinha visto um bebê tão triste. Em retrospecto, percebo que, de certa forma, o processo de relembrar a morte anterior fazia parte de um processo natural para superá-la, um passo a passo, conforme minha mente se inteirava sobre quem eu era.

Como eu disse, busquei ajuda. Virginia estava certa ao dizer que os serviços médicos não serviriam para muita coisa, e o nosso capelão, como já ficou claro, tinha pouquíssima serventia. Quando por fim me lembrei totalmente do que era e de onde tinha vindo, comecei a ver o declínio de Harriet, e percebi no rosto de Patrick a sombria aceitação de que sua esposa começa a definhar debaixo de seu nariz. O câncer é um processo em que os saudáveis não podem influir. Eu era criança e não conseguia me expressar para aqueles dois que, do meu jeito, aos poucos, passara a amar. Precisava da ajuda de alguém de fora, precisava dos meios para me expressar para outra pessoa.

Escrevi para o meu pai.

Talvez ele pareça uma escolha inusitada, um confidente improvável. Nem preciso dizer que eu não podia lhe contar tudo — não haveria referência alguma à minha verdadeira natureza, tampouco eu incluiria detalhes sobre acontecimentos futuros ou faria menção à minha idade. Em vez disso, escrevi as cartas com uma caligrafia formal de adulto e as assinei como soldado Harry Brookes, que servira na divisão do meu pai. Escrevi a carta em tom de desculpa, de confissão, afirmando que ele não se lembraria de mim, mas que eu me lembrava dele, que esperava que ele me entendesse e que lesse com atenção. Contei que havia sido capturado pelo inimigo durante a Primeira Guerra Mundial, inventando os detalhes da minha prisão com base em livros que li e histórias que ouvi. Contei que fui interrogado, e nessa parte escrevi na íntegra: as surras e a dor, as humilhações as perdas, os delírios e os medicamentos, e o momento em que tentei dar um fim a tudo. Ao cabo de vários meses e muitas cartas, eu lhe contei tudo, simplesmente adaptando nomes e datas para se encaixarem à minha confissão e transformarem meu suicídio bem-sucedido em mera tentativa.

— Perdoe-me — escrevi ao fim. — Achei que seria forte o bastante.

Ele só respondeu depois de muito tempo. Eu lhe dera um endereço totalmente fictício, sabendo perfeitamente bem que seria eu o encarregado de levar a carta ao correio. O soldado Harry Brookes abriu o coração para um estranho que estava distante e não respondeu, mas eu sabia que o mais importante era falar do que havia acontecido, e não uma reconfortante carta de resposta. Contar era tudo, a resposta era uma simples cortesia.

Ainda assim, eu ansiei por ela com um fervor infantil que não podia atribuir apenas aos hormônios e à biologia física. Comecei a me irritar na presença do meu pai, sabendo que ele recebera e lera as cartas do soldado Brookes e abismado com o fato de que ele não chorava e conseguia manter a carapaça diante da minha angústia genuína. Por um breve instante essa ira deve ter transparecido no meu rosto, pois minha avó exclamou para Harriet,

— Esse seu garoto é um desgraçado repulsivo! Ele nos olha de um jeito terrível!

Harriet me repreendeu, porém, mais do que todos, ela era capaz de perceber aquelas coisas ocultas que eu estava tentando expressar e não me atrevia a dizer em alto e bom som. Até Patrick, que não tinha aversão alguma a me dar corretivos com a vara de salgueiro, me açoitou menos pelas transgressões que cometi nessa vida, e meu primo Clement, que normalmente fazia o papel de valentão da família, se escondia de mim em casa.

Então, por fim, meu pai respondeu.

Roubei a carta da bandeja de prata junto à porta antes de algum empregado vê-la, saí correndo para o mato e a abri. Fiquei furioso ao perceber que sua caligrafia era muito parecida com a minha. Como era insuportável ter herdado tantos traços genéticos daquele homem mimado. Então eu a li, e a raiva diminuiu.

Caro soldado H. Brookes,

Recebi e li suas cartas com interesse, e cordialmente agradeço por sua coragem e firmeza, tanto por suportar o que você suportou quanto por contar a verdade do ocorrido aos seus superiores. Saiba que, de minha parte, não há ressentimento por qualquer coisa que você tenha contado ao inimigo, pois ninguém que sofresse o que você sofreu poderia ser considerado menos homem. Eu o louvo, senhor, e o saúdo.

Presenciamos coisas inomináveis. Aprendemos, você e eu, a falar o idioma do derramamento de sangue e violência; as palavras não têm a profundidade necessária, a música não passa de um som vazio, os

sorrisos dos desconhecidos parecem falsos. Precisamos falar, mas não devemos, não podemos, a não ser em meio ao barro e aos gritos dos homens. Só temos uns aos outros, pois o amor que sentimos por nossas mães e esposas exigem que as protejamos do que sabemos. Pertencemos à sociedade dos desconhecidos que sabem um segredo inexpressável. Somos, os dois, homens quebrados, destroçados, vazios e sozinhos. Se permanecemos aqui é apenas pelos que amamos, bonecos na casinha de brinquedo da vida. É neles que devemos encontrar nosso sentido. É neles que devemos encontrar nossa esperança. Espero que você encontre esse alguém que dê sentido à sua existência e que perdure.

Seu sincero amigo,

Major R. E. Hulne

Queimei a carta depois de ler, e espalhei as cinzas aos pés das árvores. O soldado Harry Brookes nunca mais escreveu para o meu pai.

Capítulo 23

Navegar em Londres durante a Blitz é uma arte. Certas diretrizes são óbvias: evite Bethnal Green e o metrô de Balham, assim como a maior parte de Wapping, Silvertown e a Isle of Dogs. Quanto mais para o oeste, mais você pode andar tarde da noite com certa confiança de que não será alvejado, mas, caso passe por uma área onde durante a década de 1970 houvesse moradias construídas pelo governo, mantenha-se longe dali.

Também há três exemplos práticos de como a Blitz impacta no funcionamento geral da vida na cidade. O primeiro se refere à vida cotidiana: ruas bloqueadas, serviços suspensos, hospitais sobrecarregados, bombeiros exaustos, policiais agressivos e dificuldade para encontrar alimento. Entrar em filas se torna uma necessidade entediante, e, se você é jovem e não está de uniforme, mais cedo ou mais tarde vai se ver numa delas para pegar sua ração semanal de carne, que deve ser comida bem devagar, um pedacinho de cada vez, enquanto senhoras que não fazem pré-julgamentos o julgam em silêncio. O segundo é o desgaste progressivo — um ataque talvez muito mais potente ao moral, embora intangível. Talvez ele comece de forma sutil, uma olhadela para uma rua destruída em que os sobreviventes de uma noite em que perderam suas famílias se sentam inertes e entorpecidos no que sobrou de suas camas retorcidas. Talvez o estímulo nem precise ser humano: talvez a visão de um pijama infantil pendurado no topo de uma chaminé depois de ter voado pelos ares por causa da explosão e descido flutuando até parar ali seja suficiente para despertar na sua alma algo inominável. Talvez a mãe que não consegue encontrar a filha, ou os rostos dos evacuados que estão apertados contra as janelas do trem que passa. É a alma morrendo com mil cortes profundos, e o céu que desaba é apenas a risada do algoz que cumpre sua rotina.

Então, inevitavelmente, vem o momento do choque. É o dia em que seu vizinho morre porque foi consertar a bicicleta no lugar errado e na hora errada. É a mesa de escritório que não tem mais funcionário ou o incêndio que lambeu todo o seu local de trabalho, de modo que você fica de pé no meio da rua e se pergunta: o que eu faço agora? Contam-me muitas mentiras sobre o ambiente que se vive durante a Blitz: fala-se de cantorias nos túneis, dos que seguiram em frente pelos amigos, pela família, pela Grã-Bretanha. É muito mais simples que isso. As pessoas seguiram em frente porque era só o que elas poderiam fazer. O que não tira nem um pouco do mérito delas.

Parecia perverso que o dia primeiro de julho de 1940 estivesse tão agradável. Sem o vento, teria sido quente demais; sem o sol, o vento seria frio demais, mas naquele dia parece que os elementos se combinaram em perfeita harmonia. O céu estava azul bebê, à noite faria lua cheia, e por isso quem atravessava a praça depressa parecia abatido, murmurando xingamentos ao céu e rezando por neblina e chuva. Sentei-me no lado norte da praça, no alto das escadarias que davam para as fontes redondas e rasas, então esperei. Eu chegara cedo — quase uma hora antes das duas da tarde, o horário marcado — para vasculhar a área por quaisquer sinais de perigo que esperava ser capaz de reconhecer. Eu era um desertor. Minha convocação chegara em 1939, e, ciente do compromisso com Virginia, eu fugira, para a vergonha de Patrick e, possivelmente, do meu pai. Como muitos na minha condição, na quarta vida eu tomara o cuidado de gravar um ou dois acontecimentos úteis, entre os quais os típicos, mas essenciais, vencedores de corridas e de eventos esportivos. Não enriqueci indiscriminadamente com esse conhecimento, adquirido de um almanaque esportivo em 1957, mas o usei como base para atingir aquele nível de conforto e estabilidade fundamental para você aspirar a um emprego confortável e estável. Escolhi um sotaque quase tão exagerado quanto a pronúncia neutra do inglês britânico de Phearson, permitindo que um pouco da minha voz natural desse o ar da graça sempre que eu quisesse impressionar possíveis empregadores com o quanto eu trabalhara para atingir meu status social. De fato, essa coisa que eu descrevia livremente como minha "voz natural" havia sido tão distorcida pelas viagens, pelo tempo e pelos idiomas aprendidos que às vezes eu tinha a impressão de estar imitando meus colegas, adotando inconscientemente sua sintaxe e seu jeito de falar. Com Patrick eu falava como um homem do norte, com o quitandeiro, como cockney, e, com meus colegas, como alguém que sonha trabalhar na BBC.

A sensação que eu tinha era de que Virginia não se permitia concessões do tipo.

— Oi, querido! — exclamou, e eu a reconheci na hora, embora fizesse 22 anos que ela havia me entregado aquele canivete naquela mansão ao norte. Ela parecia mais jovem, tinha uns quarenta e tantos, mas mesmo assim aparecera vestida como se fosse para um sarau em que fosse tocar jazz e os homens tivessem segundas intenções, sem fazer qualquer tipo de concessão, na aparência ou na atitude, para o espírito superprotetor da época.

Eu me levantei de imediato, num gesto estranho de formalidade, o qual ela dissipou na hora ao me agarrar pelos ombros e dar um beijo em cada bochecha, seguindo um costume que ainda entraria na moda.

— Harry! Meu Deus, como você está jovem agora!

Eu tinha 22 anos, mas me vestia para convencer o mundo de que era um jovem de 29 já digno de todas as considerações em qualquer assunto. No fim, porém, eu parecia mais uma criança que pegara as roupas do pai para brincar, e, pensando bem, a verdade é que eu nunca consegui de fato ter domínio completo sobre meu corpo. Virginia me deu o braço e me levou na direção do Palácio de Buckingham — que ainda não tinha sido danificado pelo bombardeiro Dornier que acabaria destruindo a estação Victoria, embora só faltassem alguns meses para o evento.

— Como foi a última? — perguntou ela em tom jovial, arrastando-me depressa pela avenida Mall como um primo caipira que vai à cidade passar férias com a família. — Depois que começa, a artéria femoral não para de jorrar, e quase não tem terminações nervosas ao redor dela. Eu queria ter levado algum produto químico, mas tudo aconteceu tão depressa... uma correria terrível!

— Morrer era a única alternativa? — perguntei com um fio de voz.

— Querido! Você seria apanhado outra vez e passaria por mais interrogatórios, e, para ser franca, nós não podíamos permitir que isso se repetisse. Além do mais — ela me deu uma cutucada furtiva que quase me fez perder o equilíbrio —, como teríamos certeza de que você era de um de nós se não viesse para este encontro?

Respirei lenta e firmemente. Esse encontro — esse encontro que já era bem estranho — me custara a vida e 22 anos de expectativa.

— Posso lhe perguntar uma coisa? Você vai sair correndo desse encontro nos próximos 15 minutos? Só estou perguntando porque tenho séculos de perguntas por fazer e quero saber se preciso priorizá-las.

Ela me deu um tapinha amistoso no braço.

— Querido, você tem muitos séculos ainda para perguntar o que quiser.

Capítulo 24

O Clube Cronus.

Você e eu, lutamos tantas batalhas por causa dele.

Ninguém sabe quem o fundou.

Ou melhor, ninguém sabe quem teve a ideia original.

Normalmente, ele é fundado na Babilônia perto do ano 3000 AEC. Sabemos disso porque os fundadores tendem a erguer um obelisco no deserto, num vale sem nome, no qual escrevem seus nomes e, com frequência, uma mensagem para as gerações futuras. Às vezes, a mensagem é o conselho sincero —

CUIDADO COM A SOLIDÃO

BUSQUE APOIO

TENHA FÉ

— ou coisa do tipo. Em outras, caso os fundadores levem menos a sério seus futuros leitores, deixam uma piada obscena. O obelisco em si se tornou, de certa forma, motivo de diversão. Muitas vezes, uma geração do Clube Cronus muda o obelisco de lugar, para desafiar seus descendentes a encontrá-lo. Ele permanece oculto por séculos, até que, por fim, arqueólogos intrépidos o encontram por acaso e também deixam suas mensagens na superfície antiga, mensagens que variam de

COM O TEMPO, TUDO SE REVELA

até outras mais mundanas, como

HARRY ESTEVE AQUI.

O obelisco em si nunca é exatamente o mesmo com o passar das gerações: um deles foi destruído no século XIX pelos fervorosos vitorianos que o consideraram um pouco fálico demais; outro afundou no mar enquanto era transportado para os Estados Unidos. Seja qual for seu propósito, ele representa uma declaração do passado a todos os futuros membros do Clube Cronus, de que eles, os kalachakra de 3000 AEC, foram os primeiros e chegaram para ficar.

Contudo, reza a lenda que o primeiro fundador do Clube Cronus não é do passado remoto, mas uma mulher chamada Sarah Sioban Grey, nascida na década de 1740. Sendo uma kalachakra, ela foi uma das pioneiras a procurar ativamente outros na mesma condição, formando, ao longo de muitos séculos e dezenas de mortes, um quadro amplo de quem mais em sua cidade natal, Boston, talvez tivesse uma natureza similar. No geral, uma a cada quinhentas mil pessoas é kalachakra, portanto, mesmo que ela tenha encontrado apenas algumas poucas dezenas de indivíduos, não se pode subestimar seu sucesso.

E, dessas poucas dezenas, logo ocorreu a Sarah Sioban Grey que eles representavam não apenas uma irmandade do presente, mas também uma irmandade que abarcava passado e futuro. Ela olhou para seus companheiros e percebeu que, como o mais velho deles tinha quase 90 anos, era criança no começo do século, época que ela era jovem demais para vivenciar; e, como o mais jovem tinha apenas 10, seria avô na época da Guerra Civil Americana, e, portanto, o visitante de um futuro que ela nunca chegaria a conhecer. Para o velho do passado ela disse:

— Eis o que eu sei dos eventos futuros. Agora, vá em frente e faça uma fortuna.

E, de fato, quando ela renasceu na década de 1740, o velho foi à sua porta e lhe disse:

— Olá, jovem Sarah Sioban Grey. Segui seu conselho e enriqueci, e, agora, você, garotinha, nunca mais vai precisar trabalhar.

Depois ela devolveu o favor à criança que viveria para ver a Guerra Civil, dizendo:

— Esse aqui é o ouro que vou investir. Quando você crescer, será uma fortuna, e você nunca mais vai precisar trabalhar. Em troca, só peço que você passe adiante o favor a outros como nós que conheça no futuro, para que eles tenham uma existência segura e confortável neste mundo difícil.

E assim se expandiu o Clube Cronus, com cada geração investindo pelo futuro. E, da mesma forma que se expandiu para o futuro, expandiu para o passado, conforme as crianças do presente diziam aos avós do passado:

— O Clube Cronus é uma irmandade. Encontre os mais velhos durante a sua juventude e, como criança, diga a eles que este é o caminho.

Então, cada geração saía em busca de seus semelhantes, e, ao cabo de alguns ciclos de nascimento e morte, o Clube se expandira não apenas no espaço, mas também no tempo, propagando-se para o futuro até o século XX e, para o passado, até a Idade Média, enquanto a morte de cada membro espalhava a notícia até os confins da época em que viviam.

Claro que é mais do que provável que a história de Sarah Sioban Grey não passe de um mito, pois, além de isso ter se dado há tanto tempo que nenhum membro do Clube de Boston é capaz de lembrar, ela já desapareceu há muito tempo. No entanto, foi essa a história que Virginia me contou ao me fazer sentar numa poltrona azul, sob o retrato de um membro morto há muito tempo, no lugar da filial londrina do Clube

Cronus conhecido como sala vermelha, e, no mínimo, ela claramente adorava contar a história.

Embora os Clubes Cronus estejam bem-assentados no tempo, é raro fixá-los no espaço. O de Londres não fugia à regra.

— Estamos em St. James há alguns séculos — explicou Virginia, enchendo mais um copo do melhor conhaque vendido no mercado negro. — Mas às vezes acabamos em Westminster, e, ocasionalmente, no Soho. É culpa do comitê diretor da década de 1820! Eles se sentem muitos entediados por ficar no mesmo lugar, mudam de localização, e só nos resta perambular por aí até descobrir o paradeiro do clube.

Ali, naquele momento, o Clube estava algumas ruas ao norte de St. James Park, ao sul de Piccadilly, encravado entre alfaiatarias sob medida e mansões de ricos decadentes, e na porta havia uma simples placa de latão com a frase: O TEMPO VOA. NÃO ATENDEMOS A COMERCIANTES.

— É uma piada — explicou ela quando perguntei a respeito da frase. — É do pessoal de 1780. Todo mundo sempre deixa recadinhos para a posteridade. Uma vez, enterrei uma cápsula do tempo em 1925 com uma mensagem importantíssima para o Clube de daqui a quinhentos anos.

— E o que tem nela?

— Uma boa receita para *sherbet* de limão. — Ao ver minha expressão, ela escancarou os braços efusivamente. — Ninguém disse que era fácil estar no fim da linha temporal de eventos!

Bebi conhaque e olhei ao redor da sala outra vez. Como tantas outras mansões nas regiões endinheiradas de Londres, remetia a um tempo em que as cores eram vivas, os gostos, formais, e as cornijas das chaminés precisavam ser de mármore. Havia retratos de homens e mulheres vestidos com elegância nos trajes de suas épocas — "Parece que, um dia, eles vão valer alguma coisa. Sei lá por que, e olhe que eu já beijei Picasso!" — se alinhavam nas paredes, como memoriais dos mortos num crematório. A mobília era luxuosa e estava coberta de poeira, e as janelas, altíssimas e estreitas, estavam entrecruzadas com fita adesiva:

— É para satisfazer os moradores da região, querido — afirmou ela. — Não vai cair nenhuma bomba por aqui, mas os encarregados do edifício são muito chatos.

Os corredores estavam em silêncio. Candelabros de cristal tilintavam suavemente quando aviões cruzavam o céu, e do outro lado das persianas de alguns quartos era possível espreitar o brilho tênue da luz que vinha da rua, mas não havia ninguém mais por ali.

— Foram para o interior — explicou Virginia casualmente. — A maioria vai embora em julho de 1939. Não é tanto por causa do bombardeio, sabe? É mais essa sensação horrível de opressão. Nossos membros já passaram por isso tantas vezes que já nem ligam, então vão para lugares mais bonitos, iluminados, ventilados e sem nada dessa história entediante de guerra para incomodar. Muitos vão para o Canadá, especialmente os que saem dos clubes mais opressivos, como os de Varsóvia, Berlim, Hanôver, São Petersburgo, essa turma toda. Alguns ficam pela agitação, mas eu fico entediada.

Então, por que ela estava ali?

— Para manter o barco à tona, queridinho! É a minha vez de cuidar dos membros mais novos, sabia? Que é você, por sinal, você é o nosso primeiro membro nos últimos seiscentos anos. Mas também tem vários membros nascendo mais ou menos por esta época. As mães de alguns têm uma visão tão idealizada dos filhos partindo para a guerra que... como vou dizer... Certas atitudes prudentes levantam suspeitas. Alguém precisa ficar firme aqui para evitar que as infâncias deles não sejam duras demais. Quase sempre o dinheiro resolve as coisas, mas às vezes — ela tomou um golinho de conhaque — alguém precisa fazer as coisas acontecerem. O que chamamos de evacuação. Às vezes, os pais causam grandes aborrecimentos.

— E é isso que você faz? Você... se encarrega do período de infância?

— É uma das nossas principais funções — respondeu, animada. — A infância é a época mais desgastante da vida, a menos, claro, que você tenha predisposição genética para uma morte horrível ou alguma doença hereditária. Nós temos todo o conhecimento e experiência de muitas vidas, mas, mesmo assim, se contarmos a algum adulto linear e chato que ele deve aplicar o dinheiro em borracha porque ela vai se tornar o investimento mais maravilhoso do mundo, ele vai responder com um tapinha na cabeça e um "Claro, claro, Harry, vai brincar com o seu trenzinho", ou coisa do tipo. Muitos dos nossos membros nascem pobres, então é bem útil saber que existe uma sociedade de indivíduos que se entendem e podem ajudar a conseguir um par de meias decente e assegurar que você não precise gastar muitos anos entediantes de cada vida aprendendo o alfabeto. Não é só questão de dinheiro — concluiu ela com ar de satisfação —, é questão de companheirismo.

Eu tinha centenas de perguntas, milhares, todas rodopiando na cabeça, mas não consegui articular nenhuma, então me contentei com:

— Existem regras que eu deva saber?

— Não mexa com os eventos temporais! — respondeu, taxativa. — Você nos causou um pouco de constrangimento na última vida, Harry. Claro que não foi culpa sua, sem, dúvida; todo mundo já passou por situações difíceis... mas Phearson tinha informações suficientes para mudar o curso do futuro, e não podemos permitir isso. Não é que causem preocupação, mas nunca dá para prever essas situações com certeza absoluta.

— Mais alguma coisa?

— Não faça mal a outro kalachakra. Pode fazer o que quiser com os lineares, desde que não seja nada especialmente obsceno nem nos ponha em evidência, mas nós vamos nos lembrar, e no fim das contas isso não é correto. Seja bom!

— Você falou de contribuições...

— Isso, se você tiver oportunidade de fazer uma quantidade absurda de dinheiro, por favor, separe uma parte para o nosso fundo em favor das crianças. As gerações futuras agradecem.

E era só isso?

Não, ainda não.

— Não é tanto uma regra, Harry, meu querido. — explicou ela. — É mais um bom conselho: não diga a ninguém quando ou de onde você veio. Não entre em detalhes.

— Por quê?

— Porque alguém pode usar a informação para matar você — respondeu ela sem rodeios. — Tenho certeza de que isso não vai acontecer, pois você é um jovem encantador, mas já houve casos, então você há de entender que essa não é considerada uma boa prática. Não pergunte, não conte. É a política por aqui.

E então ela me explicou.

Capítulo 25

O primeiro cataclismo começou em 1642, em Paris.

Quem o causou foi um humilde cavalheiro chamado Victor Hoeness. Ouroborano, ele passou pelas típicas e traumáticas fases iniciais da vida, até que o Clube Cronus o encontrou, o acalmou e explicou que, na verdade, até onde era possível ver, ele não estava possuído nem condenado. Filho de um armeiro, ele viveu a pior parte da Guerra dos Trinta Anos, conflito que abarcou todas as causas socioeconômicas frequentes numa guerra do começo da Idade Moderna, e acabou se transformando numa cruzada. Em nome de uma, os homens têm permissão para matar; em nome de outra, recebem ordens para destruir. Não é preciso dizer que, durante o conflito, a maioria dos membros do Clube Cronus gosta de se mudar para regiões menos perigosas e mais estáveis do mundo, como o coração do Império Otomano, pois, embora os sultões sejam loucos durante essa época, pelo menos suas mães não são. No entanto, Victor Hoeness se recusou e insistiu em permanecer no Sacro Império Romano. Foi aconselhado a não interferir e jurou que só atuaria como mero observador passivo, documentando tudo o que via. De fato, durante várias vidas os registros de Victor Hoeness serviram de excelente fonte histórica, e poucos kalachakra notaram que esses excepcionais testemunhos em primeira mão eram resultado da cuidadosa documentação de um semelhante. Outros membros do

Clube Cronus estavam preocupados: não que Hoeness fosse um sujeito instável; pelo contrário, ele era calmo, controlado demais. Como se fosse um fantasma, ele abria caminho entre o sofrimento, a destruição e o desalento, enquanto documentava tudo o que via. Não buscava companhia, não tomava partido, não estabelecia relações, afastava-se de perigos quando isso lhe era permitido, e, mesmo as poucas mortes que sofreu durante a guerra — pois ninguém é capaz de prever inteiramente os cruéis acontecimentos daquela época —, ele as aceitou de forma digna e resignada, declarando depois que gostaria de ter subornado seu executor para que ele pusesse pólvora na fogueira que o queimara ou explicando que a morte por empalação seria muito mais rápida se a lança abrisse o fígado por inteiro, em vez de se limitar a perfurar o intestino. Seus colegas se viram numa posição difícil, pois até que ponto é possível dizer a um homem que a estabilidade e o autocontrole que ele demonstra são, muito possivelmente, irracionais, inumanos e o sintoma de uma doença mais grave, tendo em vista que as evidências que apontam para a dita doença nem sequer existem? Com o passar do tempo, a notável utilidade de Hoeness como fonte histórica de primeira mão o levou a se corresponder com membros do Clube Cronus no futuro. Faziam-se perguntas no começo do século XIX ou do século XX, as quais eram transmitidas de volta no tempo, da criança nascida na década de 1850 para o idoso que seria criança outra vez em 1780, que então poderia retransmiti-las para o idoso que nascera em 1710, e por aí vai, até que, perpassando o menor número possível de gerações para não corromper a mensagem, algum contemporâneo poderia fazer a pergunta a Hoeness diretamente. Então, ele escrevia a resposta em algum material imperecível e o deixava com o Clube Cronus, que faria a entrega ao correspondente do futuro, e à posteridade. Muitos de nós que resolvemos nos envolver com pesquisas usamos essa técnica. Com frequência, ela é usada por quem quer obter vantagens acadêmicas, pois, se queremos uma fonte de um período específico, basta uma pergunta educada e um pouco de persuasão amplificados ao longo das gerações, e não só uma resposta pode surgir, como ela pode chegar por meio de documentação genuína da época em questão, os quais podem resistir ao escrutínio dos nossos pares menos imaginativos. Supondo-se, claro, que você ainda esteja interessado na questão várias vidas depois, quando a mensagem por fim chegar.

Para Hoeness, no entanto, o preço por gerar evidências documentadas tão excepcionais foi que começou ele mesmo a fazer perguntas. Ele passou a enviar recados para o futuro ou, quando achava que o papel não sobreviveria à viagem, entalhava sua mensagem em pedras e as deixava em locais pré-acordados que a guerra, a expansão urbana ou a revolução agrícola provavelmente não tocariam. Assim ele começou a perguntar sobre o futuro, e, como se fosse a brincadeira do telefone sem fio, outra vez recebeu respostas vagas. Ele soube do Cerco a Viena, da Queda do Império Otomano, da Guerra da Sucessão Espanhola, da Revolução Francesa, da Revolução Americana e até boatos distantes de eventos mais para o futuro — de *pogroms* que se tornam massacres catastróficos, de um mundo em que liberdade era riqueza e Deus era um nome usado para assustar crianças.

Hoeness assimilou essas reflexões com a mesma indiferença que demonstrava ao ver crianças sendo assassinadas diante dos olhos de suas mães, ou fileiras de homens, separadas por menos de quarenta metros, atirando umas nas outras com chumbo enquanto seus comandantes os encorajavam. As pessoas consideravam tudo isso estranho — notável, até — mas a essa altura todas as tentativas de entender a cabeça de Victor Hoeness haviam desembocado e se apagado na extenuada apatia que é a maldição de tantos dos nossos semelhantes.

Então, um dia, ele foi a Paris. Levou consigo pouca coisa além de suas palavras e, com o simples poder que elas lhe proporcionavam, obteve acesso à corte do rei da França.

— Meu nome é Victor Hoeness — afirma-se que ele disse —, e vim aqui lhes contar sobre o futuro.

E foi o que ele começou a fazer.

Quando lhe perguntavam o motivo — o motivo de ele contar tudo aquilo especificamente para *eles* —, Hoeness respondeu:

— Sua nação ainda é a mais poderosa da Europa, apesar de todas as guerras civis. O Império Romano está debilitado, o rei da Espanha é pusilânime, o papa é impotente em face do poder militar, e eu preciso de um rei forte. Eu lhes darei o conhecimento de ideias que ainda estão por chegar, de doutrinas ainda não inventadas. Eu lhes darei armas, estratégias, remédios; eu lhes darei informações sobre o inimigo e sobre terras distantes, pois já viajei até o Pacífico e vi o sol nascer no oceano Índico. Banqueteei com mongóis e com mandarins, ouvi o correr das águas do Congo, senti o cheiro de especiarias nos bazares e comi carne de tubarão pescado sob o gelo. Que nós, vocês e eu, façamos um novo mundo. Que façamos um mundo melhor.

Após um compreensível ceticismo, o rei da França ouviu Victor, e o mundo começou a mudar. Victor não tinha ilusões quanto à natureza do projeto — haveria sangue, e ele sabia que era grande a probabilidade de que a revolução, de escala global, destruiria os homens por trás dela. O rei Carlos II morreu antes de reivindicar a coroa inglesa, ao passo que a Guerra dos Trinta Anos teve um fim abrupto pelas mãos de um exército francês que combinou católicos e huguenotes, que lutaram com rifles e sob as táticas napoleônicas. Victor sabia que não havia muito mais que pudesse fazer. Sabia que, mesmo se cuidando, sua expectativa de vida provavelmente não passaria dos 60 anos, e não podia dispender tempo ou esforço para viajar a Istambul, Benares ou Pequim, ou atravessar o oceano e aportar numa das colônias do Novo Mundo. Seu plano era concentrar intensamente os esforços numa área compacta para tentar mudar o mundo a partir da Europa. Ele sabia que não chegaria a ver o fim de sua revolução, que, segundo seus cálculos precisos, demoraria pelo menos 120 anos para atingir certa estabilidade, por isso buscou duas formas de assegurar seu legado num mundo violentamente alterado. Uma delas foi buscar a ajuda dos membros do Clube Cronus, que, vendo sua empreitada, se dividiram quase meio a meio entre apoiá-lo ou repudiá-lo. Os que se mostravam dispostos a ajudar ele nomeou sua vanguarda do futuro. Os que se recusaram, ele encarcerou nas mais profundas masmorras que conseguia encontrar. Hoeness enfatizou que não matou, apenas encarcerou, para que os opositores vivessem o máximo possível nesse novo mundo que ele havia criado e, talvez, antes de morrerem, testemunhassem seu triunfo.

Quando finalmente morreu, o mapa da Europa estava completamente mudado. A França governava de Lisboa à Cracóvia, de Calais a Budapeste. O Império Otomano fez um acordo de paz e entregou as colônias do norte da África, numa tentativa de conseguir o respeito do rei da França; sem ter a quem recorrer, o parlamento inglês ofereceu a coroa a Luís XIV, e o ato logo desencadeou uma rebelião, que foi suprimida a custo de uma repressão sangrenta por parte do novo monarca. No entanto, a mudança mais devastadora para a história do mundo se deu na tecnologia. Ideias geram ideias, e, com seu pouco conhecimento dos avanços do futuro, Victor sem querer deu partida a um processo que mudaria a superfície do planeta. Em 1693, o primeiro trem a vapor fez uma viagem-teste de Paris a Versalhes; em 1701, um encouraçado de guerra destruiu os piratas da costa da Barbária em apenas duas horas e meia de um bombardeio partido de Argel. Em face do massacre tecnológico, exércitos ruíam e nações pediam paz, mas, fosse por fé, terra, orgulho ou idioma nativo, as populações resistiram, até que a resistência se tornou parte de sua identidade, então eles pegaram as armas de seus opressores e, como é da natureza humana, as melhoraram. E, assim como acontece em todas as guerras, a tecnologia as tornou maiores, mais rápidas, mais pesadas, então, quando Edo foi bombardeada em 1768, suas baterias antiaéreas conseguiram derrubar um terço das naves agressoras, e em 1802 a mensagem que uma rádio pirata transmitiu aos bunkers foi:

— Lutem até não haver mais nenhum homem de pé ou arma inteira!

Victor Hoeness não viveu para ver o fim de seu sonho, que aconteceu em 18 de novembro de 1937, quando um grupo conhecido como Profetas do Novo Amanhecer invadiu um silo no sul da Austrália e lançou três de seus mísseis, provocando uma retaliação global e o inverno nuclear que bloqueou o sol. Em 1953, toda forma de vida já havia sido erradicada da face do planeta, e o processo recomeçou por inteiro.

Capítulo 26

Quando seus semelhantes lhe contaram esses eventos, Victor Hoeness não acreditou.

Quando insistiram que era essa a mensagem transmitida pelo Clube Cronus do futuro, ele simplesmente exigiu anotações mais eficazes para tentar solucionar os problemas na raiz.

Mas, para o Clube Cronus, havia um problema muito maior a solucionar. Para seus membros, Victor Hoeness cometera extermínio em massa. Não exatamente da raça humana — tudo aquilo não havia passado de um resultado transitório, um ciclo em que tudo murchou e tudo morreu, e ponto final. Seu pecado fora maior porque, como resultado de suas ações, gerações inteiras de kalachakra simplesmente deixaram de nascer.

"Não é tanto uma regra, Harry, meu querido.", explicara Virginia. "É mais um bom conselho: não conte a ninguém quando ou de onde você veio."

Aquela noite em Londres, fiquei observando ela girar o copo de conhaque e olhar fixo para o pôr do sol e a escuridão que começava a cobrir a cidade.

— É possível alcançar a morte de duas formas — explicou ela. — Não estou falando da morte entediante que os nossos corpos nos forçam a suportar a cada passagem de vida; não mesmo. Estou falando da morte permanente, da morte que importa de verdade. A primeira morte é o

Esquecimento. O Esquecimento pode ser químico, cirúrgico ou elétrico, e é usado para limpar a memória por completo. Depois dele, você não se lembra do nome, do local onde nasceu nem do primeiro garoto que beijou, e para nós o que é isso, se não a verdadeira morte? Uma lousa limpa, uma chance de ser puro e inocente outra vez. É claro que, assim que confirmamos que uma pessoa passou por um Esquecimento, nós a matamos, para elas começarem a próxima infância sem a menor ideia de quem são. E, quando ela morre e recomeça, podemos entrar na sua segunda vida imediatamente, para ajudar e se fazer presente perto dela, para ensinar a pessoa a se acostumar com o que é sem aquela história complicada de loucura-suicídio-rejeição. Muitos de nós já sofremos ao menos um Esquecimento, apesar de nem sempre funcionar, dada a dificuldade da tarefa. Disseram — o conhaque deslizou pela lateral do copo, então voltou devagar para a posição normal — que eu mesma já passei por um Esquecimento. Embora todos pareçam meio envergonhados de falar.

Um momento, um segundo em que a bebida que ela segurava parou de se agitar, a quietude absoluta enquanto Virginia tentava se lembrar de algo que escolhera esquecer.

— Não existe sentimento de perda, se você não consegue se lembrar do que perdeu — explicou, por fim. — Pessoalmente, eu sinto uma grande sensação de alívio. Você apaga as cicatrizes da sua vida anterior, assim como as memórias. Apaga a culpa. Não digo que eu vivi uma vida pela qual deva me sentir culpada, claro; é só que, quando pergunto a respeito do assunto aos meus colegas, o silêncio deles não me parece um bom prenúncio das coisas que não consigo lembrar.

Um tique-taque do relógio de pêndulo no saguão. Num futuro próximo, sirenes soariam e parariam, e a cidade prestaria atenção no zumbido surdo dos bombardeiros, o som profundo da morte, que limpa a garganta enquanto se apronta para cantar.

— A segunda morte é a morte em que nem se chega a nascer — continuou Virginia. — Ela é bastante controversa entre nós, porque põe em dúvida todas as teorias científicas existentes sobre a nossa natureza.

Já se observou que, se um kalachakra é abortado antes de se tornar consciente durante uma vida qualquer, ele simplesmente não nasce na vida seguinte. É a verdadeira morte, a destruição do corpo e da mente, e, ao contrário do Esquecimento, para ela não existe volta, não há cura para os caminhos da mente. É o fim, nem mais, nem menos. Então perceba, querido Harry: não existe nada que valorizemos mais do que a nossa identidade, a dos nossos pais e a informação sobre o local e a hora em que nascemos. Essa informação pode destruí-lo por completo. E é claro que um dia você pode querer ser destruído. Ou esquecer. A mente sofre para recriar o prazer de um primeiro beijo, mas por alguma razão consegue se lembrar com uma clareza incrível do terror da dor, do rubor da humilhação e do peso da culpa.

Franklin Phearson.

Eu sou o mocinho, Harry. Eu sou um cara bom pra cacete.

Agarrei o copo de conhaque com tanta força que os nós dos meus dedos ficaram brancos.

Em retrospecto, eu me pergunto quem sabia as precisas circunstâncias do meu nascimento. Mesmo contando os estritamente lineares, o número é bem reduzido: meu pai, meus pais adotivos, minhas tias, minha avó Constance e, talvez, alguns parentes pelo lado da minha mãe, que suspeitavam, mas não tinham certeza absoluta das minhas origens. Eram pontos fracos inevitáveis, estabelecidos antes de eu nascer, mas minha bastardia me proporcionava ótima proteção. Não há registros oficiais de meu nascimento ou minha origem até que eu tenha pelo menos 7 ou 8 anos, quando uma monitora escolar ultrameticulosa percebe uma lacuna em meus registros, e a essa altura eu já consigo eliminar o registro assim que ele é feito. A vergonha de ser filho ilegítimo na década de 1920, especialmente numa família cujos valores eram os mesmos durante gerações, mantinha a discussão sobre minha ascendência a um círculo restrito, e, assim que as peças principais morriam, não havia motivo para que minhas origens viessem a público, a não ser que eu quisesse. Durante a infância, por sorte sou atrofiado, até que chego à adolescência e espicho tardiamente — o que atrapalha suposições sobre minha data de nascimento exata. Quando chego à idade adulta, os traços característicos do meu pai se misturam com os genes da minha mãe, então consigo convencer que tenho 22 ou 39 anos a qualquer momento, contanto que escolha as roupas com cuidado. Meu cabelo fica grisalho quase da noite para o dia, mas o estresse pode alterar minha fisiologia, então, também na velhice é difícil adivinhar minha data de nascimento exata; além disso, as muitas viagens que fiz alteraram tanto meu sotaque que hoje em dia acho que já não tenho mais quase nenhum próprio, apenas me adapto de uma vez ao que me parece o requisito local, e com uma facilidade que beira o puxa-saquismo. Em suma, as desvantagens da minha vida normal, se é que podemos chamá-la assim, são bênçãos para a minha identidade secreta, e, enquanto Virginia recontava os últimos dias de Victor Hoeness, eu me recostei na cadeira e refleti sobre tudo isso com uma sensação de segurança cada vez maior.

— Então, Victor estragou tudo para as gerações futuras — explicou ela. — Gerações inteiras de kalachakra simplesmente não chegaram a nascer, e, quando se é kalachakra e não se nasce uma vez, não se nasce mais. O mundo seguiu seu caminho de costume, depois que a experiência de Victor terminou em destruição, mas recebemos os pedidos de vingança dos poucos sortudos que sobreviveram ao apocalipse futuro, relatando que Clubes inteiros haviam desaparecido, milênios de história e cultura precisariam ser reconstruídos do zero. Isso sem falar, é claro, da destruição prematura do mundo para todos os lineares, mesmo que não contassem no esquema geral das coisas.

Não questionei aquela visão de mundo, e por que deveria? Victor Hoeness desencadeara quatrocentos anos de guerra e sofrimento no mundo e então morrera, e nada disso importava, porque, quando ele renasceu, as coisas haviam voltado ao ponto de partida. Eu passara a fazer parte do Clube Cronus, com o passado e o futuro a ecos de distância, e senti que os mistérios da minha existência estavam ao alcance da mão. Aquelas palavras não tinham importância.

— Eram tempos mais cruéis — explicou Virginia. — Não havia lugar para sutilezas.

E, nesse espírito, Victor Hoeness foi localizado na cidade de Linz, aos 11 anos, já se preparando para tentar outra vez mudar a natureza do universo. Ele foi tirado de casa e torturado durante onze dias. No décimo segundo, ele cedeu e confessou seu local de nascimento, o nome de seus pais, onde morava e seu ponto de origem. Permaneceu em cativeiro enquanto se fez uma pesquisa meticulosa para determinar a veracidade da história, e, quando se descobriu que era tudo verdade, o Clube Cronus se reuniu para decidir o que fazer com ele.

— Tempos cruéis, tempos cruéis! — exclamou Virginia.

Eles decidiram que simplesmente matar Victor não bastava. Já estava claro que a morte não amedrontava — só afeta o corpo. A mente é a fonte do que somos, e era a mente que eles estavam determinados a destruir.

Eles o encarceraram, para separá-lo da sociedade, e o imobilizaram numa camisa de força medieval e primitiva, toda feita de metal. Arrancaram-lhe a língua, as orelhas e os olhos; e, quando ele se recuperou de tudo isso, foi a vez das mãos e dos pés, só para garantir que ele não fosse a lugar algum. Então, ele foi alimentado à força, por meio de uma vara de madeira oca que encaixaram em sua garganta, para ele continuar vivo naquela loucura surda, muda e cega. Conseguiram manter a situação por nove anos, até ele asfixiar e morrer, dizem, com um sorriso no rosto. Tinha 20 anos.

Mas a vingança do Clube Cronus se estendeu além da morte.

Renascido onde começara sua existência, o bebê Victor Hoeness foi roubado do berço com dias de vida e encarcerado outra vez. Aos 4 anos, ele recobrou a consciência, e, ao examiná-lo, os membros do Clube Cronus concluíram que ainda havia vestígios suficientes de sua mente para ele ser considerado culpado por seus atos. Então, recomeçaram: olhos, orelhas, língua, mãos, pés, tudo com precisão cirúrgica para assegurar que ele não morresse no processo, mas, também, claro, sem analgésicos. Desta vez, conseguiram mantê-lo vivo por sete anos; ele morreu aos 11.

— É surpreendentemente difícil guardar rancor por séculos — explicou Virginia. — Hoeness morreu aos 11, mas os captores dele viveram por mais trinta, quarenta, cinquenta anos? Depois de um tempo, a anotação "Preciso torturar Victor Hoeness" se torna uma prioridade tão baixa, ainda mais quando você ainda morre nesse meio-tempo, que, francamente, na hora de cumprir a tarefa, ela mais parece um fardo.

Ainda assim, eles persistiram e de novo examinaram Hoeness em busca de sinais de sua consciência antiga. Mas, desta vez, embora o bebê tenha nascido com mãos, orelhas e olhos perfeitamente funcionais, ele parecia incapaz de usá-los, mesmo com todos os órgãos intactos. Mesmo quando bebê, antes ainda de atingir a plena consciência, os próprios pais o consideraram uma criança defeituosa e o entregaram aos cuidados da igreja ou, segundo os rumores do passado, para os cuidados mais violentos das ruas impiedosas. Os tempos eram difíceis — cruéis, como diria Virginia.

Mais uma vez o Clube Cronus se reuniu para tomar uma decisão, e, à exceção de um membro, todos votaram por acabar com a vida de Hoeness para sempre, interromper a gravidez da mãe antes de ele nascer e, com isso, finalizar o ciclo de vingança. O único que votou contra foi um ouroborano chamado Koch, e ele...

— Nós os chamamos de mnemotécnicos — explicou Virginia. — Resumindo, eles se lembram de tudo.

Acho que, quando ela disse isso, percebeu meus olhos se iluminarem e minha cabeça se virar em sua direção. Mas, se ela entendeu essa reação, fez a gentileza de não dizer.

— No geral, depois de uns séculos, nós começamos a esquecer. É perfeitamente natural; o cérebro tem capacidade limitada, e perder parte da memória é normal no processo de envelhecimento. Eu começo a sofrer de demência perto dos 67 anos e devo confessar que ser uma criança que padece dos sintomas residuais dessa doença é um processo extremamente desmoralizante. Para os nossos semelhantes, as doenças mentais são uma ameaça mortal. Se alguma vez você perceber que se encontra nesse estado, por favor, busque ajuda, Harry.

— Eu escrevi cartas para o meu pai — confessei, mal ouvindo minhas próprias palavras.

— Maravilhoso! Que ideia maravilhosa! Atitude positiva. É claro que uma das grandes vantagens de ter uma memória imperfeita é seguir sendo capaz de se surpreender. Outra é que somos capazes de superar o passado. Você vai descobrir que, embora se lembre de fatos e números, especialmente os que tenta guardar na memória, as emoções negativas que queimam dentro de você começam a perder força. Algumas não. Se você é orgulhoso, sempre vai faltar com o respeito, e, para ser franca, não há nada a fazer, a não ser esquecer. Se você é sentimental, sempre vai lamentar um amor perdido, mesmo que muitas vidas depois. Por outro lado, posso lhe dizer por experiência própria que o tempo suaviza tudo. Conforme você vive, se torna uma pessoa mais neutra, é como se limasse as arestas ao perceber pela repetição infinita que aquela situação em que faltou com respeito era desnecessária ou que aquele amor não passava de desejo. Nós temos o privilégio de ver o presente através da sabedoria que carregamos do passado, e, para ser franca, esse privilégio torna muito difícil levar as coisas a sério demais.

Koch era uma anomalia entre nós, um kalachakra que se lembrava de tudo, até de coisas que a maioria já havia se esquecido.

— Em geral, os mnemotécnicos são bem esquisitos — comentou Virginia.

Meu coração, apertado.

Cheguei tão longe para encontrar meu povo, e ali estavam, descritos de forma inocente. Os mnemotécnicos são bem esquisitos. Para uma certa classe da sociedade, num certo rincão da Inglaterra, não existe fracasso mais retumbante.

— Quando os Clubes estavam decidindo o que fazer com Victor Hoeness, Koch se manifestou — explicou Virginia. — "Esse não é o primeiro cataclismo", disse ele, "mas o segundo. Vocês não se lembram porque já aconteceu há centenas de vidas, milhares de anos. Talvez, caso se lembrem, seja apenas uma imagem vaga nas mentes de vocês, uma recordação distante. Mas eu sei disso, porque vivi. Há mil anos, outro semelhante fez exatamente a mesma coisa que Hoeness, e dilacerou o futuro como um cutelo atravessando a sopa. Por quanto tempo vamos viver antes de chegarmos a uma das únicas duas conclusões que nos restam? Se algo deve mudar um dia, precisamos fazer sacrifícios e desafiar o sistema rígido no qual vivemos. Ou, se nada vai mudar, devemos sempre observar nossos semelhantes, puni-los sem piedade e viver sem remorso. Vocês já decidiram o destino de Hoeness, mas permitam que as minhas palavras sirvam de aviso a todos vocês." Talvez os outros kalachakra tenham ficado um pouco assustados ao ouvir isso. Ou vai ver tenham considerado as palavras de Koch uma simples fanfarronice de um membro menos civilizado da panelinha. Pessoalmente, acho a segunda hipótese mais provável. De qualquer jeito, a decisão tinha sido tomada, e, naquela mesma noite, Hoeness, a criança cega, muda, surda e aleijada, teve uma espada cravada em seu coraçãozinho. Então, o algoz continuou vivendo até que um dia morreu e renasceu uns quinze anos antes de Hoeness. Aos 14 anos, o algoz viajou até Linz, onde Hoeness nasceria. Conseguiu um emprego de servente na casa da família Hoeness e observou os pais, anotando todos os detalhes do dia a dia até nove meses antes da data em que Hoeness nasceria. Assim que a mãe começou a dar sinais de gravidez, o algoz lhe serviu chá preparado com casca de teixo. Infelizmente, o gosto era tão repugnante que a mãe de Victor Hoeness sorveu um pouquinho e cuspiu o resto, então, tendo que recorrer a um plano alternativo pavoroso, o algoz desembainhou a espada, imobilizou a mãe no chão e cortou sua garganta. Permaneceu no local tempo o bastante para ter certeza de que sua vítima havia morrido, então se limpou, vestiu a mulher para o funeral, deixou algumas poucas moedas para o pai e seguiu seu caminho. E, assim, Victor Hoeness nunca mais nasceu.

Capítulo 27

Eu sou mnemotécnico.

Eu me lembro de tudo.

Você precisa ter isso em mente, se quer entender as decisões que eu estava prestes a tomar.

Por um tempo eu duvidei, fiquei imaginando se o que possuía não era uma memória perfeita, mas uma fantasia perfeita, a capacidade de projetar a minha mente em qualquer tempo e lugar, e preencher lacunas adequadas à minha autoimagem.

Mas muitas evidências correspondiam à minha impressão, e hoje eu percebo que quem segue esse caminho só abre espaço para a inércia e a loucura.

Centenas de anos, milhares de vidas antes de eu nascer, um homem chamado Koch sugeriu que nós, o Clube Cronus, devemos procurar mudar o mundo ou nos tornar juízes brutais de nós mesmos, os kalachakra. Eu me pergunto o que ele vivenciou para ter tanta certeza de sua postura, e se lhe sobrou algum resquício de clemência, para si ou para o próximo.

Tudo isso nos faz voltar ao nosso ponto de partida.

Eu estava morrendo a minha morte de sempre, indo embora aos poucos, entorpecido numa névoa de morfina acolhedora, mas ela interrompeu o processo com todo o charme de uma cascavel num colchão de penas.

Ela estava com 7 anos, eu com 78. Ela se sentou na lateral da minha cama, com os pés suspensos balançando, observou o monitor cardíaco conectado ao meu peito, confirmou que eu havia desconectado o alarme, sentiu meu pulso e declarou:

— Quase perdi você, doutor August.

Christa, com seu *Berliner Hochdeutsch*, sentada na lateral da cama e me contando sobre a destruição do planeta.

— O mundo está acabando. A mensagem tem sido transmitida de crianças para adultos através das gerações, vinda de mil anos no futuro. O mundo está acabando, e não podemos prevenir. Então, agora é com você.

Capítulo 28

— Pense nisso! — exclamou Vincent, já então um ex-aluno de Cambridge. — A própria noção de viagem no tempo é, em si, um paradoxo. Eu construo uma máquina do tempo: impossível. Viajo para o passado: impossível. Apareço na Terra, digamos, em 1500. Não falo com ninguém, não faço nada, passo menos de dez segundos no passado e vou-me embora: impossível. E, o que eu consegui?

— Quase nada a um preço exorbitante? — sugeri, servindo-me de mais um copo de uísque.

Se em algum momento da sexta vida me pareceu impróprio um aspirante a professor como eu passar a maior parte do tempo argumentando com um estudante universitário, em vez de me sentar em silêncio na mesa de honra acompanhado dos meus pares, essas preocupações se dissiparam conforme fui conhecendo Vincent mais a fundo. Seu total desinteresse pelo meu suposto status fez com que também eu não tivesse o mínimo interesse sobre minha posição, e, de todos os meus colegas, ele parecia o único com o mais remoto interesse nas inusitadas ideias com as quais atormentei os acadêmicos durante a década de 1940.

— Nos dez segundos que gastou no passado, o nosso impossível viajante do tempo inalou oito litros de ar, com uma parte de oxigênio para quatro de nitrogênio, e exalou oito litros de ar, aumentando um pouco a taxa de dióxido de carbono no ar. Ele ficou de pé num terreno enlameado no meio do nada, e a única criatura que observou sua passagem foi um pardal assustado que já levantou voo. Sob seus pés, no barro, uma margarida foi esmagada.

— Ah, mas essa margarida! — entoei, pois era uma frase típica de Vincent.

— Ah, mas esse pardal! — retorquiu ele. — O pardal levantou voo assustado, e o falcão que já havia se lançado num ataque para comer o pardal precisou desviar, com isso o falcoeiro precisa correr pelo campo para recuperar sua ave, e, ao correr pelo campo...

— Pega a filha do dono das terras em flagrante com o filho do açougueiro! — lamentei. — E, ao pegar os dois desprevenidos, grita: "Seus tratantes!", pondo fim ao intercurso, e a filha, que deveria engravidar ali, não consegue...

— E portanto não tem o filho!

— E esse filho não tem um filho, já que não nasceu...

— E cem gerações mais tarde o nosso bravo viajante descobre que deixou de existir porque sua antepassada foi pega com o filho do açougueiro e, não existindo, não pode voltar no tempo para evitar seu próprio nascimento no futuro ao assustar o pardal, e isso significa que ele vai nascer e poder voltar no tempo para evitar o próprio nascimento e... Vamos pressupor a existência de Deus? — soltou Vincent de repente. — É esse o único jeito de sair dessa armadilha?

— Deus?

— Devemos supor que só há duas soluções para esse paradoxo? — retorquiu ele, que, embora pesado, jogou-se com uma energia surpreendente de volta na minha segunda poltrona favorita, que a essa altura já tinha as marcas de seu corpo nas almofadas. — Que um: o universo, vendo que é incapaz de sustentar esse grande peso, simplesmente deixa de existir? Ou que dois: o universo, ainda confuso, se recompõe de um jeito que não somos capazes de compreender, e, ao se interessar pelas ações do nosso viajante do tempo, implica uma estrutura e um raciocínio conscientes, além do que se caberia esperar de uma mera amálgama de matéria? Vamos pressupor a existência de Deus?

— Pensei que havíamos concluído que essa hipótese era impossível.

— Harry! — repreendeu Vincent, levantando os braços. — Há quanto tempo estamos sentados aqui?

— Presumo que você não esteja perguntando sobre a medida de tempo propriamente dita, mas, sim, sobre quando você entrou nos meus aposentos pela primeira vez para refutar meus erros.

— Sempre que nós nos aproximamos das incertezas espinhosas da vida, sempre que trazemos à baila a noção do "e se", da incerteza, você foge da discussão como um cocker spaniel que não se atreve a tocar o osso de um buldogue!

— Não vejo motivo para discutir um assunto sobre o qual, de acordo com todas as medições científicas da época, não podemos reunir qualquer dado que nos dê uma resposta.

— Não podemos medir a gravidade, não de um jeito efetivo — retorquiu Vincent, contraindo o rosto, mal-humorado. — Não sabemos sua velocidade, nem mesmo o que é exatamente a gravidade, mas ainda assim você acredita nela tanto quanto...

— Através dos efeitos observáveis.

— Então você limita os nossos debates às ferramentas disponíveis?

— Um argumento científico precisa de certo volume de dados, de um... de uma pitada de base teórica que o sustente; caso contrário, não é uma discussão científica, é um debate filosófico, e, por isso, passa longe do meu raio de ação.

Vincent segurou os braços da poltrona, como se somente aquela presença sólida o impedisse de dar um salto de raiva. Esperei o acesso de raiva passar.

— Uma experiência mental — disse ele por fim. — Ao menos isso você aceita?

Com os lábios por sobre o copo, indiquei com um gesto vago que, somente naquela ocasião, talvez eu estivesse aberto para a ideia.

— Uma ferramenta que observasse tudo — continuou Vincent. Esperei.

Parecia que era só isso.

— E então? — perguntei, afinal. — Estou esperando você desenvolver o argumento.

— Nós aceitamos a existência da gravidade não porque a vemos ou a tocamos, ou por que conseguimos dizer com certeza o que é, mas porque ela tem consequências observáveis, previsíveis por modelos teóricos coerentes, certo?

— Ceeeerto... — concordei, esperando para ver com que ele me sairia.

— Pelos efeitos observáveis, deduzimos consequências não observáveis. Observamos uma maçã cair e dizemos: "Deve ser a gravidade." Vemos a refração da luz através de um prisma e afirmamos que deve ser uma onda; e a partir dessa dedução seguem-se outras sobre comportamento e efeito, amplitude e energia. Então, com pouquíssimo esforço, você pode rapidamente criar teorias até chegar ao cerne das questões, por meio de um efeito observável básico, desde que ele sirva à sua teoria, certo?

— Se você está pensando em propor algo melhor do que o método científico...

Ele fez que não.

— Uma ferramenta — repetiu ele com veemência — capaz de deduzir... tudo. Se pegarmos um bloco de construção do universo, um átomo, por exemplo, e concordarmos que ele tem alguns efeitos observáveis, como a gravidade, o eletromagnetismo, a força nuclear fraca e a forte, e depois disso afirmamos que essas são as quatro forças que ligam o universo, então, caso isso seja verdade, não será possível, em tese, extrapolar o funcionamento completo da criação a partir deste objeto minúsculo, o qual contém a essência de tudo que existe?

— Não consigo deixar de pensar que estamos nos desviando outra vez para o território de Deus.

— Para que serve a ciência, se não para alcançar a onipotência?

— Você está procurando uma resposta ética ou econômica?

— Harry! — repreendeu ele, levantando-se de um salto e andando de um lado para outro no exíguo espaço que eu abrira meses antes só para esse propósito. — Você sempre se esquiva da pergunta! Por que tem tanto medo dessas ideias?

Eu me endireitei na poltrona, enquanto sua indignação se aproximava de um nível incomum. Havia algo de estranho no que ele dizia, algo que acendeu uma luz de alerta no fundo da minha mente e me fazia falar mais devagar, responder com mais cuidado do que o normal.

— Defina "tudo" — pedi, afinal. — Devo presumir que a sua... ferramenta, como você diz, sua ferramenta hipotética e impossível, vai deduzir tanto o passado quanto o futuro com base na dedução que faria do estado atual de toda a matéria do universo?

— Seria razoável supor isso, sim!

— E lhe permitiria enxergar tudo o que existe, existiu e vai existir?

— Se o tempo é relativo, então, sim, repito, seria razoável.

Ergui as mãos para apaziguá-lo, enquanto analisava tudo bem devagar. A luz de alerta estava cada vez mais forte no fundo da minha mente, filtrando pela garganta, tentando se converter em palavras, que articulei com muito cuidado.

— Mas, ao observar o futuro, você já o mudaria. E então voltamos ao viajante do tempo que saiu da máquina e viu o passado. Ao ver o futuro, você vai mudar a forma de agir, ou, se não isso, todo o futuro vai ser remodelado a partir do instante em que você passou a conhecê-lo, alterado pelo simples fato de ser observado, e com isso voltamos a um paradoxo, a um universo incapaz de se sustentar, e, mesmo que isso não fosse suficiente, com certeza precisamos nos perguntar o que se vai fazer com esse conhecimento. O que os homens vão fazer quando puderem ver como deuses, e o que... e...

Pousei o copo de uísque. Vincent estava de pé, imóvel no meio da sala, meio que de costas para mim, com a mão na cintura, o corpo rígido e ereto.

— E — murmurei —, mesmo que não nos preocupemos com o fato de que o homem vai obter a divindade, outra coisa me deixa inquieto: o fato de que a força nuclear forte, da qual depende sua hipótese, só vai ser postulada daqui a trinta anos.

Silêncio.

Eu me levantei, com medo da imobilidade de Vincent, dos músculos retraídos em suas costas e ombros, de sua tensão.

— Quarks — falei.

Nenhuma reação.

— O bóson de Higgs, a matéria escura, Apollo 11!

Nada.

— Vincent — sussurrei, pondo a mão em seu ombro. — Eu quero ajudar.

Quando eu o toquei, ele teve um espasmo, e acho que nós dois sentimos uma onda de adrenalina. Então, ele pareceu relaxar um pouco, abaixou a cabeça, deu um sorriso distante na direção do chão, assentindo ligeiramente, em reconhecimento a uma conclusão impensável.

— Eu imaginava, mas esperava que você não fosse — disse Vincent, afinal. Então, ele se virou de forma brusca e me encarou. — Você é um deles? Faz parte do Clube Cronus?

— Você conhece o Clube Cronus?

— É, conheço, sim.

— E por que não...

— Você é membro? Pelo amor de Deus, Harry, só me responda.

— Sou. — Comecei a gaguejar. — S-sou, claro, mas isso não...

Então ele me deu um soco.

Acho que me senti mais surpreso do que dolorido pelo golpe. É claro que eu já conhecia a violência e a dor, mas naquela vida minha existência havia sido tão confortável que eu quase tinha me esquecido da sensação.

Se eu estivesse preparado, talvez tivesse permanecido de pé, mas meu estado de choque, acima de tudo, me fez cair para trás, numa pilha de livros. Senti gosto de sangue na boca e um dente cedendo ao toque da língua, o qual antes estava firme. Olhei para o rosto de Vincent e vi frieza misturada com, talvez — a menos que eu tenha imaginado —, uma pontada de arrependimento.

Então ele me deu outro soco, e dessa vez a surpresa não teve tempo de intervir.

Capítulo 29

— Odeio perguntar, mas, se o mundo está acabando, o que se espera que a gente faça? — questionou ela.

Décima segunda vida.

Aos 6 anos, escrevi uma carta para o Clube Cronus de Londres. Nela, solicitei dinheiro para viajar até lá e uma carta-padrão do Clube me convidando a entrar para uma escola de prestígio. O dinheiro foi deixado num esconderijo, à minha escolha, num vilarejo chamado Hoxley, por onde, muitas vidas atrás, eu fugira de Phearson ao luar.

Escrevi uma carta para Patrick e Harriet, que já estava nas últimas, desejando-lhes tudo de bom e agradecendo pelo tempo que passei lá, então fui embora. Em Hoxley, coletei o dinheiro escondido numa caixa de latão ao pé de uma aveleira e comprei uma passagem para Londres. O padeiro sorriu ao passar por mim pela rua, e senti Phearson no meu estômago, ouvi seus passos, e me agarrei à parede, tentando imaginar por que meu corpo se recusava a esquecer uma coisa que minha mente já superara havia muito.

Peguei um trem para Newcastle, e, quando o inspetor do trem me perguntou se eu estava acompanhado, mostrei a ele a carta convite para comparecer a uma escola e lhe contei que a minha titia me aguardava em Londres.

Para todos os efeitos da aventura em que embarquei nessa vida, minha titia era Charity Hazelmere.

— Aqui está ele! — exclamou ela com alegria, quando o inspetor me ajudou a descer do trem. — Harry, venha aqui logo!

Há muitas formas de tirar uma criança de seus pais lineares. O método a que me referi — de pagar somas de dinheiro adequadas, providenciar documentos adequados e deixar a carta no esconderijo — é bastante aceito e popular. Gera recursos suficientes para os kalachakra chegarem ao Clube Cronus mais próximo sem necessariamente revelar informações vitais, como onde vive e onde foi criado. No entanto, até certo grau ele expõe a criança, pois ajuda a afunilar uma possível busca a determinada área. No geral, a regra é que o dinheiro e os documentos sejam deixados numa região onde a criança sabe que há boa chance de os pais a levarem em algum momento de seus primeiros anos de vida, assegurando assim os suprimentos e a discrição de uma só vez. O único perigo desse arranjo, claro, é que o improvável aconteça e a família não cumpra as expectativas.

Quando a discrição não é motivo de preocupação — e, em certo sentido, por que deveria ser para os indivíduos mais afáveis e inocentes da nossa condição? —, permite-se também a intervenção direta, e ninguém é tão boa nisso quanto Charity Hazelmere. Com aquele nariz de aristocrata, uma voz de cantora lírica e uma coleção de corpetes pretos rígidos que eu nunca vi variar em todas as suas vidas, Charity é a imagem viva que qualquer adulto tem da típica diretora de escola que é o pesadelo de qualquer adulto, e bastava um simples olhar seu por sobre os óculos meia-lua presos por uma correntinha e empoleirados na ponta do nariz para amedrontar e causar acessos de tremedeira nos meros mortais. Ela já persuadiu, intimou, atormentou, perseguiu e, por vezes, simplesmente sequestrou crianças kalachakra de pais que tremiam ante sua presença, tudo em nome de uma vida mais tranquila para as crianças e na esperança de que, nos anos por vir, outros kalachakra teriam o bom senso de fazer o mesmo pelos semelhantes.

Por tudo isso se pode dizer que seus pontos de vista são, sem dúvida, bem provincianos.

— Não há problema algum em pedir o nosso envolvimento! — exclamou ela. — Mas como?

Décima segunda vida.

É raro ver uma reunião do Clube Cronus. Os membros vêm e vão o tempo todo, mas uma assembleia regional lotada — em que os cartões dos convites enviados têm borda dourada, anunciando a pauta: o fim do mundo — é algo digno de uma visão. Com 6 anos, eu era o mais novo. Com 82, Wilbur Mawn era o mais velho. Quando criança, Wilbur conhecera o duque de Wellington, e quando jovem, em Londres, trocara cartões com homens que lutaram tanto a favor quanto contra a Revolução Francesa. Ele seria o nosso próximo mensageiro, pois não se esperava que vivesse muito mais tempo, e poderia, com sua morte, levar a mensagem de volta a 1844 — o mundo está acabando, e não sabemos por quê. O que vamos fazer a respeito disso?

— Nada! — declarou Philip Hopper, filho de um fazendeiro de Devon com um gosto por aventura que o levara a morrer seis vezes na Segunda Guerra Mundial, duas na Guerra da Coreia e uma no Vietnã, um correspondente de guerra decrépito que nenhum exército empregaria. — Os fatores são inúmeros, e as informações são vagas demais! Ou precisamos de mais informações ou esquecemos o assunto de vez, já que não conseguimos nem começar a determinar o que estamos fazendo aqui.

— Eu acho que o assunto diz respeito à velocidade do processo — sugeriu Anya, uma refugiada bielorrussa que, pesarosa, tendia a abandonar a causa de seu país por uma vida mais confortável em 1904. — O fim do mundo está se acelerando, a cada vida acontece mais cedo. Isso significa que o motivo vem mudando. O que precisamos perguntar é: qual é a causa da mudança?

Olhos voltados para mim. Eu era o mensageiro e, ao mesmo tempo, por ser o mais jovem, aquele que supostamente conheceria melhor o raciocínio científico moderno sobre o assunto, se é que se pode considerar a década de 1990 moderna.

— Não importa como morremos: a cada vida que levamos o mundo ao nosso redor continua o mesmo, imutável — disse eu. — Sempre haverá rebelião em 1917; uma guerra sempre eclodirá em 1939; Kennedy sempre será baleado e os trens estarão sempre atrasados. São todos eventos lineares que, até onde podemos observar, não variam de vida para vida. Os únicos fatores variáveis somos nós mesmos. Se o mundo está mudando, a culpa é nossa...

— Contra as regras do Clube! — interrompeu Charity, furiosa, que nunca se caracterizou muito por ter uma visão mais global das situações.

— Logo, a questão não é por que o mundo está mudando. — continuei, balançando as pernas na cadeira onde estava empoleirado — Mas quem.

Capítulo 30

Matar um ouroborano é difícil, mas eu diria que, muitas vezes, matar um linear é mais difícil, porque você não pode simplesmente evitar que ele nasça uma vez e fazer com que ele morra em todas as demais. É preciso matar o tal linear a cada vida, uma questão de rotina tanto quanto escovar os dentes ou cortar as unhas. A palavra-chave é a consistência.

O ano era 1951, e eu morava em Londres.

Ela se chamava Rosemary Dawsett: tinha 21 anos e gostava de dinheiro. Eu me sentia solitário e gostava dela. Não vou fingir que o relacionamento era profundo, mas, à sua maneira, era razoavelmente honesto. Eu não pedia exclusividade, e ela não tentava me extorquir, embora percebesse que eu era um cavalheiro bem abastado. Então, certo dia, ela faltou ao nosso encontro, e decidi ir ao seu apartamento, onde a encontrei na banheira, com os pulsos cortados. A polícia considerou suicídio, despachando o caso como o de mais uma prostituta morta, porém eu olhei com atenção redobrada e percebi. A lâmina entrara muito no pulso direito, rasgando seus tendões; ela não teria forças para segurar a lâmina e cortar o pulso esquerdo, e além disso não havia marcas de hesitação, sinais de dúvida, nenhum bilhete, nenhuma marca de tentativas anteriores enquanto mudava de posição para acertar o ângulo ou tomar coragem. Versado na arte da autodestruição, eu reconhecia um assassinato quando via um.

A polícia se recusou a abrir investigação, então decidi atuar por conta própria. As evidências estavam repugnantemente claras, bastava procurar. Impressões digitais, uma delas no próprio sangue, e a senhora do andar de baixo tinha uma lista de todos os clientes regulares de Rosemary e pensou ter visto um sujeito chamado Richard Lisle saindo do edifício no momento em que ela chegava em casa. Para conseguir o endereço dele bastaram-me alguns poucos telefonemas bem-educados, e para conseguir suas impressões digitais só precisei me aproximar dele num pub, pagar-lhe várias cervejas e escutar seus desvarios, que iam de comentários sobre as belas-artes que ele tirara de um livro-texto a observações estridentes sobre os malditos paquistaneses e estrangeiros de cor. Percebi que seu sotaque era típico da classe alta, mas mal pronunciado por um homem da classe média com grandes aspirações e aulas de dicção. Em trinta anos aquele sotaque seria motivo de paródia, usado por comediantes para representar o triste arquétipo do homem solitário que acreditava que o solo do hipódromo de Ascot era sagrado e nunca conseguia um ingresso. Com outro ânimo, mais piedoso, talvez eu tivesse sentido pena daquele homenzinho que lutava para ser aceito por uma parte da sociedade que não só o ignorava, mas que nem sabia de suas aspirações. Então, levei seu copo de cerveja para casa e verifiquei suas digitais, que batiam com a impressão no sangue na lateral da banheira, e com isso desceu pelo ralo qualquer simpatia que eu pudesse ter sentido por ele.

Mandei as evidências — o copo de cerveja, a análise das amostras de sangue, a impressão digital no sangue da banheira — para a Scotland Yard, para um detetive chamado Cutter, que tinha a reputação de ser imaginativo e prudente. Ele inquiriu Lisle dois dias depois, e, pelo que eu soube, ali morreu o assunto. Dois dias depois, uma prostituta morreu enforcada, e havia marcas de autodefesa em seus pulsos e braços, além de hidrato de cloral em sua corrente sanguínea. Desta vez, porém, alertado para a visita da polícia ao local, Lisle fora cuidadoso e não deixara impressões digitais.

Eu ainda nunca havia assassinado ninguém até então, embora já tivesse matado. Àquela altura, eu tinha consciência de que matara sete homens diretamente, seis deles durante a Segunda Guerra Mundial e um em autodefesa. Também calculei que havia contribuído para as mortes de centenas de outros por meio de atos banais, como consertar o trem de pouso de um B-52 ou propor um cronômetro mais confiável que pudesse mais tarde ser usado numa bomba. Ponderei sobre se tinha coragem de cometer um assassinato de verdade, a sangue-frio, e concluí, com certo pesar, que tinha, sim. Disse a mim mesmo que ao menos tivera a decência de me sentir envergonhado, mas o consolo era ínfimo quando comparado à certeza de que eu cometeria esse ato. De que mataria Richard Lisle.

Eu me preparei com todo o cuidado. Com dinheiro vivo, comprei um barco usando nome falso, uma coisa tosca de latão com um convés inferior que estava empesteado de fungos brancos e viscosos que infestavam a superfície. Comprei gasolina e comida, ácido clorídrico e um serrote, sempre tomando o cuidado de espalhar as compras por lojas na área mais vasta possível. Comprei luvas e macacão de borracha, estudei as correntes do Tâmisa e observei seu tráfego noturno. Adquiri alguns centímetros cúbicos de benzodiazepina e aluguei um quarto ao lado do pub onde conseguira as digitais de Richard Lisle. Por fim, esperei, até que certa noite — uma terça-feira em que as ruas estavam tomadas por uma densa poluição verde misturada com neblina — ele apareceu para beber, e eu entrei em seguida. Fui até ele, lembrei-o da outra noite e perguntei como estava. Ele parecia contente, feliz, com um brilho de suor no rosto e falando de um jeito empolgado que, imediatamente, acendeu o alarme na minha mente: o que ele havia feito para aparecer ali tão alegre? Eu o esquadrinhei em busca de algum sinal estranho, então senti o cheiro de sabonete em seu cabelo, vi como ele estava com as unhas bem-feitas, como suas roupas pareciam novas e limpas apesar do horário tão tardio, e concluí, com aquela parte irracional do cérebro que a racionalidade sempre nega, que havia chegado tarde demais. A raiva tomou conta de mim, e por um instante deixei o plano de lado, meu esquema eficiente e organizado. Segui sorrindo e sorrindo, e quando o bar fechou fomos embora juntos, cambaleando, em meio àquele ar carregado de fuligem, nos apoiando um no outro, como se fôssemos os melhores amigos, os dois tingidos de preto pelo ar que respirávamos. Mas enquanto cambaleávamos pela rua, uma daquelas ruas margeadas por casas idênticas e minúsculas que ainda se escondiam nas entranhas do East End, ele levantou a cabeça, olhou para o céu e riu, então eu comecei a socá-lo, e quando ele caiu eu montei em cima dele, agarrei-o pelo pescoço e gritei:

— Cadê ela? Quem foi dessa vez? — E lhe dei outro soco.

Sentindo raiva e a descarga de adrenalina, sufocado pela poluição e envolto pela escuridão, todos os meus planos, meus planos cuidadosos e racionais, caíram por terra. Eu mal sentia o choque nas juntas quando socava seu crânio. Nem registrei o canivete que ele cravou no meu abdômen e levou ao pulmão esquerdo, até que, quando fui expirar para tomar fôlego e atacar outra vez, percebi que não tinha ar para soltar. O rosto de Richard estava em carne viva, mas eu estava morto. Ele me empurrou de lado, e eu caí como um pudim pastoso na sarjeta, com o rosto salpicado de água suja. Depois, com a respiração chiada e o sangue estourando e formando bolhas de ar na ponta de seu nariz destruído, Richard se arrastou até mim. Ver o canivete em sua mão me fez supor o que ele havia feito com o objeto, então senti as três estocadas seguintes no peito. Por fim, não senti mais nada.

Capítulo 31

Muitas, muitas vidas depois, eu estava sentado de frente para Virginia no salão do Clube Cronus quando disse:

— O nome dele é Vincent.

— Querido, só com essa informação não dá para fazer quase nada.

— Ele é um de nós. Ouroborano. Eu perguntei sobre o Clube Cronus, e ele me atacou e foi embora.

— Quanta imaturidade.

— Ele é ambicioso.

Quando queria, Virginia era perfeitamente capaz de parecer indiferente. E naquele momento ela queria ser. Olhou para o teto como se ele fosse a coisa mais fascinante do mundo e esperou que eu prosseguisse.

— A mensagem continua chegando das gerações futuras: o mundo está acabando, o mundo está acabando. Nada muda o curso dos eventos lineares. Nada. A não ser nós.

— Você está sugerindo que esse tal... Vincent... poderia ser o causador de tudo?

— Eu... não. Não sei. Estou sugerindo que alguém com o caráter dele, alguém como nós, mas que não age como um de nós, alguém atrás de respostas... sem se importar com consequências... é isso que eu estou sugerindo.

— Harry — murmurou ela —, ao que me parece você já tem ideia do que pretende fazer em seguida.

— Estamos atrás de anomalias — expliquei com veemência. — O Clube Cronus procura eventos que não deveriam estar acontecendo nos períodos em que seus membros vivem, mudanças no curso normal das coisas. Acho que encontrei uma.

— Onde?

— Rússia.

Pensativa, Virginia estalou a língua.

— Já falou com o Clube? Com a filial de Moscou, de São Petersburgo... ou melhor, Leningrado, acho que é assim que precisamos chamar, por mais medonho que soe.

— Mandei uma mensagem via Helsinque. Vou para a Finlândia amanhã de manhã.

— Se você já se decidiu a ir atrás disso, por que me contou?

Por um momento, hesitei, mas então respondi.

— Se acontecer algum infortúnio, eu quero que você transmita essas suspeitas para outros. Mas...

— Você tem medo de que seja um dos nossos alterando os eventos estabelecidos, e de que essa pessoa tenha informantes no Clube.

Ela suspirou. Eu quis saber desde quando ela pensava nisso, e quantos dos nossos colegas também pensavam assim. Será que todos estávamos tão acostumados com a apatia e a fraude que ninguém se dava ao trabalho de formular a pergunta? Será que todos tínhamos certeza de que havia um traidor? Então, a que tudo isso se prestaria, além de espalhar suspeitas sem obter uma solução?

— Fica claro — continuou ela, um pouco mais animada —, meu querido, que você confia em mim o bastante para me contar suas preocupações. Mas não confia em Moscou, ou em São Petersburgo. Ah, Harry, seu tempo de agente secreto nada fez para melhorar sua reputação de presunçoso.

— Eu não sabia que tinha essa fama.

— E como tem. Harry — senti em sua voz uma pontada do que imaginei ser preocupação genuína —, eu entendo que deva ser emocionante saber que o mundo está acabando, que para você isso deva representar uma aventura maravilhosa. A repetição é maçante; é fundamental ter estímulos para afastar o declínio das faculdades mentais e da vontade. Mas a verdade nua e crua é que, entre nós e os eventos que revelam o futuro, existe uma gama quase infinita de possibilidades e permutações, e pensar que nós podemos influir nelas de alguma forma significativa... bem, isso não é só ridículo, mas infantil. Sou a favor de que você faça seja lá o que deseje fazer, Harry. Afinal, a vida é sua, e sei que seu ato não vai causar nenhum transtorno ao clube. Mas não queria ver você emocionalmente envolvido demais.

Refleti sobre as palavras de Virginia. Fisicamente, ela era mais velha do que eu, mas ao cabo de algumas mortes esses detalhes quase nunca contavam. Era quase certo que ela havia passado por mais vidas do que eu, mas, outra vez, após os primeiros séculos, a maioria dos kalachakra alcança um ponto de equilíbrio em que o tempo quase nunca importa e a alma para de sofrer mudanças drásticas. Ainda assim, sempre considerei Virginia uma espécie de veterana, a mulher que me salvara de Phearson, que me apresentara o Clube; para ela, talvez essas memórias perdessem força, e com a troca de experiências nossa relação mudasse, mas para mim essa recordação era mais nítida do que nunca.

Eu me lembrei de Christa de pé, ao lado da minha cama em Berlim.

Em 1924, eu viajara a Liverpool para prestar um serviço semelhante. O moribundo se chamava Joseph Kirkbriar Shotbolt, nascido em 1851 e falecido, em média, entre 1917 e 1927. Pelas estatísticas, a gripe espanhola era sua assassina mais frequente, levando, junto com ele, três membros próximos de sua família, doze primos e mais ou menos um quarto do asilo a beira-mar para onde às vezes ele se mudava depois da aposentadoria.

— Não consigo me livrar dessa merda! — ouvi-o reclamar nas poucas vezes em que ele sobrevivia. — Essa praga maldita me segue para tudo que é lugar!

Nessa ocasião ele evitou a gripe espanhola tomando a sensata precaução de passar os últimos anos da guerra numa ilha da Micronésia que ainda não constava nos mapas, mas cujo nome na língua do povo nativo se traduzia por Bênção da Lágrima. O desfecho infeliz de sua fuga da gripe foi a aquisição de um parasita que fazia seus pés incharem, alcançarem um tamanho espantoso e chegarem ao ponto de destroçar suas meias quando chegavam ao estado de uma massa disforme e avermelhada, e que, além disso, num detalhe crucial, causou o surgimento de uma série de cistos nos rins e no fígado, e tudo isso gerou a septicemia da qual ele estava morrendo quando finalmente o encontrei.

Os kalachakra tendem a reconhecer uns aos outros, não necessariamente por instinto, como demonstra minha relação com Vincent, mas pela incongruência das circunstâncias do encontro e de certos comportamentos. Um garoto de 6 anos que visita um moribundo no leito de morte numa enfermaria oculta em Liverpool, por causa de uma infecção parasitária a qual os médicos não fazem ideia de como curar, tende a induzir certo reconhecimento circunstancial que dispensa grandes apresentações.

Um gigante quando mais novo, os primeiros sintomas da morte deixaram Shotbolt enrugado como um circuito queimado. Cada articulação parecia se dobrar um pouco além do que ele considerava confortável, os tendões pareciam endurecidos, e o medicamento para as fortes dores só fizera acelerar a insuficiência hepática que vinha deixando sua pele num tom amarelo bem visível e pungente. Seu cabelo caíra, inclusive as sobrancelhas e os cílios, e, ali, deitado sozinho, nos estertores da morte, as juntas dos dedos da mão se mostraram inchadas e protuberantes enquanto ele apertava o lençol com força e o aferrava contra o próprio corpo por causa da dor profunda que nenhum médico era capaz de curar.

Eu me encontrara com Shotbolt poucas vezes antes, e, embora ele não se lembrasse de mim, reconheceu minha condição de imediato.

— Do Clube, não é? — resmungou, com uma voz espantosamente forte para um homem tão perto do fim. — Diga a eles que, se é uma cura, não quero essa porcaria. Láudano, muito obrigado; é disso que eu preciso.

Examinei o prontuário ao pé da cama. Os gotejamentos que entravam em seu corpo eram, na maioria, sais minerais, uma tentativa indiferente de alimentá-lo por meio de líquidos após seu sistema digestivo ter parado de funcionar. As garrafas eram cilindros de vidro, pesadas, uma delas com vazamento onde a borracha rachara em volta do bocal do recipiente.

— Ah, meu Deus — resmungou, ao me ver ler o prontuário. — Você tem conhecimento médico, não tem? Não suporto porcaria de médico, especialmente os de 5 anos.

— Seis — corrigi. — E não se preocupe: você vai morrer em uma semana.

— Uma semana! Não posso ficar aqui parado por uma semana, caramba! Sabia que esses desgraçados não me trazem nada de bom para ler? "Você não pode se animar demais, senhor Shotbolt", é o que dizem. "Senhor Shotbolt, pode fazer no peniquinho?" No peniquinho! Sabia que é assim que eles chamam, "peniquinho"? Nunca me senti tão humilhado em toda a vida.

Seu jeito de falar dava a entender que ali estava um homem cujos momentos memoráveis de ira arrebatadora tinham sido uma ocorrência comum no passado, e provavelmente seriam outra vez. Escolhi não abordar o assunto e, satisfeito pelo fato de que apesar de todos os medicamentos Shotbolt ainda parecia lúcido, eu me sentei ao pé da cama e disse:

— Trago uma mensagem.

— É melhor que não seja uma pergunta sobre a porra da rainha Vitória — reclamou ele, aos grunhidos. — Não suporto esses acadêmicos querendo saber o tamanho das meias que ela usa.

— Não é uma pergunta — constatei, paciente. — É mais um aviso. Vem sendo passado de geração em geração, escorrendo do futuro em direção ao passado.

— O que nós fizemos dessa vez? — perguntou em tom de reclamação. — Onde foi que nós erramos a dose? Muitas pás de cal e poucas de areia?

— É por aí. Eu me sinto um pouco sem jeito de lhe dizer, mas ao que parece o mundo está acabando. Isso, por si só, não é uma grande surpresa. Mas o fim está chegando cada vez mais depressa. Isso é o mais desconcertante.

Shotbolt meditou sobre o que eu disse por um tempo, ainda cerrando os punhos com força, apertando a borda do lençol. Então exclamou:

— Até que enfim! Um assunto novo!

Quase exatamente trinta anos depois, embarquei num voo que saía do Aeroporto Heathrow e pousava no Tempelhof, em Berlim, trocando o passaporte a caminho da alfândega e rumando para o leste, em busca do assunto novo.

Capítulo 32

Há certas regras para se conseguir levar uma fraude a cabo, e delas a minha preferida é: atenha-se ao que você sabe. Isso não significa que você deva incorporar a verdade às suas mentiras, mas sim que uma boa pesquisa é fundamental para a consistência da mentira. Em 1956, não era impossível um cidadão do Oeste entrar no Leste — na verdade, era bem mais fácil do que o contrário —, mas deixar isso às claras era pedir para chamar atenção e ser alvo de escrutínio imediato, e esse me parecia um luxo ao qual eu não poderia me dar.

Na décima segunda vida, após receber a mensagem de Christa, eu embarquei no que, acredito, ficaria conhecido na década de 1990 como a existência de um "trabalhador de portfólio". Viajei exaustivamente sob o frágil disfarce de "executivo de negócios" e me envolvia com quaisquer serviços de inteligência que considerava possivelmente úteis para manter a visão mais ampla possível dos eventos globais. Em 1929, com 11 anos, comprei pilhas de ações enquanto os mercados ruíam, e em 1933 me tornei o único acionista de uma das corretoras de investimento de maior crescimento no hemisfério norte. Um ator chamado Cyril Handly recebia um salário bem razoável para se fazer passar por mim, pois seria imprudente um garoto de 14 anos aparecer como CEO de uma grande companhia de investimentos. Ele era exatamente o que um presidente precisava ser — solene, bem-apessoado, dono de um sotaque cuidadosamente cultivado e gostos refinados, além de uma barriga proeminente, mas não insalubre, e sua combinação de silêncio sensato e retaliações impetuosas funcionou bem no escritório, até que, em 1936, seu afeto pelo cargo passou do limite do tolerável, e ele começou a demitir funcionários valiosos durante reuniões de diretoria. Realoquei a empresa na Suíça, recompensei Cyril com uma casa em Bali para ele passar a aposentadoria e empreguei um ator mais jovem para fazer o papel de meu filho, que fora recém-promovido a diretor-geral da empresa, comprando sua cumplicidade com salários razoáveis e, numa reviravolta que surpreendeu a mim mais do que a todos os outros, lições regulares de economia, finanças e contabilidade, o que, já em 1938, gerou como resultado minha plena confiança em sua capacidade para conduzir a companhia sem que eu fizesse grandes interferências.

— Invista em armamentos americanos, aço, produtos químicos e petróleo. — Foi essa a única orientação que lhe dei em 1938, enquanto o mundo se encaminhava para a guerra. — Abra mão da fábrica de armas Škoda e se livre de todos os funcionários estrangeiros da Cingapura.

Em 1948, a Waterbrooke & Smith — dois nomes escolhidos apenas porque não tinham qualquer conexão comigo — era uma das companhias mais bem-sucedidas do hemisfério norte, com diversos contatos, por vezes ilegais, no Sudeste Asiático e na África, e interesses crescentes no Chile, na Venezuela e, num movimento sobre o qual eu me questionava em silêncio, em Cuba. A companhia era bem-sucedida, antiética e, acima de tudo, me proporcionava um fluxo contínuo tanto de liquidez — um percentual razoável — quanto de informações vindas de todo o globo, sem que eu jamais precisasse me expor.

Foi um relatório, uma notinha entre as centenas que batiam à minha porta toda semana, que me levou à Rússia. O título do documento era: "Breve Introdução ao Rádio Portátil PJC/9000 (Comercial)."

No relatório, o analista questionava brevemente o investimento recente da companhia num radiotransmissor-receptor lançado na Alemanha Ocidental dois meses antes e cujos alcance e qualidade de sinal haviam sido reconhecidos e recompensados na semana anterior com um contrato de fornecimento para a Força Aérea. As especificações técnicas estavam anexadas, e não vi nada fora do comum enquanto folheava o documento, até que, passando os olhos por uma página, vislumbrei a frequência operacional do transmissor. Estava uns 200 mil hertz fora do alcance normal dos equipamentos da época, e, embora esse número fosse relativamente baixo em termos de frequência de rádio e não tivesse chamado atenção, o mecanismo que ele usava para atingir esse efeito só deveria ser inventado, que dirá estar disponível para o mercado, treze anos mais tarde.

Capítulo 33

Quando se trata de descrever a Alemanha Oriental dos anos 1950, "pitoresca" não é a palavra que me vem à mente. A Segunda Guerra Mundial não tinha sido bondosa; os tanques soviéticos que abriam caminho até Berlim não foram bondosos. Os anos de incerteza até as eleições de 1948, quando a certeza se tornou certa demais, também não foram bondosos, e por fim o alvorecer da década de 1950 trouxera consigo uma certa resignação pesarosa. O relevo plano não deixava esconder a dura realidade de uma economia em que a intelectualidade era um conceito burguês, o trabalho significava liberdade, e a irmandade era uma obrigação. Prometeram carros ao povo, que recebeu ferros-velhos incrivelmente inseguros que pulavam feito hipopótamos assustados a cada buraco e faziam bater no teto as cabeças das muitas pessoas que abarrotavam o assento de trás, veículos apresentados ao povo com a pompa de caixões de papelão. Prometeram comida ao povo, então florestas inteiras vieram por terra e o trigo foi plantado onde nenhum fazendeiro jamais teria sonhado em cultivá-lo, ao passo que fertilizantes industriais manchavam as águas plácidas dos lagos do norte com uma espuma parda.

Mesmo assim, apesar de tudo, um ou dois bastiões da tradição sobreviveram, em grande parte por causa da omissão do governo. O confisco feito pelos soviéticos de grande parte do equipamento industrial alemão no pós-guerra se estendeu do maquinário de fábricas até o menor dos tratores agrícolas, e nos rincões do interior surgiu uma ousada população de viúvas que trabalhava pesado no campo, foices a mão, cabeças cobertas com lenços de cores vivas e costas curvadas embaixo das cestas que carregavam suas colheitas. À primeira vista, dava a impressão de se tratar de uma cena rural idílica. Mas um olhar mais demorado evidenciava a fome nos olhos das mulheres e o peso que carregam nos ombros enquanto se abaixam para labutar.

Eu estava viajando para me encontrar com Daniel van Thiel. Ao comprar a empresa que distribuía o rádio anômalo, eu adquirira informações sobre a origem do produto e, para minha surpresa, vi que era do Leste Europeu, uma descoberta-chave atribuída a van Thiel, ex-engenheiro de comunicações na *Wehrmacht* que, com apenas 19 anos, fora um dos poucos a escapar do *Kessel* ao redor de Stalingrado, então colocado num voo graças às suas "habilidades excepcionais". Sua evacuação foi uma das poucas mostras de reconhecimento por parte do alto-comando alemão de que um destino funesto aguardava seu exército, que caíra numa armadilha às margens do Volga. De maneira bem conveniente, mais de dez anos depois, van Thiel descobrira seu fervor comunista, o que o levou a receber formação avançada não só na Alemanha Oriental, mas também em Moscou, e, ao voltar de lá após cinco anos de estudos, ele revelou projetos que a minha empresa anunciou como algo que estava "revolucionando a comunicação!", mas que, particularmente, eu achei que ainda precisava de mais desenvolvimento. Van Thiel parecia um arquiteto da antiguidade que de repente descobriu a roda e a usou para criar uma pirâmide, sem se dar conta de que ela poderia ser útil também numa carruagem.

Eu estava viajando sob o nome Sebastian Grunwald, jornalista que trabalhava num artigo intitulado "Futuros heróis da nossa revolução socialista". Van Thiel vivia num dos poucos povoados que ainda quase podiam ser chamados de pitorescos, no sentido de que a maré industrial que estava por vir ainda não havia atingido o ápice e varrido os chalés de pedra cinza, as ruelas sinuosas e a capela de pedra negra com seus vitrais coloridos milagrosamente preservados que mostravam a imagem de Cristo no alto da montanha. Ele morava com a irmã, que escolhera as melhores e mais desbotadas roupas para a ocasião, e nos serviu biscoitos caseiros e café austríaco quando nos acomodamos na pequena sala de estar azul-celeste da casa de van Thiel.

— O café foi presente de Viena — explicou ele enquanto, sem necessidade alguma, eu abria meu caderninho de notas para a entrevista. — Agora a vida melhorou para nós. Todo mundo está louco atrás dos produtos da Alemanha Oriental.

Qualquer funcionário público da época abriria a boca para dizer que a vida havia melhorado. Causa e efeito não passavam de conceitos enganosos — a causa não precisava ter relação direta com o efeito, desde que o efeito fosse a prosperidade e a felicidade sob o regime da República Democrática Alemã.

Formulei as perguntas, tomando o cuidado de encobrir o que eu queria saber de verdade com o máximo possível de informações inúteis.

Faz muito tempo que você tem interesse em rádios?

Muito, muito, o pai era engenheiro amador...

...se dedicou a escutar o rádio durante os bombardeios, para dar o alarme com antecedência, quando as sirenes falhavam...

...e como se sentiu após o sucesso?

Orgulho, orgulho de ser alemão, orgulho de ser comunista, claro.

Sua irmã também sentia esse orgulho?

Ele estava querendo se casar?

O que ele faria em seguida pelo país?

Ele tinha outros interesses ou hobbies?

Não, claro que não, estava dedicado ao trabalho, era um trabalhador exemplar...

...e como foi o tempo na Rússia? Deve ter sido incrivelmente instrutivo.

— Incrível! Incrível! Foram muito acolhedores, muito calorosos... eu não esperava nada disso. Eles diziam: "Camarada, não existem alemães e russos; somos todos comunistas!"

Ele fez o sotaque russo ao explicar, numa imitação que me deixou um pouco sem jeito. Meu alemão é praticamente nativo, mas a falta de prática cobra seu preço mesmo naqueles de nós que são mnemotécnicos, e afinar o ouvido e a voz com um sotaque regional demora um tempo que dá pouco espaço para brincadeiras.

E a ideia para o aparelho? De onde ela saiu?

Uma expressão de malícia percorreu o rosto de Daniel.

— Trabalhei com grandes homens. Estávamos todos unidos em prol de uma causa comum.

Aquilo me soou tanto como um slogan, tanto como um clichê, que não consegui evitar o sorriso, e ele sorriu de volta, num gesto que reconhecia a banalidade de suas palavras e o efeito que provocaram em mim. Então ele pegou o lápis da minha mão, pôs meu bloco na mesa e o fechou.

— Os russos têm bafo e cozinham mal pra caramba — continuou ele. — Mas os conhecimentos científicos deles... foram esses conhecimentos que os levaram a ganhar a guerra.

— É brincadeira, só pode ser brincadeira — entoei. — O tamanho da população, a força de sua ideologia, a base industrial...

— Besteira! Eu conheci gente lá, homens e mulheres fazendo coisas... Os soviéticos, eles viram o futuro, é por isso que vão vencer, por isso sempre vão vencer. O que eu fiz foi... uma gota no oceano.

E o futuro? O que era esse futuro que os russos haviam visto?

Isso seria revelar. Van Thiel riu, e, em outro tempo e outro lugar, poderia ter feito um gesto de que aquilo era segredo. Limitou-se a dizer que o amanhã se tornaria o hoje.

— Vamos lá! — sussurrei — vamos lá! Faça um favor a um jornalista picareta que precisa deixar os chefes felizes. Me dê um nome, só um nome... alguém que você conheceu na Rússia, alguém que o inspirou.

Ele pensou por um tempo, então sorriu.

— Está bem — concordou. — Mas você não ouviu isso de mim. A pessoa que você precisa procurar, o homem que vai mudar tudo... se chama Vitali Karpenko. Se um dia for a Moscou, se um dia você o conhecer, lembre-se: ele vai mudar o mundo.

Soltei uma gargalhada, dei de ombros para dar a entender que aquilo era pouco provável e então peguei o bloco de notas para perguntar o restante das perguntas ocas que eu havia preparado. Quando me despedi, van Thiel apertou minha mão, deu uma piscadela e disse que eu estava indo por um bom caminho na minha profissão. A Alemanha sempre precisaria de gente capaz de entender as grandes ideias. Quatro dias depois ele foi encontrado pendurado por um pedaço de corda de cânhamo velha nas pitorescas vigas de madeira de sua tradicional casa de madeira. Um bilhete na escrivaninha afirmava que ele havia traído o país ao vender suas ideias e a própria alma, e não conseguia mais viver com essa aflição. O veredito foi de suicídio, e os hematomas nas costelas e mãos, deixados de lado, considerados lesões acidentais ocorridas após a morte, quando a polícia apareceu para cortar a corda.

Dois dias depois, sob o nome Kostya Prekovsky, embarquei num cargueiro que transportava carvão para Leningrado, com um jogo de documentos de viagem no bolso e outro guardado no fundo falso da mala, além de um passaporte de fuga depositado de antemão numa guarita de sinalização abandonada perto da Estação Finlândia, pronto para uso em caso de necessidade. Eu iria à procura de Vitali Karpenko, o homem que poderia mudar o futuro.

Capítulo 34

Não sou eu, e, sim, ele, quem toma o trem noturno que cruza a Europa.

Talvez seja a experiência comum a todos os viajantes — eu só conto com a minha para julgar —, mas há um momento, na calada da noite, em que um homem pode se sentar na plataforma de uma estação vazia enquanto espera o último trem após uma longa viagem, e, não importa qual seja a experiência pessoal do indivíduo, ele deixa de ser um "eu" e se torna um "ele". Talvez haja outra criatura rondando esse lugar desolado: um viajante com as costas arqueadas, a vista cansada demais para ler um livro; um membro do Partido Comunista que saiu de um encontro malsucedido e ruma direto para uma bronca de manhã cedo; dois ou três desconhecidos reunidos sob lâmpadas de luz branca que emitem um zumbido inaudível durante o dia, quando os trens passam depressa pela estação e as portas batem e fazem barulho, mas que durante a noite se tornam o som fundamental do universo. Quando o trem se aproxima, parece bem distante durante muito tempo, então de repente chega, e é maior do que se imaginava. As portas se abrem, pesadas e desajeitadas. Os banheiros fedem a urina, as redes acima dos assentos cedem ao sacudirem durante tantos e tantos quilômetros carregando mais bagagem do que deveriam. Três pessoas embarcam no último trem para Leningrado, e nenhuma sai.

Eu me sento à janela, com um nome falso no passaporte, mais de dez idiomas se misturando na minha cabeça, sem saber qual deles vai aparecer na ponta da minha língua, contemplo meu reflexo na janela do vagão e enxergo um estranho. É o rosto de alguém que viaja no trem noturno que corta a Rússia, sozinho com a batida dos para-choques nas rodas do vagão. É o rosto de alguém, pálido, que contrasta com a escuridão que reina do lado de fora. É a cabeça de alguém que bate contra o vidro frio da janela a cada solavanco do motor, a cada guincho dos freios.

Nesses momentos, os pensamentos não se compõem de palavras, mas de histórias contadas sobre a vida de outra pessoa. Uma criança se aproxima de um homem que agoniza em Berlim e diz que o mundo está acabando, e essas palavras não significaram nada. A morte sempre alcançou o homem, e sempre alcançará, e francamente o homem tem tanto interesse nessa morte quanto num curioso besouro tropical, salvo que a morte traz consigo o tédio da nova juventude. Bombas caíram e pessoas morreram, e, honestamente, por que uma mudança no curso desses eventos deveria despertar qualquer interesse, já que o resultado é sempre o mesmo?

E por aí vai.

Vincent Rankis bateu num professor de Cambridge, deu-lhe um direto no queixo, e por quê? Por duas palavras pronunciadas com esperança — Clube Cronus.

Uma criança se jogou do terceiro andar de um hospício, um monge errante perguntou a um espião chinês o que fazer para morrer, e Vincent Rankis proclamou as maravilhas do universo, querendo mais.

Para que você serve?

Um homem num trem para Leningrado ouve dentro da cabeça a voz de Franklin Phearson e por um breve instante se sente surpreso ao ver suas feições se retraírem pelo reflexo no vidro da janela. O que é isso? É a dor que vem de uma lembrança indesejável? É um sentimento de culpa? É arrependimento?

Para que você serve, doutor August? Você acha que tudo isso não passou de um sonho?

Uma discussão com Vincent nas minhas salas em Cambridge.

Também postulamos um universo paralelo que você pode salvar dos efeitos da guerra. Até chegamos a criar a hipótese de um mundo em que você próprio poderia desfrutar essa paz, deixando de lado o paradoxo que isso implicaria.

Quando me sinto otimista, prefiro acreditar que cada vida que levo, cada escolha que faço, gera consequências. Que eu não sou um único Harry August, mas muitos, uma mente trocando de vida paralela para outra, e que, quando morro, o mundo segue sem mim, alterado pelos meus feitos, marcado pela minha presença.

Então olho para tudo o que fiz e, talvez mais importante considerando minha condição, para o que não fiz, e pensar nisso me deprime, então rechaço a hipótese por não soar plausível.

Para que eu sirvo?

Ou para mudar o mundo — muitos, muitos mundos, cada um deles alterado pelas escolhas que faço ao longo da vida, pois ações geram consequências, e em cada amor e cada tristeza há um resquício de verdade —, ou para não fazer nada.

Um desconhecido pega o trem rumo a Leningrado.

Capítulo 35

A história costuma esquecer o cerco a Leningrado e dar mais atenção ao homólogo mais ao sul, Stalingrado. Tendo em vista que a retirada dos nazistas de Stalingrado é comumente vista como um ponto de virada, o foco é compreensível, mas como consequência se torna fácil ignorar o cerco a Leningrado, uma bela cidade repleta de amplas avenidas e envolta no tinido de bondes antigos, e que suportou 871 dias de uma guerra irrefreável. Antigo lar dos czares, depois epicentro da revolução, parecia notável que qualquer indício da cidade da realeza tivesse sobrevivido à surra que levara, e, de fato, indo dos subúrbios rumo ao coração da cidade, via-se uma arquitetura baseada no pragmatismo e na rapidez, de quadrados, retângulos e asfalto cinza aos pés de muros marrons. A história pouco interessava aos soviéticos, a não ser que fosse a história do seu sucesso, e, como se sentissem vergonha das bonitas casas de pedra que ainda sobreviviam em torno dos canais do centro da cidade, cobriram os muros altos da antiga cidade de cartazes com os dizeres LUTEM PELA VITÓRIA! e PROCLAMEM O COMUNISMO E UNAM-SE NO TRABALHO!, entre outras mostras de sabedoria. O Palácio de Inverno permanecia de pé, meio sem jeito, no meio dessa amálgama de boas intenções ameaçadoras, um monumento a uma era passada e um testemunho do regime deposto. Celebrar o Palácio de Inverno teria, de alguma estranha maneira, significado glorificar seus ocupantes anteriores, mas destruí-lo seria insultar todos aqueles homens e mulheres de 1917 que lutaram contra o palácio e tudo o que ela significava, então o edifício histórico e a cidade de Leningrado permaneceram firmes e fortes, cercados por muralhas grossas demais para sofrer algo além de um arranhão provocado pelas balas, ou para que o gelo as rachasse.

Para minha surpresa, o Clube Cronus de Leningrado não se encontrava num dos imponentes edifícios da cidade antiga, mas num prédio de apartamentos bem menor e mais modesto, escondido atrás de um cemitério judaico, cujas lápides havia muito estavam cobertas de hera e cujas árvores pendiam, pesadas, por sobre seus altos muros cinzentos. A responsável pelo Clube e, pelo que pude comprovar, uma das poucas pessoas que ainda faziam parte dele, se apresentou como, simplesmente,

— Olga. Você deve ser Harry. Desse jeito aí vão descobrir você. Essas botas não se encaixam. Não fique aí parado. Entre!

Olga, de 59 anos, cabelo liso e grisalho numa trança que batia na cintura, ombros levemente curvados de um jeito que destacava seu queixo e a fazia parecer mais feia do que era, talvez tenha sido uma linda jovem que com um mero passo de seus pezinhos fazia o coração de muitos aristocratas pular no peito; mas ali, enquanto grunhia e resmungava por causa do rangido do encanamento que subia a escadaria do bloco do edifício, ela era praticamente uma caricatura infantil de uma criatura velha e encarquilhada. Os azulejos verdes no chão e a tinta azul cobalto desbotada nas paredes eram os únicos elementos a dar vitalidade ao lugar, e as portas que davam para a escada em espiral ascendente eram mantidas firmemente trancadas,

— Para manter o calor aqui dentro!

O mês era março, e, embora ainda estivesse um frio de bater os dentes, a neve começava a derreter, a brancura começava a dar lugar a um incessante fulgor cinza-escuro, enquanto cinco meses de terra, fuligem e sujeira enterradas se revelavam sob as pilhas de gelo que eram escavadas por pás e iam parar na beira das ruas. O grosso do gelo tinha derretido dos telhados, mas esses amontoados de neve permaneciam, isolados, monumentos em homenagem ao inverno que agonizava.

— Eu tenho uísque — disse ela, gesticulando para que eu me sentasse numa cadeira acolchoada perto da lareira elétrica com bordas alaranjadas. — Mas você deveria tomar vodca e se dar por satisfeito.

— Vou tomar vodca e me dar por satisfeito — concordei, enquanto me ajeitava no assento e sentia alívio.

— Você fala russo com sotaque oriental. Onde aprendeu?

— Komsomolsk — admiti. — Algumas vidas atrás.

— Você precisa falar com sotaque ocidental, o outro não combina com você — repreendeu. — Senão as pessoas vão fazer perguntas. E essas botas... são novas demais. Toma aqui. — Um objeto metálico brilhou ao cruzar a sala e caiu no meu colo. Era um ralador de queijo. — Você nunca veio à Rússia antes? Está fazendo tudo errado!

— Não com passaporte russo. Americano, inglês, suíço, alemão...

— Não, não, não, não! — interrompeu ela. — Tudo errado! Assim é melhor recomeçar do zero!

— Perdão — soltei, enquanto Olga se sentava de frente para mim com uma garrafa de vodca sem rótulo e dois copos assustadoramente grandes, e comecei a passar o ralador de queijo nas botas. — É que eu esperava mais gente no Clube. Cadê todo mundo?

— Alguns estão dormindo no andar de cima — grunhiu ela —, e Masha está com um garotão de novo, o que eu não aprovo nem um pouquinho. Às vezes eles aparecem aqui de passagem, mas é só isso que fazem hoje em dia, aparecem de passagem. Não é como nos velhos tempos.

À menção dos velhos tempos, os olhos de Olga ganharam um brilho nostálgico, logo suplantado pelo foco na atividade feroz de beber e me castigar.

— Seu cabelo é nojento! — exclamou. — Qual é nome dessa cor? Cenoura? Você vai ter que tingir imediatamente.

— Eu ia... — comecei, sem forças.

— Os documentos que você usou para entrar: queime tudo!

— Já joguei...

— Não é jogar, é queimar! Queimar! Não posso ter trabalho com gente que vem aqui e fica causando problemas! Com tão poucos membros no clube, a papelada é interminável, interminável!

— Me perdoe por perguntar, mas qual é o estado atual do Clube de Leningrado? Da última vez que vim aqui a *glasnost* estava no auge, mas agora...

Olga bufou com ar de escárnio.

— O Clube — começou ela, batendo o fundo da garrafa no tampo da mesa ao falar cada palavra — está na merda. Ninguém se dá ao trabalho de ficar... ninguém! Nos bons e velhos tempos, um ou dois sempre trabalhavam para chegar ao alto-escalão do partido, só para ter certeza de que qualquer um nascido neste lugar teria um amigo leal na corte, mas agora? "É arriscado demais, senhora Olga." É isso que eles choramingam. "Não importa o que a gente faça, nem o de que lado a gente está: eles continuam nos purgando e fuzilando, e não vale o sacrifício. Se não somos purgados na década de 1930, é durante a guerra, e, se não é durante é guerra, é Kruschev quem toma as rédeas. Estamos cansados desse jogo." Malditas ervas daninhas! Eles não têm nada a perder, o problema é esse! Ou então dizem: "Nós queremos uma vida boa, senhora Olga. Queremos ver o mundo." Quando é assim, eu grito: "Você é russo. Nem em cem vidas você vai conseguir ver o país inteiro!", mas eles nem se importam. — Sua voz traía desprezo. — Eles não querem gastar tempo e energia na terra natal, então todos cruzam as fronteiras e emigram, mas ainda esperam receber cuidados quando nascem de novo, aqueles ranhentos chorões!

Eu me encolhi quando ela bateu o fundo da garrafa no tampo da mesa outra vez, quase derrubando o copo junto com o móvel.

— Eu sou a única que fica por aqui, a única que se dá ao trabalho de ir atrás de membros novos! Sabia que eu preciso pedir dinheiro dos outros clubes? Paris, Nova York, Tóquio. Agora eu tenho uma regra: se você pega um dos *meus* membros, qualquer dinheiro que eles deem em contribuição volta direto para mim! Ninguém discute — acrescentou ela, satisfeita —, porque todo mundo sabe que eu tenho razão. Hoje em dia, as coisas só ficam interessantes quando aparece um visitante xereta.

— E... e você? — arrisquei. — Qual é a sua história?

Por um segundo seu queixo recuou, e ali estava, o lampejo da mulher que Olga pode ter sido, sob as camadas de casaco e roupas de lã. Sumiu tão rápido quando apareceu.

— Eu sou bielorrussa. Fui fuzilada em 1928 — acrescentou, empertigando-se enquanto se recordava —, porque descobriram que meu pai era duque e me mandaram escrever uma declaração autocrítica afirmando que eu era uma burguesa porca, além de me mandarem trabalhar numa fazenda, e eu recusei. Então eles me torturaram para me fazer admitir, mas mesmo no meio da hemorragia eu disse: "Eu sou filha desta linda terra, e nunca vou participar desse regime pavoroso!" Meu fuzilamento foi o mais magnífico que eu já vi. — Ela deixou escapar um suspiro nostálgico. — Claro que agora eu entendo o ponto de vista deles — resmungou. É preciso viver a revolução para perceber como aqueles camponeses passavam fome, e como os trabalhadores sentiam raiva quando não tinham mais o que comer, mas na época, quando me taparam os olhos com a venda que foi colocada no meu rosto ensanguentado, eu estava certa de que tinha razão. O curso da história! Já houve tanta merda sobre o curso da história...

— Pelo que vejo, o Clube não tem muitos contatos na administração.

Aquilo podia ser um contratempo. Durante meu tempo no Serviço Secreto de Inteligência, uma das poucas lições que aprendi foi que quase ninguém tinha bons contatos no alto-escalão soviético durante este período, tanto por causa do interminável ciclo de purgações que Olga descreveu quanto por causa da falta de interesse em desenvolver espiões estrategicamente posicionados. Nem a Waterbrooke & Smith tinha muitos contatos na Rússia, e, basicamente, eu estava me fiando no Clube Cronus para resolver meus problemas.

Então, Olga sorriu.

— Contatos — resmungou. — Quem precisa de contatos? Isto aqui é a Rússia! Aqui você não pede ajuda às pessoas. Você exige. Em 1961, o comissário do partido que vive duas portas mais à frente vai ser preso por manter um prostituto numa casa de campo perto do rio; o jovem tinha vivido lá por dez anos, então está vivendo agora! Em 1971, vai se descobrir um túmulo no fundo do jardim do açougueiro... com a esposa que "sumiu" em 1949, sem que ele fizesse ideia do paradeiro. Daqui a três anos o comissário de polícia vai ser preso com base no testemunho do substituto dele, que vai precisar de uma casa maior porque a esposa vai estar grávida outra vez do sargento com quem tem um caso... Nada muda. Aqui você não precisa de contatos, mas de dinheiro, de mesquinharia.

— E que mesquinharia você tem que poderia me ajudar?

— O diretor do departamento de física da academia — respondeu ela sem rodeios. — Ele tem interesse no universo, quer descobrir de onde viemos... essas coisas. Há cinco anos vem trocando cartas com um professor de astronomia do MIT através de um amigo em comum em Istambul que manda a correspondência pelo primo quando ele contrabandeia sabão para dentro do país e bebidas ilegais para fora, no mercado negro. Não é nada ligado à política, mas é o suficiente.

— Você já usou isso antes?

Olga deu de ombros.

— Algumas vezes. De vez em quando ele aceita, de vez em quando se nega. Ele já levou tiro duas vezes e foi exilado nos *gulags* outras três, mas, no geral, se você souber lidar com a situação, ele aceita. Se algo de errado, a culpa vai ser sua.

— Nesse caso — murmurei —, melhor eu não errar.

Capítulo 36

É surpreendentemente difícil chantagear alguém. A chave está em convencer o alvo de que qualquer dano que ele cause — que, por definição, você está convencendo o alvo a fazer, e não o persuadindo a obedecer — é menor do que o dano que será provocado pela revelação dos segredos sob seu poder. É bem comum que o chantageador erre a mão, o que só traz problemas. A leveza e, mais importante, a consciência de quando se deve recuar são vitais para o êxito.

Já usei diversos truques para atingir objetivos; usá-los contra pessoas de quem gosto é mais difícil. E eu gostava do professor Gulakov. Gostei dele a partir do momento em que ele abriu a porta com um educado sorriso inquisitivo, com seu cavanhaque grisalho e usando um casaco de tricô, até quando me ofereceu um café ralo e fervido, servido numa xícara de porcelana mais fina que uma unha, e me convidou a sentar-me numa sala cheia de livros roubados, pedidos e emprestados. Em outra vida talvez eu tivesse gostado de sua companhia, compartilhado ideias sobre a ciência e suas possibilidades, teorizado e debatido com ele. Mas eu estava ali com um propósito bem específico, e Gulakov era meu meio de atingi-lo.

— Professor, estou procurando um homem chamado Vitali Karpenko. Pode me ajudar a encontrá-lo? — disse eu.

— Não conheço esse homem. Por que está atrás dele? — respondeu ele.

— Um parente dele morreu faz pouco tempo. O advogado me encarregou de encontrar Karpenko. Há uma questão financeira por resolver.

— Claro. Eu ajudaria se pudesse, mas...

— Ouvi dizer que ele é cientista.

— Eu não conheço todos os cientistas da Rússia! — Ele deu uma risada, parecendo inquieto ao revolver o café na xícara.

— Mas pode localizá-lo.

— Bem, eu... eu posso fazer algumas perguntas.

— Discretamente. Como eu disse, há dinheiro em jogo, e o parente dele não morreu na Rússia. — Gulakov fez uma careta; estava começando a perceber aonde aquilo levaria. — Pelo que sei — continuei calmamente —, você tem contato com cientistas de fora da União Soviética.

A mão de Gulakov ficou imóvel, mas o café continuou se remexendo na xícara, revolvendo o pó no fundo.

— Não — disse ele por fim. — Não tenho contato algum.

— Um professor na MIT. Você não troca correspondências com ele? — Mantive o sorriso fixo, mas não conseguia encarar Gulakov, por isso mantive o olhar em sua xícara de café. — Não há mal nisso — acrescentei, para animá-lo —, mal algum. A ciência deveria transcender as fronteiras políticas, não acha? Só estou sugerindo que um homem com sua influência e sua habilidade não deve ter problema para, discretamente, encontrar este tal Vitali Karpenko, caso queira. A família ficaria muito agradecida.

Com a tarefa cumprida, mudei de assunto imediatamente e passamos a meia hora seguinte falando sobre Einstein, Bohr e a bomba de nêutrons, embora na verdade Gulakov mal tenha murmurado enquanto eu discursava sem parar, depois fui embora e o deixei sozinho para que pensasse no que fazer.

Passaram-se três dias sem que Gulakov ligasse.

No quarto, o telefone tocou no Clube Cronus, e era ele, assustado.

— Kostya Prekovsky? Sou eu, o professor. Talvez eu tenha algo para você.

Ele falava devagar — talvez um pouco demais —, e se ouvia um estalo na linha, como se fosse o ruído amplificado de um inseto.

— Pode me encontrar em vinte minutos? Na minha casa?

— Não consigo chegar na sua casa em vinte minutos — menti. — Pode ser na estação de metrô Avtovo?

Ele fez silêncio — um pouco longo demais. Então:

— Em meia hora?

— Vejo você lá, professor.

Eu já estava pegando o casaco antes mesmo de pôr o receptor no gancho.

— Olga! — chamei, e a voz ecoou pelos corredores maltratados e vazios do Clube Cronus. — Você tem uma arma guardada aqui, em qualquer lugar das instalações?

Eu jamais entendera perfeitamente a hipocrisia da rede de metrô soviética, pois me parecia que o mundo lá em cima e o mundo abaixo do solo procediam de universos diferentes, talvez até de tempos diferentes. O metrô de Leningrado abrira menos de um ano antes, com as extensões já planejadas, e as estações em sua única e cintilante linha eram decadentes palácios de cristal. Colunas retorcidas e mosaicos que, na melhor das hipóteses, eram mostras destacadas da arte moderna e, na pior, mostras espalhafatosas de vaidade e ego, se alinhavam em plataformas ladrilhadas como galerias de um palácio. Era um sistema em que o relógio não fazia a contagem regressiva para o metrô seguinte, e sim que contava o tempo em que o último havia partido, desafiando o passageiro a acreditar que, neste mundo perfeito, ele nunca precisaria esperar mais de três minutos para nada.

Essa questão do tempo também gerava um fator de incerteza para os possíveis perseguidores que estivessem por lá. A rede apresentava problemas para os agentes locais, tendo em vista que, em poucos meses de funcionamento, parecia improvável que eles tivessem desenvolvido um método de operar no local, e as multidões sempre ajudam a manter o anonimato. Aliás, o mesmo se pode dizer da necessidade russa de se andar nas ruas com gorros enormes e roupas grossas bem coladas no corpo para se proteger do inverno. Na falta de uma sociedade em que a religião obrigasse ao recato, o inverno russo fazia maravilhas para evitar o reconhecimento facial.

Eu cheguei cedo, eles também. Foi fácil reconhecê-los, homens em casacos escuros que não entravam nos vagões quando o metrô chegava. Pareciam inquietos, sombras esquivas à frente de paredes claras e brilhantes, cientes de que, no que dizia respeito à discrição, não estavam se saindo muito bem. Um fingia ler um exemplar do *Pravda*, o outro olhava para o mapa da única linha do metrô com a intensidade de uma cobra que tenta descobrir se é capaz de engolir uma cabra. Na segunda volta de reconhecimento pela estação também detectei a mulher, muito mais competente na arte do disfarce. Ela aparecera com um bebê no carrinho, um truque cujo mérito me dividia, e ela parecia cuidar do bebê de um jeito que me fazia sentir vergonha pelos outros dois, tão distraídos. Peguei o metrô saindo de Avtovo, parei duas estações depois, saltei e peguei o metrô de volta. Repeti o processo duas vezes, passando direto por Avtovo na primeira vez e tentando ver se enxergava o professor na estação. Quando ele apareceu, era o mais nervoso de todos. Estava parado perto de uma parede, todo encolhido, trocando o peso de um pé para o outro, como se quisesse começar a andar mas não soubesse se isso era apropriado. Estava com um livro debaixo do braço, com a capa à mostra. Era *Os princípios físicos da teoria quântica*, de W. Heisenberg. Em retrospecto, não consigo deixar de imaginar se aquele livro não foi uma tentativa do professor de me avisar que ele estava sendo vigiado. Decerto era uma leitura bem singular para ser mostrada tão abertamente, e talvez ele esperasse que essa incongruência, somada aos outros indícios, me alertasse para o fato de que havia algo de errado. Qualquer que fosse o caso, o fato era que o professor estava sendo vigiado, mas provavelmente tinha a informação de que eu precisava. Enquanto avançava a bordo do vagão que saía de Avtovo,

174

pensei no que fazer em seguida. Sob aquela circunstância, tentar obter a informação do professor seria, no mínimo, arriscado; no entanto, se eu não conseguisse me encontrar com ele, seriam grandes as chances de que ele fosse rapidamente levado embora, e, com ele, sumisse minha melhor chance de encontrar Karpenko. Para os ouroboranos, nem sempre é fácil tomar decisões corajosas, mal-acostumados que somos pelo luxo de ter a eternidade pela frente, mas a oportunidade me pareceu boa demais, e a consequência de não tomar uma atitude, perigosa demais. Voltei à estação de Avtovo, e, quando o trem começou a parar na plataforma, baixei o gorro para cobrir os olhos e gritei:

— Pare, ladrão!

Não havia ladrão a parar, mas, em geral, o alvoroço da multidão compensa esse problema específico. Eu avançava esbarrando nos ombros das pessoas no vagão, acotovelando-as sem me importar com idade ou tamanho, até que, quando o trem desacelerou até parar e as pessoas se viraram para olhar, levantei a cabeça e gritei:

— Ele está armado!

Para reforçar o que disse, saquei a arma e atirei uma vez na parede do vagão. As portas se abriram, e a debandada começou.

Minha técnica tinha algumas desvantagens, e uma delas era que o ponto de origem da correria era um claro indicativo da minha posição. No entanto, de certa forma, até certo ponto aquilo era compensado pelo caos que reinava na plataforma e pela mentalidade de rebanho das pessoas, que percebiam o vagão se esvaziando, ouviam alguém gritar "Uma arma, uma arma!" e tomavam suas decisões potencialmente imprudentes. Prefiro pensar que, da minha forma, eu contribuí para o caos, mergulhando na multidão, cabisbaixo, e gritando alguns "Ai, meu Deus, nos ajude!", ou coisas do tipo. Não eram frases especialmente inspiradas, mas, no meio daquela altercação, ninguém se importava. Fui empurrado, atropelado, pisoteado, meus colegas de viagem me jogavam de um lado para outro com a mesma falta de consideração com que eu estragara o dia deles, e avancei com a multidão, deixando-me levar pela maré humana até passar perto aturdido professor, que colou na parede para se proteger e soltou um gemido de surpresa quando, abrindo espaço em meio à multidão, eu o peguei pelo braço e o puxei.

Todas as estações têm gargalos, de modo que não havia espaço para a multidão que queria correr, por isso, enquanto pressionávamos e nos amontoávamos para sair, eu me aproximei de Gulakov, colei a arma em sua barriga e sussurrei:

— Eu sei que eles estão ali. Diga onde eu posso encontrar Karpenko.

— Desculpe! — gemeu. — Desculpe!

— Karpenko!

— Pietrok-112! Ele está em Pietrok-112!

Soltei seu braço e mergulhei de volta na multidão. Não havia por que dizer mais nada. Os três vigilantes na plataforma gritavam, abriam caminho entre o povo, derrubando gorros das cabeças, gritando para que todo mundo parasse, mantivesse a calma. Vi que a mulher havia sacado uma pistola e abandonado o carrinho de bebê, e gritava para que todos permanecessem parados e apresentassem documentos. Mais vozes surgiram no topo da escadaria para o mundo lá fora, policiais, alguns de uniforme, outros à paisana, desceram em direção à massa humana que queria subir. Por melhores que fossem seus serviços de segurança, a rede de transportes ainda não havia se inteirado. Ouvi o barulho das rodas sobre os trilhos de metal, e, quando o primeiro vigilante se aproximou de mim, um homem com expressão deprimida vestindo um casaco peludo, eu me virei e, com uma expressão de pânico no rosto, gritei:

— Ele está armado! Ah, meu Deus!

Então lhe dei uma cabeçada no nariz o mais forte que consegui, segurei a pistola em sua mão e torci seu pulso na direção do teto. Ouvi um tiro, senti o metal roçando por baixo dos meus dedos, e alguém perto de mim soltou um berro, uma mulher, que pôs a mão na perna antes de eu arrancar a pistola da mão do homem e lhe dar um chute entre as pernas. Ele caiu sem jeito no chão, e, enquanto a multidão se abria à nossa volta como as pétalas de uma flor, eu me virei na direção do metrô que se aproximava, guardei a pistola no bolso e corri na direção das portas, que começavam a se abrir.

Eu nunca havia sido fugitivo na Rússia.

No começo, fiquei eufórico, até que o desconforto causado pelo avançar da noite e do frio úmido que invadia minhas botas me fizeram lembrar que a euforia não significava nada perto de uma higiene bem-feita e um cobertor quente. Meus documentos como Kostya Prekovsky haviam passado a ser uma desvantagem maior do que não ter documento algum — não ter documentos pelo menos causaria um atraso burocrático, ao passo que o nome Prekovsky era a garantia instantânea de prisão ou morte. Joguei-os nas águas negras e lentas do canal, comprei um gorro e um casaco novos e, num sebo, sob luzes brilhantes que mais lembravam uma mesa de cirurgia, folheei um mapa da União Soviética em busca de Pietrok-112. Não achei. Pensei em pedir ajuda ao Clube Cronus, mas os problemas que eu causaria para Olga e seus companheiros me pareceram uma completa falta de consideração, em face de sua hospitalidade, e eu nem tinha certeza absoluta de que as perguntas do professor haviam sido o único motivo para as forças de segurança aparecerem em Avtovo. Continuei procurando e encontrei Pietrok-111 e Pietrok-113 no mapa, dois pontos minúsculos separados por um estirão vazio no meio do nada ao norte do país, e, pensando neles como um lugar tão bom para começar quanto qualquer outro, esperei até que o último trem passasse e o silêncio tomasse conta do ambiente, então fui à estação Finlândia para recuperar minha documentação para a fuga. Eu havia deixado dois jogos de documentos numa guarita de sinalização perto dos trilhos, onde no passado um homem, possivelmente usando um gorro de pele, passou os dias trocando as agulhas dos trilhos, e onde agora ratos se escondem do auge do inverno. O primeiro documento dizia que eu era Mikhail Kamin, membro do partido e consultor industrial, cargo elevado o bastante para me conceder respeito sem necessariamente precisar passar por revistas de segurança. O segundo passaporte era finlandês, já carimbado com visto de entrada, que eu grudei na panturrilha com esparadrapo e elásticos. Então, passei uma noite gélida na guarita, ouvindo os ratos correndo por baixo de mim, em volta e, num momento de especial imprudência, por cima do meu corpo, enquanto esperava o sol nascer para viajar rumo ao norte.

Capítulo 37

Já falei da minha tentativa patética de matar Richard Lisle, umas cinco vidas antes de eu pegar o trem de Leningrado rumo a uma situação que já na época sentia que só poderia terminar em derramamento de sangue. Lisle matara Rosemary Dawsett e a mim. Embora meu falecimento tenha me impedido de continuar a investigação, suspeito que, após me matar, ele tenha feito o mesmo com muito mais gente sem jamais ser apanhado.

Ele me matara na oitava vida, e na nona eu o persegui. Não foi a caça febril de um justiceiro, nem a perseguição furtiva de um espião prestes a ser capturado. Eu havia levado um pouco mais de trinta anos para pensar sobre qual atitude tomar, trinta anos para o ódio arrefecer e desembocar num assassinato metódico, pragmático.

— Eu entendo os motivos, mas não sei se consigo aceitar.

Akinleye. Nascida em meados da década de 1920, ela chegou a ver os aviões atingirem o World Trade Center em sua vida mais longa

— Eu me lembro de pensar em como foi frustrante não viver o bastante para saber o que acontecia depois — dizia ela.

Mas ela perguntou aos kalachakra do Clube, os membros mais novos, nascidos nas décadas de 1980 e 1990, e eles balançaram a cabeça tristemente e responderam:

— Você não perdeu nada.

O pai de Akinleye era um professor nigeriano, a mãe, uma secretária ganesa "que comandava o hospital em que trabalhava, e todos sabiam, mas ela era uma mulher na década de 1920, então a chamavam de secretária mesmo". Ao contrário da maioria dos nossos semelhantes, não era necessário resgatá-la durante a infância.

— Meus pais me dão um amor incondicional que nunca vi em nenhum outro adulto — explicou ela.

Éramos amantes quando nossos caminhos se cruzavam, exceto uma vez em que estava provando a homossexualidade, "para ver se é a minha", e outra em que estava casada. Seu marido era sudanês — alto, magro, que se destacava em relação a todos os outros à sua volta sem jamais ser intimidador, era linear e mortal, e completamente apaixonado.

— Estou pensando em contar a verdade para ele — confidenciou-me Akinleye certa vez. Contei-lhe a respeito de Jenny, a mulher que eu amara, e como tudo acabou, ela deu um muxoxo e disse: — Então é melhor não.

Pelo que soube depois, tiveram um relacionamento longo, feliz e enganoso até o dia em que ele morreu.

— Esse homem que você quer assassinar... ele já matou alguém? — perguntou ela.

— Já — respondi com veemência. — Não nesta vida, mas na anterior.

— Mas no curso da memória *dele*, e não da sua, ele já matou?

— Não — admiti. — Não que eu saiba.

Nós havíamos nos encontrado em 1948, em Cuba. Akinleye estava na flor da idade, aos vinte e poucos anos, e vinha passando a vida, não sei qual o número daquela vida, da mesma maneira de todas as outras desde que eu a conhecera: viajando, fazendo compras, bebendo vinho, tendo fortes ligações emocionais com homens inadequados. Akinleye era dona de um iate, e os nativos olhavam para aquela jovem nigeriana com inglês impecável e espanhol perfeito caminhando pelo cais em direção àquele monstro branco, que mais parecia um tubarão cromado com estofado de couro, o qual ela guiava na direção de qualquer tempestade tropical aos gritos empolgados de: "Que venha a chuva!" Eu concordara em ficar com ela em mar aberto por algumas noites, tendo em mente que ainda não era a época dos furacões e que tinha muitas coisas a fazer.

— Que coisas são essas? — perguntou ela com petulância.

— Estou entrando para o serviço secreto britânico. — respondi contando os motivos nos dedos: — Preciso conhecer Elvis antes de ele morrer; e preciso matar um homem chamado Richard Lisle.

— E por que quer se tornar espião?

— Curiosidade. Quero ver se existe alguma verdade por trás das teorias conspiratórias sobre as quais vivo lendo quando estou velho.

Poucas mulheres conseguem beber rum em nível alarmante, mas Akinleye era uma delas.

— Eu não entendo você, Harry — comentou ela, por fim. — Não entendo seus motivos. Você tem dinheiro, tempo e o mundo aos seus pés, mas só faz se empenhar, se empenhar, se meter em coisas que nem são do seu interesse. E daí que Lisle tenha matado algumas pessoas? Ele morre, não é? Ele sempre morre e nunca se lembra. Por que isso é da sua conta? É vingança?

— Não. Não é isso.

— Você não espera que eu acredite que todo esse trabalho é por causa de algumas prostitutas lineares, não é?

— Acho que quero, sim. — respondi, indeciso. — E acho que é o meu dever.

— Mas as prostitutas são assassinadas o tempo todo! Denuncie Ted Bundy, localize Charles Manson, encontre o Assassino do Zodíaco. Por que você tem que perder tempo com esse homem em especial? Meu Deus, Harry, é assim que você pensa em fazer a diferença?

— Eu não posso fazer diferença, posso? — Suspirei. — Não se pode mexer com os principais eventos estabelecidos. Ted Bundy vai matar; o Assassino do Zodíaco vai aterrorizar a Califórnia. Essas coisas já aconteceram e, segundo o credo do Clube Cronus, vão voltar a acontecer.

— Então, por que se envolver? Pelo amor de Deus, relaxe!

Recostei a cabeça para ver o brilho das estrelas no céu.

— Daqui a pouco mais de vinte anos o homem vai andar na lua. Centenas de milhares vão morrer no Vietnã sem nenhum motivo aparente, dissidentes vão ser executados, homens vão sofrer tortura, mulheres vão chorar e crianças vão morrer. Nós sabemos disso tudo e não fazemos... nada. Não estou sugerindo mudar o mundo. Não estou sugerindo que a gente saiba como. Como seria o futuro se essas coisas não acontecessem? Mas precisamos fazer... alguma coisa.

Ela estalou a língua.

Achei o gesto estranhamente irritante, um ruidinho perdido numa noite tranquila. Dei as costas e levantei ainda mais a cabeça para enxergar melhor o céu e distinguir as constelações. Na verdade, minhas próprias palavras me soaram vazias. Falei de sentimentos nobres sobre a nossa participação no mundo, mas qual era a minha participação? Assassinar um homem que ainda não havia matado ninguém naquela vida.

— Os lineares só têm uma vida — comentou Akinleye, por fim — e não se dão ao trabalho de mudar nada. Não é conveniente. Alguns até mudam. Alguns... "grandes" homens, ou homens irritados, ou homens que já apanharam tanto na vida que só lhes resta reagir e mudar o mundo. Mas, Harry, se há uma coisa que a maioria dos "grandes" homens têm em comum, é que quase sempre estão sozinhos.

— Eu sei. Não sou um grande homem.

— Não. Acho que isso só faz de você um assassino.

Mais tarde, fui passear na orla sozinho, com as águas do mar deslizando sobre as rochas negras e a areia branca, e Akinleye seguiu navegando, rumo à próxima festa, à próxima bebida, à próxima aventura.

— Só existe uma coisa que ainda me surpreende — explicou ela. — É o que as pessoas admitem quando estão enfurecidas.

Quase deixei um suspiro escapar. O que as pessoas confessavam, os segredos mais íntimos de suas almas, haviam deixado de me espantar fazia muito tempo.

Eu só tinha certeza de uma coisa: Richard Lisle mataria.

E eu iria esperar acontecer?

Fui a Londres. Rosemary Dawson trabalhava em Battersea, então a Battersea eu fui, de volta aos antros enfumaçados cercados de ruas enfumaçadas. Entrei no serviço secreto tanto por causa do treinamento e do desafio intelectual que imaginava haver quanto pelo desejo real de conhecer suas histórias. Coloquei em prática as habilidades que aprendi com eles, aprendi a me tornar invisível, um qualquer no fundo do salão. Observei Rosemary escolhendo os clientes com a delicadeza de um torpedo lançado contra um petroleiro e, ao me lembrar do que havíamos tido, senti um estranho nó no estômago. Eu sabia que antes era o dinheiro que nos ligava, mas, quando se está na solidão, é fácil romantizar essas coisas. Localizei Richard e observei-o observar. Ainda faltavam anos para seu primeiro assassinato, mas ele já era um jovem com, talvez, uma atitude estranha, apesar de nada sugerir nitidamente que ele se tornaria um assassino. Na verdade, ele até era uma companhia agradável. Dormia com as prostitutas e pagava religiosamente, tinha reputação de sujeito decente, embora estranho. Seus colegas de trabalho eram meros conhecidos, não chegavam a ser amigos de verdade, e, ao invadir seu apartamento em Clapham e examinar seus pertences, não encontrei fotografias macabras, instrumentos para infligir dor, sinais de tortura ou resíduos orgânicos. O mais desagradável do lugar era o cheiro persistente de carne enlatada e cebola. Seu rádio estava sintonizado na BBC Home Service, e seus poucos livros e revistas pareciam tratar basicamente dos prazeres da vida campestre. Foi fácil imaginá-lo aposentado, aos sessenta e tantos anos, caminhando por um campo com botas apropriadas, um cachorro correndo alegre a seu lado, antes de ele entrar no pub local, onde todos os chamariam de Rich, Dick ou Dicky, e o dono do lugar sempre faria questão de lhe servir uma caneca generosa. Vi tudo isso com extrema facilidade, quase a mesma facilidade com que via a faca em sua mão, cortando o ar poluído antes de se fincar no meu corpo.

Mesmo assim, ele ainda não havia feito isso.

Mesmo Richard Lisle poderia ser salvo?

Evoquei a voz de Vincent, meu outrora estudante, enquanto conversávamos sentados e bebíamos uísque em meus aposentos em Cambridge.

— A pergunta que você precisa se fazer é esta: será que o bem que você vai fazer ao outro homem, ajudando-o a superar o problema, seja lá qual for... gota, por exemplo, será que essa ajuda a superar a gota vai *superar* o mal, a exaustão e o sentimento geral de repugnância que você vai sofrer ao ajudá-lo? Sei que não parece um pensamento muito nobre, Harry, mas se prejudicar para ajudar o próximo também não é, porque depois é você quem vai precisar de conserto, e os outros vão se sentir prejudicados ao tentar ajudar, e por aí vai, e, francamente, no fim das contas todo mundo acaba pior do que era quando começou. — Ele fez uma pausa enquanto pensava a respeito de sua visão de mundo, antes de acrescentar: — Além disso: gota? Você vai mesmo ajudar alguém a sarar da gota?

Duas semanas depois eu segui Richard Lisle até o apartamento de Rosemary Dawsett. Lá ele permaneceu por uma hora, até sair um pouco mais descabelado e feliz. À porta, ela sorriu para Richard enquanto ele avançava pela rua escura, e no dia seguinte eu comprei uma arma.

Capítulo 38

Eu nunca havia matado a sangue-frio.

Sentado no apartamento de Richard Lisle durante uma noite de inverno de 1948 em que o gelo começava a raspar os dentes na parte de dentro da janela, esperando-o chegar, eu sabia ser perfeitamente capaz de puxar o gatilho. Minha ansiedade, portanto, não era tanto pela dúvida de ser ou não capaz de cometer o ato, mas pelo meu nível de certeza. Um estado mental não muito diferente da sociopatia, refleti. Seria apropriado gemer? Soluçar? Morder o lábio, adquirir talvez um tique nervoso? Torci para que meu corpo, e se possível minha mente, tivesse ao menos a decência de demonstrar algum sinal de desordem psicossomática, alguma manifestação inconsciente de culpa do ato que estava prestes a cometer. Passei as longas horas de espera sentado em silêncio e envolvido pela escuridão, repreendendo-me pela minha falta de remorso. Um exercício autodestrutivo, mas, mesmo percebendo a lógica absurda dos meus processos de raciocínio, eu me irritei pelo fato de que até essa pequena demonstração de consciência foi bastante pensada. Teria preferido mil vezes passar a noite chorando no travesseiro a fazer essa calma análise da minha degeneração moral.

Invadi o apartamento de Richard Lisle às 9h12 da noite.

Ele só chegou a 1h17 da manhã.

Chegar a essa hora fazia parte de sua rotina, mas nove da noite teria sido o momento ideal, pois mais cedo eu toparia com os vizinhos chegando em casa, e mais tarde eu causaria um distúrbio desnecessário ao invadir o apartamento. Mantive as luzes apagadas para evitar suspeitas e aguardei, com a arma no colo, sentado em silêncio na cadeira da sala de estar, que fazia as vezes de quarto e, particionada por uma bancada baixa, também de cozinha.

Quando ele chegou, estava tonto, mas não totalmente embriagado.

Ao me ver de luvas negras de couro e segurando uma pequena pistola com silenciador, ele se esforçou para que sua sobriedade voltasse imediatamente. A racionalidade, quando não a inteligência, é capaz de abrir caminho entre a bebedeira quando a morte bate à porta.

Eu deveria ter atirado na hora, mas, ao vê-lo plantado à porta, com as chaves ainda balançando do molho preso em seu indicador, colete de lã marrom por cima da blusa verde também de lã e o rosto enegrecido pela poluição, fiquei tão petrificado quanto ele. Não senti vontade de falar com ele — nada havia que eu pudesse dizer —, mas, quando coloquei o dedo no gatilho ele soltou depressa:

— Eu não tenho muita coisa, mas pode levar o que quiser.

Eu hesitei e saquei a pistola.

— Você não quer fazer isso de verdade. — Sua voz não passava de um sussurro, e suas palavras me soaram banais, pois eu já estava decidido que era exatamente aquilo que eu queria fazer, e, mesmo que não quisesse, eu havia chegado a um ponto em que não havia mais como voltar atrás. — Por favor. — Ele se ajoelhou, e as lágrimas começaram a escorrer por seu rosto. — Eu nunca fiz nada.

Pensei.

Então puxei o gatilho.

Capítulo 39

Eu gosto dos trens russos.

Não pelo conforto, pois não oferecem nenhum, nem pela rapidez, quase inexistente para ser digna de menção, especialmente quando se pensa nela em relação ao tamanho do país que precisam atravessar. Muito menos pela paisagem, inevitavelmente repetitiva, pois a Mãe Natureza decreta que não pode haver muitas de suas maravilhas num espaço tão vasto e cultivado.

Eu gosto dos trens russos, ou pelo menos daqueles em que viajei no começo da primavera de 1956, tantos séculos depois de ter atirado em Lisle a sangue-frio; eu gosto dos trens por causa do senso de unidade que todas essas adversidades criam nos passageiros. Suspeito que essa experiência seja relativa. Faça uma viagem longa, passando frio, sem conforto algum e sentindo tédio num vagão com apenas um indivíduo inoportuno, perigoso ou enfurecido, e soa plausível que todos os passageiros do vagão pareçam calados e tentem não chamar a atenção, acima de tudo para manterem a integridade física. Mas faça a mesma viagem na companhia de pessoas alegres, e logo você perceberá que o tempo passa bem mais depressa.

Munido dos novos documentos, tomei um trem que saía de Leningrado e rumava na direção nordeste, e meus companheiros de vagão eram os mais animados do mundo.

— O lugar de onde eu venho é uma merda! — explicou Petyr, jovem de 17 anos desesperadamente animado com a perspectiva de trabalhar onze horas por dia numa fundição. — O povo todo é uma merda, a terra toda é uma merda, e é uma merda que nem serve para ser uma merda menos merda. Mas o lugar para onde estou indo... lá eu vou ser alguém, vou fazer alguma coisa, vou encontrar uma garota que queira ficar comigo, e vamos ter filhos, e as nossas crianças, elas não vão precisar conhecer a merda que eu conheci.

— Petyr é bem incisivo — explicou a mais calada Viktoria, jovem de 19 anos ansiosa para estudar política agrária. — Meus pais vão ficar tão orgulhosos... Minha mãe, ela não sabe ler nem escrever!

O chacoalhar de uma caixinha de madeira anunciou que Tanya queria jogar dominó, e, conforme nos amontoamos longe das janelinhas embaçadas e avançamos para o interior uns dos outros e do úmido vagão, o jogo foi se desenvolvendo na base de contadores de pontuação e esperanças frustradas, com o planejamento estratégico e o comprometimento emocional de um Napoleão maquinando uma longa campanha. Não me iludo com meus companheiros — seu entusiasmo era ingênuo, suas esperanças eram carregadas de imprudência, e sua ignorância sobre o mundo real beirava o intimidante. Eu conseguia imaginar Viktoria cinquenta anos mais tarde, lamentando o fim daqueles Bons e Velhos Tempos do Comunismo, tanto quanto Olga lamentava a morte do czar; e, ao ser perguntado, Petyr deu um soco na própria coxa e exclamou:

— Só não ganhamos a guerra por causa daqueles desgraçados que discordavam de Stálin!

Existe inocência na ignorância? Se existe, será que toleramos o próximo graças a essa inocência? Sentado naquele trem enquanto o vapor da nossa respiração escalava as paredes e o vagão pulava a cada junção dos trilhos como se fosse uma gazela, percebi que não tinha resposta satisfatória para a pergunta.

Após sete horas jogando dominó, até meus companheiros estavam em silêncio, cochilando apoiados nos ombros e colos uns dos outros.

Eu estava esmagado entre um sapateiro e um soldado que voltava para casa, e pensei sobre o que fazer em seguida. Eu estava em busca de Pietrok-112, e me pareceu provável que quem estava tentando evitar que eu encontrasse o lugar seria capaz de prever meus movimentos. Por isso, entrar sem ser detectado se tornaria um problema, mesmo com os novos documentos, então o mais sensato seria recuar e tentar mais tarde.

E era isso que me preocupava: quando eu poderia voltar a tentar, e o que aconteceria se o rastro que eu estava seguindo sumisse antes de eu voltar? Por quanto tempo eu ousaria deixar o assunto de lado, e eu estava preparado para largá-lo? Eu era um fugitivo procurado, um estranho numa terra estrangeira, e fazia mais de cem anos que não passava por tudo isso. A inquietude que me provocava o dilema ficou nítida pelo ronco do estômago e pela dor no pescoço sempre na postura errada, mas eu tinha documentos, arma e dinheiro, e o calor do momento bombeara adrenalina nas minhas veias em quantidade que eu nunca havia sentido. Resolvi seguir em frente, consciente de que a justificativa racional para isso era frágil, mas escolhendo não me importar.

Havia guardas à minha espera no fim da via. Garotos da região que haviam recebido um telefonema, com idade média de 23 anos e posto médio de soldado raso. Parecia provável que eles tivessem uma descrição, mas não uma fotografia. Roubei uma garrafa de vodca cheia pela metade da bolsa aberta de um dos meus companheiros, molhei os lábios, passei mais no pescoço e nas mãos como se fosse perfume, esfreguei os olhos até lacrimejarem e entrei na fila que saía do trem. O sol já estava se pondo, uma ardente esfera luminosa no horizonte cinza, tão coberto por nuvens que era possível encará-lo. Envolta pela minguante luz do sol, a plataforma estava coberta por uma fina camada de barro, com crostas de gelo às sombras.

— Nome!

— Mikhail Kamin — respondi com a voz pastosa, soltando bafo em seus rostos. — Meu primo já chegou?

O guarda examinou meus documentos — perfeitos — e meu rosto — nem tanto.

— Tire o gorro!

Tirei o gorro. É fácil exagerar no papel de bêbado; eu prefiro enfatizar as características que já se manifestariam de qualquer jeito, neste caso, a subserviência. Torci as orelheiras do gorro, mordi o lábio inferior e olhei para cima, na direção do guarda, com as sobrancelhas franzidas, o pescoço encolhido e os ombros encurvados, como se fosse uma ave pernalta.

— Qual é o motivo da viagem?

— Meu primo — balbuciei. — O desgraçado está morrendo.

— Quem é o seu primo?

— Nikolai. Ele mora numa casa enorme. Deviam fazer alguma coisa com ele, porque ele sempre teve essa casa enorme e, quando perguntei se podia passar um tempo, ele disse que não.

Presenteei o guarda com outra perfumada rajada de bafo, e ele se esquivou. Ele me devolveu meus documentos e franziu o nariz em sinal de nojo.

— Vá embora! — resmungou. — E fique sóbrio!

— Obrigado, camarada, obrigado — agradeci, fazendo uma reverência enquanto me afastava, como um mandarim ante o imperador da Manchúria. Dei um escorregão e fui tropeçando a caminho da rua enlameada, salpicando a calça com manchas negras de lama.

A cidade, se é que se pode chamar aquilo de cidade, se chamava Ploskye Prydy, e, enquanto caminhava por sua única rua, que estava completamente deserta, eu meio que esperava descobrir que as fachadas dos barracos de madeira que afundavam no barro eram exatamente isso — fachadas sem fundos, a versão soviética dos filmes de faroeste, e que de uma delas, a qualquer momento, sairia um cossaco gritando descontroladamente, perseguido por uma enfurecida camponesa gritando: "Maldito! Maldito dos infernos!" Mas não aconteceu nada de tão emocionante. O lugar parecia pouco mais do que uma parada de trem, uma cidade de passagem, construída para servir aos viajantes que rumassem para outros destinos. As estradas eram definidas tão somente pelos locais em que o barro estava mais pisoteado; a única loja do lugar tinha um letreiro no alpendre que dizia NÃO TEMOS OVOS, e o velho veterano de guerra que se apoiava em muletas à porta, presença obrigatória em qualquer bom filme de faroeste, cantarolava os mesmos dois versos da mesma música esquecida como se fosse um disco arranhado. Mesmo assim, do seu jeitinho insignificante, Ploskye Prydy se erguia como o portal entre a civilização e as terras mais além, uma vastidão arada de barro escuro e árvores lânguidas até onde a vista alcançava. A única estrutura digna de nota era um grande edifício de alvenaria próximo dos trilhos, onde o vento rugia com força e as chaminés cuspiam negro na direção do céu: um forno de olaria, que fabricava material de construção para os novos assentamentos construídos mais ao norte, cujos nomes traduzidos são tão glamorosos quanto Instituto-75 ou Comuna-32, um lugar para toda a família. Na base do suborno, subi na traseira do caminhão da olaria que se dirigia ao norte, rumo a Pietrok-111, e passei três horas negras, mas quentes, sentado entre tijolos ainda em processo de esfriamento, que deslizavam e pulavam descontrolados de um lado para outro conforme avançávamos sacolejando ao longo da única estrada naquela direção, reta como uma flecha. Quando a maior parte dos tijolos já havia caído, eu me senti relativamente seguro na cova formada pelos que haviam tombado e tirei um leve cochilo, aninhado no calor dos blocos de construção que arrefeciam, até que o caminhão parou, e a traseira da caçamba foi abaixada com um grito animado de "Pietrok-111. Espero que tenha desfrutado a viagem!".

Sonolento, desci da traseira do caminhão enquanto o oleiro e seu assistente começaram jogar os tijolos numa pilha desordenada ao lado da estrada, como um jornaleiro arremessando a entrega na porta de um vizinho grosseiro, conversando felizes durante a tarefa. Pisquei diversas vezes na direção da tênue luz do povoado, e consegui distinguir prédios de apartamentos, um armazém e, alçando-se acima todos os outros edifícios, uma refinaria cujas labaredas de queima de gás eram os únicos indícios de cor na noite negra. As estrelas do firmamento eram minúsculas e incontáveis gotas d'água congeladas num céu limpo. Ao virar o rosto para o norte, encontrei a estrela Polar, então perguntei aos meus companheiros:

— Quanto falta daqui a Pietrok-112?

Eles riram.

— Mais duas horas dirigindo, mas se eu fosse você não iria para lá! Só tem soldados e cientistas por lá, camarada.

Agradeci efusivamente e rumei para o que supostamente seria o centro pulsante do povoado.

Pareceu-me imprudente procurar alojamento. Não havia motivo para crer que as autoridades tivessem deixado de me perseguir. A noite estava fria demais para eu dormir ao relento, com aquelas poças d'água que haviam derretido durante o dia virando placas de gelo negro com a chegada da noite. Perambulei pelas ruas sem iluminação, seguindo as paredes para me orientar, as labaredas da refinaria e o frio resplendor prateado das estelas, até que por fim deparei com o bar do povoado. Não estava anunciado como bar, nem era convidativo a estranhos, mas era aquele lugar universal que surge em todos os povoados em que não há nada para fazer — talvez no passado tenha sido um lar que simplesmente se esqueceu de fechar a porta para estranhos e se transformou num antro aquecido com um aquecedor ao centro, onde homens podiam se sentar em silêncio, focados na solene tarefa de beber vodca ilegal até ficarem cegos. Minha chegada despertou olhares desconfiados, mas ninguém fez comentários, e eu me aproximei em silêncio do aquecedor e ofereci à dona, que só tinha dois dentes na boca, alguns rublos por um copo de bebida ligeiramente melhor do que líquido anticongelante para veículos mais um prato de feijão com arroz.

— Vou ver meu primo — expliquei. — Ele está morrendo. Conhece alguém que me leve a Pietrok-112?

— Amanhã, amanhã — balbuciou a anciã, e, ao que parecia, não havia mais nada a dizer.

Capítulo 40

Mesmo contra a minha vontade, acabei dormindo, e, quando me sacudiram para me acordar, levei a mão direto ao bolso, para apalpar a arma, imaginando guardas, soldados, troca de tiros. Em vez disso, vi de pé, à minha frente, um homem de olhos claros com um rosto quase esférico e um sorriso tão largo que contorcia as pontas das minúsculas orelhas de tanto entusiasmo.

— Você queria ir a Pietrok-112, camarada? Eu levo você!

O preço era uma extorsão; o meio de transporte, uma antiga viatura de serviço da *Wehrmacht*. É muito difícil eu me surpreender, mas fiquei assombrado ao olhar para aquela coisa. A superfície metálica ao redor das portas e do para-lama estava alaranjada e carcomida de tanta ferrugem, os assentos eram emaranhados de molas e estofamento, revestido com restos de mantas velhas, mas o emblema nazista ainda era bem visível no capô e nas laterais, e, ao me ver boquiaberto, o jovem sorriu com orgulho e exclamou:

— Meu pai matou dois coronéis e um major, e nem precisou estragar a pintura para isso! — Ele se pôs junto ao carro para representar os mortos. — Bam! Bam, bam! Balas de ponta oca, foi o que ele usou. Três tiros, três cadáveres. Meu pai foi explodido por um tanque na Polônia, mas deixou o carro. Quer que eu leve você?

Não era o veículo mais discreto do mundo, mas funcionava e se dirigia aonde eu precisava ir.

— Obrigado — balbuciei. — Vai ser uma experiência nova.

Permaneci em silêncio durante a viagem rumo a Pietrok-112, encolhido para me proteger do vento gelado, e comecei a pensar no meu movimento seguinte. Eu já havia chegado àquele ponto, e até ali a curiosidade tinha exercido um papel tão importante quanto qualquer plano coerente do que faria quando chegasse lá. Estava claro que as autoridades estariam em alerta à minha procura, e eu não tinha o equipamento necessário para fazer uma incursão discreta nem, suspeitei, sorte o bastante para conseguir entrar simplesmente enganando quem precisasse. Portanto, cada vez mais a questão era: eu estava disposto a morrer para conseguir a resposta que tanto queria? Considerando minhas circunstâncias, a morte, em qualquer de suas formas, parecia provável, e eu preferia mil vezes uma morte rápida e simples a um interrogatório interminável na prisão de Lubianka. Parecia um insuportável desperdício de tempo morrer tão jovem naquela vida, levando em conta todo o tédio que aquilo ocasionaria, por isso eu estava absolutamente determinado a não morrer enquanto não conseguisse toda informação possível sobre Vitali Karpenko e Pietrok-112. Então, seria uma missão suicida? Era nisso que a missão estava se transformando? Eu me sentia pronto para levá-la a cabo, desde que as informações que recolhesse fizessem valer o tédio que a morte provocava. Refleti sobre minha situação e concluí que, no nível emocional, eu estava disposto, mesmo que no intelectual faltasse consistência à lógica do meu propósito. Era uma aventura, uma aventura perigosa, imprudente, insensata, e eu passara por isso pouquíssimas vezes até então.

Se Pietrok-111 era minúscula, Pietrok-112 era ainda menor. Um alambrado circundava um conjunto de cabanas baixas e placas de concreto retangulares, sem janelas, sem identificação, sem almas. A estrada dava direto para um portão, onde um letreiro dizia PIETROK-112 —

APRESENTE OS DOCUMENTOS. Havia dois guardas escutando rádio, vestidos em uniformes paramilitares e encolhidos numa pequena guarita caiada próxima à entrada. Quando nos aproximamos, um deles saiu depressa e gesticulou pedindo que parássemos. Ele pareceu reconhecer o motorista e lhe deu um tapinha amistoso no ombro, mas, ao me abordar, sua expressão se fechou. Ele apertou a correia do fuzil pendurado às costas, e havia mais do que uma simples precaução rotineira em sua voz quando ele ordenou:

— Camarada! Apresente os documentos!

Tendo embarcado numa missão suicida, decidi seguir em frente e mostrar autoconfiança. Saí do carro, caminhei na direção do soldado e rebati:

— É camarada capitão! E você? Quem é?

Ele ficou em posição de sentido imediatamente, parecendo tão surpreso quanto eu por essa reação ter se tornado tão instintiva, ao ser incutida durante o treinamento. Para intimidar alguém de verdade, o truque não é se fiar no volume da voz ou em xingar, mas, sim, cultivar aquela certeza inabalável que passa a qualquer ouvinte a impressão de que, no momento oportuno, seus funcionários gritarão com ele por você.

— Cadê seu comandante? — acrescentei. — Ele está me aguardando.

— Sim, camarada capitão — vociferou —, mas preciso ver seus documentos, camarada capitão.

— Meu nome é Mikhail Kamin, segurança interna.

— Preciso ver seus do...

— Não, não precisa — rebati sem subir o tom de voz. — Você precisa ver os documentos dos fazendeiros que entregam os cereais, dos comissários do partido que trazem a correspondência da semana passada, dos oficiais insignificantes que tomaram um porre ontem à noite. Você precisa ver os documentos de quem não enxerga a perspectiva geral das coisas. O que você não precisa ver, meu filho — traduzir o significado completo de "meu filho" da linguagem dos criminosos de Londres para a paranoia soviética não é uma adaptação linguística tão simples quanto poderia parecer —, são os documentos de um homem que não está aqui. Porque eu não estou aqui, porra. Porque, se por algum motivo eu estivesse aqui, você teria um problema do caralho, entendeu?

O garoto estava quase tremendo por efeito dos dois terrores que entraram conflito em sua cabeça: o terror conhecido da reprimenda que ele sofreria por desobedecer aos seus superiores e o terror desconhecido que ele passaria a conhecer por me desobedecer. Decidi resolver a questão por ele.

— Fico feliz de ver que você está cumprindo com seu trabalho, filho — acrescentei, contendo o impulso de pôr a mão em seu ombro e apertá-lo com força —, mas, se não se importa de ouvir, seu trabalho está tão abaixo da perspectiva geral neste momento que só de pensar nisso me dá nos nervos. Então, por que você não se porta como um bom soldado, me leva até seu comandante e então fica de olho em mim? Assim eu não preciso ficar de pé aqui fora congelando a merda do meu saco nessa merda de lugar enquanto a merda toda voa no ventilador. O que me diz, rapaz?

Traduzir as conotações desse "rapaz", tal como o termo é usado por latifundiários corados de classe social indefinida que querem passar ideia de superioridade, foi um desafio linguístico ainda maior do que "meu filho". Às vezes, usar a persuasão é o melhor jeito de lidar com um problema, sobretudo quando o problema foi treinado desde que nasceu para respeitar os sujeitos ameaçadores que comandam a nação. O guarda sabia que havia um alerta de segurança — claro que sabia; seu tom de voz, acima de tudo, me confirmara isso —; logo, não seria tão surpreendente alguém dos serviços de segurança interna bater à sua porta para falar com o comandante. Óbvio que nenhum agente estrangeiro pediria algo do tipo. Talvez minha presença não fosse tão inverossímil. Talvez ele não fosse pago para pensar.

— Por favor, acompanhe-me, camarada capitão!

Ele até bateu continência ao me convidar para entrar no complexo.

Capítulo 41

Certa vez, passei um tempo num assentamento em Israel que, de alguma forma, lembrava Pietrok-112. Eu vinha passando por uma fase bucólica, depois de ter passado uns bons 120 anos me deleitando com vinho, mulheres e música. Por ironia, foi Akinleye, a rainha da vida boa, quem me inspirou a peregrinar para a Terra Prometida, onde eu imaginava que redescobriria a essência mais pura do ser humano por meio do trabalho duro e da labuta agrária. Na época, ela, que ridicularizara minha ambição de matar Richard Lisle, vivia em Hong Kong. O ano era 1971. Eu tinha 52 anos e vinha me perguntando se morrer por overdose de heroína era tão ruim quanto parecia.

— Você não se dá conta de como temos sorte? — perguntou ela, recostada numa espreguiçadeira ao ar livre enquanto sua silenciosa empregada preparava as seringas. — Você pode fazer com o corpo coisas que ninguém jamais ousaria. Você pode morrer de felicidade e voltar para morrer de novo!

— Elas estão esterilizadas? — perguntei, observando detidamente as seringas na bandejinha de prata.

— Meu Deus, Harry! E isso lá importa? Estão, estão limpas! Eu consigo essas seringas com um cara, Hong, que é da tríade.

— Como você conheceu um cara da tríade?

Ela deu de ombros.

— Eles são donos de todos os lugares onde dá para se divertir aqui. Se você tem dinheiro e vontade de se divertir aqui na cidade, acaba conhecendo pessoas, entendeu? Toma. — Ela se levantou da espreguiçadeira e, dando uma risadinha da própria boa vontade, enrolou a manga da minha camisa. Conforme envelheço, as veias do meu braço ficam mais azuladas, ou vai ver é a pele que fica mais branca, e ela abafou outra risadinha ao perceber o sangue inchar a dobra do meu braço enquanto ela apertava o torniquete. Minha preocupação deve ter se refletido no rosto quando ela pegou a primeira seringa cheia do fluido âmbar, porque ela sorriu e deu, alegre, um tapinha na minha pele.

— Harry! Não me diga que nunca fez isso antes?!

— Quando comecei a ter tempo e dinheiro suficientes para isso, eu já havia vivido diversas vidas exposto à noção de que isso é ruim — respondi, taxativo.

— Não se deixe influenciar pelo que os lineares dizem — repreendeu ela. — Não somos como eles.

Ela era boa com a agulha — mal senti a picada.

Pelo que entendo, o termo "euforia" é usado para descrever essa sensação, mas, minha experiência diz que essa definição é completamente inútil, pois se baseia em comparativos que não se ajustam à situação. Uma felicidade incomparável, uma satisfação além do entendimento, uma alegria, uma viagem, a mente libertada da carne — cada descrição à sua maneira, todas descrevem o processo de forma adequada, mas elas não significam nada, pois nenhuma lembrança é capaz de recriar o sentimento, e nenhum substituto é capaz de imitá-lo. Então, já sabendo o que é a euforia, ela continua sendo exatamente isso — uma palavra ligada a uma nostalgia, mas que perde todo o sentido quando de fato se vive a coisa. Meus membros estavam pesados, minha boca, seca, mas eu não me importava, pois aquela boca não era minha. Eu sabia que estava parado e que o tempo passava, e me peguei pensando como demorei tanto a compreender que essa era a natureza do tempo, e queria ter um bloquinho de notas à mão para poder anotar esses pensamentos — esses profundos e lindos pensamentos que eu nunca havia tido e que certamente revolucionariam o funcionamento da humanidade. Observei Akinleye injetar a heroína em si e depois na empregada, que estava deitada com a cabeça em seu colo como um gatinho obediente enquanto a droga surtia efeito, e senti vontade de contar às duas que acabara der ter a ideia mais extraordinária sobre a natureza da realidade, de ver a verdade mais assombrosa, ah, se eu pudesse fazer os outros compreenderem!

Os opiáceos suprimem o desejo sexual, mas tive a certeza de que Akinleye havia me beijado. Já não éramos mais jovens amantes, mas isso não importava, pois, assim como a euforia, o amor que tínhamos um pelo outro era inexplicável. Vi que a empregada estava dançando, então Akinleye e eu também começamos a dançar, daí a empregada dançou ao longo do convés, rodopiando sem parar, até que chegou à proa da embarcação. Fomos atrás dela, minhas pernas pesadas demais para se mexerem sozinhas, então, com os braços, fui me arrastando de barriga pelo chão, esticando o pescoço e vendo Akinleye encostar os lábios no pescoço da empregada e lhe sussurrar os segredos do universo. Então a empregada sorriu de novo, ficou de pé em cima da grade que corria a borda da embarcação, escancarou os braços e se deixou cair de cara na água.

O corpo apareceu na praia dois dias depois.

O parecer do legista foi suicídio.

Ela foi enterrada numa cova sem identificação, sem nenhum familiar para chorar sua morte. Akinleye deixara o porto sem me contar o nome da empregada. Três horas após o fim do enterro, viajei para Israel, e fui contratado para trabalhar num assentamento ao pé das agitadas colinas de Golã. Eu não era judeu nem sentia uma afeição política pelo estado, mas um fazendeiro me oferecera a chance de trabalhar colhendo laranjas durante o verão, e eu não tinha lugar melhor para ir. Durante sete meses eu me levantei junto com o sol e trabalhei com uma cesta amarrada às costas, jantei pão sírio e não li, não assisti TV, não ouvi rádio nem falei com ninguém de fora das muralhas do assentamento. Eu estava alojado com outros treze trabalhadores num barracão de madeira com beliches baixas, e, quando eu não conseguia cumprir minhas tarefas de forma satisfatória, aceitava a repreensão do fazendeiro como se fosse uma criança. Os familiares do fazendeiro cochichavam entre si que eu tinha alguma doença mental, incapazes de entender por que um inglês de cabelo branco teria viajado para aquelas colinas ensolaradas numa terra estranha para passar os dias rastejando no meio de poeira e terra. Às vezes, os garotos dos vilarejos da região iam até lá para ficar me olhando, e nenhum de nós saía do assentamento sozinho por medo de ser atacado pelas famílias cujas terras os assentamentos haviam tomado. Chegou um momento em que nenhum de nós saía do assentamento para nada, só nos limitávamos a ficar escondidos atrás das muralhas de pedras brancas, longe da vista de uma sociedade hostil à beira de uma represália armada.

Eu trabalhei até o dia em que a esposa do fazendeiro se sentou ao meu lado e disse,

— Acho que você precisa deixar para lá.

Era uma mulher corpulenta, que usava peruca preta e avental também preto.

— Essa coisa que você carrega aí dentro — continuou ela, por fim.— Não sei o que é. Não sei onde conseguiu. Mas, Harry — ela passou a mão na parte interna da minha coxa —, passado é passado. Você está vivo hoje. Isso é tudo o que importa. Lembre-se disso, porque isso é parte da sua essência, mas, por essa mesma razão, você nunca, nunca mesmo, deve se arrepender. Arrepender-se do passado é arrepender-se da alma.

Ela começou a subir a mão pela minha coxa. Segurei seu pulso antes do fim do trajeto e pousei-o com cuidado no colo da dona. Ela suspirou, virou a cabeça ligeiramente para o outro lado e deu as costas para mim.

— Foi só um segundo — explicou. — Por um segundo, a minha mão tocou a sua, mas esse segundo se foi, não pode mais ser visto, ouvido ou sentido. Esse segundo também se foi, o momento em que falei ao seu lado. Morreu. Deixe morrer.

Dito isso, ela se levantou depressa, ajeitou o avental e a saia, então voltou ao trabalho.

Sem deixar rastro, fui embora na mesma noite.

Capítulo 42

Quinze anos antes, e alguns séculos depois, Pietrok-112 me fez lembrar da fazenda em Israel. Noites silenciosas, beliches longas e baixas para os trabalhadores, um alambrado para separar o lugar do resto do mundo — um mundo hostil e assustador, de escuridão e coisas que faziam barulho à noite. Enquanto as colinas de Golã se erguiam diante de nós como um monumento ao deus de outra tribo, em Pietrok-112 as montanhas eram de concreto, templos erguidos a uma deidade nova e racional, composta de átomos e números.

Caminhei no ritmo enérgico e prepotente dos gerentes que visitam um funcionário insubordinado. Havia mais guardas de serviço no primeiro portão daquele cânion de concreto, que invadia a terra tão fundo quanto se erguia na direção do céu. Eles me olhavam com ar de desconfiança, mas o respeito demonstrado pela minha escolta me deu credibilidade, e eles não fizeram perguntas.

Corredores de concreto sob luzes fluorescentes brancas; os letreiros só indicavam os caminhos para ir a B1 ou G2. Avisos na parede aconselhavam o uso constante de dosímetros, mas o lugar não fazia testes nucleares. Um pôster com a trindade formada por um cientista, um soldado e um operário feliz abrindo caminho por campos dourados, com a luz do sol brilhando em suas costas, lembrava a todos os que passavam por ali o esquema geral das coisas. Havia diversos civis misturados entre os guardas. Ninguém usava jaleco, todos vestiam pesados casacos acolchoados, mas o lugar não era um armazém industrial. Portas pesadas isolavam as áreas mais delicadas, ou o acesso a elas, com avisos gigantes que diziam: PROIBIDO O ACESSO NÃO AUTORIZADO.

O escritório do comandante era uma saleta elevada com vista para uma plataforma de distribuição que conduzia ao mundo lá fora. Na mesa, um retrato em preto e branco mostrava um homem segurando uma enorme metralhadora com fitas de balas cruzadas sobre os ombros como se fosse uma faixa de Miss gângster. O rádio tocava grandes sucessos comunistas da década de 1940, músicas com refrãos como "Marchamos sobre o sangue do irmão, erguemos nossos filhos ao sol" ou "Na pátria mãe trabalhamos para os nossos entes queridos e nossos camaradas", entre outros proclames poéticos. O comandante era um homem extremamente magro — um nariz protuberante e um rosto achatado num corpo de palito de fósforo que só podia ser produto de um terrível acidente médico. Quando entramos, ele ergueu os olhos castanhos e brilhantes de um painel repleto de telefones, e ao me ver vociferou:

— O que é isso?

Como já havia começado a empreitada com arrojo, decidi seguir o mesmo caminho, então procurei os documentos no bolso e, fingindo ter dificuldade para encontrá-los, exclamei:

— Mikhail Kamin, camarada, segurança nacional. Meu escritório telefonou.

— Nunca ouvi falar de você.

— Então deveria arrumar um secretário melhor — rugi —, porque eu viajei durante oito horas de merda para chegar aqui, e não existe a menor chance de eu perder um segundo sequer a mais com alguma porra de memorando. Já recebeu a última descrição?

O comandante deixou de me olhar e mirou o soldado. Aquele era um homem pago para pensar, um homem que nunca deveria ter permitido que ninguém falasse com ele com menos que uma submissão própria de quem tem um fuzil apontado para o próprio corpo. Percebi que sua mente estava tomando uma direção que eu não queria que tomasse, então dei um forte soco no tampo da mesa para tirá-lo do estado introspectivo e, ríspido, perguntei:

— Pelo amor de Deus, homem! Você acha que o espião vai ficar sentadinho, esperando você cuidar da papelada? Precisamos agir antes de ele receber o aviso.

O autoritarismo pode fazer maravilhas com o livre-arbítrio de qualquer um. De repente, os olhos do comandante brilharam, e ele voltou a ficar atento, focado.

— Espião? Não ouvi ninguém falar nada disso. Quem você disse que é, mesmo?

Num gesto extremamente teatral, revirei os olhos, me virei para o soldado e vociferei:

— Você: fora!

Ele obedeceu com o arrastar de pés duvidoso de um homem que não sabe a quem deve lealdade, a cabeça o mandando ir para um lado, as pernas caminhando para o outro. Esperei a porta fechar, me inclinei sobre a mesa, olhei o comandante no fundo dos olhos e disse:

— Pegue o telefone e ligue para Karpenko.

A hesitação se converteu em ato.

— Não conheço você — disse o comandante, taxativo. — Você chega aqui, faz essas acusações...

Tirei a arma do bolso. Junto com ela, das profundezas do meu casaco, saiu a documentação de Mikhail Kamin, toda amassada de forma pouco profissional, mas, ao cair na mesa, pouco diminuiu a intensidade da cena.

— Vitali Karpenko — repeti, em voz baixa. — Ligue para ele e mande-o vir aqui.

O heroísmo entrou em guerra com o pragmatismo.

Para o meu alívio, venceu o pragmatismo. Não imagino o que haveria feito se o heroísmo tivesse falado mais alto.

Capítulo 43

Nunca vou entender por completo o conceito de missão suicida. Para nós é relativamente simples e tem como consequência principal apenas o considerável tédio da juventude. Claro que eu lamentava a chance cada vez maior de precisar fazer um buraco na minha própria cabeça para escapar da situação em que minhas palavras haviam me colocado, mas a perspectiva de ser capturado e interrogado era de longe mais intimidadora, então concluí que alguns poucos anos de tédio eram infinitamente preferíveis.

Mas já vi homens, para quem a morte é de fato o fim do caminho, caminharem rumo à extinção só porque foram instruídos a isso. Nas praias da Normandia, onde os cadáveres boiavam na água ao lado das rampas de descida das embarcações, vi homens correrem na direção dos tiros de metralhadora dizendo:

— Porra, eu nunca pensei que acabaria assim, mas, já que estou aqui, vou fazer o quê?

Sem ter para onde voltar nem para onde ir, à falta de um plano melhor eles caminharam para a morte, depois de terem confiado que suas opções não se reduziriam a isso e descoberto que estavam enganados.

De minha parte, tudo dava a entender que eu morreria naquele lugar por pouco mais do que uma especulação. Por um cristal num rádio alguns anos adiantado no tempo; pelo nome de um indivíduo que vislumbrou o futuro; por um segredo escondido por homens armados.

O comandante foi amável o bastante para me explicar tudo isso.

— Você não vai sair daqui com vida — explicou, enquanto estávamos sentados em seu escritório, aguardando Karpenko. — Não complique as coisas ainda mais.

Abri um sorriso.

"Não complique as coisas ainda mais" dava a entender que a morte era a minha principal preocupação, mesmo sendo uma frase que eu associava mais à polícia de Nova York do que a comandantes soviéticos numa base secreta. Minha serenidade o surpreendeu, e suas finas sobrancelhas grisalhas se contorceram naquele rosto inexpressivo.

— Você está bem calmo para um homem que está do lado errado da arma — comentei.

Ele deu de ombros.

— Já vivi o suficiente, e bem. Você, por outro lado, você é novo. Vai ter coisas que o prendem a este mundo. É casado?

— Que pergunta religiosa. Se eu disser que gosto de viver em pecado, será que ela continua com essa implicação emocional?

— E o que mais você gosta de fazer? Talvez possa voltar a fazer.

— É muita consideração de sua parte. — Suspirei. — Agradeço, mas chega um momento na vida em que você percebe que os prazeres da carne só satisfazem até certo ponto. São fantásticos enquanto duram, mas vêm acompanhados de tantas dúvidas e tantos questionamentos de carga emocional que, francamente, eu começo a me perguntar se a dor que geram não é maior do que a satisfação.

Para minha surpresa, ele ergueu as sobrancelhas.

— Claramente você não está recebendo a satisfação apropriada.

— Uma vez, um massagista de orelhas em Bangcoc me disse essas exatas palavras.

— Você não é russo — sugeriu ele.

— Tem algo de errado com meu sotaque?

— Nenhum russo faria isso.

— Essa é uma crítica terrível ao espírito soviético.

— Você não entende. Ao que me parece, você não se encontra numa situação tão comprometida a ponto de escolher essa situação para cometer suicídio; por outro lado, também não parece ter um plano capaz de favorecer a causa alheia. Não estou percebendo uma explicação clara para a sua atitude...

— Então, por que supõe que sou estrangeiro?

O comandante deu de ombros.

— Pode chamar de instinto.

Isso me deixou um pouco angustiado. O instinto era um dos poucos fatores que eu não era muito capaz de alterar ou controlar. — Camarada, você parece inteligente demais para embarcar nessa sem motivo. Não há mesmo nenhum outro caminho?

— Nenhum que me atraia tanto — respondi.

Alguém bateu à porta e freou qualquer outra reflexão transcendental. Gesticulei para que o comandante fizesse silêncio à mesa e, escondendo a arma no casaco, me sentei no banquinho ao lado da mesa.

Um movimento de cabeça, e o comandante chamou,

— Entre!

A porta se abriu. O homem que entrou estava no meio de uma frase, que claramente começara vários segundos antes de ele receber permissão para entrar.

— ...muito ocupado agora mesmo e não posso...

A sentença parou.

O homem olhou para o comandante, depois para mim, e seu rosto se abriu num sorriso.

— Meu Deus! — exclamou, cada palavra caindo como uma pedra numa lagoa. — Veja só quem está por aqui.

Capítulo 44

Muitas vidas antes, naquele agitado verão em que Vincent Rankis e eu começamos a de fato explorar a mente um do outro, antes daquela noite fria em que ele descobriu que eu fazia parte do Clube Cronus e me deixou com hematomas superficiais e dúvidas profundas, fomos remar no rio Cam.

Nunca gostei de remar, pois sempre achei que, no que diz respeito a meio de transporte, esse era um dos menos sensatos, e, indo direto ao ponto, como parecia ser a prática em Cambridge, uma habilidade tão valorizada na incompetência quanto na maestria. Um bom passeio no rio não seria completo, tanto para estudantes quanto para alguns dos meus colegas, se não envolvesse uma abalroada numa ponte, uma colisão múltipla, um encalhe numa margem barrenta, um remo perdido para a forte correnteza e, se tudo der certo, ao menos uma pessoa caindo na água. Penso parecido sobre as gôndolas de Veneza, cidade onde a habilidade do condutor é praticamente anulada pelo valor cobrado no passeio e pela impressão de que você está, de modo ingênuo, contribuindo para um estereótipo que anos depois servirá de desculpa para que novos gondoleiros arranquem mais dinheiro dos turistas.

— Esse é o seu problema, Harry — explicara Vincent. — Você nunca entendeu o conceito de fazer coisas pela metade.

Resmunguei a caminho da ribeira, resmunguei indo até a embarcação, resmunguei enquanto abríamos caminho entre os estudantes e resmunguei quando Vincent abriu a cesta de vime que havia preparado para a ocasião e tirou garrafinhas de gim com tônica e sanduíches de pepino cuidadosamente cortados.

— Os sanduíches de pepino são fundamentais para representarmos nossos papéis — explicou.

— Que papéis? — perguntei, aborrecido.

— Somos a prova viva de que a racionalidade e o vigor intelectual se rendem à pressão social e a um sol agradável. Porque nós dois sabemos, Harry — continuou ele, passando o cabo do remo na água com entusiasmo —, que este passatempo é completamente ridículo para qualquer estudioso do universo que se preze, mas, mesmo assim, por alguma estranha razão, só nos resta *participar*.

Nossas acompanhantes riram.

Eu não estava nem um pouco à vontade com as companhias que Vincent havia escolhido para o passeio. Eu acabara de conhecê-las à margem do rio, e suas presenças só fizeram crescer meu pressentimento de que uma desgraça estava prestes a se abater. Uma se chamava Leticia, e outra Frances, mas eu não sabia ao certo quem era quem. Ambas estavam vestidas de maneira perfeitamente apropriada para a ocasião, em seus vestidos de verão abotoados até o pescoço e o cabelo imaculado preso atrás das orelhas, mas ai de mim, aquele decoro era fonte de frivolidade, pois elas sabiam — é claro que sabiam! — que um passeio de barco com dois jovens solteiros num dia ensolarado de verão era algo que a Mamãe Jamais Aprovaria, e qualquer outro possível pensamento delas durante o transcurso do passeio foi ofuscado por essa revelação abrangente.

— O pai de Leticia trabalha com alguma coisa na área de bioquímica — sussurrou Vincent no meu ouvido —, e, ao que parece, Frances foi pretendida a Hugh, uma criatura repugnante que está passando o dia de hoje nas quadras de tênis. Quando chegarmos lá, Harry, creio que um de nós dois terá a pavorosa tarefa de beijar Frances na boca à vista de Hugh; e é melhor que quem fizer isso calcule bem o momento, caso contrário vai precisar repetir todo o processo, até que ele note.

Apelei para meus privilégios de tutor, declarando que já era ruim o bastante ser visto no rio com alunas, que dirá beijar uma. Vincent respirou fundo, e, quando chegamos às quadras gramadas ele cumpriu o que prometeu, deixando o remo cair e pedindo que Leticia e eu avançássemos contra a corrente para recuperá-la no leito do rio enquanto ele se dedicava à transcendental tarefa de seduzir Frances. Nossa calamitosa situação chamou a atenção de todos; a visão da figura atarracada e ligeiramente redonda de Vincent envolvido num abraço sensual com a alegre Frances prendeu a atenção geral, e ele cumpriu a tarefa.

Para minha surpresa, enquanto eu secava as mãos geladas nas calças e puxava o remo de volta à segurança do barco, percebi que estava rindo. Não sabia se isso aconteceu porque a atmosfera surreal da situação tinha superado meu ressentimento quanto às circunstâncias da situação, porém, por mais que tentasse, pareceu quase impossível continuar de mau humor. Até os esquálidos, insípidos e deprimentes sanduíches de pepino me mantiveram entretido, apesar desses tristes atributos. Eu tinha a impressão de que, sentindo-se rejeitada, talvez Leticia estivesse esperando que eu agisse da mesma forma que Vincent, mas meu comportamento reticente e educado gerou no campus o rumor de que eu era gay e gostava da companhia de Vincent pelo corpo, não pela mente.

— Que se dane, fico feliz em saber que alguém goste — declarou Vincent, quando o rumor chegou aos seus ouvidos. — Custa muito depender da genialidade intelectual e da inteligência emocional para seduzir garotas hoje em dia.

Será que eu deveria ter notado as pistas?

Será que eu deveria ter percebido a verdadeira natureza de Vincent?

Ele era original. Era diferente, ridículo, brilhante, sombrio e absurdo. Era um sopro de ar fresco numa cidade enfadonha. Ao fim do dia, quando nossas acompanhantes voltaram para os braços insensíveis de suas famílias, com suas purezas intactas embora não livre de manchas, nós nos sentamos à minha sala, bebemos o restinho do gim — para Vincent, uma garrafa quase vazia era muito mais triste que uma completamente seca — e voltamos a discutir o eterno assunto de sua tese de doutorado.

— Não sei, Harry. Nada disso parece... importante o suficiente.

Não é importante o suficiente? O movimento das estrelas no céu, a quebra dos átomos da existência, a curvatura da luz, a ondulação das ondas eletromagnéticas que atravessam nossos corpos...

— Sim, sim, sim. — disse ele, agitando as mãos. — Tudo isso é importante! Mas uma tese de dez mil palavras é... bem, não significa nada, certo? E tem também essa suposição de que eu deveria me concentrar em apenas uma coisa, como se fosse possível compreender a estrutura do sol sem entender por completo a natureza do comportamento do átomo!

Lá estava ele de novo, o familiar discurso inflamado.

— Estamos falando de uma teoria de tudo como se fosse uma coisa que vai ser descoberta da noite para o dia — soltou ele. — Como se um segundo Einstein fosse se sentar na cama e exclamar: "Mein Gott! Ich habe es gesehen!", e pronto, com isso compreendemos a totalidade do universo. Acho ofensivo, profundamente ofensivo, acreditar que a solução vai surgir dos números, ou dos átomos, ou das grandes forças galácticas, como se os nossos patéticos acadêmicos fossem mesmo capazes de condensar a estrutura do universo numa única página de folha A4. Nós dizemos que X = Y; um dia vai haver uma teoria de tudo, e aí vamos poder nos dar por satisfeitos. Todos seremos vencedores, saberemos tudo. Baboseira.

— Baboseira?

— Baboseira e tagarelice — concordou ele, taxativo. — Parafraseando o dicionário.

Sugeri que talvez o destino do universo pudesse, temporariamente, ficar em segundo plano e ceder espaço à espinhosa missão de se formar com honras.

Ele bufou alto, uma sonora mostra de desprezo.

— É exatamente isso que está errado com os acadêmicos!

Capítulo 45

— Meu Deus! Veja só quem está por aqui.

Ele estava apenas uns poucos anos mais velho do que quando eu o vira pela última vez, séculos antes; ainda era um homem novo de rosto jovial, que mal chegara aos trinta. De algum modo, tinha conseguido um par de calças cinza e sapatos de couro marrom muito bem-cuidados, polidos até brilharem. Uma túnica verde larga lhe emprestava um ar mais soviético, e ele deixara uma barba rala e levemente crespa na tentativa de parecer mais velho. Ele se chamava Karpenko, ele se chamava Vincent Rankis. Atrás dele surgiram quase de imediato dois guardas apontando os fuzis. Aos gritos, ambos ordenaram que eu me jogasse no chão com as mãos sobre a cabeça, mas Vincent os calou com um simples gesto.

— Está tudo bem — disse o homem conhecido como Karpenko. — Podem deixar, que eu cuido disso.

Vincent Rankis, outrora meu aluno, o arquétipo do britânico, falava um russo impecável e tinha um olhar carregado de lembranças. Na noite em que me atacou em Cambridge, ele sumiu. Usei todos os meus recursos para rastreá-lo, mas cada nome levava a um beco sem saída, cada investigação dava com os burros n'água. Eu me vi obrigado a concluir que Vincent Rankis nunca existira, do ponto de vista legal. Assim como eu.

Por um momento fiquei sem palavras, todas as estratégias e perguntas sumiram no instante em que o vi. Ele aproveitou a oportunidade para me dirigir um amplo sorriso antes de olhar para o comandante e perguntar:

— Camarada, pode nos deixar a sós?

O comandante me olhou, e, com a boca completamente seca, balbuciei:

— Por mim tudo bem.

O comandante se levantou com cuidado, caminhou até Vincent, se deteve e, virando a cabeça para perto do jovem, murmurou num tom audível:

— Ele está armado.

— Não tem problema — respondeu Vincent. — Eu cuido disso.

Com um meneio de cabeça, Vincent dispensou os soldados, então contornou a mesa do comandante, acomodou-se na cadeira com confiança e desenvoltura, enlaçou as mãos à frente do queixo, com os cotovelos apoiados na perna cruzada.

— Oi, Harry — disse, afinal.

— Oi, Vincent.

— Foi Daniel van Thiel quem lhe falou deste lugar, certo?

— Ele apontou o caminho.

— Homenzinho presunçoso! Tinha o costume incrivelmente irritante de dizer como todos são brilhantes, o que, claro, não passava de um jeito de exigir que também dissessem isso dele. Eu esperava que ele pudesse nos ajudar a resolver alguns dos problemas de monitoramento que vínhamos tendo, mas no fim das contas precisei demiti-lo. Mas até que aquele infeliz era esperto o suficiente para se lembrar de algumas especificações tecnológicas. Eu deveria ter acabado com ele há alguns meses. E a viagem até aqui? Foi por intermédio do professor Gulakov? Gostou dele?

— Ah, sim, bastante.

— Infelizmente ele precisou ser mandado para reeducação.

— Lamento ouvir isso. Mas ao que parece você está comandando uma operação fortemente armada. Precisou matar muita gente para manter o funcionamento?

Ele bufou com impaciência.

— Sabe como é, Harry: não posso me arriscar a introduzir muitas tecnologias novas no curso da cronologia linear e perder o controle das consequências. Os riscos de chamar atenção, de balançar o barco... você faz parte do Clube Cronus, sabe como funciona. E por falar nisso... — continuou, esfregando uma unha distraidamente na unha ao lado, fazendo um leve ruído seco — ...devo esperar que as forças combinadas de todos os Clubes do mundo caiam em cima de mim a qualquer segundo?

— Os Clubes sabem das minhas suspeitas, se é isso que está querendo saber, e receberam ordens de levar o assunto adiante caso eu suma.

Ele grunhiu e, exasperado, olhou para o teto.

— Harry, na verdade, isso é extremamente enfadonho. O que as pessoas parecem não compreender sobre a União Soviética é a quantidade de burocracia nos níveis intermediários. Tudo funciona às mil maravilhas se você é o secretário-geral, as pessoas sabem o que convém e se limitam a tomar notas, mas qualquer um abaixo do Politburo precisa lidar com um volume monstruoso de documentação, seja para descontinuar um projeto como esse ou mesmo para mudá-lo de lugar.

— Não parece seguro — admiti.

— Politicagem — soltou ele, com desdém. — Todo mundo está sempre atrás de material para usar contra todo mundo. O que estou dizendo, Harry, é que eu passaria muito bem sem a frustração de precisar me mudar de base de novo. Você acha que o Clube vai achá-lo, se desaparecer?

— Talvez — respondi dando de ombros. — É essa a situação que estamos enxergando aqui? Eu vou desaparecer?

— Não sei, Harry — murmurou ele, pensativo. — O que acha?

Pela primeira vez nos encaramos, e no seu olhar não havia mais nenhum estudante, não havia um jovem com vontade de remar no rio

Cam com uma garota chamada Frances para humilhar um rival, mas um homem velho, bem velho, num corpo jovem, que me fitava por aqueles olhos ainda redondos. Saquei a arma do casaco e, sem dizer uma palavra, a coloquei no colo, com o dedo no gatilho. Minha atitude o fez pestanejar por um instante, antes de se voltar para mim outra vez.

— Suponho que não seja para mim — disse ele.

— É só para o caso de eu sentir dificuldade na hora de enviar meu relatório.

— Claro... uma bala para o seu cérebro. Como você é determinado. Embora... — ele se mexeu devagar no assento, com um gesto que poderia ser interpretado como um encolhimento de ombros — ...na verdade, o que você tem para relatar?

Suspirei.

— Seria pedir demais você me contar o que está acontecendo aqui?

— Claro que não, Harry. Na verdade, tenho esperança de que, quando você ficar por dentro, queira se juntar a nós. — Ele se levantou e fez um gesto cortês em direção à porta. — Me acompanha?

Capítulo 46

Meu pai.

Eu penso no meu pai.

Nos dois, na verdade.

Penso em Patrick August sentado em silêncio à minha frente, perto da lareira, cortando toda a casca de uma maçã, um giro na fruta de cada vez.

Penso em Rory Hulne, um idoso com enorme inchaço na perna esquerda, que, numa vida sem nada de especial me enviou, em 1952, uma carta informando que estava de férias em Holy Island e me perguntando se eu queria visitá-lo. Eu era professor de matemática, casado com Elizabeth, doutora em literatura inglesa. Lizzy queria filhos e se odiava pelo fato de que, aparentemente, não conseguíamos ter. Eu amava Lizzy por ser uma companheira leal e ter uma alma bondosa, permaneci com ela até sua morte em 1973, por causa de uma série de derrames que paralisou seu lado esquerdo, e nunca mais a procurei em vidas futuras.

"Estou em Holy Island", dizia a carta. "Quer me fazer uma visita?"

— Quem é esse tal senhor Hulne? — perguntou Lizzy.

— Era o dono da casa onde cresci.

— Vocês eram próximos?

— Não. Não nesta vida.

— Então por que, em nome de Deus, ele quer ver você agora?

— Não faço ideia.

— E você vai?

— Talvez. Ele deve estar morrendo a essa altura.

— Harry, que coisa horrível de se dizer! — repreendeu-me ela.

A viagem de trem para Alnmouth durava sete horas, e o trem parava em Newcastle para o condutor de rosto enegrecido de poluição ter seu merecido descanso nos bancos de madeira verdes na estação de tijolos vermelhos. Quando tirou o chapéu, havia uma linha de fuligem na testa, na altura do elástico, e dois círculos ao redor dos olhos, como os de uma coruja, quando ele tirou os óculos de proteção. Uma criança acenou para mim, entusiasmada, do colo da mãe do outro lado da plataforma. Acenei de volta. A criança continuou acenando pelos quinze minutos em que permanecemos na estação, e, cansado, eu me vi obrigado a retribuir o gesto. Quando partimos, meu braço estava dolorido, assim como o rosto de tanto sorrir, e foi crescendo dentro de mim a sensação de que aquela viagem era um grande erro. Folheei o jornal no colo, mas já havia lido algumas poucas vidas antes e me irritei com a cobertura ingênua dos eventos que estavam por acontecer. As palavras-cruzadas na última página me deixaram frustrado — eu havia resolvido praticamente todas as linhas três vidas antes, quando tentei fazer exatamente as mesmas palavras-cruzadas durante uma pausa no trabalho que exercia no escritório europeu do Ministério das Relações Exteriores, e três vidas antes eu ficara perplexo com a mesma pista que, naquele momento, não conseguia resolver: "Atenção, uma curva no caminho", oito letras, e fiquei furioso ao descobrir que era tão indecifrável naquele momento quanto três vidas antes. Talvez, só durante aquela vida, eu poderia ser o tipo de pessoa que escreve aos jornais para fazer reclamações.

A maré estava alta, por isso Holy Island estava amputada do continente, e o único rastro do passadiço eram algumas poucas estacas visíveis, que se erguiam acima da superfície da água. Paguei a um idoso com um barco a remo repleto de gaiolas de caranguejos vazias e pedi que me atravessasse até a outra margem. O homem ficou calado durante todo o trajeto e remou num ritmo tão constante que poderia servir de base para um marca-passo. No caminho, uma névoa subiu da água, sufocou terra e mar, e toldou as ruínas enegrecidas do castelo que coroava a colina da ilha. Quando chegamos à margem da ilha, a neblina já havia reduzido a visibilidade e só permitia enxergar alguns chalés brancos na encosta da colina, através da qual chegava a mim o balido triste de alguma ovelha perdida. A ilha ainda não havia descoberto seu filão como destino turístico, vendendo geleia semi-caseira e velas semiartesanais, mas tinha reputação de lugar aonde as pessoas iam para se isolar, para esquecer, e, sim, até para morrer sob às cruzes celtas. Foi fácil encontrar meu pai — os forasteiros sempre chamam atenção. Indicaram-me o caminho até um quarto no segundo andar de um chalé com porta de entrada diminuta cuja proprietária era a senhora Mason, uma mulher animada e de rosto corado que poderia quebrar o pescoço de uma galinha com o polegar e o indicador e não acreditava no recém-criado Serviço Nacional de Saúde, não enquanto tivesse groselhas no jardim e rosa-mosqueta no armário da cozinha.

— Veio aqui ver o senhor Hulne? — perguntou ela, alegre. — Vou levar um chá lá em cima para vocês.

Subindo uma escada projetada para decapitar qualquer um com mais de 7 anos, atrás de uma porta de madeira com um trinco preto de ferro, havia um quarto com uma labareda alaranjada queimando na lareira junto à parede, e uma série de quadros medíocres de águas paradas adornadas com lilases. O quarto também contava com uma cama pequena de solteiro e uma cadeira de balanço perto da lareira. Na cadeira, quase invisível por baixo da manta, estava Rory Edmond Hulne, morrendo, bem de acordo com o cronograma. Da coloração amarelada na ponta de suas unhas descamadas às veias salientes que palpitavam fracas naquele pescoço magro como o de uma galinha, ali estava um homem a quem se podia proporcionar pouco mais que cuidados paliativos e alguma redenção emocional. Pouco demorou para eu perceber qual dos dois casos eu era.

Eu me sentei na borda da cama, coloquei a bolsa no chão e, enquanto seus olhos tremiam a duras penas para abrir os cílios colados, cumprimentei-o:

— Olá, senhor Hulne.

Quando eu o vira pela última vez? Num dia quente de maio de 1925 daquela vida, quando, como sempre, eu recobrei a consciência e recordações o bastante para recuperar minha identidade e minha compostura anteriores, e escrevera com mão firme uma carta pedindo que o Clube Cronus me evacuasse do tédio da infância. Charity Hazelmere, a notável madrinha do Clube, respondeu de imediato, informando a Patrick e Harriet que um generoso erudito estava se oferecendo para pagar pela educação e pelo sustento de jovens desfavorecidos, e que meu nome fora proposto para uma das vagas. Houve menção a uma cifra, e, ao partir, eu absolvi meus pais adotivos de qualquer culpa, exclamando alegremente sobre como a perspectiva parecia emocionante e como eu ansiara por uma chance de prosperar, e afirmei que escreveria com frequência, embora ambos mal soubessem ler. Eles haviam enchido minha única bolsa de viagem com roupas esfarrapadas e me colocado na traseira da carruagem do meu pai adotivo para ele me levar à estação; Rory Hulne saíra de casa para me ver ir embora, permaneceu à porta e ficou calado. Em certas vidas, enquanto passamos por todo esse ritual, ele se aproximava, apertava minha mão e pedia que eu fosse um jovenzinho valente; não desta vez, e eu nunca soube dizer que aspectos do meu comportamento alteravam o dele de uma vida para outra.

Isso se dera quase trinta anos antes. Durante as poucas ocasiões em que regressei ao norte — para passar o Natal em silêncio com Patrick ou para o funeral de Harriet, elemento constante da minha infância —, eu nunca encontrava meu pai por lá. Ele estava sempre em viagens de negócios, navegando no litoral, visitando a cidade, ou em meio a qualquer outra ocupação desinteressante. Mas ali estava ele, sentado, morrendo diante dos meus olhos, sozinho num chalé no meio de uma ilha, sem nada a seu redor que indicasse riqueza ou poder, um velho frágil junto à lareira.

— Quem é você? — murmurou, com a voz tão frágil quanto sua aparência. — O que quer?

— Sou o Harry, senhor — respondi, incapaz de impedir que um tom de submissão infantil se intrometesse nas minhas palavras. — Harry August.

— Harry? Eu lhe escrevi uma carta.

— E por isso eu vim.

— Achei que não viria.

— Bom... aqui estou.

Séculos de vida, e por que aquele homem ainda conseguia me limitar a dizer banalidades, fazer eu me sentir uma criança outra vez, escondendo-se do olhar do mestre?

— Você está bem, Harry? — perguntou, quando o silêncio entre nós se tornou tênue e solene demais. — Ficou rico?

— Vivo bem — respondi com cautela. — Dou aulas de matemática.

— Matemática? Por quê?

— Eu gosto. O assunto é... envolvente, e as brincadeiras dos alunos são sempre engraçadas.

— Você tem... filhos?

— Não. Não tenho.

Ele grunhiu de um jeito que me pareceu uma mostra de satisfação. Com o pulso tremendo, ele gesticulou na direção do fogo, um comando para que eu pusesse outra lenha na lareira. Obedeci, abaixando perto do braseiro e cutucando-o com a ponta de um graveto antes de também jogá-lo nas chamas. Quando me endireitei, ele estava me encarando com um rosto que um dia seria o meu, e, embora seu corpo estivesse se consumindo, sua mente seguia bem desperta. Ele me segurou pelo braço enquanto eu voltava para a cama, me prendeu, me encarando com ansiedade.

— Você tem dinheiro? — perguntou ele, com a voz baixa. — É rico?

— Eu já disse, senhor Hulne, dou aulas de...

— Ouvi dizer que você é rico. Minhas irmãs... a casa... — Ele contorceu o rosto num gesto de dor, então soltou meu pulso como se de repente lhe faltassem forças para se segurar. — Em breve não vai restar nada.

Sentei-me com cautela na beirada da cama.

— Você precisa... de um empréstimo, senhor Hulne? — perguntei com muito cuidado para evitar que a raiva que crescia dentro de mim transparecesse na voz. Será que, 27 anos depois, eu tinha sido convocado para servir de banco ambulante para um homem que não era capaz nem de me reconhecer como herdeiro?

— A Depressão... — grunhiu ele. — A guerra... o novo governo, a terra, os tempos... Constance morreu, Victoria morreu, Alexandra precisa trabalhar numa loja... numa loja, por incrível que pareça. Clement vai herdar o título, mas ele gasta tudo em bebida... tudo, tudo jogado fora. Vendemos metade da terra para pagar os juros da hipoteca, nem a hipoteca em si! Eles vão levar a casa e enchê-la de sindicalistas — desdenhou —, de banqueiros de classe média e suas proles, de advogados ou contadores. Vão leiloar tudo, toda a terra, e não vai sobrar nada. Tudo vai desaparecer. Tudo por nada.

Precisei me esforçar para permanecer quieto, senti o joelho tremer, quis cruzar os braços, cruzar as pernas, como se meus músculos sentissem necessidade de expressar a hostilidade que crescia dentro de mim.

— Tem algo que o senhor queira me dizer, senhor Hulne?

— Você sempre gostou de Alexandra, não é? Ela sempre lhe tratou bem quando você era criança, certo?

— Ela era bondosa — admiti. — Suspeito que de mais formas do que eu era capaz de compreender na época.

— Clement é uma criaturinha nojenta — acrescentou ele, com amargura. — Sabia que ele já teve três esposas? Ele quer vender tudo e se mudar para a Califórnia.

— Senhor Hulne — repeti, dessa vez mais força —, não sei o que o senhor espera que eu faça a respeito disso.

Ele olhou para cima, e vi um líquido brilhante se acumulando em suas pálpebras grudentas. Como é bem comum entre homens que se negam a chorar, as lágrimas que começaram a brotar o fizeram chorar ainda mais depressa, uma mistura de vergonha e tristeza, e, quando elas começaram a lhe descer pelo rosto, ele se agarrou à lateral da cadeira, recusando-se a admitir que elas escorriam por sua pele.

— Você não pode deixar morrer — choramingou. — É seu passado também, Harry... a casa, as terras. Você entende, não é? Também não quer que tudo aquilo se perca.

— Como diz o poeta, os tempos estão mudando — respondi sem titubear. — Ou talvez ele ainda não tenha dito isso, mas o tempo vai tratar de preencher essa lacuna. Lamento sua situação, senhor Hulne. Fico triste por saber que Alexandra esteja passando por dificuldades; ela sempre foi boa para mim. Mas Clement sempre foi um brigão, desde criança, e a casa era um monstro cimentado de vaidade e tragédias encobertas. Constance era uma tirana, só se preocupava com as aparências; Victoria era uma drogada; Lydia era uma garota inocente que vocês atormentaram além...

— Como você se atreve! — Seu corpo deu um solavanco como se ele fosse se erguer da cadeira para me bater, mas ele não tinha forças para isso, então permaneceu quieto, tremendo, as lágrimas sumindo em meio ao rubor crescente nas bochechas. — Como se atreve? Como se atreve a falar deles como... como se soubesse, como se...? Você era uma criança quando foi embora! Você foi embora e nunca olhou para trás. Como se atreve...

— Responda uma coisa — pedi, interrompendo-o. Sua voz estava enfurecida, mas a minha era mais poderosa. — Quando você estuprou a minha mãe, ela gritou?

Ele poderia reagir de duas maneiras. A raiva estava ali, dentro dele, pronta para acabar com as minhas palavras, mas, em vez disso, foram as minhas que acabaram com ele, jogando-o no encosto da cadeira e prendendo-o ali como se fosse uma borboleta. E, para assegurar que dali ele não saísse, acrescentei:

— Uma vez, conheci uma mulher chamada Prudence Crannich, que ajudou num parto que aconteceu no banheiro feminino da estação de trem de Berwick-upon-Tweed, no dia de Ano-novo. A mãe morreu, mas eu rastreei sua família e ouvi da mãe dela, minha avó, a história de Lisa Leadmill, que viajou para o sul para fazer a vida, mas encontrou a morte nos braços de desconhecidos. O frio é um inimigo no tratamento de feridas: retarda a coagulação, fazendo com que os pacientes tenham mais chance de sangrar até morrer. Talvez, se eu tivesse nascido no verão, minha mãe teria sobrevivido. Claro que ninguém além de você e Lisa jamais vai saber se você a estuprou mesmo, mas ela era uma mulher jovem e solitária na casa de um patrão irado e com tendência à violência que achava que sua esposa o havia traído e talvez tivesse adquirido traumas psicológicos durante o tempo na frente de batalha. Imagino que você a agarrou pelo braço e a beijou na boca, de um jeito brusco e grosseiro, para que sua mulher ficasse ciente. Imagino que minha mãe tenha ficado aterrorizada, sem compreender o papel de peão que representava no jogo de xadrez que era seu casamento. Você diz que a posição dela está se tornando insustentável; ela implora para que você não continue. Você diz que isso vai facilitar as coisas para todo mundo e que, se ela gritar, a família vai descobrir e demiti-la sem pagamento ou ao menos uma carta de referências, e ela seria tachada de prostituta. Melhor ser dócil, ficar quietinha... suponho que você consiga convencer a si mesmo de que, se ela não gritou, não foi estupro. Ela gritou quando você a forçou? Gritou?

Os nós de seus dedos estavam esbranquiçados de tanta força que ele fazia para se segurar à cadeira, e seu corpo tremia, mas percebi que não era de raiva.

— Houve uma época — continuei, mais calmo — em que eu quis conhecer você. Certa vez, escrevi uma carta, na qual contei os horrores que eu tinha visto, os pecados cometidos, a dor que sentia. Eu precisava de um desconhecido que se importasse, alguém obrigado pelos laços de sangue a me entender, mas não a me julgar. Pensei que talvez você ainda pudesse ser meu pai. Você respondeu como um soldado escrevendo a outro, mas agora eu percebo que nunca fui um filho de verdade para você. Um herdeiro, talvez, um herdeiro bastardo, um símbolo da vergonha, uma lembrança dos seus fracassos, um castigo em forma de gente, mas nunca um filho de verdade. Acho que você nunca teve nenhuma das qualidades necessárias para ser um pai.

Peguei a bolsa, me levantei e me dirigi à porta.

— Por um momento — continuei —, pensei que, sendo sangue do seu sangue, você iria propor que eu herdasse a Mansão Hulne. Cheguei a me perguntar se você acreditava que eu sentisse afeto pela casa, vontade de preservá-la, algo que Clement não tem. Ou se, pelas minhas origens humildes, eu ficaria tão admirado com o presente que, de alguma forma, o transformaria num monumento em sua memória e seu nome. Mas, nas circunstâncias atuais, devo dizer que, se hoje você me desse a casa e o terreno, além do lar onde cresci criado por Patrick e Harriet, eu destruiria tudo, até a mais baixa fundação de pedra, e transformaria o lugar num... centro de lazer para banqueiros e seus filhos, ou num cassino para gente excêntrica, ou talvez só deixasse a terra improdutiva e permitisse que a natureza reclamasse o que é seu.

Virei-me para sair.

Quando cheguei à porta, ele me chamou:

— Harry! Você não pode... é seu passado, Harry. É seu passado.

Saí do quarto sem olhar para trás.

Duas vidas depois, a Mansão Hulne chegou às minhas mãos. O evento catalisador se deu quando eu tinha 21 anos e fui ao funeral da minha avó Constance. Eu nunca havia comparecido ao funeral dela, nunca tinha sentido vontade. Tia Alexandra, a mesma que tantos anos antes havia salvado a minha vida e insistido para que eu fosse acolhido, a mesma que me salvava em todas as vidas, foi falar comigo perto da sepultura, e, do nosso jeito, acabamos nos tornando íntimos. Ela era a mais forte da família, via para onde o vento soprava e se deixava carregar. Nunca descobri o que ela disse ao meu pai, mas, três meses antes de sua morte, ele mudou o testamento, e eu herdei a propriedade. Mantive a mansão intacta, não mudei um só tijolo, e a transformei numa instituição de caridade para o tratamento de enfermidades mentais. Claro que, na minha morte seguinte, a Mansão Hulne voltou ao estado normal, sob o olhar vigilante de Constance, mas eu gostava de pensar que, em algum lugar, num mundo que eu já não conseguia mais ver, a Mansão Hulne finalmente havia feito a diferença.

Capítulo 47

Vincent, atravessando uma base de pesquisa militar russa a meu lado.

Ah, senhor Hulne, se você me visse ali, naquele momento...

Ele me permitiu ficar com a arma enquanto percorríamos as entranhas das instalações. O que estaria ele pensando? Eu não ganharia nada ao matá-lo, e naquele momento um suicídio precipitado só me causaria a irritação de ter de passar pela adolescência de novo. As pessoas saíam de seu caminho enquanto me olhavam com ar de dúvida, mas ninguém lhe fez perguntas. Vestindo um casaco velho e meias esticadas, aquele jovem claramente estava no comando, claramente era objeto de reverência, e um gesto seu abria qualquer porta trancada, passava por qualquer guarda armado.

— Fico feliz que seja você — constatou ele enquanto descíamos ainda mais, até que o ambiente ficou pesado e frio pela umidade. — Quando me dei conta de que uma tecnologia minha tinha chegado ao mercado antes do tempo, torci para que o Clube Cronus estivesse ocupado demais bebendo e não prestasse atenção. Fiquei surpreso com o fato de que alguém tenha notado, mas contente porque, de todos, tenha sido você, Harry. É Harry hoje em dia?

Dei de ombros.

— Harry serve tanto quanto qualquer outro nome. E você? Como acabou se chamando Vitali?

Ele deu de ombros com ar de desdém.

— Em algumas vidas, eu trabalhei infiltrado no complexo industrial americano — murmurou ele —, mas lá é praticamente impossível manter segredo sobre qualquer tipo de inovação tecnológica. Quando não eram empresários ou cientistas gananciosos, eram generais do exército ou oficiais do Departamento de Estado exigindo saber quantos eu era capaz de produzir, ou em quanto tempo. Uma nação terrivelmente cruel, os Estados Unidos. Ao menos, na União Soviética a cultura é de manter segredo.

Quanto mais adentrávamos o complexo, mais esfriava, e a grossura dos cabos e das conexões no corredor só fazia aumentar, até que as paredes ficaram quase completamente escondidas atrás de encanamentos e fiações mais grossos do que meu braço.

— Como tem estado desde a última vez que em que nos vimos? — acrescentou ele com ar alegre. — Conseguiu a cátedra?

— O quê? Ah, sim, acabei conseguindo. Mas só depois de Fred Hoyle ameaçar me dar um soco.

— Nossa, que carreira acadêmica violenta você teve.

— Mas, sendo justo, você e Hoyle foram os únicos naquela vida que recorreram à violência física contra mim.

— Fico feliz de pensar que fui uma boa companhia. Aqui, é melhor pegar um desses.

Ele me deu um medidor fino e claro. Examinei-o — um dosímetro rudimentar, no sentido de que ele só era capaz de dizer se havia sido exposto a contaminação, e não até que ponto o usuário fora afetado.

— Vincent, considero você sofisticado demais para ficar construindo armas nucleares para os soviéticos. — Estalei a língua. — Que acordo você fez com eles, exatamente?

— Ah, eu construo armas nucleares — afirmou, enquanto abria com tranquilidade o cadeado de uma porta metálica do tamanho de um castelo de pequeno porte. — Mas tomo bastante cuidado para assegurar que homens brilhantes nunca atinjam todo o potencial, e introduzo pequenos erros de fabricação no processo final de produção; assim, quando o dispositivo é lançado, está dentro do cronograma histórico. Tenho certeza de que nem o Clube Cronus notaria uma mudança na corrida armamentista global.

— E ninguém faz perguntas?

— Como eu já disse, os soviéticos têm um sistema extraordinário — respondeu ele, animado.

Enquanto isso, a porta deslizou numa morosidade glacial. Quando ela terminou de se abrir, Vincent entrou numa caverna de ferro e eletricidade. Toda a rede de conexões do edifício parecia convergir ali, e o ambiente era perceptivelmente mais quente quando comparado aos corredores sombrios que desciam até aquela profundidade. Ventiladores maiores do que os propulsores a hélice do Titanic emitiam um barulho ensurdecedor, e ao centro de tudo se erguia uma máquina imensa como um monólito. Ao passo que os americanos tentaram embelezar sua criação, Vincent e sua equipe se centraram na funcionalidade pura e prática, com partes soldadas à força, entranhas dependuradas e expostas, cabos etiquetados com fita branca e caneta, e as únicas luzes que piscavam eram as que de fato precisavam piscar desesperadamente, urgentemente. Parecia uma aula de bricolagem dada por um deus da tecnologia que acabara com a tubagem termorretrátil antes mesmo de começar os trabalhos. Homens e mulheres com seus pequenos dosímetros brancos andavam apressados à sombra da imensa criatura, arrastando escadas para chegar a alguma abertura de acesso que não era visível do chão, no topo de sua base piramidal deformada.

— Que acha? — perguntou Vincent, radiante.

Senti o peso da arma no bolso e respondi com toda a calma que consegui reunir.

— Depende do que estou vendo.

— Harry, você me desaponta — repreendeu-me ele.

Seu desapontamento era um convite à dedução. Relutante, deduzi.

— Está bem. — Suspirei. — Ficou claro que você vem operando com algum tipo de unidade de estado sólido que só será inventada daqui a pelo menos quinze anos; bem ali eu vejo resfriadores líquidos que, de novo, só vão existir daqui a uns dezessete anos. Os dosímetros, somados às paredes revestidas de chumbo, implicam uma fonte de radiação, mas me parece evidente que você não está usando reatores aqui, pois não há água suficiente para esfriar o sistema... a menos, claro, que a tecnologia do seu reator esteja mais de cinquenta anos à frente do tempo.

— Nada de reatores, mas você está certo sobre a fonte de radiação.

— A criticalidade do reator lhe preocupa, mas não a ponto de você ter homens correndo por aí em trajes de proteção. A absurda quantidade de cabeamento saindo da máquina sugere que ela está enviando dados e recebendo energia; isso me faz pensar que você está monitorando experimentos, em vez de um processo produtivo completamente funcional. Concluindo... você está estudando alguma coisa, provavelmente em nível subatômico, usando tecnologia décadas à frente do tempo numa base secreta no meio da União Soviética, mas o que me deixa perplexo é que você parece satisfeito com essa situação.

De fato, ele estava sorrindo orgulhoso diante da máquina.

— Claro que estou satisfeito, Harry. Com os dados que vamos obter desta máquina, vamos poder mudar tudo.

— Tudo?

— Tudo — repetiu Vincent, e pelo seu olhar percebi que ele não estava falando da boca para fora. — Quer ajudar?

— Ajudar?

— Ajudar, o contrário de atrapalhar — reiterou.

— Mesmo que isso não violasse tudo o que o Clube defende — ele bufou ao me ouvir dizer isso —, eu nem sei em que estaria ajudando.

Ele passou o braço pelos meus ombros, e me puxou para seu lado como se fosse um amigo que ficou muito tempo sem ver. Era esse o homem que, tantos séculos antes, beijara Frances nas quadras de grama e me derrubara com um soco por ser um kalachakra?

— Harry — começou ele, taxativo —, o que acha de construirmos um espelho quântico?

Capítulo 48

— Um espelho quântico... — começou ele.

— Isso é um desvario.

— Um espelho quântico...

— Estupidez.

— Um espelho quântico! — Vincent estava se irritando, se estressando, como de costume durante as nossas conversas.

Cambridge outra vez.

As recordações outra vez.

Tenho a impressão de que, desde que conheço Vincent, minha mente sempre volta aos bons tempos, à época anterior a tudo ficar complexo, anterior ao fim do mundo.

— Está preparado para ouvir? — perguntou ele.

— Se você me der outro pedaço de frango e um pouco de purê de batata, eu vou me sentar em silêncio e até fazer cara de interessado.

Ele atendeu ao pedido e encheu meu prato com uma porção generosa de frango e uma quantidade obscena de purê.

— Um espelho quântico — repetiu, tentando engrenar outra vez —, um dispositivo teórico para a extrapolação da matéria.

— Quando você diz extrapolação...

— Você não ia ficar em silêncio? Agora coma sua refeição.

— Estou comendo — respondi, levando o garfo cheio de purê à boca para demonstrar.

— Pense em Darwin. — Fiz um esforço para evitar soltar um ruído zombeteiro, mas meu esforço foi recompensado com um olhar reprovador. — Ele viaja para ilhas sem contato com o resto do planeta para observar criaturas e seus comportamentos. Não é a primeira vez que alguém fazia isso, tampouco a última, mas, para Darwin, observar o mundo ao seu redor é o início de uma extrapolação lógica. Ele pede que observemos como as criaturas se adaptam aos ambientes. Que nos maravilhemos com a ave que mergulha tão perfeitamente da pedra para pescar a presa; que vejamos como ela é similar a outro animal que vive a milhares de quilômetros de distância e que poderia muito bem pertencer à mesma espécie, salvo que sua presa vive nas cavernas, o que o faz desenvolver um bico longo. Ele pede que observemos o verme, o inseto, o caranguejo que caminha de lado no fundo do mar, e a partir de tudo isso...

— Passe o molho — resmunguei.

Ele me passou sem perder o fio da meada.

— ...e a partir de tudo isso surge a mais maravilhosa das teorias: a Teoria da Evolução. Extrapolação, Harry. A coisa mais insignificante expõe a maior das maravilhas. Agora, nós, como físicos...

— Eu sou físico; você ainda é estudante, e não sei por que tolero sua companhia.

— Como físicos — prosseguiu ele sem se enervar —, e me permita dizer que minha receita de molho é melhor que a sua, nós não estamos observando animais nem o comportamento das aves; nossa matéria prima, nosso objeto de observação, é o átomo em si. E se tomássemos essa coisa única, a mais simples de todas, para submetê-la ao mesmo processo que Darwin empregou? E se a partir de um próton, um nêutron e um elétron pudéssemos deduzir as forças que os unem, que, portanto, devem unir todo o universo, unir o espaço, unir o *tempo*, e criássemos um espelho, por assim dizer, com a mesmíssima natureza da existência...

— Um espelho quântico! — concluí, sacudindo o garfo de forma melodramática. — Vincent — acrescentei, antes de sua indignação superar a minha —, é exatamente isso que a ciência *faz*.

— É o que busca alcançar — corrigiu —, mas as ferramentas a que estamos limitados, como os objetos tridimensionais perceptíveis dentro do espectro visível e o próprio cérebro humano, são absolutamente insuficientes para essa tarefa. Precisamos de uma ferramenta completamente distinta para entender a matéria, uma forma complemente distinta de compreender as peças essenciais da realidade, a partir das quais é possível desenvolver a compreensão de todo o universo. O que acha?

Pensei.

— Acho que é estupidez — respondi, por fim.

— Harry...

— Não, espere, deixe eu terminar: relevando todas as complicações teóricas, as dificuldades econômicas, os problemas científicos, acho que é estupidez de um ponto de vista inteiramente filosófico, e com razão você vai se irritar ao ouvir isso, porque não estou falando de rigor científico. Vincent, eu acho que o ser humano não tem a *capacidade* de compreender plenamente a totalidade do universo.

— Ah, mas por favor...

— Espere, espere só um momento! Eu acho que esse dispositivo, a meu ver totalmente inviável, que vai, de algum jeito que não consigo nem imaginar, incrementar nosso entendimento do universo e criar uma teoria de tudo capaz de responder a qualquer pergunta que comece com "como" e termine com o muito mais complicado "por quê", esse... dispositivo milagroso não é nada mais, nada menos do que uma deidade sintética. Você quer construir uma máquina para se tornar onipotente, Vincent? Quer se fazer de Deus?

— Claro que não, meu Deus, claro que não...

— Conhecer tudo o que existe, existiu e vai existir...

— É esse o propósito da ciência! Uma arma não passa de uma arma, são os homens que fazem mau uso dela...

— Então, tudo bem! Que tragam a onipotência à raça humana!

— "Deus" é um termo exagerado...

— Tem razão — retruquei, cortando-o de um jeito mais ríspido do que queria. — Então o chame de espelho quântico, e ninguém vai sequer suspeitar do tamanho da sua ambição.

— Talvez seja isso — respondeu ele, encolhendo os ombros. — Talvez Deus nunca tenha passado de um espelho quântico.

Capítulo 49

— Posso pensar? — perguntei.

— Claro — respondeu ele, efusivo.

— Se importa se eu ficar com a arma?

— Claro que não. Se não for problema, você se importa em ficar numa cela enquanto isso? Aqui embaixo tem um monte de equipamentos frágeis, e, caso você escolha explodir seu cérebro, pode acabar espalhando sangue neles.

— Isso seria bem frustrante — concordei. — Me mostre o caminho.

Eles me levaram até algumas celas. Supus que nenhuma estação secreta de pesquisa que se preze estaria completa sem elas. Eram frias, com camas de concreto construídas junto da parede. Vincent prometeu que alguém levaria cobertores, e cumpriu a palavra. Também levaram uma sopa quente e bem espessa, mais bolinhos. Nervoso, o guarda empurrou tudo pelo chão na minha direção, com os olhos fixos na arma a meu lado. Dirigi-lhe um sorriso agradável e não disse palavra.

Um espelho quântico.

Vincent Rankis — Vitali Karpenko — seja lá qual fosse o nome, a questão era que ele estava tentando construir um espelho quântico.

Todo o tempo e o espaço, tudo o que havia sido e poderia ser, exposto à sua frente como se fosse um mapa da criação. Uma máquina capaz de extrapolar as maravilhas do universo a partir de um único átomo.

Explicar como surgimos.

Por que surgimos.

Até nós, até os kalachakra.

Sentei e pensei.

Pensei em Cambridge e nas discussões que tínhamos enquanto comíamos frango assado.

Em Akinleye enfiando a agulha na minha pele.

Em Richard Lisle, que levou um tiro no peito antes de ter a chance de cometer seus crimes.

Em Lizzy, a quem eu amara, e Jenny, a quem eu amara de uma forma totalmente distinta, não menos honesta, não mais verdadeira. Em mim mesmo, rastejando aos pés de Phearson; em Virginia ao pé da porta — a artéria femoral é melhor, não para de jorrar —; em Rory Hulne durante o funeral da minha avó, e na expressão do meu pai quando o abandonei à própria sorte para morrer. Em mim outra vez, prostrado ao lado do túmulo de Harriet uma vez após outra, vida após vida, uma criança incapaz de pegar na mão de seu pai adotivo, Patrick August, que começaria a murchar por dentro, mesmo que seu corpo seguisse vivendo.

Para que você serve?

O mundo está acabando.

Agora é com você.

Ela gritou?

É seu passado, Harry. É seu passado.

Você é deus, doutor August? Você é o único ser vivo que importa? Acha que, só porque é capaz de se lembrar, a sua dor é mais intensa e importante? Acha que, porque viveu essa dor, sua vida é a única vida que conta?

Então, tudo bem! Que tragam a onipotência à raça humana!

Para que você serve?

Você é Deus?

*

Ao que parece, passei quase um dia pensando.

No fim, bati com força na porta da cela. Quem abriu foi o mesmo guarda nervoso que havia deixado os bolinhos antes, olhando rapidamente para a arma que eu empunhava.

— Olá — disse eu, passando-lhe a arma. — Diga a Karpenko que sim. Minha resposta é sim.

Capítulo 50

Certa vez conheci um kalachakra chamado Fidel Gussman. O ano era 1973; eu estava no Afeganistão para ver os Budas gigantescos antes de o Talibã tomar o poder e destruí-los. Estava viajando como cidadão neozelandês, um dos melhores passaportes para se movimentar, e tentando desenferrujar meu pachto. Eu tinha 5 anos e passara boa parte daquela vida atrás de mensagens gravadas em pedra deixadas por membros anteriores do Clube Cronus. Era uma espécie de gincana — uma piada deixada em 45 d.C. para os membros futuros do Clube que, se eu conseguisse desenterrar, poderia acrescentar meu nome antes de enterrar em outro lugar, deixando para trás uma nova série de pistas enigmáticas para as gerações futuras resolverem —, uma espécie de cápsula internacional do tempo para aqueles com falta do que fazer. Caso se sentissem generosos, os participantes também enterravam tesouros secretos não biodegradáveis. De longe, a maior contribuição tinha sido uma obra até então perdida de Leonardo da Vinci, enterrada por um kalachakra da época da Renascença Italiana num jarro de vinho lacrado debaixo de um santuário dedicado a santa Angélica na região mais elevada dos Alpes. As úteis dicas que me levaram até lá consistiam, quase todas, em rimas obscenas, de forma que a descoberta do artefato teve sabor de prêmio. Acima de tudo, esses jogos me faziam viajar pelo mundo, e Fidel Gussman surgiu quando eu estava visitando os Budas.

Dava para vê-lo se aproximar a mais de um quilômetro — um homem corpulento com um pescoço parrudo no teto de um caminhão que fazia parte de um comboio levantando uma nuvem de poeira amarelada mais alta do que suas bamboleantes antenas de rádio. Os moradores do vilarejo se dispersaram quando os caminhões chegaram à cidade, temendo que fossem bandidos, e de fato era essa a aparência deles. Não tentei me esconder — no Afeganistão, um neozelandês de pele branca não tem muito como passar despercebido —, e observei a chegada daquela figura de traços europeus, junto com um comboio multinacional de homens armados de AKs, da mesma forma que um turista talvez observasse um policial que obstrui sua passagem.

— Ei, você! — chamou ele, num urdu com forte sotaque, gesticulando para eu me aproximar do caminhão.

Se alguma vez o veículo teve outra cor que não fosse a de barro ressecado, não dava para saber. O motor estava ligado, incapaz de esfriar sob aquele calor abrasador, e colocaram frigideiras nos capôs para fritar o almoço — sem necessidade de fogão. Eu me aproximei, contando mentalmente as armas e tentando determinar que tipo de homens eram aqueles que haviam acabado com meu passeio turístico de forma tão grosseira. Mercenários e ladrões, concluí, e vi que o único sinal de uniforme que usavam era uma bandana vermelha que todos amarravam em algum lugar do corpo. O homem que me chamara era claramente o líder, com um amplo sorriso por baixo da barba por fazer.

— Você não é daqui... é da CIA? — inquiriu.

— Não sou da CIA — respondi, aborrecido. — Só vim ver os Budas.

— Que Budas?

— Os Budas de Bamiyan. — respondi, esforçando-me ao máximo para não deixar transparecer o desprezo que senti por sua ignorância. — Os que foram entalhados na lateral da montanha.

— Ah, claro! — respondeu ele, do caminhão. — Já vi. Faz bem em ir agora... Daqui a uns vinte anos elas não vão estar de pé!

Surpreso, dei alguns passos para trás e examinei outra vez aquele homem malvestido, fedorento e coberto de poeira. Ele sorriu, bateu continência e disse:

— Bem, mesmo não sendo da CIA, prazer em conhecer.

Ele pulou para descer do caminhão e começou a se afastar.

— Praça da Paz Celestial! — gritei, surpreso com minha atitude.

Ele parou, deu meia-volta sem sair do lugar, com a biqueira voltada para cima e os calcanhares afundados no solo, como se fosse um dançarino. Sem perder aquele sorriso amplo, ele voltou até mim com um passo firme e parou tão perto que eu conseguia sentir a umidade pegajosa emanar de seu corpo.

— Caramba! — exclamou ele, por fim. — E você também não lembra muito um espião chinês.

— E você não tem pinta de líder militar afegão.

— Bom, isso é porque só estou de passagem por aqui.

— Algum lugar específico?

— Onde houver ação. Como pode ver, somos guerreiros... É o que a gente faz, e bem. E não existe vergonha alguma nisso, porque a guerra vai acontecer mesmo que a gente não esteja lá, mas, com a gente — ele abriu ainda mais o sorriso —, é possível que tudo aconteça um pouco mais depressa. E o que um simpático senhor de idade como o senhor está fazendo por aqui, conversando sobre a geografia da China, hein?

— Nada — respondi, encolhendo os ombros. — As palavras simplesmente apareceram na minha mente. Como Chernobyl. Palavras, nada mais.

Fidel ergueu as sobrancelhas, embora o sorriso tenha permanecido firme. Então, soltou uma sonora gargalhada, me deu um tapa tão forte no ombro que quase perdi o equilíbrio, andou alguns passos para trás para admirar o resultado do tapa que deu e, por fim, exclamou:

— Jesus, Maria e José! E a porra do Michael Jackson também!

Comemos juntos. A família que nos abrigou foi comunicada de que receberia convidados, mas pelo menos os homens de Fidel forneceram a maior parte do alimento que levavam e jogaram tampas de garrafas para as crianças, que pareciam entusiasmadas para colecionar essas quinquilharias. A mãe permaneceu junto à porta, observando-nos através do véu azul da burca, desafiando-nos a quebrar uma única de suas caçarolas.

— Eu nasço nos anos 1940 — explicou Fidel, enquanto arrancava pedaços de cordeiro assado do osso com uma impressionante dentição já bem corroída —, o que é uma merda, porque eu perco muita coisa boa. Mas normalmente dá para ir à baía dos Porcos, e claro, porra, claro que eu vou ao Vietnã. Também passo um tempão em conflitos na África, sabe? Boa parte não passa de assustar os nativos, e aí eu penso: "Cadê a graça nisso?" Me dá uma guerra de verdade pra lutar, cacete! Eu não sou nenhum psicopata, para gostar de ver criancinhas chorando! O Irã e o Iraque estão começando a ficar interessantes mais ou menos agora, mas o Irã perde a graça depois que o xá é deposto, isso eu posso dizer. O Kuwait também é do caramba, e eu também já passei por aquela merda toda nos Bálcãs, embora lá também tenha muito essa coisa de "Mata o civil, mata o civil, corre do tanque!", e eu penso: "Cacete, gente! Eu sou profissional, porra! Vocês têm que me enfiar essa merda goela abaixo?"

— Você é soldado na maioria das vidas?

Ele arrancou outro pedaço de carne.

— Sou. Meu pai é soldado, e acho que foi aí que tudo começou. Na infância eu passo muitos anos em Okinawa, e, meu Deus, as pessoas lá, elas têm uma coisa, quer dizer, tipo, parece que eles são de ferro por dentro, você tem que ver. Estou com os pagamentos do Clube em dia — acrescentou Fidel, num adendo que precisava de explicação —, mas todo aquele ócio, o sexo e a politicagem... Caramba, a politicagem, é tudo tão fulano-e-sicrano-disseram-isso-há-trezentos-anos e fulano-e-sicrano-transaram-com-beltrano-mas-aí-fulano-e-sicrano-morreram-e-ficaram-com-muito-ciúme, e eu não aturo isso. Quer dizer, sei lá, vai ver isso só acontece no Clube onde eu cresci... você também enxerga assim?

— Eu não passo muito tempo com o Clube — admiti, envergonhado. — Me distraio com muita facilidade.

— Levando em conta que os caras do Clube são imortais, até que eles são bem volúveis, né? Sabia que uma vez eles me mataram de overdose? Eu estava, tipo, porra, gente, eu só tenho 33 anos e agora vou ter que reaprender a usar o peniquinho? Que merda!

— Eu tenho tendência a me automedicar nos últimos anos de vida — admiti. — Com sessenta e tantos, setenta e poucos, eu sempre tenho a mesma doença...

— Porra, nem me fala! — resmungou Fidel. — Carcinoma de pequenas células, com 67 anos, bum! Já tentei fumar, sabia? Já tentei não fumar também. Já tentei levar uma vida saudável, e toda vez eu me fodo com a mesma doença. Uma vez perguntei a um médico por que isso acontece, e sabe o que ele respondeu? "Ah, essas coisas acontecem." Quer dizer, puta que pariu!

— E então? Por que gosta das guerras? — perguntei com cuidado, decidindo não tocar tanto no assunto da minha carreira médica.

Ele cerrou os olhos e me olhou com malícia, sem parar de esfolar o osso do cordeiro, cada vez mais pelado.

— Você já combateu muito? Sem querer ofender, mas você me parece velho o suficiente para ter participado um pouco da Segunda Guerra Mundial.

— Já vi algumas guerras — admiti dando de ombros —, mas prefiro me manter à margem. São imprevisíveis demais.

— Porra, cara, mas é isso que é do cacete! Você nasce sabendo o que vai acontecer na sua vida, cada detalhezinho de merda, e aí diz: "Vamos só ficar observando"? Porra nenhuma, cara, vamos sair por aí, vamos viver um pouquinho, ter surpresas na vida! Eu já levei — ele se endireitou, cheio de orgulho — 74 tiros, mas só 19 foram fatais. Também já fui explodido por uma granada de mão e pisei numa mina terrestre, e teve uma vez, quando a gente estava combatendo os vietcongues, em que me mataram a golpes de uma vara de bambu afiada. Porra, você acredita? A gente estava desbravando um trecho de selva, uma merda de lugar que nem nome tinha, e o lugar estava fedendo pra caramba porque os garotos da Força Aérea fritaram a terra à esquerda e à direita, e isso fez as guerrilhas afunilarem para uma zona de emboscada, que é como chamavam, e, puta merda, a gente matou muito, eu estava me sentindo no topo do mundo, tipo, sabendo que cada segundo poderia ser o último, era empolgante, uma euforia maravilhosa. E aí eu nem escuto o cara, nem vejo a aproximação; ele simplesmente surge do nada, sai da terra, e eu acerto um tiro em sua barriga, sei que ele vai morrer de hemorragia, mas isso não fez o cara parar, ele vem para cima de mim, bum, bum! O moleque não deve ter mais de 16 anos, e eu penso: "Cacete! Você, sim, é um cara que vale a pena ver em ação!"

Fidel jogou o osso mastigado porta afora, e um cachorro de três patas correu atrás coxeando e começou a roê-lo. Enquanto limpava as mãos na camisa, ele sorriu e disse:

— Vocês garotinhos do Clube Cronus têm muito medo de fazer alguma coisa diferente. O problema é que vocês ficaram frouxos, se acostumaram a levar a vida no bem-bom, e a questão de passar a vida no bem-bom é que ninguém se arrisca a jogar isso fora. Vê se aprende a viver um pouco, improvisa... estou falando, não tem sensação melhor.

— Você acha que alguma vez já mudou o curso dos eventos lineares? Acha que alterou diretamente o resultado de uma guerra?

— Não, porra! — Ele deu uma risadinha. — A gente não passa de uns soldados fuleiros. A gente mata uns caras, eles matam os nossos, a gente revida e mata outros caras deles... nada disso significa porra nenhuma, entendeu? Somos só números numa página, e só quando os números crescem demais é que o alto escalão, que é quem decide essa merda toda, se reúne e diz: "Caramba, vamos tomar as decisões que a gente deveria ter tomado desde o começo." Eu não sou ameaça aos eventos temporais, parceiro, sou só parte do fogo que esquenta a fornalha. E sabe o que é melhor? — Ele abriu um sorriso enquanto se levantava e atirava um punhado de anotações amassadas no canto da cabana, como um dono de bicho de estimação que joga os restos de comida para o animal. — Nada disso importa porra nenhuma. Nem uma só bala, nem uma só gota de sangue. Nada disso faz diferença para merda nenhuma.

Ele se preparou para ir embora, então se deteve na entrada, com metade do rosto à sombra da cabana e outra metade banhada pela brancura ofuscante da luz do sol.

— Ei, Harry, se um dia você ficar de saco cheio dessa merda toda de arqueologia, ou seja lá o que você faz, vem me encontrar no campo de batalha.

— Boa sorte, Fidel.

Ele riu e caminhou em direção à luz.

Capítulo 51

— É sim — disse eu a Vincent. — A resposta é sim.

Estávamos no escritório do comandante das instalações de Pietrok-
-112, lugar que, com muito tato, o dono deixara para a ocasião, e eu
aguardava, de pernas e mãos cruzadas, encarando Vincent.

— Posso perguntar por quê? — questionou Vincent por fim. —
Parece uma extraordinária mudança de opinião, se comparada à sua
postura anterior de que tudo isso não passava de "Estupidez".

Olhei para o teto em busca de inspiração e enxerguei uma fina fileira
de insetos pretos marchando ordenadamente pela superfície, surgindo
da ponta solta de um cabo que deveria estar conectado a uma lâmpada.

— Eu poderia dizer que é por causa do desafio científico, da curiosidade, da aventura e porque, no fim das contas, acho que é um objetivo
impossível, então que mal tem? Eu poderia dizer que estou me rebelando
contra o Clube Cronus, contra a política de cruzar os braços e não fazer
nada, de beber, foder e ficar doidão ao redor do mundo, porque é só isso
que há e sempre haverá para fazer. Eu poderia dizer que passado é passado,
que nada gera consequências e que cansei de uma vida em que nada que
eu faça tem qualquer significado para outra pessoa além de mim mesmo,
e que com o passar dos anos eu venho ficando cada vez mais insensível,
oco e vazio por dentro, que pulo de situação em situação como se fosse
um fantasma que visita um túmulo antigo para descobrir a explicação

sobre sua morte, e que nessa busca não encontrei nada. Nada que faça sentido. Eu poderia dizer que partilho da sua ambição. Que quero ver com os olhos de Deus. Porque é disso que se trata isso aqui, no fim das contas, não é? Essa máquina, esse "espelho quântico", seja lá que diabo isso queira dizer na prática... não passa de um instrumento científico como outro qualquer, mas um instrumento científico para responder o "por quê", o "o quê", o "como" de... tudo. Para saber tudo. Por que existimos. De onde viemos. Os kalachakra, os ouroboranos. Durante toda a história da humanidade, temos tentado encontrar respostas sobre a razão e a natureza da nossa existência. Por que os kalachakra seriam diferentes? Eu daria muito para obter esse tipo de conhecimento, e até hoje ninguém me deu a menor das respostas, nem mesmo uma resposta aproximada. Pelo menos, você apareceu com um plano.

Dei de ombros e me recostei na cadeira.

— Ou, para ser mais concreto, eu poderia apenas dizer que é uma distração, uma coisa que talvez mude meu jeito de viver. Então que se dane todo o resto.

Vincent pensou.

Sorriu.

— Tudo bem — disse. — Para mim é o bastante.

Mesmo agora, sabendo de tudo, não posso mentir.

Passei dez anos trabalhando no espelho quântico.

Para os kalachakra, dez anos não representam nada no esquema global das coisas, mas, ninguém, nem mesmo nós, vive no esquema global das coisas. Mais ou menos 3.650 dias, um dia a mais ou a menos de descanso, e cada momento foi...

... revelador.

Eu já não trabalhava de verdade fazia muitos anos. Nas primeiras vidas, tive alguns empregos ocasionais — médico, professor, acadêmico, espião —, mas tudo aquilo não passava de meios para um fim, meios para eu conhecer e entender o mundo ao meu redor. Mas ali, preparando-me para trabalhar no projeto impossível de Vincent, libertei meus conhecimentos como se fosse um estudante recém-formado, explorei-o às últimas consequências, e pela primeira em todas as minhas vidas compreendi o que acontecia quando o trabalho se torna sua vida.

Eu estava feliz, e assombrado pelo fato de ter demorado tanto a perceber que aquilo é que era felicidade. As condições de trabalho estavam longe de ser luxuosas — afinal, Vincent precisou fazer concessões ao governo para o qual trabalhava —, mas descobri não ter problema algum com isso. A cama era quente; os cobertores, grossos; a comida, embora não tivesse gosto de nada, me deixava satisfeito ao fim de uma longa jornada. Duas vezes por dia, todos os dias, Vincent insistia que subíssemos ao nível do solo e nos expuséssemos ao sol ou, com mais frequência, à falta de sol e ao vento gélido do Ártico, aos gritos de:

— É importante estar em contato com a natureza, Harry!

Ele manteve esse princípio até durante o inverno, e passei horas e mais horas deprimentes encolhido para me proteger do frio congelante enquanto meu cabelo, minhas sobrancelhas e minhas lágrimas congelavam na pele e Vincent andava de um lado para outro vociferando:

— Não vai ser maravilhoso quando voltarmos lá para dentro?

Se não estivesse sentindo frio demais para falar, talvez tivesse respondido com algum sarcasmo.

Todos me aceitaram porque Vincent me aceitou. Ninguém fez perguntas, ninguém questionou o medo por trás do silêncio dos colegas, mas conforme o tempo passou ficou claro, tanto pelo trabalho quanto pelas minhas interações, que Vincent havia reunido alguns indivíduos verdadeiramente brilhantes para ajudá-lo no trabalho.

— Cinco vidas, Harry! — exclamava. — Mais cinco vidas, e acho que vamos conseguir!

Esse planejamento de longo prazo, que requeria cinco mortes para ser levado a cabo, ele só dividia comigo. Ainda estávamos tão longe de alcançar os marcos que Vincent queria, tão longe de sequer ter o equipamento para começar a estudar os problemas do "como" e do "porquê"

— todos os "comos", todos os "porquês" — que não havia motivo para sequer mencionar a ideia. Em vez disso, trabalhamos nos componentes, cada um revolucionário para a época, e cujo propósito era, como dizia Vincent, "Empurrar o século XX com força rumo ao século XXI!".

— Pretendo já ter desenvolvido uma intranet até 1963 e os microprocessadores até 1969 — explicou. — Com sorte, podemos tirar a informática da era do silício até 1971, e, se cumprirmos os prazos, vou tentar entrar na nanotecnologia até 1978. Em geral, eu morro perto de 2002 — acrescentou Vincent com uma pitada de resignação —, mas, com a vantagem de saída que esta vida vai me proporcionar, acho que na próxima já teremos os microprocessadores em pleno funcionamento até o fim da Segunda Guerra Mundial. Estou pensando em me assentar no Canadá na próxima vida. Faz tempo que não recruto muitos cérebros canadenses.

— Está tudo muito bem e ótimo — declarei certa vez durante uma noite silenciosa em que jogávamos gamão nos aposentos dele —, mas, quando você diz que vai colher as descobertas desta vida e implementá-las na próxima, dá a entender que vai ser capaz de lembrar cada detalhe de cada especificação técnica, cada diagrama e cada equação.

— Claro — respondeu Vincent, convencido. — E vou.

Deixei os dados caírem e torci para que a minha falta de jeito fizesse parecer com que eu tivesse jogado os dados de qualquer maneira.

— V-você é mnemotécnico? — gaguejei.

— Um o quê?

— Mnemotécnico. É assim que o clube descreve quem se lembra de tudo.

— Bem, sim, acho que é exatamente isso que eu sou. Você parece surpreso.

— Nós somos... você é um caso bem raro.

— Sim, eu já imaginava, embora deva dizer, Harry, que suas lembranças dos dias em que era cientista parecem impecáveis. Você é um acréscimo valiosíssimo para a nossa equipe.

— Obrigado.

— Mas presumo que você também esqueça.

— Sim, esqueço. Na verdade, não consigo me lembrar de quem é a vez de jogar agora: sua ou minha?

Por que eu menti?

Foi por causa dos anos de hábito?

Ou talvez uma lembrança da história que Virginia contou sobre aquele outro famoso mnemotécnico, Victor Hoeness, pai do cataclismo, que se lembrava de tudo e usou a memória para destruir um mundo. Talvez tenha sido por isso.

O mundo está acabando.

Christa em Berlim.

Não importava.

Não importa.

A morte sempre nos alcança, e, se a recompensa pelas nossas ações era uma resposta — uma resposta linda e contundente para as mais antigas perguntas: *por que* existimos, de onde viemos —, então seria um preço que valeria a pena pagar.

Foi isso que eu disse a mim mesmo, sozinho, em meio à escuridão de um inverno russo.

Trabalhar sob o nível de sigilo que Vincent e eu praticamos durante aquele tempo requer certo nível de destreza. Ambos estávamos por dentro dos avanços teóricos e tecnológicos de vinte ou trinta anos à frente do nosso tempo. Ambos tínhamos memórias igualmente infalíveis, embora eu sempre atribuísse as minhas recordações a uma cabeça boa para números. O truque era apresentar as nossas ideias de modo a fazer com que os indivíduos brilhantes que Vincent selecionara fizessem as descobertas seguintes por si sós. A coisa se tornou uma espécie de jogo, uma competição entre nós dois, para ver quem conseguia plantar aquela ideia sutil capaz de levar o químico a uma conexão, o físico a uma revelação. De certa forma, a magnitude da tarefa nos oferecia certos benefícios — pois era grande demais para que a compreendêssemos —, então nós a dividimos em partes menores. Precisávamos de um microscópio eletrônico, conceito com o qual estávamos familiarizados, mas que nenhum de nós tinha estudado ou usado. Precisávamos de um acelerador de partículas, outra coisa que sabíamos ser necessária, mas que nenhum de nós era capaz de construir. Vez ou outra, até a mera discussão de um conceito gerava momentos de brilhantismo por parte dos nossos pesquisadores, os quais, inebriados com um sucesso atrás do outro nos laboratórios, nunca paravam para perguntar como ou por que se produziam aquelas revelações.

— Ao fim desta vida, pretendo ter a tecnologia de 2030 à minha disposição, seja lá qual for — declarou Vincent, com veemência. — É uma boa atitude comunista: deve-se sempre ter um plano de longo prazo.

— Você não se importa com o que acontece com a tecnologia depois da sua morte?

— Não existe "depois da minha morte" — respondeu ele, sombriamente.

Eu gostaria de dizer que essa pergunta me incomodava mais do que transparecia. Eu recordava nossas discussões sobre a natureza dos kalachakra. O que somos? Como vivemos? Será que, de fato, somos pouco mais do que consciências flutuando de um lado para outro numa série infinita de universos paralelos que alteramos com nossos atos? Caso sim, isso me levaria a crer que nossas ações *de fato* geram consequências, embora nunca saibamos quais, pois em algum lugar existe um universo em que Harry August virara à esquerda, e não à direita, no dia de seu aniversário de 55 anos, e em outra parte um universo em que Vincent Rankis morrera, deixando para trás uma Rússia pós-União Soviética com uma base de dados tecnológica décadas à frente do tempo.

O mundo está acabando.

Christa em Berlim.

O mundo está acabando.

Só pode ser por culpa de um de nós.

*

— O mundo está acabando — declarei.

O ano era 1966, e estávamos prestes a testar o primeiro reator de fusão a frio de Vincent.

Na minha opinião, a tecnologia de fusão a frio poderia salvar o planeta. Uma fonte de energia renovável cujos principais resíduos são hidrogênio e água. Nas ruas de Londres, a fumaça continuava sujando os rostos dos viajantes. Nuvens de fumaça negra encimavam as chaminés das carvoarias do meu país natal, o petróleo derramado destruía as praias próximas aonde um contêiner afundara, e vinte anos no futuro trinta homens morreriam por inalar a fumaça expelida pelo reator quatro de Chernobyl, destruído, e tempos depois centenas de milhares de outros seriam apelidados de "liquidadores" — soldados que, usando pás, jogaram o solo radioativo em minas subterrâneas, construtores que derramaram concreto líquido sobre um coração de urânio ainda em chamas, bombeiros que atiravam terra nas labaredas de combustível nuclear enquanto suas peles formigavam por causa da traiçoeira carícia da radiação. Tudo isso ainda estava por vir, e mesmo nesse futuro a fusão a frio não passaria de um sonho; no entanto, ali estávamos nós, Vincent e eu, prontos para mudar o mundo.

— O mundo está acabando — disse eu, enquanto os geradores carregavam, mas, com o estrondo do maquinário, acho que ele não conseguiu me ouvir.

O teste foi um fracasso.

No fim das contas, não foi nessa vida que conseguimos realizar uma das maiores tarefas científicas do século XX. Mesmo Vincent e eu tínhamos nossas limitações. O conhecimento não substitui a engenhosidade, apenas a impulsiona.

— O mundo está acabando — disse eu a seu lado, na sala de observação, vendo todo o nosso aparato ser retirado.

— O que disse, meu velho? — murmurou, distraído pela decepção e pela necessidade de dissimular a decepção.

— O mundo está acabando. Os mares estão evaporando, os céus vindo abaixo, e todo o processo está cada vez mais acelerado. O curso da temporalidade linear está mudando, e a culpa é nossa. Fomos nós quem provocamos isso.

— Harry — ele estalou a língua —, não seja melodramático.

— É essa a mensagem que tem sido passada de crianças a velhos no leito de morte através das gerações. O futuro está mudando, e não é para melhor. Fomos nós quem provocamos isso.

— Os membros do Clube Cronus sempre foram uns chatos.

— Vincent, e se formos nós?

Ele me olhou de soslaio, e ali me dei conta de que ele me escutara apesar da barulheira do maquinário, apesar da barulheira do maquinário que um dia geraria uma máquina que um dia geraria uma máquina que um dia geraria o conhecimento de Deus, a resposta para todas as nossas perguntas, a compreensão da totalidade do universo.

— E daí? — perguntou.

Pedi férias quatro dias mais tarde, depois de cada vez mais resultados procedentes da experiência de fusão evidenciarem que havíamos fracassado, mas tínhamos 99,3% de chances de estarmos vivos e assim permanecermos.

— Claro — disse ele. — Entendo perfeitamente.

Peguei carona num carro militar até Pietrok-111; de lá, outro carro me levou até Ploskye Prydy, e foi então que me dei conta de que não saíra do laboratório de Vincent durante dez anos. O tempo não fora benevolente com a paisagem: as poucas árvores de antes haviam sido cortadas, deixando uns tocos feios na terra, os quais tinham como paisagem de fundo grandes muralhas de concreto que proclamavam que ali o povo trabalhava para comer, ou que ali o povo labutava pelo aço, ou então não havia cartaz algum, exceto um aviso para possíveis invasores de que qualquer um que fosse visto dentro das muralhas após as oito da noite seria alvejado. Só saía um trem de Ploskye Prydy por dia, e o povoado não era conhecido pela comida ou pelos alojamentos. Meu condutor me levou à casa de sua mãe. Ela me serviu pratos de feijões fumegantes e peixes em conserva, depois contou todos os segredos do povoado, do qual parecia ser tanto a melhor fonte quanto, suspeitei, a principal originadora. Dormi numa cama vigiada por uma estátua de são Sebastião, que morrera atravessado por flechas e a quem a iconografia católica tendia a retratar morrendo apenas com as roupas de baixo, mas que ali vestia roupas de ouro.

O trem de volta para Leningrado era silencioso, não havia nada parecido com aqueles jovens tagarelas que me acompanharam na primeira viagem rumo ao norte. Um homem transportava vários caixotes com frangos. Após quatro horas de viagem passando por trilhos acidentados — mais do que eu me lembrava —, uma das caixas tombou, e seu prisioneiro, de penas brancas e olhos vermelhos, desfrutou nove gloriosos minutos de liberdade, agitando-se de um lado para outro no vagão, até um paramilitar de pele descamada e indícios de melanoma perto da mandíbula estender uma de suas mãos enluvadas e pegar a ave pelo pescoço. Vi como o pescoço do bicho esticou, e a criatura parecia tão grata por ser devolvida ao dono, e à gaiola, quanto é possível para um animal com cérebro do tamanho de uma noz.

Não tive recepção oficial quando saí a duras penas do trem em Leningrado, com o céu já escuro e a chuva batendo no antigo telhado inclinado, mas dois homens vestindo casacos de colarinho largo me seguiram quando deixei a estação em busca de lugar para passar a noite, e permaneceram do lado de fora da pensão, na escuridão da rua, enquanto a enxurrada fazia dançar o pavimento no chão. Durante os poucos dias seguintes que passei na cidade, passei a conhecer bem meus vigilantes, uma equipe de seis homens no total, aos quais apelidei mentalmente de Bóris Um, Bóris Dois, Magrelo, Gordo, Ofegante e Dave. O último ganhou o apelido por causa da assombrosa semelhança física com David Ayton, engenheiro de laboratório irlandês que certa vez destruiu meu casaco com uma caneca de ácido sulfúrico, implorou por outro da loja, costurou meu nome da noite para o dia e até tentou recriar as exatas manchas de café e erosões químicas nas costas e nas mangas que tornavam aquele casaco tão distintamente meu. A simpatia que senti pelo esforço compensou em muito a minha raiva, e por isso o Dave Soviético ganhou meu respeito também por sua atitude cordial com que me perseguia. Os outros, especialmente Bóris Um e Bóris Dois, que eram idênticos nas roupas, no comportamento e na técnica, tentaram realizar uma vigilância totalmente secreta com todo tipo de artimanhas para me distrair. Dave se deu ao respeito de me vigiar às claras, e até sorria para mim enquanto eu passava do outro lado da rua, como forma de reconhecer ter sido descoberto e de que, no fundo, seu papel era inútil. Tive a impressão de que, em outras circunstâncias, eu teria gostado da companhia do Dave Soviético, e me peguei pensando em que histórias se escondiam por trás de sua aparência cortês, a ponto de ter se tornado um agente de segurança.

Durante alguns dias simplesmente interpretei o papel de turista, tanto quanto possível naquela cidade e naquela época. Numa das poucas cafeterias que a duras penas eram dignas desse nome, e onde a especialidade do chef eram variações do tema couve-flor, fiquei surpreso ao encontrar uma equipe de colegiais do Reino Unido, os quais eram vigiados por onipresentes guarda-costas soviéticos.

— Estamos aqui para fazer intercâmbio cultural — explicou um, mexendo na tigela de couve-flor especialmente duvidosa. — Até agora apanhamos no futebol, no hóquei, na natação e no atletismo de pista. Amanhã vamos passear de barco, o que significa que provavelmente vamos apanhar no remo.

— Vocês são uma equipe esportiva? — perguntei, observando com interesse a corpulência de alguns de seus companheiros.

— Não! Somos estudantes de idiomas. Eu aceitei vir porque achei que nos deixariam ver o Palácio de Inverno. Apesar de que ontem à noite Howard ganhou de um dos garotos deles no xadrez, o que gerou uma baita comoção. Pediram a ele que não volte mais a chamar a atenção para nós desse jeito.

Desejei-lhes boa sorte, e em retribuição ele me deu um sorriso irônico e gesticulou educadamente com o garfo.

Aquela noite, havia uma prostituta esperando à porta do meu quarto. Disse que se chamava Sophia e que já havia recebido para o trabalho. Em segredo, era fã de Bulgakov e Jane Austen, e, já que eu tinha reputação de ser um homem tão instruído, ela me perguntou se não me importava em falar em alemão, pois estava se esforçando para acertar o sotaque. Perguntei-me se aquilo não era ideia do Dave Soviético, ou de Vincent. Não vi sinais evidentes de violência física ou doença, e dei-lhe uma gorjeta generosa pela boa companhia.

— O que você faz? — perguntou ela no momento em que os faróis de um carro projetaram o arco de um relógio solar no teto, surgindo, se estendendo e desaparecendo.

— Sou cientista.

— Que tipo de cientista?

— Teórico.

— E você teoriza sobre o quê?

— Sobre tudo.

Por um breve instante ela achou graça, mas então logo sentiu vergonha por achar graça onde eu não via.

— Quando eu era novo, procurei respostas em Deus — expliquei-lhe. — Como percebi que Deus não tinha nada a me dizer, procurei respostas nas pessoas, mas tudo o que disseram foi: "Relaxa, deixa pra lá."

— "Deixa pra lá"? — Ela questionou em seu russo nativo a minha expressão americana pronunciada em alemão.

— Não lute contra o inevitável — traduzi livremente. — A vida segue até que acaba, então para que se complicar? Não machuque ninguém, tente não causar intoxicação alimentar nos convidados, seja honrado em atos e palavras e... que mais? Simplesmente seja uma pessoa decente num mundo decente.

— Todo mundo é decente de seu próprio ponto de vista — retrucou ela em voz baixa.

Senti o toque de seu corpo quente ao meu lado, e o cansaço deu às minhas palavras um tom de certeza entediante, um peso que eu tentava evitar quando estava mais alerta, pois me parecia inoportuno para uma conversa educada.

— As pessoas não têm a resposta — concluí, gentilmente. — As pessoas... só querem ser deixadas em paz, evitar os incômodos. Mas eu estou incomodado. Nós nos perguntamos: "Por que eu?" e "Qual é o sentido disso?", e mais cedo ou mais tarde as pessoas se viram e dizem: "É coincidência" e "O sentido da minha vida é a mulher que eu amo" ou "O sentido da minha vida são os meus filhos" ou "Fazer essa ideia dar frutos", mas, para mim e para os meus semelhantes... não existe nada disso. Nossos atos devem ter consequências. Mas eu não consigo enxergar. E preciso ter uma resposta. Custe o que custar.

Durante um tempo, Sophia ficou em silêncio, pensando a respeito.

— Deixa pra lá — disse ela por fim, pronunciando com cuidado a expressão desconhecida, então, com um sorriso nos lábios, repetiu: — Deixa pra lá. Você fala de gente decente vivendo vidas decentes como se isso não significasse nada, como se não fosse grande coisa. Mas escute: esse "decente", é só isso que importa. Senhor Cientista, não interessa se você concebe uma máquina que torna todos os homens bondosos e todas as mulheres lindas, se, enquanto a constrói, você não para e ajuda a velhinha a cruzar a rua, entendeu? Não interessa se você consegue curar a velhice, acabar com a fome ou com as guerras nucleares, se ainda assim esquece isso — ela bateu com as juntas dos dedos na minha testa — ou isso — pressionou a palma da mão no meu peito —, porque, mesmo conseguindo salvar todo mundo, você vai estar morto por dentro. Os homens precisam ser primeiro decentes e depois brilhantes, caso contrário não está ajudando as pessoas, e sim apenas seguindo a máquina.

— Não é um ponto de vista muito comunista — murmurei.

— Não, na verdade é a visão mais comunista possível. O comunismo precisa de gente decente, gente de almas... — ela apertou meu peito com mais força, então suspirou e tirou as mãos de vez — boas por natureza, não por esforço. Mas hoje em dia isso é o que menos se encontra por aqui. Em nome do progresso, consumimos as nossas almas, e nada mais importa.

Ela foi embora pouco depois da meia-noite. Não perguntei para onde ou para quem. Com a luz do quarto apagada, esperei a calada da noite, quando a mente vaga por um torpor atemporal composto de pensamentos silenciosos. É a hora em que tudo no mundo está só, todo pedestre caminha desavisado pelo pavimento escuro, todo carro passa zunindo pelas ruas desertas. É o silêncio profundo que toma conta do ambiente quando o motor para no mar calmo e congelado. Vesti o casaco e escapuli pela porta dos fundos, esquivando-me de Bóris Um e Ofegante conforme adentrava a noite. O segredo de não ter medo do escuro é desafiá-lo a ter medo de você, é olhar duro para as poucas almas que andam cambaleando por aí, é desafiá-los a acreditar que, na verdade, você é mais ameaçador do que eles. Naquele lugar foi fácil me lembrar de Richard Lisle e das ruas de Battersea, com seu rastro de garotas mortas. Leningrado fora construída como a cidade europeia da Rússia por um czar que viajara o mundo e decidiu levar parte dele para casa. Será que Brejnev também viajara o mundo? A pergunta me surpreendeu, pois não fui capaz de encontrar resposta.

Uma esquina. Grande parte das ruas de Leningrado é plana e estreita, no verão elas são tomadas pelo cheiro de alga vindo dos canais lentos, uma loucura coletiva durante as noites brancas; com o inverno vem a euforia das primeiras e límpidas neves, depois a monotonia toma conta, conforme o frio se assenta de verdade. Caminhei pelas ruas de cor, fazendo algumas curvas a mais do que o mínimo necessário para ter certeza de que não estava sendo seguido, até que por fim cheguei à portinha de madeira do Clube Cronus.

Ou, para ser mais preciso, o lugar onde havia estado a portinha de madeira que servia de entrada para o Clube Cronus. Fiquei tão chocado ao descobrir que a porta não estava mais lá que por um breve instante quase duvidei da minha memória infalível. Mas não: observando a rua e os arredores, aquele era o lugar, aquela era a varanda, aquele era o terreno quadrado onde o Clube existira e onde naquele momento, construído com a brutalidade vulgar dos anos 1950, havia um pedestal de concreto atarracado, encimado por uma curiosa pedra curvada e atravessada por uma barra de ferro, cuja legenda cinzelada na pedra dizia:

EM MEMÓRIA DO SACRIFÍCIO SUPREMO DA
GRANDE GUERRA PATRIÓTICA, 1941-1945

Nada mais restava.

Os membros do Clube Cronus deixam sinais uns para os outros para encontrar companhia diante da adversidade. Publicações no *Who's Who*, mensagens deixadas atrás de um balcão num pub das redondezas, pedras enterradas para que as futuras gerações as encontrem e façam especulações, dicas de um lugar a visitar gravadas na ferragem preta dos encanamentos que passam por cima dos telhados. Somos secretos, mas a nossa mera existência é tão notoriamente absurda que não precisamos nos esforçar muito para nos esconder. Nos três dias seguintes, eu me comportei como um turista inofensivo pela cidade, caminhando, observando, comendo e passando as noites com minha leitura no quarto, para depois escapulir dos meus vigias em busca de pistas do Clube Cronus, qualquer indício de seu destino. Só encontrei um: uma lápide no cemitério local com a inscrição OLGA PRUBOVNA, NASCIDA EM 1893, MORTA EM 1953; ELA VOLTARÁ.

Ao pé da lápide havia uma inscrição muito mais extensa, e, entre todos os possíveis idiomas, em sânscrito. Traduzida, dizia:

SE ESTA MENSAGEM FOI AFIXADA À MINHA LÁPIDE, É PORQUE
MINHA MORTE FOI VIOLENTA E INESPERADA. FIQUE ATENTO
PARA QUE O MESMO NÃO ACONTEÇA COM VOCÊ.

Capítulo 52

Um dilema.

Ficar ou ir?

O que eu poderia concluir da destruição do Clube Cronus de Leningrado?

Por mais ingênuo ou otimista que eu fosse, nada me tirava da cabeça de que era provável que Vincent estivesse, de alguma forma, por trás daquilo.

Por mais que eu quisesse me enganar, de alguma forma, parte da culpa era minha — por me calar, por desaparecer para me unir à causa que me dispusera a derrotar.

E, ao saber toda a verdade, essa antiga verdade que durante anos tinha tomado corpo pelas minhas costas... alguma coisa mudou? Mudou a essência assombrosa da nossa pesquisa, o escopo impressionante da pesquisa de Vincent? Por acaso não era verdade que o projeto em que estávamos embarcando, o objetivo que perseguíamos, era maior do que qualquer pequena anomalia no presente, qualquer alteração mínima no futuro? Era absurdo — evidentemente absurdo — permitir que essas coisas influenciassem minhas decisões, mas, ainda assim, por mais que abordasse o assunto de forma racional, eu não tinha dúvida de que tudo aquilo havia me afetado e de que eu não seria o mesmo ao voltar a Pietrok-112.

E de fato eu voltei.

Fugir da Rússia teria sido problemático, e eu estava convencido, como estivera durante todos aqueles anos, de que a fuga mais simples seria me matar. Por que chamar atenção para o fato de que eu vinha pensando na possibilidade de tentar uma grosseira fuga física? E ia fugir de quê? Para quê? Algumas questões precisavam de respostas, e, se elas levariam à minha morte, seria uma morte por escolha própria, que aconteceria quando eu tivesse o panorama mais completo possível. Meus planos e minhas dúvidas fizeram parte do cardápio diário durante minha viagem de volta a Pietrok-112.

— Harry! — Ele estava me aguardando corado de entusiasmo quando atravessei a porta das instalações. — Teve boas férias, descansou bem, não é? Excelente! Eu preciso muito da sua massa cinzenta para uma coisa. Vai ser lindo quando nós resolvermos, simplesmente lindo!

Será que Vincent Rankis dormia em algum momento?

— Meu reino por uma calculadora de bolso — acrescentou, conduzindo-me pelos corredores. — Acha que seria perda de tempo desenvolver uma calculadora? Suspeito que o tempo economizado ao se ter uma em mãos superaria em muito o que gastaríamos de tempo em criar a tecnologia necessária do zero, mas com esses cálculos de produtividade nunca se sabe, não é? Quantas décadas ainda faltam até que inventem a figura do consultor de gerenciamento? E quantas décadas depois eles acabam com o cargo?

— Vincent...

— Não, não há tempo para você tirar o casaco. Eu insisto: estamos num momento crítico.

— Depois, precisamos conversar — intervim, taxativo.

É curioso o peso da palavra "depois" na nossa cabeça. Eu conhecia todos os números à minha frente e todos os resultados da equação no quadro, porém mal conseguia me concentrar ou dizer sequer uma palavra. Os outros brincavam, diziam que eu estava fora de forma por causa das férias, que mulheres bonitas e excesso de bebida haviam estragado a minha mente. Concordei, assenti com a cabeça e sorri, e depois de um tempo, ao perceber meu nível de distração, eles pararam de fazer piadas e seguiram em frente com o trabalho sem mim.

Esse "depois" deveria ter sido durante o jantar, mas, cheio de energia, Vincent parecia estar com a cabeça cheia demais.

Então caiu a noite, e ele estava pensando se deveríamos virar trabalhando.

Quando o convenci de que era má ideia, já estávamos com a mão na massa, e só às duas da manhã consegui pegá-lo pela manga, arrastá-lo para longe do quadro e exclamar:

— Vincent!

Usar seu nome inglês na frente dos outros foi uma rara quebra de protocolo. Ele prontamente varreu a sala com os olhos para ver se haviam percebido, mas, se alguém notou, decidiu fingir que não.

— Diga — murmurou ele com a voz distante, voltando a atenção para mim aos poucos. — Nós íamos conversar, certo? Vamos para o meu escritório.

O escritório de Vincent era seu dormitório, e seu dormitório era uma cela como outra qualquer, pequena, sem janelas, carregada dos zumbidos de canos e respiradouros que passavam pelo teto. Uma pequena mesa redonda, um pouco baixa demais para as pernas caberem com conforto, e duas cadeiras de madeira eram as únicas mobílias além da cama de solteiro colada na parede. Com um gesto, Vincent me indicou uma cadeira, e, quando me sentei, ele tirou uma garrafa de uísque puro malte e dois copinhos de debaixo da cama e colocou tudo na mesa.

— Pedi que importassem da Finlândia para ocasiões especiais — comentou. — À sua saúde! — Brindamos, e a bebida mal molhou meus lábios antes de eu pôr o copo de volta na mesa.

— Peço desculpas pela insistência lá fora — comecei de uma vez, pois com Vincent era sempre mais fácil ir direto ao assunto. — Mas, como eu disse, precisamos conversar.

— Harry — ele parecia quase preocupado ao se sentar de frente para mim — Está tudo bem? Acho que nunca o vi tão obstinado.

Empurrei o copo um pouco mais para o centro da mesa e tratei de ordenar meus pensamentos de alguma forma. De certa forma, minha vontade de falar com Vincent tirara o foco da lista de assuntos que eu queria discutir; ali estava eu, lutando para remontar, durante o calor do momento, o plano frio e calculado que eu preparara durante a viagem de trem.

— Você destruiu o Clube Cronus de Leningrado — declarei, por fim.

Vincent hesitou, por um instante pareceu surpreso, então virou o rosto. Seu movimento denotou um estranho caráter animalesco, com os olhos focados nas profundezas de seu uísque enquanto ele meditava sobre a acusação.

— Sim — confessou finalmente. — Destruí. Desculpe, Harry. Pode--se dizer que estou me esforçando para ficar em dia com as informações. Os relatos dos vigilantes indicavam que em momento algum você havia passado perto da propriedade — continuou ele, dando um breve sorriso. — Mas acho que já devia esperar que eles relutassem em admitir a própria incompetência para manter você afastado de lá. Aliás, gostou de Sophia?

— A companhia dela foi bem agradável.

— Sei que é horrível dizer, mas às vezes tenho a sensação de que um homem só precisa relaxar. Sim, eu destruí o Clube Cronus de Leningrado. Tem mais alguma coisa que queira falar?

— Vai me contar que foi para o meu próprio bem? Para prevenir que os meus colegas me localizassem, para esconder minha traição?

— É claro que foi, e você não acha que "traição" é uma palavra pejorativa demais? O Clube Cronus só se interessa pela repetição infinita do presente; nós estamos trabalhando em algo muito, muito maior. Você também acredita nisso tanto quanto eu, certo? — Ele encheu meu copo de uísque até o topo enquanto falava, muito embora eu mal tivesse bebido uma gota, então bebeu de seu copo. Se ele esperava que eu seguisse seu exemplo, ficou desapontado. — É claro que isso não é um problema para você, certo? Só fiz isso para encobrir o rastro. E, se você insiste em usar a palavra "traição", devo lembrar, puramente em interesse da precisão acadêmica, que eu nunca fiz parte do Clube Cronus. Você sim. Essa traição da qual está falando é toda sua, escolha sua, tomada com liberdade e em pleno uso da consciência. Se você tivesse qualquer dúvida do que estamos fazendo aqui ou de como as políticas do Clube estão erradas, poderia ter estourado os miolos há dez anos. Poderia ter estourado hoje.

— Então, é me unir a você ou morrer?

— Harry — ele estalou a língua —, não fale como um mortal linear comigo. A ideia de que a filosofia e a moral deles se aplica a um de nós não só é absurda, como intelectualmente fraca. Não digo que devemos viver sem valores morais, mas adotar regras dos mortais é uma escolha quase tão frágil quanto viver sem regras.

— As leis dos mortais, a ética, a moralidade da vida se formaram ao longo de milênios.

— As leis por que nós vivemos, Harry, têm sido forjadas a séculos e não são impostas pelo medo.

— O que vai acontecer quando você já não estiver mais aqui? — perguntei com a voz baixa. — O que acontece com a gente deste lugar, com os nossos... colegas?

Ele tamborilou os dedos na borda do copo, só uma vez, então respondeu:

— Acho que você sabe qual deve ser a resposta, e que isso o deixa angustiado. Lamento, Harry, não me dei conta de que você vinha se tornando uma pessoa tão reflexiva.

— Você não diz isso às claras porque tem vergonha ou porque simplesmente é sensível demais?

Ele voltou a tamborilar os dedos na borda do copo, só mais uma vez, como um pianista aquecendo os dedos antes de um concerto.

— As pessoas morrem, Harry. — murmurou. — É a regra fundamental deste universo. É da natureza da vida chegar ao fim.

— Salvo no nosso caso.

— Salvo no nosso caso — repetiu ele, concordando. — Tudo isso... — ele fez um gesto com a ponta do mindinho para abarcar todo o quarto, enquanto acompanhava com um brilho nos olhos — ...quando nós morrermos, vai deixar de existir. Não terá existido. Pessoas queridas que vimos morrer vão nascer outra vez, e nós vamos lembrar que os amamos, mas eles não vão nos conhecer, e nada disso vai ter importância. Nem os homens que viveram nem os que morreram. Somente suas ideias e lembranças.

(Você é deus, doutor August? Você é o único ser vivo que importa?)

(Existe um poço negro sem fundo nas entranhas da minha alma.)

— Acho que precisamos parar — declarei.

Ele pousou o copo na mesa e se recostou na cadeira, com uma perna cruzada sobre a outra, as mãos no colo, como se fosse um professor ansioso tentando esconder de seu aluno aflito a ansiedade que sente.

— Tudo bem — disse, por fim. — Por quê?

— Tenho medo de que acabemos consumindo nossas almas.

— Não pedi uma resposta poética.

— Essa... máquina — disse eu, titubeante —, essas ideias que estamos explorando, as memórias que estamos criando, se preferir. Essa teoria de tudo, a resposta para todas as nossas perguntas, a solução para o problema dos kalachakra... a ideia é linda. É a melhor coisa que já ouvi, e, você, Vincent, é o único homem que já conheci com visão e vontade de ir atrás dela. É sublime, assim como você, e eu me sinto honrado de ter trabalhado nela.

— Mas... — induziu Vincent, com os tendões marcados em torno da traqueia e do pulso.

— Mas em nome do progresso nós consumimos nossas almas, e nada mais tem importância para nós.

Silêncio.

Vi as linhas finas de seus tendões esbranquiçarem a pele.

Então, num único movimento, ele tragou todo o uísque do copo e o bateu no tampo da mesa.

Silêncio.

— O mundo está acabando — murmurei, afinal. — A mensagem vem sendo transmitida de criança para ancião, voltando para o passado através das gerações. A ideia é grandiosa demais para compreendermos, assim como as perguntas que você pretende responder. Mas existe gente por trás dela, vidas sendo destruídas, afetadas e perdidas. E nós causamos isso. O mundo está acabando.

Silêncio.

Então, com a mesma urgência que usou para beber o copo de uísque, ele se levantou, começou a caminhar de um lado para outro do quarto, girou o corpo sem sair do lugar, com as mãos atrás das costas como o professor que deveria ter sido, e declarou:

— Eu devo questionar o uso do artigo determinado "o" — Ergui as sobrancelhas, pedindo a inevitável explicação. — Não estamos destruindo *o* mundo, Harry — repreendeu-me ele, sem ânimo. — Apenas *um* mundo. Não somos cientistas malucos, não somos loucos descontrolados. É inegável que vamos afetar o curso dos eventos temporais, com relação a isso não temos escolha, mas a mudança só se dá em um mundo. Nós nascemos e morremos, tudo volta a ser como era, e nada do que fizemos antes tem importância.

— Discordo. Estamos mudando a vida das pessoas. Talvez isso não tenha importância para nós; talvez seja... irrelevante no esquema global das coisas. Mas, no esquema global das coisas, bilhões de pessoas só neste século acham tudo isso bem relevante, e, apesar de termos mais tempo a percorrer do que eles, eles estão em maior número. As nossas ações... importam. Temos a responsabilidade de considerar o pequeno e o grande da mesma forma, simplesmente porque é nisso que se baseia o mundo ao nosso redor, um mundo de seres vivos e conscientes. Não somos deuses, Vincent, e o nosso conhecimento não nos dá autoridade para interpretar esse papel. Esse não é... esse não é o sentido da nossa existência.

Ele bufou exasperado, jogou as mãos para o alto e então, como se o resto do corpo precisasse segui-las, perambulou pelo quarto de um lado para outro. Permaneci quieto, observando seus movimentos.

— Não — disse ele, afinal. — Concordo: não somos deuses. Mas isto, Harry, isto é o que vai nos *tornar* deuses, nos proporcionar a visão do criador; esta pesquisa pode abrir as portas para o infinito. Você diz que estamos causando o mal. Não vejo dessa forma. E daí que o Clube Cronus enviou uma mensagem para o passado? Isso não significa nada, e nós dois sabemos que não há permutação matemática ou análise histórica capaz de sugerir que são os nossos dispositivos que causarão esse fim, porque os fatores são muito grandes e variados. Você está supondo que a humanidade vai ser destruída pelo conhecimento, é isso que você está sugerindo? Para um homem que defende o valor da vida de curta duração, considero essa visão extremamente pessimista.

— Nas suas ideias há implicações teóricas a respeito do espelho quântico. E se...

— E se, e se, e se! — cortou ele, girando nos calcanhares para mudar a direção dos passos. — E se nós estivermos causando um dano no futuro? E se os nossos atos estiverem mudando vidas? E se, e se, e se! Pensei que você fosse o mais racional da dupla, alguém que via o "e se" como um anátema teórico.

Com o cenho cada vez mais franzido de repente ele se virou e bateu a palma da mão na parede. E ali permaneceu por um momento, esperando os ecos do impacto sumirem. Sem me olhar, ele disse:

— Eu preciso de você nisso, Harry. Você é mais do que um mero recurso, mais do que um simples amigo. Você é brilhante. Seu conhecimento, suas ideias, seu apoio... eu posso abrir as portas para os segredos da existência, da *nossa* existência, em mais algumas poucas vidas. Eu preciso de você aqui comigo.

— Trabalhar nisto tem sido a coisa mais empolgante de todas as minhas vidas — admiti. — E talvez volte a ser. Mas aqui, agora, até compreendermos as consequências por inteiro, acho que devemos parar. — Ele não respondeu, então me apressei a continuar. — Se falarmos com o Clube Cronus... — Vincent resmungou em desprezo, furioso só de pensar na ideia — ...vamos poder mandar perguntas ao futuro, a membros que talvez tenham um entendimento mais avançado da tecnologia. Vamos poder descobrir que efeito, se é que há efeito, a nossa pesquisa gera no tempo, nas pessoas...

— O Clube Cronus estagnou! — gritou. — Eles nunca vão mudar, nunca vão levar a sério a hipótese de se desenvolver, porque isso significa uma ameaça à situação confortável deles! Eles iriam nos impedir num piscar de olhos, Harry, talvez até tentar nos varrer do mapa. Pessoas como você e eu, nós somos uma ameaça para eles, porque não nos contentamos com vinho, sol e as repetições infinitas, infundadas e inquestionáveis!

— Então, não contamos ao Clube. Vamos deixar uma mensagem numa pedra solicitando informações, pedindo que a resposta seja transmitida de volta para nós através do tempo. Podemos ficar no anonimato, e assim que soubermos...

— Isso vai demorar milênios! Centenas de gerações! Você é capaz de esperar tanto?

— Sei que você vem trabalhando nisto há mais tempo do que eu...

— Vidas e mais vidas, séculos de existência, da primeira centelha de consciência nos braços do meu pai até o dia em que eu morro, isto aqui, Harry, *isto* aqui é o meu propósito. — Ele virou e me encarou, mas eu me recusei a desviar o olhar. — Você não vai me impedir, vai, Harry?

Um apelo e uma ameaça?

Talvez.

Alguma coisa tensionou dentro de mim.

— Eu sempre vou ser seu amigo, Vincent. Nada mais, nada menos.

Será que a parte da minha alma que se encolheu quando contei a mentira também se encolheu na dele? Será que, naquela parte profunda do nosso ser que não necessita de explicações racionais, os dois reconhecíamos as mentiras um do outro?

Se ele percebeu, logo desfez a ideia, acenando para ela como se fosse uma conhecida que avistara na calçada do outro lado de uma rua movimentada. Ele voltou a se sentar na cadeira, pegou a garrafa de uísque vazia, fez cara feia ao ver que não havia restado nada e a colocou de volta na mesa.

— Posso lhe pedir que você pense por um tempo? — perguntou ele, afinal. — Talvez uma semana. Se depois disso você se sentir do mesmo jeito...

— Claro.

— ...então pensamos no que fazer. Eu ficaria de coração partido se você fosse embora, Harry, de verdade, mas entendo se... sua consciência... se colocar entre nós.

— Vamos ver como tudo fica daqui a uma semana — comentei, encolhendo os ombros. — Depois de tudo o que já passamos, eu seria um hipócrita se apressasse as coisas.

Meia hora depois eu estava no meu quarto, e menos de dez segundos depois de bater a porta já estava procurando pela minha bolsa de viagem e minhas roupas mais quentes, enquanto pensava no melhor jeito de fugir.

Capítulo 53

Já falei da vez em que fui sequestrado por bandidos argentinos? Eu era empresário, ou seja, pegava os lucros de uma companhia enquanto outros faziam o trabalho pesado, e então os repassava, na maior parte, para o Clube Cronus, de acordo com os princípios básicos da instituição. Morava na Argentina e, ingenuamente, supunha que vinha vivendo uma vida discreta e causando pouquíssimos problemas.

Fui sequestrado enquanto ia de carro para o mercado. A ação foi bem amadora: uma picape acertou a lateral do meu carro, que virou de cabeça para baixo, e poderia muito bem ter me matado na hora. Desloquei o ombro e quebrei algumas costelas, e no fim das contas tive sorte por nada de pior ter acontecido.

Enquanto engatinhava para sair dos destroços do carro, dois homens em máscaras de esqui desceram apressados da picape com que haviam me atacado na rua esburacada, me seguraram cada um por um braço e, aos gritos de "Cala a boca! Cala a boca!" em inglês com forte sotaque, me arrastaram até a traseira do veículo. Toda a aventura demorou no máximo 25 segundos.

Eu estava grogue e confuso demais para fazer qualquer coisa além de obedecer, e fiquei de bruços com as mãos na nuca durante todo o trajeto, numa situação em que, com um pouco mais de preparo ou sob circunstâncias mais favoráveis, eu poderia ter feito uma avaliação estratégica mais apurada dos sequestradores. Percebendo o estado cada vez pior das ruas e o aumento da umidade, notei que estávamos rumando para uma floresta, e pouco me surpreendeu quando por fim a picape parou numa pequena clareira redonda e sem nada de especial, e eu fui jogado no chão enlameado e repleto de larvas. Amarraram minhas mãos com uma corda e cobriram a cabeça com um pano que tinha um forte cheiro de café torrado, depois me arrastaram floresta adentro. Como de costume quando você é um prisioneiro desorientado, ferido e vendado por um caminho acidentado, tropecei e torci o tornozelo após poucos quilômetros de caminhada. Os bandidos começaram a discutir sobre o que fazer comigo, mas por fim decidiram montar uma maca improvisada catando uns galhos retorcidos no chão, os quais espetavam a minha coluna enquanto eles me levavam até seu acampamento. Lá, para minha enorme decepção, eles tiraram as máscaras de esqui e usaram uma corrente enferrujada para me prender de forma rudimentar a um poste cravado no chão. Deixaram um jornal com a data do dia aos meus pés, tiraram uma foto de mim, e, entreouvindo a faladeira dos meus anfitriões, descobri que iriam exigir trezentos mil dólares de resgate.

Minha empresa poderia ter pagado dez vezes esse valor, mas, ao ouvir os sequestradores, que ainda não haviam notado que eu entendia espanhol, concluí que era improvável eu viver o bastante para aproveitar a análise custo-benefício. Como claramente me consideravam um empresário estrangeiro inofensivo, representei o papel e comecei a resmungar quando meu ombro e meu tornozelo começaram a inchar sob as roupas. Na verdade, pouco precisei representar, pois eles haviam acorrentado o tornozelo torcido ao poste, e logo a pele começou a pressionar o metal, provocando-me uma agonia quente e latejante. Por fim, percebendo que refém morto é refém inútil, eles me desacorrentaram e me deram uma muleta para caminhar, e um garoto que mal devia ter 15 anos me levou a um córrego próximo para eu lavar o rosto e o pescoço. Ele portava um

Kalashnikov, a arma universal de todos os mercenários que não podem estourar o orçamento, mas mal aguentava o peso do fuzil, e eu tive dúvidas sobre se ele sabia atirar direito com aquilo. Tombei no córrego e, quando o garoto se aproximou para ver como eu estava, acertei a muleta em sua têmpora, e então o espanquei até ele ficar inerte e o afoguei na água rasa, sentando-me em suas costas e pressionando o cotovelo em sua nuca com todo o meu peso e as forças que me restavam.

Observando os arredores e minha perna machucada, pareceu improvável que eu conseguiria escapar, então decidi que, como já era quase certo que eu morreria naquele lugar, ao menos poderia escolher o jeito. Então, voltei mancando até o acampamento, preparado para a morte num momento de glória. Senti vergonha alheia ao perceber que o primeiro guarda que encontrei estava mijando perto de umas árvores, e, embora meu senso de profissionalismo sugerisse que eu simplesmente quebrasse seu pescoço e seguisse em frente, concluí que não tinha a mesma competência de um soldado do Serviço Aéreo Especial do Reino Unido. Em vez disso, dei-lhe um tiro na bunda, e, enquanto ele berrava e os outros chegavam correndo, me joguei de bruços no chão e disparei contra as rótulas do primeiro homem que apareceu.

Para minha surpresa, ninguém mais apareceu.

Então, alguém gritou num inglês péssimo:

— Não vamos lutar você!

— Parece que vocês não têm escolha! — respondi em espanhol.

Pausa para digerirem a informação. Então:

— Vamos deixar mapa e água, água limpa! E comida. Vamos deixar o mapa, água e comida para você. Vamos esperar 24 horas. Aí você tem tempo de pegar a picape. Não vamos seguir! Você leva o mapa!

— Muita bondade sua — gritei de volta —, mas, a sério, se não se importa, acho que prefiro quebrar o pau aqui e agora, muito obrigado!

— Não, não, não precisa! — gritou o homem de volta, e comecei a duvidar seriamente do compromisso da quadrilha com a missão. — Vamos esperar 24 horas e ir. Não mais incomodar. Boa sorte!

Ouvi o ruído de movimento entre as folhagens, objetos metálicos sendo derrubados, passos se afastando.

Devo ter ficado ali, deitado, por uma hora, uma hora e meia, esperando que acabassem. A floresta se agitava. Formigas invadiram minha camisa e planejaram me devorar inteiro, mas logo ficou claro que não me acharam nenhum manjar, então seguiram caminho. Uma cobra passou perto de mim, deslizando pela vegetação rasteira, mas estava com mais medo de mim do que eu dela. Começou a anoitecer, e o acampamento ficou em silêncio. Até o homem de quem eu arrancara as rótulas estava em silêncio. Talvez eu houvesse acertado a artéria femoral. Talvez a dor tenha chegado ao nível do insuportável. Por fim, levantei, acima de tudo por causa do tédio, mas também pela lembrança de que a morte não era minha maior preocupação ali, e, com o fuzil na mão e a muleta na outra, manquei até o acampamento.

De fato, estava deserto.

Eles haviam deixado cuidadosamente sobre a mesa central um mapa, um cantil com água e uma lata de feijões cozidos, junto com um bilhete escrito à mão.

O bilhete dizia, em inglês,

— *Muitos, muitos perdões.*

Só isso.

Pendurei a alça do cantil no ombro, guardei o mapa no bolso e, devagar, comecei a mancar de volta à civilização.

Quem quer que fosse o bandido, ele falara a verdade: nunca mais voltei a vê-lo.

Capítulo 54

Infelizmente, minha intuição me dizia que a fuga das florestas argentinas era brincadeira de criança perto da de Pietrok-112. Sair das instalações não deveria constituir problema, pois não havia razão para os guardas suspeitarem da minha intenção, e não há nada mais tranquilizador do que um rosto amigável, uma saudação educada e um homem a caminho de suas — presumivelmente importantíssimas — tarefas. Seria ao sair, na vasta paisagem que se estendia além dos muros, que a movimentação se tornaria difícil. Seria fundamental pensar num jeito fácil de cometer suicídio, caso a chance de eu ser capturado fosse alta. A decisão que restava era: eu deveria me arriscar numa rota terrestre, percorrendo a vasta paisagem desolada da Rússia setentrional, usando sua amplitude para enganar meus inevitáveis perseguidores? Ou deveria usar os meios de transporte russos para tratar de me perder nos emaranhados e, então, atravessar furtivamente cidades e vilarejos do país em direção à fronteira ocidental? A segunda opção era mais cômoda, mas eu a rejeitei. Havia pouquíssimas redes de transporte fora de Pietrok-112, gargalos demais que poderiam ser tapados com um simples telefonema, e, mesmo que eu conseguisse chegar a uma área povoada e me misturasse à multidão, duvido que as fronteiras nacionais ou os tratados entre países impediriam a perseguição. Eu sabia demais, era valioso demais e representava perigo demais para o segredo do projeto de Vincent.

Assim, eu teria que fugir por terra, usando todas as habilidades para sobreviver como pudesse na tundra. Eu tinha a experiência de viver ao ar livre, de encontrar o caminho mais simples e, ao mesmo tempo, ocultar meu rastro. No entanto, aquelas não eram as terras férteis do norte da Inglaterra em que cresci, mas, sim, quase dois mil quilômetros de um terreno árido e hostil. O suicídio permanecia como opção válida, mas morrer de fome era inaceitável.

Eu teria tempo de me planejar?

Teria tempo para me abastecer, juntar todas as ferramentas necessárias?

Eu duvidava. Eu percebera algo de estranho no olhar de Vincent. Sabíamos os dois que eu já não era mais um dos seus. Eu tinha certeza de que o homem que incendiara o Clube Cronus de Leningrado não tardaria a atacar qualquer ameaça à sua segurança. Eu precisava fugir antes de ele tentar qualquer coisa contra mim, e me restava pouco tempo.

Juntei apenas o necessário para sobreviver. O dinheiro era irrelevante, assim como uma muda de roupa, além de um par de meias secas. Papel para fogueiras, fósforos para acendê-las, uma lanterna com pilhas de reserva, um canivete para cortar madeira, um copo de metal que estava junto da minha cama, a sacola de plástico que cobria minha lixeira, agulha e linha. Arrumei tudo depressa, mas com cuidado, coloquei a bolsa nas costas e fui ao laboratório pegar um pedacinho de ímã preto e um pedaço de fio de cobre, enquanto acenava alegremente para o assistente de laboratório, pois era comum me verem catando coisas ao acaso. Quebrei o cadeado da despensa, catei todas as latas de comida salgada que consegui encontrar e as enfiei na bolsa, mas fui interrompido por um barulho no refeitório ao lado, o que me obrigou a correr para me esconder. Quando o barulho cessou, segui em frente pelos corredores gélidos de Pietrok-112, em direção ao arsenal. Eu precisaria de uma arma leve e razoavelmente versátil. Nada de Kalashnikovs dessa vez; um revólver bastaria. O arsenal era vigiado, mas o sargento à porta me conhecia e sorriu quando eu me aproximei, até o momento em que passei o braço em volta de sua garganta e bati com uma lata de sardinha em sua têmpora, fazendo-o desmaiar. Procurei as chaves presas ao cinto dele, mas não encontrei. Xingando entre os dentes, virei de frente para a porta do arsenal. Para os humanos, há dois tipos de inconsciência — breve ou permanente —, e eu duvidava que a latada na cabeça do sargento me daria mais do que alguns poucos minutos. Havia tempo para arrombar a fechadura? Tentei, usando o fio de cobre que havia recolhido do laboratório junto com o canivete, xingando os instrumentos rudimentares, mordendo o lábio toda vez que um cilindro da fechadura voltava para o lugar. Um clique, uma volta, e a escuridão do arsenal diante dos meus olhos. Dei um passo, liguei a luz e...

— Oi, Harry.

Vincent estava plantado bem de frente para mim, mais calmo do que nunca, recostado numa caixa de granadas. Por um momento seu olhar me deixou petrificado, como um ladrão pego com as mãos na massa: não havia como negar, não havia como suplicar ou sair correndo.

— Vou precisar de tempo para carregar e disparar uma dessas armas... — constatei.

— Não — concordou Vincent —, você não vai conseguir.

Ele não se mexeu, não tentou me impedir. Suspirei. No fim das contas, sem alternativa, eu precisava tentar. Peguei a primeira pistola que vi, destravei-a, abri o carregador com um clique, me abaixei para pegar munição na prateleira inferior, catei um carregador novo, enfiei-o no cabo, senti que ele se encaixou e ergui a arma para atirar — não em Vincent, mas em mim mesmo —, quando alguém se aproximou por trás e me deu um choque de milhares de volts, que percorreu minhas costas e paralisou meu corpo, provocou uma série de convulsões e, depois, nada.

Capítulo 55

Um traje acolchoado numa cadeira acolchoada numa cela acolchoada.

Como foi possível eu trabalhar por tanto tempo ali sem nunca ter visto aquele lugar?

Uma luz brilhante e um gotejamento intravenoso. O gotejamento estava ligado a uma veia na minha mão. A mão, amarrada à cadeira na altura do pulso. Fiquei pensando se conseguiria alguma coisa tentando girar o gotejamento para arrancá-lo da pele. Em longo prazo, provavelmente não. Correias me prendiam ao longo do braço, até a dobra do cotovelo. Mais correias nas pernas, nos tornozelos, no peito e até, para minha irritação, na testa. Tudo aquilo era pensado para impossibilitar qualquer tipo de morte, a não ser por um ato de Deus. Fazia muito tempo que eu não adotava uma postura tão correta ao me sentar, o que a tornava bem desconfortável.

Vincent estava sentado à minha frente e não disse nada.

Uma mensagem escrita em seu rosto.

Não estou com raiva — apenas triste.

Eu me perguntei se, em outra vida, ele havia sido professor de primário. Teria se saído maravilhosamente bem.

— Supondo que eu me recuse a comer ou beber, por quanto tempo acha que consegue me manter vivo só à base de nutrientes e força bruta? — perguntei, por fim.

Ele ficou tenso, aflito pela vulgaridade da tarefa que teria pela frente.

— Daqui a alguns anos, alguns membros do IRA vão fazer greve de fome e demorar mais de sessenta dias para morrer. Mas espero que pensemos num jeito de alimentá-lo que não seja metendo um tubo na sua garganta.

Foi minha vez de ficar tenso. Sessenta dias é muito tempo para um prisioneiro sem opções de fuga além de uma morte prolongada e dolorosa. Teria eu força de vontade para rejeitar comida morrendo de fome? Eu não sabia. Nunca havia feito o teste. Seria a minha mente capaz de rejeitar a vida mesmo enquanto meu corpo gritasse por ela? Concluí que isso dependeria do propósito e do valor dessa vida.

Silêncio.

Eu não me lembrava de ter havido um momento de silêncio entre nós até aquele dia, ou pelo menos um momento de silêncio que não fosse fruto de empolgação e contemplação compartilhados. Parecia não haver necessidade de nos comunicarmos, de expressar todas as obviedades que as normas de conduta ditavam para uma situação como aquela. De fato, tive a impressão de que aquele silêncio dizia tudo, e, quase no exato momento em que não me restava mais nada a dizer a Vincent na conversa imaginária que se desenrolava na minha cabeça e eu começava a repassá-la repetidamente, ele levantou a cabeça e disse,

— Preciso saber seu ponto de origem.

A pergunta me deixou atônito, embora não devesse.

— Por quê? — perguntei, com a boca repentinamente seca.

— Não para matar você — apressou-se ele em responder. — Meu Deus, eu nunca faria isso, Harry, nunca, juro. Mas preciso que você saiba que eu sei. Preciso que saiba que posso matá-lo ainda no útero, antes do seu nascimento. Preciso que saiba disso, para guardar meus segredos. Sei que você nunca mais vai voltar a ser meu amigo, mas o resto... é mais importante.

Refleti sobre tudo o que aquilo implicava, não para a minha vida — a ameaça contra ela estava evidente —, mas para a de Vincent. Ele era mais novo do que eu, nascido mais tarde no século, portanto, a ideia de ele se tornar uma ameaça para mim, me impedir de nascer, era inviável, a não ser que tivesse ajuda. Alguém de uma geração anterior, alguém vivo em 1919, pronto para envenenar a minha mãe antes de ela me dar à luz. Um aliado no Clube Cronus? Algum colaborador para seu sonho, já que eu não poderia mais sê-lo?

Ele me observou, sem dúvida seguindo a direção dos meus pensamentos, então acrescentou:

— Prefiro não ter que arrancar a informação à força, Harry. Mas, se necessário, é isso que vou fazer.

Um momento de estalo para eu voltar ao presente, focar na realidade.

— Vai me torturar? — perguntei. Não havia por que ficar de rodeios, e senti certo prazer ao ver que ele ficou incomodado ao pensar na ideia. Mas me agradou menos notar a rapidez com que ele a aceitou.

— Vou, se preciso for. Por favor, não me obrigue.

— Não estou obrigando, Vincent; a decisão é toda sua. Só quero me livrar de qualquer responsabilidade moral por esse ato antes de você levá-lo a cabo.

— Você sabe que todo mundo cede, Harry. Todo mundo.

Uma lembrança. Franklin Phearson, eu chorando a seus pés. Todo mundo cede, e essa era a verdade. Eu também cederia. Acabaria revelando meu ponto de origem.

Ou mentiria e morreria.

— O que vai ser? — perguntei casualmente e me surpreendi com a leveza vertiginosa das palavras. Lembranças de Phearson me provocaram a sensação de um mar calmo recuando para a chegada do tsunami, e eu fiquei à deriva nessas águas, não mais no comando. — Está pensando em algum produto químico? Melhor eu avisar: já tentaram usar antipsicóticos comigo, e eles produzem efeitos inesperados. Um método psicológico? Não, provavelmente nada desse tipo. Só me restam uns sessenta dias até meu corpo não ter mais forças para sobreviver. Então, embora eu odeie supervalorizar minha própria fortaleza mental, o tempo é seu inimigo. Um método elétrico seria o melhor, mas com isso meu coração corre risco, e você sabe do meu problema cardíaco, não sabe? Talvez o frio extremo. Ou o calor extremo? Uma mistura de ambos. Quem sabe a privação do sono, mas isso também...

— Pare, Harry.

— Só estou pensando o processo para você.

Ele se esforçou para me encarar, e não me custou encará-lo de volta. Eu nunca o vi implorar antes.

(Eu sou o mocinho, Harry! Eu sou um puta defensor da democracia!)

— Só me diga, Harry. Diga quando você nasce, e a coisa não vai ter que piorar.

(Meu Deus, eu não sou esse tipo de gente; não sou mesmo, mas entenda que este assunto é maior do que eu ou você.)

— Espero que não se importe se mais uma vez eu perguntar seu uso de "ter que". — Não sei quem estava falando, soava como se fosse eu, embora com uma voz meio pastosa. — Não há nada que o obrigue a fazer isso comigo. É uma ação totalmente voluntária da sua parte.

— Todo mundo cede, Harry.

— Eu sei. Mas você não pode se permitir comprovar quanto tempo vou demorar, pode? Então, vamos lá, Vincent. — Eu me deleitei ao dizer seu nome inglês, enfatizei a pronúncia. — É melhor você começar.

Ele hesitou, só por um instante, então a súplica sumiu.

Seu olhar se endureceu.

(Faça a diferença, porra! Faça a diferença!)

A voz de Franklin Phearson em meu ouvido. Certa vez ele fez a dor ir embora e acariciou meu cabelo, e eu o amei por essa atitude como uma criança ama a mãe quando a reencontra depois de sumida há muito tempo, eu cedi, e ele tivera razão. De seu jeito incalculável e inútil, ele tivera razão, e eu morrera, e aquele mundo, para mim, nunca teria existido, a não ser pela lembrança.

Balançando a cabeça de leve, Vincent se levantou para ir embora.

— Não é você quem vai pôr a mão na massa? — gritei enquanto ele me dava as costas. — O que aconteceu com a responsabilidade moral?

— Pense por um dia. Só um dia.

E ele foi embora.

Capítulo 56

Um dia.

Um dia para evitar um destino muito, muito pior do que a morte.

Um dia num traje acolchoado amarrado a uma cadeira acolchoada numa cela acolchoada.

Procure os defeitos do sistema, qualquer defeito, não importa qual.

A cadeira aparafusada ao chão, o gotejamento intravenoso me alimentando com os nutrientes que por vontade própria eu me recusaria a ingerir. Porta acolchoada, guardas do lado de fora. São eles o elo mais fraco. Ao se recusar a participar do que aconteceria em seguida, Vincent deixara o processo exposto a manipulações externas. Ele certamente ordenara que os guardas não falassem comigo, mas às vezes até um soldado malremunerado da URSS precisa tomar a iniciativa.

Dei puxões e me contorci por causa da agulha enfiada na mão, até que consegui arrancá-la, abrindo nas costas da mão uma ferida que se estendia como uma linha vermelha dentada. Não gritei, não disse nada, só deixei o sangue brotar e formar grandes manchas carmesins no chão branco e acolchoado, infundindo-se no tecido como um glorioso tecnicolor. A faixa que prendia minha testa me impossibilitava de deixar a cabeça pender, mas fechei os olhos e esperei, confiando ter feito a cara mais aturdida possível. Para vergonha dos guardas, eles demoraram um tempo absurdo para se dar conta do meu estado e perceber o sangue ainda pingando da cadeira. Invadiram a cela agitados, e então houve uma vexatória discussão sobre o que deviam fazer e sobre se deviam pedir ajuda.

— Ele está inconsciente? — perguntou um. — Quanto sangue já perdeu?

O mais velho e, que eu esperava que fosse o mais experiente, inspecionou a minha mão.

— É uma ferida superficial! Ele arrancou a agulha.

Abri os olhos e fiquei satisfeito ao ver o homem pular assustado para trás.

— Cavalheiros, imagino que estejam sob ordens de não se comunicar comigo, então me permitam ir direto ao assunto. Conheço todos vocês, seus nomes, seus postos, suas trajetórias e seus endereços domiciliares. Sei que você, soldado, ainda vive com a mãe, e que você, sargento, tem esposa em Moscou, a quem não vê faz três anos e meio, e uma filha, de quem carrega orgulhoso uma foto no bolso e mostra a todos no refeitório sempre que janta lá. "Ela é a minha joia", é como você explica. "É a minha riqueza." Eu tenho uma pergunta para vocês, só uma, e é esta: seus entes queridos não sabem de nada? De absolutamente nada do que vocês fazem? É fundamental que vocês pensem nisso, que considerem todos os aspectos de todas as conversas que já tiveram com eles, porque, se eles sabem de alguma coisa, qualquer coisa mesmo que comprometa a segurança desta instalação, então, cavalheiros, é claro que eles vão ser os próximos. Sua esposa, sua mãe, sua filha... essas pessoas não podem saber de absolutamente nada. Nem sequer um rumor. Era só isso que eu tinha a dizer, e agora, se não se importam, podem fazer um curativo na minha mão? Assim eu posso continuar com a tarefa de esperar a tortura e a inevitável execução, obrigado.

Eles saíram correndo e não voltaram com curativo.

Talvez tenham se passado 24 horas, talvez só duas, até que Vincent voltou. Enquanto ele falava, o sargento da outra vez estava à porta, observando-me nervoso por cima do ombro do empregador.

— Já pensou a respeito? — perguntou Vincent, com ansiedade. — Já se decidiu?

— Claro que já — respondi com calma. — Você vai me torturar, e eu vou falar uma sequência interminável de bobagens que você quer escutar, para fazer com que pare.

— Harry — sua voz denotava ansiedade, desespero e cansaço —, não precisa ser desse jeito. Me diga o seu ponto de origem, e nenhum mal vai lhe acontecer, eu juro.

— Você já parou para pensar no ponto sem retorno? Aquele momento em que o estrago que você causou ao meu corpo é tão grande que eu nem me importo mais, nem considero que valha a pena dizer qualquer coisa? Torça para não chegar a esse ponto antes de me dobrar.

Ele se recostou no assento, a face endurecendo ao ouvir as minhas palavras.

— A responsabilidade é sua, Harry. Você está se metendo nisso sozinho.

Dito isso, ele saiu. O sargento permaneceu à porta, e por um momento nossos olhares se cruzaram.

— Você nunca falou de nada? — perguntei enquanto ele batia a porta.

Eles começaram poucos minutos depois. Para minha surpresa, abriram os trabalhos com produtos químicos e uma variação do procedimento habitual, um paralisante parcial que bloqueou meu diafragma para eu engasgar e sufocar, e o ar virou chumbo nos pulmões, no sangue, na cabeça. Ainda era possível me mexer um pouco, eles acertaram a dose; então, por uma hora, talvez mais, talvez menos, permaneci ofegando boquiaberto, com o suor correndo pelo rosto e a espinha dorsal, a visão prestes a ficar completamente escura, mas sem apagar por completo. Vincent contratara um profissional. Um baixinho com um belo bigode que havia disposto as ferramentas — sempre à minha vista — numa bandeja à frente dele, e, como se eu fosse um atleta em treinamento, ele me dava tempo para descansar entre cada nova administração de dor. Ao fim de cada descanso ele perguntava: "Qual é o seu ponto de origem?", e, paciente, esperava minha resposta, mas balançava a cabeça com tristeza toda vez que eu me recusava a revelar. A seguir vieram as náuseas, que me faziam soltar gritos não de dor, mas de um animal preso à própria carcaça, de um fervor interno que só fazia aumentar, de uma torção, de uma contração, de uma restrição dos sentidos até que, com uma lucidez tenebrosa, eu só percebesse meu delírio.

E o sargento seguia junto à porta, observando, sempre observando, e ele se aproximou quando o torturador fez um intervalo para tomar um copo d'água, verificou minha pulsação e minhas pupilas e sussurrou,

— Ela sabe que eu peguei o trem para Ploskye Prydy, que é o fim da linha. Isso é demais?

Eu me limitei a sorrir e deixei que ele respondesse à própria pergunta.

Em algum ponto entre o enjoo e a sensação de sufocamento, Vincent apareceu e pegou minha mão.

— Lamento, Harry — disse ele. — Lamento.

Tentei cuspir nele, mas a minha boca estava seca, e ele foi embora outra vez.

Trouxeram a bateria do carro bem antes, suponho, do que queriam usá-la. Era apenas mais um objeto exposto para chamar minha atenção. Com a privação de sono e a exposição ao calor extremo, variação do método que eu esperava, eles recomeçaram os trabalhos. Alguém com uma mente bem criativa para o uso do som surround e ouvido treinado para o profano criara uma trilha sonora que variava entre batidas eletrônicas, gritos de tortura e descrições explícitas de atos violentos e violações, tudo com efeitos sonoros e em diversos idiomas. Quando havia indícios de que o som e o horror da situação estavam me entorpecendo, perto demais de dormir, os guardas me sacudiam para me acordar e me jogavam um balde de água gelada no rosto, o terror para combater o calor que me consumia.

— Você é um homem bom — disse eu ao sargento quando ele me acordou outra vez. — Sabe o que é correto.

— Beba, Harry. Beba. — Era a voz de Vincent, um murmúrio em meio ao silêncio. Percebi que ele havia posto um pano úmido nos meus lábios, e eu bebi com vontade, até que a minha mente recuperou certa consciência, então cuspi o líquido, que escorreu pelo meu queixo e pelo peito, mistura rala com duas partes de saliva e uma de água. O bigode do torturador estava especialmente impecável no dia em que ele arrancou as unhas dos meus pés. Imaginei-o dormindo à noite com uma redinha em volta do rosto para dar ao bigode aquele aspecto tão exuberante.

— Você é um bom homem — disse eu ao sargento enquanto ele dobrava a lona plástica sob meus pés, que continha um coquetel de unhas arrancadas e sangue negro. — Quanto tempo vai demorar até ser a sua vez?

Ele olhou por cima do ombro para se assegurar de que o torturador estava lá fora, num de seus tantos intervalos para esticar os dedos depois das sessões, então se aproximou.

— Posso conseguir veneno — sussurrou. Voltou a olhar. — É só o que dá para fazer.

— Já vai bastar. É o que se pode fazer.

Era veneno de rato, mas ratos e humanos dividem mais do que alguns poucos traços genéticos transitórios. Foi suficiente. Por ironia do destino, o torturador só percebeu o que meus sintomas significavam quando os rins já estavam falhando, até eu consegui perceber que o tom amarelado que se espalhava na minha pele não era reação a ter os ossos do pé quebrados um de cada vez com um torno. Soltei uma enorme gargalhada quando o torturador se deu conta, estremeci na cadeira, com as bochechas cobertas de lágrimas que desciam devido à revelação.

— Idiota! — gritei. — Incompetente! Imbecil!

Eles me desamarraram da cadeira, e o torturador enfiou dois dedos na minha garganta para induzir o vômito, mas já era tarde demais. Foi assim que Vincent me encontrou, no chão, tremendo de tanto rir no próprio vômito salpicado de sangue. O velho sargento permaneceu parado e de prontidão junto à porta. Vincent virou-se de mim para o torturador, e do torturador para o sargento, então percebeu exatamente o que havia acontecido, e de que jeito. A raiva se refletiu em seu rosto, e ele se voltou para mim outra vez. Ri ainda mais alto ao ver a expressão em seu olhar, mas, para minha surpresa, ele não atacou o sargento, não condenou o torturador, e sim, simplesmente, gesticulou para dois assistentes de enfermagem e vociferou:

— Levem ele para a enfermaria!

Eles me levaram para a enfermaria.

Até me deram analgésicos.

A médica olhava fixo para o chão ao dar o diagnóstico, e a minha gargalhada, bem debilitada pela falta de estímulo hormonal do meu organismo, não passou de um sorriso para Vincent quando ele se aproximou da cama.

— Foi bem rápido — constatou. — Não esperava que você maquinasse um jeito de morrer por pelo menos cinco dias.

— Faz menos de cinco dias?

— Dois e meio.

— Meu Deus. O sargento é um bom homem. Não gostava do que você estava fazendo. Se atirar nele, pode pedir desculpas antes? Em meu nome, claro.

Vincent fez uma carranca enquanto passava as páginas do meu prontuário na vã esperança de encontrar indícios de que ainda havia salvação para mim. Eu parara de vomitar, parara de ter convulsões e de queimar por dentro. Os médicos chegaram bem a tempo de evitar a parada cardíaca, mas meus rins deixaram de funcionar, e em breve meu fígado seguiria pelo mesmo caminho, e isso bastaria. Não precisei olhar o prontuário para saber.

— O sargento vai ser transferido para outra unidade — respondeu Vincent com calma. — Não quero mortes desnecessárias. — Quase dei outra gargalhada, mas me faltou ar, então mal consegui soltar um grunhido. — É óbvio que não vou conseguir o que quero, então vamos tornar a sua morte o mais confortável possível. Tem alguma coisa que eu possa trazer?

— Eu não negaria mais morfina.

— Que pena, mas parece que você já tomou a dose máxima que seu corpo aguenta.

— E que mal ela pode me fazer agora?

Ele torceu os lábios e revirou os olhos. Meu coração pulou uma batida. O que mais? O que mais seria possível fazer comigo no pouco tempo que me restava?

— Vincent — murmurei, a voz saindo baixinha, num tom de pergunta e advertência —, o que você vai fazer?

— Lamento, Harry.

— Você só sabe repetir isso, e tenho certeza de que todas as unhas do pé que eu deixei para trás agradecem sua misericórdia. Mas o que você está planejando?

— Preciso que você esqueça — respondeu Vincent sem me encarar.

Por um instante, fiquei tão desconcertado que não soube o que dizer. Ele meneou a cabeça de leve, e por um momento me perguntei se ele pediria desculpas outra vez. Senti a breve tentação de tentar lhe dar um soco caso ele repetisse a ladainha, mas eu não era capaz de acertá-lo. Em vez disso, ele simplesmente saiu de perto e se recusou a olhar para trás quando recomecei a gritar.

Eles me mantiveram sedado durante a maior parte do processo, o que foi um alívio. Isso afastou tanto a dor quanto os pensamentos sobre o que aconteceria a seguir. Sei que sonhei, mas foi uma das primeiras vezes em que não consegui me lembrar do quê, só do fato de que foram sonhos breves e intensos, a realidade se intrometendo nas histórias que a minha mente criava como um formigamento na pele que se transformou em garras de insetos, uma queimação no estômago que me fazia sentir como se levasse as tripas numa bolsa de compras, o sangue que havia perdido nos meus pés, processo explicado com facilidade pela minha mente delirante como meu corpo sendo engolido aos poucos por uma serpente gigantesca que se agitava como uma onda harmônica cada vez que ingeria uma nova parte do meu corpo. Quando suas presas chegaram ao meu umbigo, meus pés já estavam em sua barriga, sendo dissolvido lentamente, osso a osso, no ácido pulsante.

Fizeram tudo certo. Eu vinha sendo mantido à base de oxigênio puro, e meus sinais vitais estavam cada vez mais fracos quando acabaram de se preparar para mim. Apareceram com um novo dispositivo, montado com partes descartadas de sabe lá o quê por um cientista maluco. Precisava de uma fonte de alimentação própria — 230 volts eram insuficientes para aquela belezura. Houve uma breve discussão sobre se o carrinho onde eu estava deitado deveria estar aterrado, até que um dos médicos vociferou:

— Vocês parecem crianças!

Então, ele salientou que as algemas que me prendiam às laterais do carrinho cumpririam bem a função de canalizar qualquer corrente elétrica, que todos ali deveriam tratar o procedimento como um equivalente à ressuscitação cardiopulmonar e que se alguém levasse choque não poderia culpar ninguém além de si mesmo.

Devo ter chutado e gritado e implorado e lutado, mas na verdade é provável que eu estivesse cansado e sedado demais para fazer qualquer coisa além de emitir uns grunhidos alternados vez ou outra por um gritinho infantil de indignação. Precisaram de fita crepe para colar os eletrodos ao meu crânio; colocar o último eletrodo na minha boca se provou um desafio maior, até que o mesmo médico que teve a atitude tão sensata com relação à voltagem tomou a decisão igualmente sensata de administrar um paralisante em mim. Concluíram que a sedação provavelmente não ajudaria no intento, mas me senti grato quando um dos assistentes de enfermagem se inclinou e fechou meus olhos paralisados e completamente secos com fita crepe. A partir de então só consegui escutar. Precisaram tentar três vezes até acertar; a primeira carga falhou porque um fusível queimou; a segunda não deu certo porque um dos condutores se soltou durante a tentativa de trocar o fusível. Quando por fim conseguiram mandar alguns milhares de volts ao cérebro para eliminar da minha consciência qualquer indício sobre a minha natureza, a cena pareceu tirada de um filme de comédia.

Ouvi o médico dizer:

— Dá para acertar desta vez? Todo mundo na distância adequada? Tudo bem, agora...

E isso foi tudo.

Capítulo 57

Eu só participei de um Esquecimento até hoje.

Foi em 1989, num quarto particular do Hospital St. Nicholas, Chicago. Eu tinha 70 anos e sentia que tudo estava indo bem. Havia recebido o diagnóstico de mielomas múltiplos apenas poucos meses antes, muito mais tarde do que o normal no meu ciclo de vida, e o entusiasmo que senti percebendo que daquela vez tudo apontava para que eu não morresse uma morte lenta e desagradável fez com que eu me cuidasse mais do que o habitual. Cheguei a me tornar membro de um clube de tênis, algo que nunca havia feito em nenhuma das vidas anteriores, e dava aulas de matemática numa escola nas montanhas do Marrocos durante três meses por ano, talvez numa tentativa de disfrutar a companhia daquelas crianças que eu nunca poderia chamar de minhas.

Não foi por iniciativa própria que se deu minha visita àquele refinado quarto naquele refinado hospital daquele refinado bairro do subúrbio de Chicago, onde a bandeira americana tremulava com orgulho e onde todos os dias, sem exceção, flores recém-colhidas eram deixadas ao pé da cama de todos os pacientes. Eu havia sido chamado, e a mulher que o fez estava à beira da morte.

Akinleye.

Eu não a via desde a noite em Hong Kong na qual sua empregada dançou sobre as águas e ela fugiu antes do nascer do sol.

Eles me fizeram vestir uma bata esterilizada e lavar as mãos com álcool antes de entrar no quarto, mas as medidas não tinham muito sentido. O estrago já estava feito. Eu não fazia ideia de como uma mulher com tão poucas células brancas no corpo ainda sobrevivia, e, ao pisar no quarto onde ela em breve morreria, percebi como era claro e evidente que sua morte se aproximava.

Seu cabelo havia caído, deixando à mostra um crânio cheio de ossos imperfeitos e salientes como placas tectônicas desencontradas. Eu nunca havia visto Akinleye careca, mas percebi como seu crânio era ovalado. Estaria mentindo se dissesse que seus olhos estavam afundados nas órbitas, pois era mais como se cada grama de carne, cada linha de expressão de seus traços houvesse se erodido, deixando nada mais do que um crânio com um fino revestimento muscular e os restos protuberantes do nariz, das orelhas, dos lábios e dos olhos, dependurados como bolas de uma árvore de Natal seca. Ela era fisicamente mais jovem do que eu, porém, naquele lugar, naquele momento, eu era a criança enérgica, e ela a anciã morrendo sozinha.

— Harry — arquejou ela, e não precisei ser médico para perceber a voz falhada, os lapsos na respiração. — Você veio.

Puxei a cadeira vazia para junto da cama, me sentei com cuidado, os ossos rangendo de leve apesar de eu me exercitar.

— Você está bonito — continuou. — A idade lhe faz bem.

Grunhi em resposta, o único som que me pareceu adequado para a situação.

— Como está, Akinleye? Pouco me contaram ali fora.

— Ah — suspirou —, eles não sabem o que dizer. É uma corrida para saber o que vai me matar primeiro. Coisas do meu sistema imunológico, sabe? E, antes de você me dizer que a AIDS é uma doença causada pelo estilo de vida, permita-me dizer que você é um idiota.

— Eu não ia falar...

— Os outros olham para mim como se eu fosse má, sabe? Como, se de algum jeito, ter isto aqui — acho que ela quis fazer o gesto, mas mal conseguiu contrair as pontas dos dedos — fosse o resultado da absoluta falta de moral. Em vez do resultado de uma merda de camisinha rasgada.

— Você está pondo palavras na minha boca.

— Ah, estou? Talvez. Você é legal, Harry, sempre foi. Um velhote indigesto, mas legal.

— Quanto tempo ainda lhe resta?

— Aposto na pneumonia em, talvez, alguns dias. Se tiver azar, ainda demoro uma semana.

— Vou ficar. Eu me hospedei num hotel ao fim da rua...

— Porra, Harry! Eu não quero a sua pena. É só uma morte!

— Então por que me chamou?

Ela respondeu depressa e sem emoção as palavras que já estavam na ponta da língua.

— Quero esquecer.

— Esquecer? Esquecer o quê?

— Esquecer tudo. Tudo.

— Eu não...

— Harry, não seja obtuso. Às vezes você faz isso para acalmar as pessoas, mas acho essa atitude paternalista e irritante. Você sabe exatamente do que estou falando. Sempre tenta ser diplomático, e para ser franca isso me parece uma intromissão da sua parte. Por que faz isso?

— Foi para dizer isso que você me chamou aqui?

— Não — respondeu ela, rolando de leve na cama. — Apesar de que, já que está aqui, também gostaria de informar que é estúpida e ingênua essa ideia ridícula de que, se você gosta das pessoas, elas vão gostar de você de volta. Cacete, Harry, como foi que o mundo lhe fez ser tão... vazio?

— Eu posso ir...

— Fique. Eu preciso de você.

— Por que eu?

— Porque você é muito serviçal — respondeu Akinleye soltando um suspiro. — Porque é muito vazio. E é disso que eu preciso agora. Preciso esquecer.

Inclinei-me para frente e uni as pontas dos dedos.

— Quer falar com alguém que tente fazer você desistir?

— De jeito nenhum.

— Ainda assim, eu me sinto na obrigação de tentar.

— Pelo amor de Deus, como se você pudesse me dizer alguma coisa que eu já não tivesse dito a mim mesma.

Inclinei a cabeça, mexi na bainha da bata, deslizei as unhas pelos lados do tecido, pressionando-o até que se tornasse uma cadeia montanhosa. Então:

— Eu contei à minha esposa.

— Qual delas?

— À minha primeira esposa. A primeira mulher com quem me casei. Jenny. Ela era linear, e eu não, e eu contei, e ela me largou. Então chegou um homem querendo saber o futuro, e ele não foi muito educado quando eu lhe disse não, e eu quis morrer, a morte verdadeira, as trevas que interrompem a escuridão. É por isso, para responder à sua pergunta. É por isso que eu... me deixo levar pelas coisas. Porque nada mais que eu faça parece funcionar.

Ela hesitou, mordendo o lábio inferior, girando-o entre os dentes, então:

— Bobo — disse. — Como se alguém soubesse o que tem que fazer.

O Esquecimento. Na minha opinião, ele merece um artigo definido antes do nome, dado que é um tipo de morte. Contei a Akinleye tudo o que ela já sabia, numa inútil tentativa de dissuadi-la. Para nós, a morte mental supera a morte física. Haveria dor. Haveria medo. E, mesmo que Akinleye não sentisse de fato a perda do conhecimento, da mente e da alma causada pelo Esquecimento, mesmo que não lamentasse a ausência por não se lembrar do que esqueceu, para quem a conhecia e era seu amigo seria muito triste vê-la partir, embora seu corpo continuasse vivendo. Não acrescentei a última parte do argumento, a de que esquecer era fugir, se abster da responsabilidade das ações que havia praticado e de sua natureza. Imaginei que o argumento não faria muita diferença. Então, ela me respondeu:

— Harry, você é um homem bom tentando fazer o melhor que pode aqui, mas nós dois sabemos que eu vi e fiz coisas com as quais não quero mais conviver. Eu fechei o coração, amputei o que você tão encantadoramente chama de alma, porque descobri que não consigo mais viver com nenhum deles. Faça isso por mim, Harry, e assim talvez eu os recupere.

Parei de forçar a discussão. Não tinha mais ânimo.

Na manhã seguinte, fui ao Clube Cronus de Chicago recolher o que precisava e deixei uma carta a ser distribuída para os outros clubes informando que Akinleye não se lembraria mais de quem e o que éramos, e que em sua nova e inocente condição deveríamos observá-la e só interferir quando ela precisasse da nossa ajuda.

A tecnologia de 1987 era bem mais avançada do que a que Vincent usou para apagar minha memória. Ele contava com a vantagem de algum conhecimento futuro; o Clube Cronus contava com a vantagem de todo o conhecimento futuro. É verdade que não fazemos muitas alterações nos eventos temporais, mas os clubes do futuro dividem seus conhecimentos com os clubes do passado. Cheguei a ouvir rumores de uma máquina a vapor criada na década de 1870 para induzir o Esquecimento de seu criador, mas não tenho provas para corroborar a afirmação, e provavelmente nunca terei.

Já o nosso dispositivo era uma mistura de produtos químicos e eletricidade, com eletrodos direcionados a pontos bem específicos do cérebro. Ao contrário da máquina de Vincent, a nossa não requeria que a mente estivesse consciente durante o processo, e, enquanto eu administrava o sedativo final na corrente sanguínea de Akinleye, tive a sensação de estar cometendo um assassinato.

— Obrigada, Harry — disse ela. — Daqui a algumas vidas, quando eu já tiver me assentado um pouco, vá me visitar, está bem?

Prometi que iria, mas ela já havia fechado os olhos.

Depois disso, o processo demorou apenas alguns segundos. Ao fim, permaneci a seu lado, monitorando seus sinais vitais, sentado ao lado da cama. Ela estava certa: a pneumonia ganharia a batalha das doenças que queriam matá-la. Em outras circunstâncias, eu simplesmente a teria deixado morrer, mas o Esquecimento tinha outro passo determinante, essencial para descobrir se o processo surtira efeito. Aconteceu três noites depois da primeira descarga elétrica, às duas e meia da manhã. Acordei ao som de gritos. Demorei a entender o idioma — ewe, dialeto que eu não ouvia fazia séculos. Meu ewe era medíocre, na melhor das hipóteses, mas bastou para eu estender o braço, pegar a mão de Akinleye e sussurrar:

— Fique calma. Você está segura.

Se ela entendeu o que eu disse, não deu indicativo, então teve um sobressalto ao me ver e gritou outra vez em ewe chamando pelos pais, pela família, por alguém que a ajudasse. Ela não entendia o que estava acontecendo, olhou para o próprio corpo e estremeceu de dor. Mãe, pai, Deus, ela pediu ajuda a todos.

— Meu nome é Harry — identifiquei-me. — Você me conhece?

— Não conheço você! — arquejou. — Me ajude! O que está acontecendo?

— Você está num hospital. Está doente.

Como eu queria que meu conhecimento de ewe fosse melhor, porque a única outra palavra que me ocorreu foi "morrendo".

— Quem sou eu?

— Você vai descobrir.

— Estou com medo!

— Eu sei — murmurei. — Significa que funcionou.

Eu a coloquei para dormir outra vez antes de ela fazer mais perguntas. Como criança, quando voltasse a nascer, talvez ela se lembrasse do encontro e pensasse que tudo não passou de um sonho, mas não havia por que deixar qualquer indício material além do imprescindível. Quando as enfermeiras chegaram na manhã seguinte para trocar a roupa de cama de Akinleye, ela estava morta, e eu já havia ido embora.

Capítulo 58

Uma cama de hospital.

O despertar.

Um vulto ao meu lado.

Vincent, encolhido entre os próprios braços dobrados, dormindo, a cabeça repousada no colchão em que eu estava deitado.

Acordei do meu Esquecimento, do meu encontro com a morte mental, e...

... ainda era eu mesmo.

Ainda eu.

Ainda Harry August, e eu me lembrava...

... de tudo.

Permaneci deitado por um tempo, não ousando me mexer para não acordar Vincent, com a mente funcionando como sempre. Eu ainda era prisioneiro em Pietrok-112. Ainda era uma ameaça a Vincent. Ainda estava morrendo, com o corpo consumido pelo veneno que eu engolira, mas a minha mente... a minha mente seguia intacta. Assim como eu fizera com Akinleye, Vincent tentaria comprovar essa hipótese quando eu acordasse, procurar qualquer sinal de que ainda havia um Harry na minha mente. E eu não daria esse sinal.

Devo ter contorcido alguma parte do corpo, pois Vincent acordou sobressaltado ao meu lado. Ao ver meus olhos abertos, inclinou-se e começou a me examinar, como um médico faria com um paciente, busca alguma resposta sensorial por trás dos meus olhos. Pensei em falar algo, pensei em voltar à minha língua materna, à minha voz original, como ocorrera com Akinleye, mas isso me pareceu uma complicação desnecessária. Em vez disso, abri a boca e gani de agonia como um animal, e mal precisei me esforçar, de tão devastado que meu corpo se encontrava pelo veneno e pela dor.

— Harry? — Vincent segurava minha mão, assim como eu segurei a de Akinleye, e seu rosto era o retrato da preocupação. — Harry, consegue me ouvir? — Ele falava em russo, e em resposta eu simplesmente gani mais alto. Com isso, ele trocou para o inglês. — Você está bem? Você está ok?

Ele estava bancando o amigo preocupado. A desfaçatez foi tão grande que quase respondi, mas me restava tão pouco tempo, tão pouca vida, que era melhor não pôr tudo a perder. Além disso, durante o tempo em que fiquei inconsciente, mais tecidos no interior do meu corpo haviam morrido, e naquele momento eu só conseguia me pôr de lado na cama e esvaziar o conteúdo de um estômago cheio de bile e sangue. Gosto de pensar que um pouco caiu nos sapatos de Vincent antes de ele pular para trás. Minha cabeça latejava, e era como se alguém tivesse colado a parte interna dos meus olhos com velcro, cuja crepitação ressoava na parte de dentro do meu crânio sempre que eu tentava olhar algo. Meu olho esquerdo se mexia por vontade própria, o que criava a confusa imagem de um quarto com um espaço vazio no meio, enquanto meu cérebro tentava sem êxito encaixar a confusa informação sensorial recebida. Pobre Vincent. O tempo jogara contra ele, e não lhe restava o suficiente para descobrir se eu estava fingindo antes da minha inevitável morte. Ele escolheu fazer um teste mais arriscado. Afastando-se da minha cama num salto, ele gesticulou para dois guardas e, em russo, vociferou a ordem:

— Levem ele!

Eles me levaram, cada um segurando um braço, me arrastando para fora da cama. Então me rebocaram pelo corredor — eu não tinha condições físicas para ser transportado de outra maneira — e me largaram de joelhos num vestiário onde, uma vida antes, eu tivera um encontro com uma assistente de laboratório bem amigável chamada Anna. Vincent chegou à porta e gritou em inglês:

— Matem ele!

O que eu poderia fazer? Havia um risco de que, se eu demonstrasse ter compreendido a ordem, entregaria que ainda era capaz de compreender o idioma. Por outro lado, se demonstrasse calma demais diante da minha morte iminente, poderia dar a entender que ainda me restavam indícios de consciência, a compreensão de que naquele cenário a morte era um alívio. Felizmente, meu corpo, em seu estado lamentável, fez a maior parte do trabalho por mim, pois, ao se ver arrastado por um corredor e largado sem a menor cerimônia, ele começou a entrar numa convulsão que, suspeitei, era o penúltimo passo para a morte, e nem sequer percebi quando a bala entrou no meu cérebro.

Capítulo 59

Minha décima terceira vida começou...

... do mesmo jeito de sempre.

Berwick-upon-Tweed, banheiro feminino. Depois de todo o drama por que passei, cheguei a me perguntar se acordaria sendo filho de um rei. Se havia alguma forma de justiça divina neste universo, ela claramente não pensava em resolver os assuntos dos kalachakra.

O processo normal. Entregue a Patrick e Harriet, criado como filho do casal. Comecei a recobrar a memória aos 3 anos, e, segundo me contaram, fui uma criança notavelmente calada e que mal se fazia notar. Aos 4 anos, eu estava à beira de recuperar as minhas plenas faculdades, e quando fiz 6 anos já me vi pronto para cair no mundo e informar a todos os membros do Clube Cronus a verdade nua e crua dos planos de Vincent e o que ele estava disposto a fazer a fazer para levá-los a cabo.

Escrevi uma carta para Londres, dirigida a Charity Hazelmere e ao Clube Cronus, contando-lhes tudo. Vincent Rankis, o espelho quântico, Rússia — tudo. Senti que não tinha tempo a perder com todo o imbróglio de ser tirado gentilmente da minha família, então informei a Charity que roubaria o dinheiro necessário e escreveria para mim mesmo uma carta escrita em tom adulto, depois seguiria por conta própria até Newcastle para lhe explicar tudo cara a cara.

Ela só precisava esperar meu telegrama e me encontrar na estação. Mais tarde, percebi que toda aquela pressa provavelmente salvou minha vida.

Não recebi resposta, tampouco esperava uma. Charity sempre fora confiável no que dizia respeito às crianças kalachakra. Roubei alguns xelins da escrivaninha de Rory Hulne, escrevi para mim mesmo uma carta bem fluente e eloquente informando a quem lesse que seu portador deveria se dirigir a uma escola em Londres e receberia assistência de quaisquer adultos dispostos a fazê-lo no caminho, então, usando meu melhor — e, de fato, único — par de botas e carregando uma bolsa de frutas roubadas, parti rumo a Newcastle. Conseguir transporte no meu próprio vilarejo era impossível — seria fácil demais confirmar com meus pais se eles haviam permitido aquela aventura —, mas, após caminhar durante uma noite inteira, cheguei, veja só, a Hoxley, para onde certa vez fugi de Franklin Phearson e de seu interesse no futuro, séculos antes. Após entregar a carta e informar honestamente à chefe dos correios que eu era um órfão que se dirigia a Londres, não só consegui que me levassem na traseira do caminhão barulhento na companhia de dois teixos e um labrador preguiçoso, como consegui pão quente e manteiga para me dar sustento.

Chegando a Newcastle, fui direto ao posto telegráfico. Custei a enviar o telegrama, sobretudo porque o balcão era alto demais, mas um advogado bondoso na fila me levantou e me sentou na beira do balcão enquanto, com a voz infantil, eu firmemente lhe explicava minha missão, mostrava-lhe a carta e dizia estar aguardando minha tia. Depois de um momento de indecisão, decidiram enviar minha mensagem, e o chefe da estação me perguntou se eu tinha onde passar a noite. Quando respondi que não, ele estalou a língua e disse que não era certo um garoto tão novo viajar sozinho e que estava pensando em chamar a polícia, mas sua esposa ordenou-o a me deixar em paz, então, a mando da mulher, me deram um cobertor e uma tigela de sopa e me disseram que eu poderia ficar o tempo que quisesse no posto, atrás do balcão de venda de passagens, e que ela ficaria de olho para ver se encontrava minha tia. Agradeci, sobretudo porque teria sido entediante lidar com a intromissão interminável dos adultos ao ver uma criança de 6 anos viajando sozinha para Londres.

Esperei.

O máximo que Charity demorara entre receber o telegrama e chegar a Newcastle havia sido onze horas, e na ocasião foi porque uma nevasca havia atrasado a viagem. Após oito horas, a esposa do chefe da estação me perguntou se eu tinha outro lugar para ir ou conhecia alguém, e o chefe da estação estalou a língua outra vez e disse que estava decidido a chamar a polícia, porque aquilo estava muito errado, que a situação era muito estranha. Pedi para ir ao banheiro e escapei pela janela dos fundos enquanto eles me esperavam do lado de fora.

No dia seguinte, montei guarda na colina que dava vista para a ponte ferroviária, a uma distância que me permitia correr facilmente à estação. A cada trem que chegava do sul, eu descia até a plataforma furtivamente e procurava por Charity.

Ela não apareceu.

Admito que me senti perdido. Durante todo o meu tempo com o Clube Cronus, Charity sempre fora um elemento fiel da minha infância, ou, se não era ela quem ia, alguém comparecia em seu lugar. Mas naquele momento... eu estava completamente desnorteado. Havia perdido um suporte confiável, uma muleta que me ajudava a caminhar pela parte mais difícil da vida. Eu deveria escrever outra vez?

De imediato, a precaução me fez desistir da ideia. Havia perguntas demais sem resposta, perigos demais à espreita. Vincent quisera saber meu ponto de origem, mas, como eu era mais velho do que ele, a implicação estava clara: ele devia ter um aliado, alguém mais velho do que ele e eu, capaz de matar um kalachakra ainda no útero. De repente, aquela certeza fez com que a preservação do meu grande e único segredo fosse essencial; sob circunstância alguma, nem Vincent nem seus comparsas potencialmente ocultos poderiam descobrir de onde eu vinha. Minha mente se agitou. Será que eu havia revelado demais nas cartas para Charity? Eu não tentara ocultar minhas origens; nós simplesmente estávamos tão acostumados à prática de me evacuar da minha infância que eu não sentia necessidade de explanar muito o assunto. E nas vidas anteriores? Nas cartas, eu dera endereços para a evacuação — nunca o endereço verdadeiro, apenas locais perto o bastante de onde eu morava a ponto de conseguir controlar a chegada das correspondências. Eles poderiam revelar a minha localização? Era óbvio que, no mínimo, eles poderiam fechar o cerco de forma inquietante. Não seria necessário pesquisarem muito para encontrarem garotos com a idade e as características apropriadas numa região tão remota.

Por outro lado, eu me encontrava em algum registro formal? Minha origem ilegítima, uma maldição durante grande parte da minha vida, de repente se tornara uma bênção, pois me ocorreu que muito provavelmente não havia nenhum indício formal da minha existência. Meu pai biológico não me reconhecia, e meu pai adotivo detestava papelada com quase a mesma intensidade da raiva que sentia sempre que via velas acesas sem necessidade, ou seja, de forma desproporcional. Será que alguém, alguma vez, fizera qualquer esforço para provar minha existência?

Eu tinha lembranças da primeira vida, quando tudo isso me importava — lembranças de tentar solicitar pensão, de ter que pagar a previdência social pela primeira vez, e da confusa burocracia que surgiu da minha simples existência. Nem sequer o nome que eu escolhera para mim mesmo era verdadeiro. Eu era Harry August e Harry Hulne na mesma proporção; de acordo com a letra fria da lei, eu era filho de Lisa Leadmill, falecida em 1919, que se limitara a sussurrar algumas sílabas no chão do banheiro ao dizer meu nome.

Mas o fato é que eu não estava morto.

Não havia sido exterminado antes de nascer.

Se Vincent estava se esforçando para me encontrar naquela vida, se havia mandado um aliado — talvez vários — mais velhos do que ele, então claramente não conseguiu determinar meu verdadeiro ponto de origem, e minha impressão era de que não tinha dado a Charity informações suficientes para tornar isso possível.

Mas o que se passava com Charity?

O que acontecera com ela? Por que não aparecera?

Mais do que tudo, foi a última pergunta que me levou a agir. Voltei às escondidas até a estação de Newcastle e peguei o primeiro trem para Londres.

Não comprei passagem.

Ninguém leva a juízo uma criança de 6 anos por viajar de trem sem pagar.

De volta a Londres.

Em 1925, Londres era uma cidade à beira da mudança. No dia em que cheguei, o prefeito instalou no bairro de Stoke Newington um novo cocho onde os cavalos que passassem pela região pudessem beber, e poucas horas depois da cerimônia de inauguração o local foi atingido por um carro que perdeu a direção numa esquina. Todos sabiam que a mudança estava chegando, mas ninguém de que forma ela se daria, a sociedade parecia cambalear, se equilibrar à beira do precipício, a tão antiga situação de usar uma das mãos para se aferrar ao passado enquanto a novidade empurra e ganha impulso com a outra. Ambulantes brigavam com quitandeiros, os Trabalhadores com os Liberais, enquanto os Conservadores mantinham distância, relutando, resignados com as reformas inevitáveis, mas torcendo em segredo para que seus rivais tivessem que lidar com as medidas mais controversas. O sufrágio universal era a bandeira do momento, tendo em vista que as mulheres que haviam lutado pela igualdade política passaram a voltar a atenção para a igualdade social — os direitos de fumar, beber e farrear pela cidade como qualquer homem. Era tudo o que minha avó Constance não teria aprovado, se bem que ela nunca havia aprovado nada desde a década de 1870.

Para um garoto, era fácil andar por essas ruas. Manadas de ladrõezinhos pululavam pelos becos e perto dos bordéis de King's Cross; e, em que pese seu ar de grandeza, Holborn ainda era pura fachada. Os policiais me olhavam de soslaio, mas não me paravam enquanto caminhava confiante cidade adentro, em busca do Clube Cronus. O ar carregado de fuligem enegrecia os edifícios brancos; mesmo os mais modernos já estavam rabiscados com iniciais e mensagens raspadas na sujeira. Ali estava a passagem onde antes se encontrava o Clube Cronus, onde encontrei Virginia naquele dia de verão durante o ápice da Blitz, quando conversamos sobre o tempo e os protocolos, e relaxamos em meio à poeira. Ali estava a porta, mas não havia letreiro. Nem sequer a placa de latão. Absolutamente nada.

Mesmo assim, bati à porta.

Quem abriu foi uma empregada com avental branco engomado e um chapéu de aba três vezes maior do que a copa.

— Oi — disse. — O que você quer?

Menti por instinto.

— Quer comprar laranjas?

— O quê? Não! Vai embora!

— Por favor, senhora — insisti. — São as melhores laranjas Cronus.

— Cai fora, moleque — retorquiu ela e, para deixar sua posição mais clara, me deu um chute fraco antes de bater a porta na minha cara.

Fiquei imóvel na rua, desconcertado, olhando para o nada.

O Clube Cronus havia sumido. Desesperado, busquei sinais, pistas, mensagens gravadas em ferro, em pedra, qualquer tipo de indícios que apontasse seu possível paradeiro — nada. Frenético, voltei à rua e comecei a procurar qualquer marca na sarjeta, qualquer mancha que servisse de indício, então olhei para cima e vi uma cortina se mexer.

Meu coração parou.

Mas é claro.

Estúpido, estúpido, estúpido.

É claro que, mesmo que alguém destruísse o Clube Cronus, haveria deixado vigilantes para ver quem iria até lá.

Bem, com a inteligência própria da criança idiota que eu aparentava ser, eu havia aparecido.

Não busquei o confronto, não tentei ver quem estava me espiando por trás daquela cortina marrom emporcalhada. Apenas abaixei a cabeça e saí correndo.

Capítulo 60

Eu não tinha escolha.

Voltei sorrateiramente a Berwick.

De volta à Mansão Hulne, a Patrick e Harriet, a Rory e Constance. De volta ao lugar de onde saí, de volta ao lugar onde tudo começou.

Cheguei quatro dias após ter saído, sujo, cansado, esfarrapado. Um ladrãozinho que fugira e não encontrou lugar onde se esconder. Harriet chorou ao me ver, me abraçou e me balançou nos braços e chorou até empapar minhas roupas. Patrick me levou para os fundos e me deu a pior surra da minha vida. Depois me arrastou de volta para casa e me fez pedir desculpas, ainda sangrando, para o senhor Hulne e família, que disseram que eu tinha muita sorte de não ser expulso de vez para passar fome por ser um fedelho malcriado e, por ser a criança desprezível que eu era, que dali em diante eu teria que trabalhar todo dia e toda noite até os compensar.

Aceitei as surras e a humilhação em silêncio. Não tinha escolha. O luxo e o sustento das minhas vidas anteriores haviam sido tirados de mim. Eu tinha 6 anos. Eu tinha 750 anos. Estava sendo caçado.

Os Hulne se recusaram a pagar pelos meus estudos, e Patrick não insistiu, sentindo-se humilhado pela minha fuga. Nessa vida, Harriet começou a morrer cedo, e me peguei pensando se, da minha maneira, contribuí para isso. Fiquei a seu lado na cama até o fim, dando-lhe suco de papoula que roubava da minha tia Victoria e segurando-lhe a mão em silêncio. Talvez minha vigília me tenha feito ganhar alguns créditos aos olhos de Patrick, pois no funeral ele me olhou nos olhos pela primeira vez desde que eu fugira, e depois disso as surras diminuíram de frequência.

Após a morte de Harriet, e negando-se a ver seu sobrinho bastardo crescer como um completo analfabeto, minha tia Alexandra começou a me ensinar a escrever em segredo. Claro que eu já sabia tudo o que ela poderia ensinar, mas me senti tão grato pela companhia, pelas conversas, pelos livros e pelo encorajamento que eu a satisfiz, uma compensação mínima por sua enorme generosidade. No quinto mês, Constance descobriu, e dava para ouvir a discussão entre as duas do pequeno lago de peixes lá fora. Alexandra era mais corajosa do que eu havia imaginado, pois, no rescaldo da discussão, suas visitas se tornaram mais frequentes. Ela estava impressionada com a minha facilidade para aprender e, por não ter filhos, não percebia bem como meu desenvolvimento era anormal. Enquanto tia Alexandra passou a fazer cada vez mais parte da minha vida, Patrick passou a fazer menos, até que, quando eu tinha 12 anos, nós mal nos falávamos, e nem havia necessidade.

Eu estava esperando o momento certo, e não me restava alternativa até poder me passar por adulto. Quando fiz 15 anos, pensei que talvez conseguisse levar uma farsa a cabo, e, sabendo que a atitude era parte fundamental daquela empreitada, eu com certeza contava com o porte e a capacidade intelectual para levar o plano adiante. Conversei com Alexandra, pedi algum dinheiro emprestado, escrevi-lhe uma carta de agradecimento por sua bondade, e outra para Patrick expressando o mesmo, então fui embora no dia seguinte sem nunca olhar para trás.

Meu trabalho era próprio de um historiador. Eu precisava descobrir o destino do Clube Cronus sem pôr a vida em perigo. Parecia provável que, o que quer que tivesse acontecido com o Clube, quem quer que soubesse de seu paradeiro estaria escondido. Também parecia provável que, por mais determinado que Vincent fosse em seu alcance, eram poucas as chances de ele influir em mais do que algumas gerações de kalachakra anteriores à dele. Precisava haver um Clube Cronus em Londres antes, talvez não no começo do século XX, mas possivelmente no XIX, e certamente no XVIII, e, mesmo que de alguma forma Vincent tivesse apagado qualquer rastro do Clube até um passado tão distante, haveria outras filiais, em outras cidades, que ele não teria afetado. Eu precisava encontrá-las.

Comecei a pesquisa na biblioteca da Universidade de Londres. A segurança era pífia, foi fácil me passar por estudante e adentar com um passo afetado a sala de leitura para consultar os tomos sobre a história social de Londres. Com muita cautela, comecei a tatear as outras cidades. Mandei telegramas para acadêmicos em Paris e Berlim, nunca para kalachakras em si, apenas pessoas que pudessem ter interesse na sociedade, perguntando pelo Clube Cronus em suas regiões. Paris não retornou, e Berlim seguiu o mesmo caminho. Desesperado, contatei cidades mais distantes. Nova York, Boston, Moscou, Roma, Madri — ninguém respondeu. Eu sabia que o Clube Cronus de Pequim estava passando por um turbilhão durante essa época para sequer responder a pedidos, tendo passado boa parte dos anos 1920 aos 1940 às escondidas e enviando seus membros a clubes mais prósperos e confiáveis. Por fim, recebi uma resposta de um colecionador de Viena, informando que em 1903 uma organização chamada Clube Cronus havia organizado uma festa para os embaixadores da cidade e suas esposas, mas, em meio a todos os problemas da Primeira Guerra Mundial, fechou as portas e nunca mais as reabriu.

Em Londres, revirei os livros de história e por fim encontrei uma referência ao Clube no *London Gazette*. Em 1909, os diretores do Clube Cronus fecharam as portas por "falta de interesse de membros adequados". Foi só o que consegui encontrar.

1909.

A data me deu uma pista e certo alívio. O Clube Cronus existira até o fim do século XIX, o que dava a entender que, quem quer que fossem os aliados de Vincent, eles não conseguiam retroagir muito no tempo. Uma criança nascida em 1895 poderia, em 1901, já contar com todas as suas faculdades mentais para caçar os kalachakra em seus pontos de origem e impedir os nascimentos. Em 1909 o padrão já teria sido percebido, a ameaça ao Clube eliminada, e de repente a organização criada para proteger seus membros teria funcionado como uma armadilha, um chamariz, um perigo para quem solicitou sua ajuda.

Por outro lado, mesmo com a filial de Londres sendo tão acossada, eu não conseguia acreditar na escala desses eventos, de proporções globais. Ninguém, nem Vincent, poderia ter descoberto os pontos de origem de tantos ouroboranos para depois exterminá-los, não numa escala tão gigantesca. Mas, no momento em que pensei nisso, outra ideia me surgiu de imediato: Vincent não precisava saber os pontos de origem dos membros do Clube para matá-los; ele só precisava fazê-los esquecer. Isso serviria ao seu propósito, e gerações inteiras de Clubes Cronus iriam abaixo. Seria simples encontrar membros com uma idade mediana, e eu não tinha ideia do que Vincent fizera contra eles na minha vida anterior, pois eu morrera jovem demais para saber. Ele pode ter tido quarenta anos pela frente, talvez mais, para caçar cada kalachakra do planeta e apagar suas memórias ou determinar seus pontos de origem, como tentou fazer comigo. Qualquer tática teria sido devastadora e, sim, potencialmente danosa em escala global.

Se assim tinha sido, então eu precisava encontrar um sobrevivente, alguém que confirmasse minhas suspeitas.

Rumei para Viena.

Capítulo 61

O Clube Cronus de Viena se localizava — ou melhor, havia se localizado — na periferia da cidade, com vista para o Danúbio, cujas águas fluíam com força e cuja superfície agitada dava sinais de suas fortes correntes na parte mais profunda. Na época em que cheguei, a cidade era pouco mais do que um lugar de passeio para a decadente aristocracia do que havia sido o império Austro-Húngaro, a qual, em pouquíssimos anos, seria regida por Hitler e seus representantes, depois por Stálin e os seus. Mas, por ora, dançavam, compunham música e tentavam não pensar naquilo que estava por chegar.

Eu fora a Viena pelo simples motivo de lá ter existido o único clube que, durante toda a minha investigação, parecia ter sido dissolvido por vontade própria da geração anterior. Em Londres, não havia qualquer traço do Clube Cronus, e eu não recebera respostas das outras cidades, mas, em Viena, eu depositava certa esperança de que, ao dissolver o Clube, os diretores tivessem deixado uma pista gravada em pedra. Algo que Vincent não tenha percebido.

Eu me vesti como um estudante da história austríaca e falei em alemão com um leve sotaque húngaro, o que divertia meus anfitriões enormemente. Abri caminho com uma mistura de mentiras, roubos e o truque mais velho do mais velho dos kalachakra: previsões incrivelmente precisas sobre quem ganharia as corridas de cavalo. E, enquanto trabalhava, rastreando o local do antigo Clube, folheando os registros civis da cidade, eu me perguntei por que o Esquecimento não funcionara comigo.

Eu só conseguia pensar numa simples resposta — eu era um mnemotécnico, assim como Vincent. Mas então... será que Vincent sabia? A destruição que ela causara aos meus semelhantes era uma clara indicação de seu conhecimento e até que ponto estava disposto a chegar com suas ambições, mas, no meu caso, até que ponto ele sabia de verdade? Ele tinha uma ideia aproximada da minha idade e, talvez, da minha origem geográfica, mas não podia estar seguro de que meu nome era real, tampouco podia saber com certeza se eu ainda conseguia me lembrar de algo. Isso poderia ser uma grande vantagem, desde que eu permanecesse no anonimato. Se me pegassem vasculhando os escombros do Clube Cronus, eu ficaria numa posição altamente incriminadora e revelaria que o Esquecimento tinha sido um fracasso total. No entanto, enquanto minha identidade permanecesse oculta, eu poderia ser um problema constante para Vincent.

Com isso em mente, passei a viver me mudando. Não permaneci no mesmo lugar por mais de alguns dias, não parava de mudar as roupas, o idioma, o tom de voz. Tingi o cabelo com tanta frequência que logo ele passou a parecer um ninho castanho e quebradiço, e fiquei tão perito em forjar documentos que fui contratado para fazer parte de uma organização criminosa em Frankfurt. Eu não deixava rastros de presença: não havia fotos, textos, cartas, nomes, documentos; mantinha todas as anotações na mente, só ganhava o dinheiro absolutamente necessário na jogatina e não fiz nenhuma amizade próxima. Nunca escrevi cartas à Mansão Hulne e acho que durante todo o tempo de investigação não falei uma única verdade a meu respeito. Eu seria o pior pesadelo de Vincent Rankis, e ele nem perceberia quando eu me aproximasse.

A busca me tomou três meses, dois a mais do que me pareceu sensato. Os diretores do Clube Cronus tinham sido cuidadosos, enterrado todos os vestígios, porém um sujeito chamado Theodore Himmel deixara uma cláusula em seu testamento para que uma caixa de ferro fosse enterrada ao pé de sua cova. Era um mero detalhe, uma cláusula extravagante nos documentos de um homem morto havia mais de trinta anos, mas bastou. Na calada da noite, entrei às escondidas no cemitério e, à luz de uma lanterna, cavei até bater numa superfície metálica.

E ali estava a caixa de ferro, preta e amassada, enterrada conforme se estipulara na última vontade de seu testamento. Estava soldada, e demorei mais de três horas para abri-la com uma serra para metais.

Na caixa havia uma pedra com uma inscrição em três idiomas — alemão, inglês e francês. A escrita era minúscula, tomava até as curvas de toda a pedra, e sua mensagem dizia:

Eu, Theodore Himmel, pertencente à estirpe conhecida como ouroboranos, a cobra que engole o próprio rabo, deixo esta mensagem para os futuros descendentes da minha condição que queiram descobrir o que aconteceu comigo. Quando criança, o Clube Cronus me salvou do tédio da minha vida, me tirou da pobreza e me ofereceu uma vida de riqueza, companheirismo e conforto. Já velho, procurei fazer o mesmo pelas gerações mais jovens de nossos semelhantes, tarefa que realizei durante várias vidas anteriores. Mas nesta não foi possível.

Até o ano do Nosso Senhor de 1894, as crianças da nossa condição nasceram conforme o previsto. No entanto, deste fatídico ano em diante, cada vez mais indivíduos ouroboranos nasciam sem memória sobre sua natureza, e alguns deles inclusive nem chegaram a nascer. Tudo indica que na vida anterior foram capturados por uma força desconhecida, e suas mentes e suas almas, repositórios de imenso conhecimento e personalidade acumulados durante séculos, foram destruídas. É uma afronta ao conhecimento, uma afronta ao homem, uma afronta a todos da nossa condição, e eu vi amigos e companheiros, minha família, condenados a serem crianças outra vez. Para eles não existe Clube Cronus, e só posso me compadecer das viagens que precisarão empreender nas próximas vidas, conforme revivem as dores do redescobrimento.

Se você está lendo isso, saiba que morri e que, nesta vida, o Clube Cronus sofreu danos irreparáveis. Não o procure, pois é uma armadilha;

não procure outros da nossa condição, nem confie neles. Tantas pessoas esquecendo tanto e algumas delas sendo exterminadas antes de nascer só pode ser fruto de traição.

Peço que enterre esta pedra de volta, para que outros talvez possam encontrá-la, e reze para que o Clube Cronus se reerga com o passar das nossas próximas vidas.

À luz da lanterna, li apenas uma vez, então, conforme pedido, coloquei a caixa de volta no túmulo.

Capítulo 62

Eu precisava encontrar Vincent Rankis.

Sentia-me furioso por pensar que não seria uma tarefa nada fácil, e ainda mais por saber que empreender uma busca ativa nesta vida me exporia a um perigo maior do que se fizesse na seguinte. Se eu fosse pego naquela vida, daria uma prova de que o Esquecimento não havia funcionado, e eu tinha quase certeza de que Vincent não seria tão desleixado outra vez a ponto de me deixar tomar veneno de rato sem antes arrancar de mim a informação sobre meu ponto de origem. Além disso, se eu me destacasse socialmente como uma figura muito conhecida ou poderosa, os lineares poderiam fazer perguntas a respeito da minha origem, assim como os kalachakra, e essa informação se transformara em meu bem mais precioso.

Com tudo isso em mente, e pela primeira vez em minhas vidas, eu me tornei um criminoso profissional.

Apresso-me em dizer que minha intenção não era acumular riqueza, e sim contatos. Eu precisava encontrar ouroboranos que ainda estavam vivos, ainda tinham memória — aqueles que haviam sobrevivido à purgação de Vincent —, mas estava claro que não poderia usar o Clube Cronus. Igualmente, eu não poderia usar meios legais e correr o risco de minhas pesquisas servirem para entregar minha localização, por isso me rodeei de camadas de segurança para evitar que tanto a polícia quanto qualquer outro que me procurasse fossem capazes de descobrir minha verdadeira identidade. Comecei fazendo lavagem de dinheiro, com as vantagens de saber lidar com as grandes instituições bancárias e de ter conhecimentos prévios de onde seria bom ou ruim investir. A Segunda Guerra Mundial afetou minhas atividades criminosas até certo ponto, pois afastou muitos dos negócios dos meus clientes e reduziu economias inteiras a atividades no mercado negro sobre as quais eu praticamente não tinha controle algum, mas os anos seguintes foram ótimos para se conseguir dinheiro fácil. Fiquei um pouco decepcionado com a facilidade que senti para assimilar as técnicas e a velocidade com que me tornei tão impiedoso. Eu me desligava rapidamente de clientes que não seguiam meus conselhos ou ostentavam a riqueza de um jeito que poderia chamar atenção para mim. Cortava laços com os que tentavam descobrir minha identidade com muito afinco. E recompensava com alta rentabilidade aqueles que escutavam e seguiam meus rígidos preceitos de negócios. Por ironia, muitas vezes as principais empresas que eu usava como laranjas para transferir dinheiro eram tão bem-sucedidas que começavam a dar mais lucro do que as atividades ilegais que as haviam originado, altura em que eu me via obrigado a fechá-las ou cortar por completo suas ligações com o crime, para evitar um exame muito minucioso por parte das instituições tributárias dos países onde se sediavam. Eu nunca fazia negócios pessoalmente, só por meio de representantes verossímeis, como tinha feito tantas vidas antes, quando trabalhava na Waterbrooke & Smith. Até cheguei a contratar Cyril Handly, ator que já se passara por mim numa vida anterior, para conduzir alguns negócios por mim. Dessa vez ele se ateve ao script, em boa parte graças ao fato de eu tê-lo mantido longe da bebida, até um dia de 1949 no qual, na cidade de Marselha, um bando de traficantes com aspirações revolucionárias invadiu a reunião de negócios de que ele participava, atirou em todos os que resistiram à ação e enforcaram os sobreviventes num guindaste, sinalizando para os rivais que eles estavam invadindo território alheio. A organização criminosa atacada retaliou com sangue e chumbo, o que não os levou a lugar algum. Saquei até o último centavo de franco de suas contas bancárias, delatei cada contador e cada testa de ferro que já trabalhara para eles alguma vez, denunciei suas empresas de fachada às forças da lei e, quando tive a impressão de que tudo aquilo só serviria para provocar novas e insensatas represálias por parte deles, envenenei o cachorro do líder.

Deixei amarrado ao pescoço do cachorro um bilhete que dizia: "Posso encontrar você em qualquer lugar, a qualquer hora. Amanhã vai ser sua filha, e no dia seguinte sua esposa."

Ele fugiu da cidade no dia seguinte, mas antes publicou uma recompensa desproporcional pela minha cabeça, a qual não poderia pagar. Nenhum assassino a reivindicou. Nenhum assassino jamais soube onde procurar.

Em 1953 eu já tinha informantes e contatos em todo o mundo. Também tinha uma esposa — Mei —, a quem conheci na Tailândia durante uma das minhas visitas-relâmpago e que queria um visto de entrada para os Estados Unidos. Proporcionei-lhe o visto e uma confortável vida de classe média no subúrbio de Nova Jersey, onde ela aprendeu inglês, participou de ocasiões sociais, engajou-se com instituições de caridade e manteve um jovem e educado amante chamado Tony, a quem amava profundamente, mas, por respeito a mim, expulsava de casa sempre antes de eu chegar. Em troca dos meus poucos gastos eu recebia regularmente uma comida de altíssima qualidade, companhia quando eu a requisitava e reputação de filantropo. De fato, eu me deparei com um problema, ao não saber o que fazer com o excesso de dinheiro que recebia, e dependi bastante de doações anônimas para instituições de caridade para evitar acumular uma riqueza comprometedora. Mei fez um trabalho magnífico nessa área, ao visitar os escritórios de cada possível receptor e examinar minuciosamente registros de palavras e atos, para então dar o aval do desembolso. Por vezes a entrada de renda era tão absurda, e o escrutínio de Mei tão exaustivo, que eu precisava agir sem seu consentimento e fazer uma doação anônima para uma instituição que ela não aprovava e ganhar tempo. Nunca fomos apaixonados um pelo outro, nem nunca precisamos disso. Ambos tínhamos o que queríamos e ponto, e Mei se manteve fiel a mim e a Tony até a morte, acreditando que meu nome era Jacob e que eu havia nascido da Pensilvânia. Ou, se ela duvidava, nunca fez perguntas.

Tudo caminhava muito bem, mas eu ainda escondia até da minha esposa o objetivo final das minhas atividades. Conforme eu acumulava contatos no mundo do crime, crescia minha habilidade em contatar fontes de informação, e na década de 1950 eu tinha policiais, políticos, funcionários públicos, governadores e generais sob meu controle ou ao meu alcance. Considerando que a informação que eu queria deles era tão ínfima, tão simples, provavelmente eles se sentiram agradecidos por ter sido eu a solicitá-la. Minhas pesquisas se centravam em informações sobre este ou aquele edifício, este ou aquele nome, investigando do meu jeito os destinos dos Clubes Cronus e de seus membros ao redor do mundo, quem vivera, morrera ou passara por um Esquecimento. Às vezes eu tinha sorte: em 1954, eu me deparei por acaso com Phillip Hopper, filho do fazendeiro de Devon, que naquela vida herdara a empresa do pai e, para meu deleite, vinha produzindo nata caseira em enormes quantidades de seu gigantesco rebanho de vacas gordas e superalimentadas. O fato de que ele estava trabalhando na fazenda do pai não se encaixava com a lembrança que eu tinha dele, pois, em todos os meus anos, eu nunca o vira mover uma palha para trabalhar, mas, com um espírito aventureiro, mandei que Mei embarcasse num voo para a Inglaterra, comprei-lhe um chapéu de palha, levei-a para conhecer a Torre de Londres e por fim entramos num trem na direção sudoeste, onde passamos férias muito agradáveis caminhando pelas falésias, procurando fósseis e engordando com bolinhos de frutas. Apenas no penúltimo dia, como se fosse por acaso, Mei e eu passamos na frente da fazenda de Phillip Hopper, pulamos a cerca e chegamos à porta de seu chalé para saber se podíamos comprar um pouco de sua famosa nata caseira.

Foi o próprio Phillip quem abriu a porta, e não houve dúvida, nenhuma, por um segundo que fosse, de que ele havia perdido a memória. Não eram apenas seu aspecto, seu sotaque de fazendeiro, sua expressão de profundo desconhecimento ao me ver ou o leve desdém ao ouvir meu sotaque americano forçado; era uma perda mais profunda. Uma perda do tempo, da experiência, do conhecimento — a perda de todas as características que haviam configurado a essência daquele homem. Assim como tantos outros ouroboranos, em algum momento da vida anterior Phillip Hopper fora capturado por forças desconhecidas e tivera qualquer rastro de identidade eliminado da memória.

Ele nos vendeu nata caseira, e sinto vergonha de dizer que já tínhamos acabado com tudo quando voltamos de trem para Londres na manhã seguinte.

Capítulo 63

Concluí que a minha vida seguinte seria o caos.

Deitado ao lado de Mei em nossa elegante casa de subúrbio paga com dinheiro de contrabandistas e fraudadores, eu olhava fixo para as sombras das folhas que balançavam no teto do quarto enquanto refletia sobre perguntas a séculos de distância.

Os kalachakra cujas memórias tinham sido apagadas acordariam no mesmo estado de confusão e loucura que eu mesmo vivera nas primeiras vidas. Em geral, após um Esquecimento, os membros do Clube Cronus apareciam na segunda vida para proteger a criança aterrorizada dos piores traumas da experiência e para guiá-la durantes esses tempos tão difíceis. Mas fazer isso naquele momento, em que Vincent estava tão claramente a par das identidades de tantos kalachakra, seria um risco para aqueles de nós — eu não sabia quantos éramos — que permanecíamos com a memória intacta. Mas e se não fizéssemos nada? Por séculos à frente, as gerações futuras do Clube Cronus dependiam dos membros do século XX para protegê-los, ajudá-los. O que eles fariam se não proporcionássemos os alicerces?

Concluí que eles encontrariam um jeito, pois era essa a alternativa que lhes restava. A questão mais premente era a do aqui e agora — o que *eu* faria, um dos poucos privilegiados que ainda se lembravam da própria natureza, quando na vida seguinte os hospícios deste mundo começassem a ficar lotados de gente cujas memórias Vincent destruíra?

Eu precisava encontrar um Clube Cronus intocado pela purgação de Vincent Rankis, bastaria apenas um, cujos membros ainda se lembrassem de quem eram.

Em 1958, concluí que o único Clube que eu poderia encontrar com essas descrições se encontrava em Pequim.

Não era um bom ano para visitar Pequim. A campanha do Desabrochar das Cem Flores havia sido esmagada de forma rápida e eficaz quando o governo comunista chinês percebeu que dar liberdade cultural não significava conseguir grandeza cultural; estava começando o Grande Salto Adiante, por meio do qual os chineses eram estimulados a desenvolver a China, sacrificando ferramentas e metal, tempo e energia, vidas e força, tudo pelo bem da nação. Entre 18 e 30 milhões de pessoas morreriam em decorrência da fome. Entrar lá como ocidental era praticamente impossível, mas eu tinha contatos suficientes no mundo do crime russo a ponto de conseguir um disfarce de acadêmico soviético enviado a Pequim para compartilhar técnicas industriais e aumentar a fluência no mandarim.

Falar mandarim com sotaque russo é dificílimo. De todas as línguas que aprendi, o mandarim foi a que mais me tomou tempo, e ter que reproduzir as entonações corretas enquanto me fazia passar por um estudioso soviético desajeitado foi motivo de extrema angústia. No fim das contas, escolhi dar ênfase ao meu sotaque russo em vez de tentar mostrar qualquer precisão no idioma, o que causou uma infinidade de sorrisos maliciosos por parte dos meus anfitriões e me deu o apelido de professor Sing-Song, que logo se tornou o nome por que todos me conheciam.

Embora tecnicamente fosse um aliado vindo de uma nação amiga, meus movimentos em Pequim eram muito restringidos. A cidade passava por uma mudança turbulenta, mas, tendo em conta a situação do país na época, a mudança foi terrivelmente fragmentada. Bairros inteiros das antigas habitações Qing haviam sido derrubados de uma só vez, embora não houvesse recursos para substituir as moradas perdidas. Grandes arranha-céus começavam a ser construídos, mas as obras não acabavam, então colocavam um telhado em cima de quatro andares e diziam: "O plano era esse desde o começo." Cartazes se espalhavam por toda parte, e as propagandas eram as mais coloridas e, pelo menos no meu ponto de vista, mais ingênuas que eu já tinha visto. Abarcavam desde os elementos básicos do regime comunista — imagens de famílias felizes labutando juntas contra um céu vermelho num campo bem--cuidado — até outras campanhas menos convencionais, como a que sugeria que ter vasos de planta em casa encorajava uma vida honesta, ou apelos para que a população cuide bem da higiene pessoal pensando no bem da nação. Os cartazes me faziam pensar em tudo aquilo como um grande projeto escolar de arte espalhado pela cidade. Mesmo assim, era inegável o fervor que causava grande parte da propaganda, ao menos entre meus anfitriões mais exaltados, que proclamavam a retórica da época com a paixão de fanáticos religiosos e, em alguns anos, prova-velmente acreditariam que a Revolução Cultural tinha sido a melhor época de suas vidas. Era um lembrete da antiga verdade ancestral que dizia que, para o mal prosperar, bastava a omissão dos bons. E, ali, na China daquela época, eu me perguntei quantos milhões de homens bons observavam em silêncio, enquanto essa minoria de crentes ruidosos e enérgicos marchava e cantava no caminho rumo à fome e à destruição.

De dia, eu dava aulas a jovens e sisudos tecnocratas sobre tudo de eu que me lembrava da doutrina industrial russa da época. Cheguei a inventar e desenhar gráficos e tabelas, discuti siderúrgicas não existentes e formas de motivar os trabalhadores, e a cada fim de aula respondia a perguntas como,

— Professor Sing-Song, senhor, por acaso oferecer prêmios a super-visores que aumentam a produtividade de uma fábrica não é encorajar uma fraqueza ideológica? Por acaso o supervisor não deve estar em patamar de igualdade com seus funcionários?

E eu respondia:

— O supervisor está a serviço dos seus funcionários, pois são eles quem produzem. No entanto, deve haver uma figura nítida de liderança em toda organização, caso contrário não vamos ter como medir seu sucesso ou fracasso nem poderemos confiar que as normas universais sejam implementadas nos níveis inferiores. No que diz respeito a recompensar o supervisor, descobrimos que, se não o fazemos, a motivação do supervisor e dos trabalhadores cai, e pode ser que eles não trabalhem com tanto afinco no ano seguinte.

— Mas, senhor! Será que nesse caso uma campanha de doutrinação ensinando a forma correta de pensar não seria a resposta apropriada?

Sorri, assenti com a cabeça e respondi com uma sequência de mentiras absurdas, vazias e insípidas.

Eu havia feito um pedido especificando que minha estadia em Pequim se limitasse a três meses. Achei que seria incapaz de manter a mentira por muito mais tempo e queria ter uma rota de fuga eficaz, caso meu disfarce fosse descoberto. Também havia estabelecido laços com as tríades de Hong Kong, que, a meu pedido e com muita reticência da parte deles, enviou uma equipe de cinco homens rumo ao norte, prontos para me ajudar a qualquer momento. Nem os homens nem a tríade se deram conta de que seria eu mesmo a usar seus recursos em Pequim; em vez disso, presumiram, como sempre, que eu estava operando por meio de um procurador. Quando os conheci, fiquei assustado ao perceber como suas roupas destoavam do ambiente, pois eles ainda carregavam traços de ostentação típicos da moda de Hong Kong — sapatos novos, calças limpas, pele macia e, o que mais me horrorizou, um deles cheirava a loção pós-barba cara. Eu lhes dei uma bronca misturando russo e mandarim, e me senti aliviado ao descobrir que o mandarim deles era excelente, apesar do forte sotaque de Hunan. Enquanto eu trabalhava, eles saíram à caça do Clube Cronus, espalhando-se pelo submundo do crime em Pequim rumor a rumor, porque na época o governo tratava os criminosos com nada menos que impiedade.

O Clube Cronus de Pequim.

Eu me sentira relutante a contatá-lo mesmo no começo da missão, pois no século XX essa filial tinha uma reputação duvidosa entre os Clubes do mundo. Durante a maior parte de sua existência, o Clube Cronus de Pequim é estável, agradável, confiável — uma espécie de destino turístico, pois, se você conseguia viajar até lá, ele oferecia um nível de estabilidade e luxo inalcançável para outros clubes até meados da década de 1890. No entanto, a partir de 1910 a filial começa a se fechar cada vez mais, parecendo-se muito com a filial de Leningrado de 1950 — fica às sombras, dá suporte aos seus jovens, mas faz pouco mais que isso. Durante a década de 1960 o Clube Cronus de Pequim não passa de um rumor e, em várias ocasiões, apesar das precauções de seus membros, é vítima pela Revolução Cultural. Na Rússia Soviética, bastam propinas e chantagens para resolver esse tipo de ataque ao luxo ou ao intelectualismo, mas, durante a loucura desses meses da Revolução Cultural, nem os kalachakra conseguem prever com exatidão o desfecho dos acontecimentos.

O Clube também passou por outros problemas durante o século XX, grande parte deles de caráter ideológico. Seus membros sempre sentiram muito orgulho da China, de sua nação, e durante muitas vidas a maior parte deles luta de um lado ou de outro durante a prolongada guerra civil. No entanto, em algum momento os membros mais pragmáticos percebem que nada do que façam vai alterar o curso dos acontecimentos, então alguns vão embora, ressentidos e desiludidos com o destino que aguarda seu país. Os que ficam, e são muitos, se veem envolvidos por uma batalha entre o orgulho patriótico, a consciência do quadro geral que falta a muitos dos lineares contemporâneos e o mesmo fervor ideológico que com tanta frequência já destruiu o próprio Clube. Quando tudo o que se vê com o passar dos dias são faixas que proclamam a glória do comunismo e todo o seu mundo intelectual é definido por esse grande grito de guerra do qual você não tem como escapar ou se defender, então, como um prisioneiro numa cela, essas muralhas se tornam sua vida. Era o que acontecia com o Clube Cronus de Pequim, e seus membros — ferozes, apaixonados, furiosos, amargurados, irados, comprometidos, rejeitados — têm reputação duvidosa no século XX. Ouvi dizer que a natureza do Clube muda outra vez no século XXI, voltando a ser um lugar de luxo e segurança, mas nunca cheguei a conhecer esta época.

A tarefa de encontrar o Clube Cronus de Pequim é, na melhor das hipóteses, complicada.

E, muito provavelmente, aquela era a pior época possível para eu sequer pensar em procurá-lo, mas não me restava alternativa.

Demorei dois meses, e eu já estava começando a sentir a pressão dos meus colegas da universidade, que faziam correr o rumor de que o professor Sing-Song não tinha uma doutrinação correta. Na verdade, a doutrina que eu promovia era absolutamente correta para os tempos que vivíamos, mas eu subestimara a velocidade com que os tempos mudavam e como a interpretação que seus rivais fazem de você importa muito mais do que a veracidade do que sai de sua boca, o que era anda mais essencial. Calculei que me restavam apenas umas poucas semanas até ser deportado, e a deportação seria a opção mais benevolente.

Quando a mensagem chegou, foi no momento perfeito. Veio na forma de um papelzinho dobrado e passado por baixo da minha porta. Escrito em russo, dizia: "Conheci um amigo. Encontre-me para tomar um chá, às 18h, sob a lanterna."

"Sob a lanterna" era um código estabelecido para se referir a uma pequena casa de chá, uma das pouquíssimas restantes em Pequim, que permanecera de portas abertas em grande conta para membros da elite do partido e as visitas de estudiosos como eu, no intuito de desfrutar o serviço das jovens solícitas que poderiam ser ainda mais solícitas em troca de um pequeno incentivo adicional. A dona da casa de chá vestia sempre um robe branco simples, mas seu cabelo era adornado com uma grande coroa de hastes de metal e joias, e nunca vi seu sorriso fraquejar, mesmo que por um segundo, naquele rosto arredondado. Para mostrar o comprometimento da casa com o Grande Salto Adiante, todas as cadeiras metálicas baixas em que os clientes haviam se sentado antes foram entregues à indústria, e a partir de então os fregueses se sentavam em almofadas vermelhas no chão. Os secretários do partido que apareciam por lá para beber não paravam de elogiar a troca, e tempos depois, ao perceber que seus joelhos já não aguentavam ficar na posição de pernas ao se sentar, um secretário do partido deu de presente ao estabelecimento vinte bancos de madeira envernizados.

Encontrei-me com meu informante, um dos garotos da tríade, na esquina do beco estreito onde ficava a casa de chá. Estava chovendo, a forte chuva que vem do norte soprada da Manchúria, e que retumbava a cada gota pesada que caía nas telhas curvadas. Ao me ver se aproximar ele começou a andar, e eu o segui a uns cinquenta metros de distância, prestando atenção nas ruas à procura de informantes, bisbilhoteiros ou vigilantes. Após dez minutos ele diminuiu o passo para eu o alcançá-lo, e conversamos caminhando embaixo do seu guarda-chuva enquanto as ruas da cidade cintilavam com a água que corria.

— Encontrei um soldado que vai levar você ao Clube Cronus — sussurrou ele. — Ele disse que você só pode ir sozinho.

— Você confia nele?

— Fiz uma investigação sobre ele. Não pertence ao Exército Popular de Libertação, mas usa o uniforme. Pediu que eu dissesse que esta é a sétima vida dele. Disse que você saberia o que isso significa.

Assenti com a cabeça.

— E onde eu o encontro?

— Hoje, parque Beihai, duas da manhã.

— Se eu não entrar em contato com você em doze horas, fuja da cidade.

Ele fez que sim energicamente.

— Boa sorte — murmurou e, com um rápido aperto de mão, perdeu-se de volta na escuridão.

*

Parque Beihai. Na primavera mal dá para se mexer entre a multidão que vai apreciar as flores desabrochadas e as árvores frondosas. No verão a superfície do lago se cobre de nenúfares, e no inverno a estupa branca se esconde atrás da geada que cobre as árvores.

Às duas da manhã, em 1958, é um bom lugar para se meter em problemas.

Esperei próximo à entrada mais a oeste do parque e monitorei a evolução da chuva, à medida que se infiltrava nas minhas meias. Lamentei não ter visto o parque Beihai num momento mais agradável e decidi que, se vivesse até o começo da década de 1990, voltaria como turista e faria os que turistas fazem, talvez usando um passaporte inofensivo para viajar, como o norueguês ou o dinamarquês. Imagino que nem os mais fanáticos por ideologias consigam ver algo de errado na Noruega.

Um carro avançou pelas ruas desertas e se aproximou, e óbvio que o carro era para mim. Havia poucos carros nas ruas de Pequim, então pouco me surpreendi quando ele parou na minha frente, a porta se abriu e, num russo cristalino e sem sotaque, uma voz chamou:

— Entre, por favor.

Entrei.

O interior do carro fedia a cigarro barato. Havia um motorista e outro homem no assento do carona, usando uma boina militar abaixada escondendo seus olhos. Eu me virei de frente para o terceiro homem, que abrira a porta do carro para mim. Era baixo, grisalho e vestia túnica e calças cinza. Numa das mãos segurava uma pistola, e, na outra, um saco, que também fedia a cigarro.

— Por favor, desculpe o incômodo — disse ele, ao cobrir minha cabeça com o saco.

Uma viagem desconfortável.

As ruas estavam em más condições, e a suspensão do carro havia sido soldada por um pedreiro que não aceitara bem a mudança de profissão. Sempre que nos aproximávamos de uma área com muita gente, pediam com educação que eu pusesse a cabeça embaixo dos assentos da frente, o que me obrigava a mexer muito com os joelhos, pois, para começo de conversa, o espaço para os assentos da frente era tão apertado que mal dava para respirar. Senti que havíamos saído da cidade pelo aumento do rugido do motor ao chegarmos às estradas abertas, e, também educadamente, avisaram que eu podia me sentar direito e relaxar, mas que, por favor, não tirasse o saco da cabeça.

Durante o trajeto, o rádio reproduzia gravações de músicas tradicionais e trechos escolhidos dos melhores discursos de Mao. Meus acompanhantes, se é que posso chamá-los assim, permaneceram em silêncio. Não sei quanto tempo demorou a viagem, mas quando paramos ouvi os primeiros trinados que anunciavam a aurora de mais um dia. As folhagens estalavam ao roçarem umas nas outras com o passar da brisa úmida da manhã, e, quando fui conduzido para fora do carro ainda com o saco na cabeça, percebi que o solo estava enlameado. Um degrau para um alpendre de madeira, o som de uma porta deslizando de lado, e já no alpendre a mesma voz educada do homem armado perguntando se havia problema em tirarem meus sapatos. Não, não havia. Fui revistado de forma rápida e profissional, então levado pelo braço a outro cômodo, que tinha um leve odor de peixe defumado, e, enquanto me ajudavam sem jeito a sentar numa cadeira baixa de madeira e eu sentia uma fonte de calor à minha direita, outro odor — chá verde — começou a se fazer presente.

Por fim, tiraram o saco da minha cabeça, e, olhando em volta, percebi que estava num quarto quadrado com piso de esteiras de vime trançado, um padrão notadamente tradicional. Não havia mobília além de uma mesinha de madeira e duas cadeiras, numa das quais eu havia sido sentado, mas uma grande janela à minha frente dava vista para um pequeno lago verde, cuja superfície começava a atrair os insetos madrugadores que começavam a se juntar ali com a chegada do amanhecer. Uma mulher entrou equilibrando perfeitamente uma chaleira numa bandeja e, após arrumar duas xícaras de porcelana com muito cuidado, serviu-me um pouco da bebida. Encheu também a outra xícara e a dispôs do outro lado da mesa, à minha frente, embora ainda não houvesse ninguém para bebê-la. Sorri, agradeci e bebi minha xícara toda de uma vez.

Esperei.

Esperei, calculo, quinze minutos, sozinho com a chaleira de chá verde e uma xícara esfriando.

Então, a porta de correr atrás de mim deslizou outra vez, e surgiu outra mulher. Era jovem, devia ter uns 15 anos e usava sandálias de junco trançado, calças azuis, um casaco acolchoado e um único lilás no cabelo. Sentou-se com solenidade na cadeira à minha frente e, sem esboçar mais do que um leve sorriso para reconhecer minha presença, pegou a xícara de chá verde, passou-a perto do nariz uma vez, para inspirar o aroma do líquido já frio, e por fim sorveu a bebida com cuidado.

Ela me observou, e eu a observei de volta por um tempo.

— Meu nome é Yoong, e eu fui enviada para determinar se devemos ou não matar você — disse ela por fim.

Ergui as sobrancelhas e esperei a continuação da frase. Com cuidado, ela pôs a xícara na bandeja e estendeu os dedos para alinhá-la perfeitamente com a chaleira e a minha xícara. Depois, cruzando as mãos no colo, prosseguiu:

— O Clube Cronus foi atacado. Membros foram sequestrados e tiveram as memórias apagadas. Dois foram exterminados antes de nascer, e ainda choramos a perda deles. Sempre vivemos discretamente, mas agora temos a impressão de que estamos sob ameaça. Como vamos saber que você também não é uma ameaça?

— E como eu sei que vocês não são uma ameaça a mim? Eu também fui atacado. Também quase fui destruído. Quem está por trás disso deve ter conhecimento do Clube e acesso a ele. Esse ataque levou séculos de planejamento, talvez milênios. Minhas preocupações são tão válidas quanto as suas.

— Seja como for, foi você quem veio até aqui. Nós não fomos atrás de você.

— Vim atrás do único Clube Cronus de que tenho conhecimento de permanecer remotamente intacto. Vim para unir e compartilhar recursos, descobrir se vocês contam com qualquer informação além das que eu tenho atualmente e possam me ajudar a localizar quem está por trás de tudo isso.

Ela ficou em silêncio.

Em algum buraco da minha alma, a irritação começou a aflorar. Eu havia sido paciente — durante nada menos que 39 anos —, e só de me expor àquelas pessoas já corria um risco considerável.

— Eu compreendo que vocês tenham suas suspeitas a meu respeito — continuei, tentando evitar que a frustração transparecesse na minha voz —, mas a verdade nua e crua é que, se eu fosse seu inimigo, não me colocaria tão completamente à sua mercê dessa maneira. Eu me esforcei muito para esconder minha identidade, isso é fato, mas fiz isso apenas com o intuito de esconder tanto meu ponto de origem quanto minha localização de quem está tentando nos destruir. Posso lhe dar algumas informações sobre o nosso possível inimigo em comum; espero que, em contrapartida, vocês também percebam que é do seu interesse partilhar comigo qualquer informação que possam ter.

Ela ficou em silêncio por um bom tempo, mas meu nível de raiva já estava prestes a superar o do autocontrole, e tive a sensação de que se dissesse mais alguma coisa perderia o pouco de comedimento que me restava. De repente, ela se levantou, fez uma breve reverência e disse:

— Se não se importa de esperar aqui, vou meditar um pouco mais sobre o assunto.

— Entrei no país disfarçado de acadêmico russo. Se vocês vão me reter por tempo indeterminado, espero que ao menos me proporcionem uma forma de sair daqui, em caso de necessidade.

— Claro. Não queremos lhe causar nenhum problema desnecessário.

Dito isso, ela saiu tão abruptamente quanto entrou.

Segundos depois, o homem sorridente e armado voltou.

— Gostou do chá? — perguntou, colocando de volta o saco na minha cabeça e me fazendo ficar de pé. — Tudo depende de como você ferve a água, sabia?

Fui levado de volta aonde haviam me encontrado, no exterior do parque Beihai. Eu tinha meia hora para chegar à aula, então saí correndo desvairado pelas ruas, conseguindo chegar à sala com dois minutos de atraso. Longe de me repreenderem por isso, meus alunos deram risadinhas da situação, e, ofegante, dei aula sobre a coletivização agrária e as vantagens dos fertilizantes químicos, então os dispensei três minutos antes do horário e corri até o banheiro mais próximo ainda mais rápido do que tinha feito para chegar à sala de aula. Ninguém pensa na própria bexiga durante uma missão secreta.

Esperei quatro dias.

Foram quatro exasperantes dias, durante os quais eu sabia perfeitamente bem que o Clube Cronus de Pequim estava verificando meu álibi e cada detalhe da história que contei sobre o disfarce. Eu estava convencido de que eles não encontrariam nada. Tinha colocado salvaguardas entre mim mesmo e o professor Sing-Song, o suficiente para precisarem de uma vida inteira de investigação. No quinto dia, enquanto saía da universidade e rumava para os meus aposentos, alguém escondido à sombra de uma porta me chamou:

— Professor...

Eu me virei.

E lá estava a adolescente que eu conhecera na casa perto do lago, usando uma roupa cáqui e uma mochila pendurada no ombro. Vestida naquele uniforme de calças largas, ela parecia ainda mais nova do que antes.

— Posso falar com você, professor? — inquiriu ela. Assenti com a cabeça, fazendo um gesto na direção da rua.

— Só espere eu pegar minha bicicleta.

Com tranquilidade, caminhamos juntos pelas ruas da cidade, e como de costume minha pele estrangeira e meu nariz esquisito atraíram olhares, mais do que o normal por causa da jovem ao meu lado.

— Eu preciso parabenizar você pela meticulosidade dos seus preparativos — sussurrou ela durante a caminhada. — Todos os documentos e contatos que fizemos indicam que você é quem alega, um feito espantoso, considerando que não é.

Dei de ombros enquanto prestava atenção na rua, procurando alguém com um interesse excessivo na conversa.

— Tive tempo para me preparar e fazer tudo direito.

— Será que foi essa sua habilidade para o subterfúgio que o salvou de ser encontrado? — ponderou ela. — Será que foi assim que você escapou do Esquecimento?

— Morri antes do Watergate. Acho que isso foi mais decisivo.

— Claro. Até 1965, não havia indícios de nada anormal. Foi nesse ano que os membros do Clube começaram a sumir. No começo, achamos que eles estavam sendo simplesmente assassinados e que estavam enterrando seus corpos em covas sem identificação. Isso já aconteceu antes, quando as autoridades lineares se interessam demais por nós, e vai voltar a acontecer, acho eu. Mas as mortes e os renascimentos apresentaram uma tendência muito mais sinistra. Os que eram sequestrados e assassinados tinham as memórias destruídas antes de morrer, o que é uma forma de morte que o Clube não pode tolerar ou aceitar. Aqui, em Pequim, perdemos onze membros para o Esquecimento, dois deles mortos antes de nascer.

— Pelo que eu pude averiguar dos outros Clubes, parece um padrão bem comum — respondi com a voz baixa.

— Existem outros padrões — acrescentou ela, assentindo com um gesto firme de cabeça. — Ninguém morto ainda no útero nasce antes de 1896. Isso implica que o assassino é jovem demais para agir antes dessa época. Pressupondo que a consciência e as faculdades mentais aparecem quando temos entre 4 e 5 anos...

— É possível situar o nascimento do assassino em torno de 1890, sim — murmurei, interrompendo-a.

Outra vez a jovem gesticulou firme com a cabeça para concordar, enquanto virávamos uma esquina. Estudantes passaram alvoroçados por nós, correndo para suas salas de aula. Alguns grupos marchavam juntos, erguendo cartazes gigantescos que diziam ESTUDANTES UNIDOS PELO GRANDE SALTO ADIANTE! e outros indícios da desgraça que se aproximava.

— Os assassinatos antes do nascimento parecem mais focados nos membros mais antigos do Clube — continuou ela. — Parece que a intenção é eliminar nossos membros mais ativos que poderiam estar em posição de interferir no começo do século XX. Claro que o desaparecimento deles impacta nas gerações futuras do século, que sofrem muito mais com a perda deles do que sofreriam se, por exemplo, você ou eu fossemos eliminados.

— Não seja tão dura consigo mesma — brinquei, mas ela nem esboçou um sorriso.

— Em 1931, ocorre uma breve aceleração na taxa de assassinatos ainda no útero. Se antes a média mundial de perdas de membros era em torno de seis por ano, concentrados na Europa e na América, em 1931 ela sobe para dez, incluindo três na África e dois na Ásia.

— Será que o assassino chega à maturidade e, com isso, se torna cada vez mais ativo? — sugeri, mas assim que as palavras saíram da minha boca eu as descartei, porque logo depois pensei na hipótese mais óbvia e mais simples. — Outro kalachakra, nascido mais tarde, também começa a matar. — Suspirei. E claro que eu sabia quem era.

— Parece mais provável — confirmou ela. — E nesse caso o ano com crescimento no número de assassinatos sugere que o nascimento desse outro assassino se dê por volta de 1925.

Sim, Vincent poderia muito bem nascer em 1925.

— E quanto aos Esquecimentos? Existe algum padrão neles?

— Começaram em 1953, no Clube Cronus de Leningrado. No começo, presumimos que o Clube havia sofrido algum grande dano político por meio das ações dos lineares, mas em 1966 tanto Moscou quanto Kiev sofreram ataques, e 80% dos membros do Clube foram sequestrados e tiveram as memórias apagadas e os corpos destruídos.

— Oitenta por cento? — Não consegui evitar o tom de assombro. — Isso tudo?

— É evidente que o perpetrador tem monitorado as atividades do Clube há muito tempo, tomado nota dos membros. Em 1967, a maioria dos Clubes da Europa já foi atacada, além de cinco na América, sete na Ásia e três na África. Os membros que escaparam receberam ordens de se esconder, e todas as filiais do Clube ficaram fechadas até 2070, ano em que, supostamente, quem está por trás disso já morreu. Para alertar do perigo, gravamos mensagens em pedras para as gerações futuras. Até agora, não recebemos nenhuma resposta.

Enquanto a garota falava, minha mente não parava de trabalhar. Eu sabia que a situação era ruim, que Vincent estendera o alcance de sua influência de forma impressionante, mas aquilo? Aquilo entrava numa escala que eu nem havia considerado possível.

— Em 1973 os ataques aos nossos semelhantes diminuem de ritmo, graças aos métodos que empregamos para a nossa própria proteção, mas, mesmo assim, os sobreviventes que não agiam de forma exemplar para manter a segurança ainda corriam risco de ser expostos e submetidos a um Esquecimento. Em 1975, o Clube Cronus de Pequim enviou um último boletim informativo, no qual pedia que todos os membros sobreviventes acabassem com a própria vida de uma vez, para escapar de quaisquer perseguidores. Infelizmente — ela contraiu o canto da boca de um jeito que talvez denotasse tristeza —, não imaginávamos que, após os Esquecimentos em massa que sofremos, o inimigo iria atrás de nós e destruiria tantos antes do nascimento. Nós acreditávamos que o agressor fosse uma agência linear, talvez um governo a par da nossa existência. Não nos demos conta de que o assassino poderia ser um de nós. A perda foi descomunal. Tentamos descobrir quem estava nos atacando, quem estava nos aniquilando, mas esse... crime... foi planejado, organizado e executado com uma brutalidade tão selvagem que ficamos fora de combate. Acho que havíamos nos acomodado. Tínhamos nos tornado uns preguiçosos. Não vamos mais ser pegos com a guarda tão baixa.

Por um tempo, caminhamos em silêncio. Eu ainda me sentia atordoado demais para falar. Quanta coisa perdi por ter morrido jovem? E me perguntei até que ponto o ataque massivo de Vincent aos Clubes Cronus haviam sido consequência das minhas ações, da minha recusa em cooperar e da ameaça que fiz de denunciá-lo de uma vez por todas. Estava claro que o ataque vinha sendo planejado durante muito tempo, mas será que eu não era ao menos em parte responsável por seu desencadeamento?

— Com relação a esses assassinatos antes do nascimento — disse eu por fim. — Se eles têm acontecido desde 1896 desta vida, isso lhes dá mais de cinquenta anos para investigar. Encontraram alguma pista?

— Tem sido difícil — admitiu ela. — Nossos recursos são limitados. Os que morreram... nós não sabemos os pontos de origem deles, e só nos resta concluir que eles foram exterminados pelo simples fato de que não chegaram a nascer. Por outro lado, fizemos alguns progressos e reduzimos a lista de suspeitos. De certo modo — ela esboçou um sorriso amargo, tão desolador quanto uma tumba —, a perda de tantos membros facilitou a tarefa de prever quem pode ser o vilão. Se nós nos centrarmos num período específico, num lugar específico, vão restar poucos candidatos para esse ato.

— E vocês têm nomes?

— Temos, mas, antes de lhe contar tudo, preciso perguntar, professor, o que pretende me dar em troca.

Por um instante, fiquei a ponto de lhe contar tudo.

Vincent Rankis, o espelho quântico, toda a pesquisa que fizemos juntos.

Mas não. Seria perigoso demais, porque, de onde mais essa informação poderia sair, se não de mim?

— Que tal uma vasta rede criminosa organizada e alastrada por todo o planeta, capaz de encontrar qualquer um em qualquer lugar e de comprar qualquer coisa a qualquer preço? É suficiente?

Ela pensou.

Era suficiente.

Ela me revelou um nome.

Capítulo 64

Encontrei-me com Akinleye diversas vezes após o Esquecimento. Em certa ocasião, na vida imediatamente posterior, fui à escola em que ela estudava, apertei sua mão e perguntei como ela ia. Ela era uma jovem radiante, cheia de possibilidades. Disse que iria se mudar para a cidade e se tornar uma secretária. Era a maior ambição que uma garota podia ter, o pináculo da esperança, e eu lhe desejei boa sorte.

Na vida seguinte eu voltei a visitá-la, desta vez quando ela era uma criança de 7 anos. Akinleye chamara a atenção do Clube Cronus de Acra — que sempre estava atento àquela região — por ser a criança cujos pais diziam que havia enlouquecido. Tentaram de tudo, de gritos de curandeiros a cânticos de imames, mas, ainda assim, lamentavam que Akinleye, sua linda filha, era louca. Segundo o Clube de Acra, havia grande chance de ela acabar se suicidando.

Fui visitá-la antes de isso se tornar realidade e descobri que ela havia sido entregue aos cuidados de um médico que acorrentava seus pacientes à cama. Epilépticos, esquizofrênicos, mães que haviam presenciado a morte dos próprios filhos, homens amputados e enlouquecidos por infecção e por tristeza, crianças agonizando e contorcendo-se afetadas pela malária cerebral: todos eram mantidos na mesma ala e tratados com uma colher de xarope e outra de suco de limão a cada meia hora.

Aquele médico me deixou tão furioso que, ao deixar o local, pedi que o Clube de Acra destruísse o edifício inteiro.

— O país inteiro está assim, Harry — reclamaram. — São os tempos em que vivemos!

Eu me neguei a aceitar o não como resposta. Então, com relutância e para se livrarem de mim, destruíram o prédio e construíram no lugar um bonito hospital, onde um psiquiatra plenamente qualificado cuidava de trinta pacientes, número que aumentou para quase quatrocentos nos três primeiros meses.

Desnutrida e mais baixa do que o normal, Akinleye olhou para mim com desespero quando fui visitá-la.

— Me ajuda — dizia ela, chorando. — Deus, me ajuda, um demônio me possuiu!

Uma garotinha de 7 anos, tremendo de desespero, possuída por um demônio.

— Você não está possuída, Akinleye. Está inteira; você é você mesma.

Levei Akinleye de volta a Acra na mesma noite, para o Clube Cronus, cujos membros a receberam como a velha amiga que era e lhe ofereceram o banquete mais suntuoso das vidas dela até então, trataram-na com todo luxo, contaram-lhe que ela estava sã, bem, e que era bem-vinda entre eles.

Muitos anos mais tarde eu me encontrei com Akinleye numa clínica em Serra Leoa. Ela era alta, linda, estava formada em medicina e na cabeça usava um lenço roxo de tom vivo. Ela me reconheceu do encontro que tivemos em Acra e pediu que eu a acompanhasse até a varanda para tomar uma limonada e relembrar histórias.

— Disseram que eu escolhi esquecer minha vida anterior — explicou ela, enquanto, sentados, contemplávamos o sol que se punha sobre a floresta estridente. — Disseram que eu fiquei farta de ser quem era. É estranho saber que conheço toda essa gente há séculos, mas que ainda assim continuem me parecendo estranhos. Mas eu digo a mim mesma que não é a Akinleye atual que eles conhecem, e sim a anterior, meu antigo eu, o eu que esqueci. Você conheceu a Akinleye anterior, Harry?

— Conheci, sim.

— Nós éramos... próximos?

Pensei a respeito.

— Não. — respondi, por fim. — Não muito.

— Mas... da sua perspectiva, pelo que você conhecia de mim, acha que eu... que ela tomou a decisão certa? Ela estava certa em escolher esquecer?

Olhei para Akinleye, jovem e radiante e cheia de esperança, e me lembrei da antiga Akinleye, morrendo sozinha, caindo na gargalhada enquanto uma empregada dançava até cair nas águas da baía de Hong Kong.

— Tomou — respondi, afinal. — Acho que você tomou a decisão correta.

Capítulo 65

Minha décima terceira vida.

Em Pequim me deram um nome. O nome de alguém que teria a idade, a localização geográfica e o acesso à informação apropriados para ter matado tantos kalachakra ainda no útero. Não havia um motivo claro, um motivo que levasse essa pessoa a cometer tais atos, mas, pensando bem e com calma, comecei a temer que talvez fosse verdade.

Fugi da China no final da mesma semana, e três dias depois estava de volta a Nova Jersey, com a minha esposa, seu amante, tapetes grossos e paredes sólidas de alvenaria.

Fui com calma. Investiguei como só um gênio do crime é capaz de investigar — com dissimulação, crueldade, violência e doses cavalares de corrupção impiedosa. Datas e lugares, épocas e rumores, partes de fofocas e carimbos em passaportes, e, sim, sendo o bom historiador que eu era, vi os dados começarem a se encaixar, detectei o padrão de movimento e determinei que talvez essa pessoa tivesse, sim, sido responsável por trazer a morte.

Foram necessários muito esforço, tempo e dinheiro, mas por fim, depois de ter explorado cada recurso disponível até as últimas consequências, encontrei a pessoa que estava procurando. Em fevereiro de 1960, fui à África do Sul para confrontá-la.

*

Fomos para a chácara quando o sol se punha sobre o terreno.

Um letreiro perto do portão informava que aquela era a FAZENDA MERRYDEW, lugar de solo marrom e agreste, mas de laranjas ainda mais agrestes. O verão chegara ao ápice de seu calor abrasador, e a picape quicava e chacoalhava numa pista poeirenta que, conforme nos aproximávamos das cintilantes luzes da fazenda, fora coberta de cascalho. Era o único ponto iluminado naquele lugar deserto, janelinhas de tungstênio amarelo sob um vasto firmamento estrelado. Em outro lugar, outro momento, talvez eu achasse tudo aquilo lindo, mas eu chegara lá na companhia de sete mercenários e um engenheiro, chacoalhando sob um universo infinito e rumando para um encontro com possibilidades bem finitas. Meus mercenários usavam balaclavas; eu também. Quando chegamos à fazenda, um cachorro começou a latir, pular e girar com raiva na distância que permitia a corrente que o prendia. A porta se abriu, e um homem armado de escopeta apagou as luzes e começou a fazer severas advertências em africâner. Com as armas em punho, meus homens desceram da picape e gritaram de volta, informando que ele estava cercado. Quando ele se deu conta de que era verdade, três outros homens jogaram bombas de fumaça pelos fundos da casa, impedindo a visão de quem lá estava — uma empregada negra e uma esposa branca. Ao ver que as duas haviam sido dominadas, o fazendeiro abaixou a arma, implorou por misericórdia e, enquanto tinha as mãos amarradas e era arrastado para o andar de cima, jurou que um dia nos pegaria.

Nós trancamos o fazendeiro no banheiro do andar de cima, a empregada foi algemada na pia ao lado do homem, então escancaramos as janelas da casa para dispersar o que restava da fumaça.

Mantivemos a esposa do fazendeiro no andar de baixo. Ela era velha, tinha no mínimo 70 anos, mas eu já a vira mais velha. O calor e a aridez do lugar a haviam endurecido como uma pedra, e ela não dava sinais do sobrepeso que eu associava à sua velhice. Os mercenários a deixaram sentada num sofá esfarrapado na sala de estar da casa, vendada e com as mãos algemadas atrás da cabeça, enquanto eu vasculhava a casa em busca de algo que não se encaixasse. Fotos de família — o fazendeiro feliz e a esposa, aqui no primeiro trator que compraram, ali durante férias à beira-mar. Recordações de tempos passados e lugares visitados, presentes costurados à mão por alguém da vizinhança proclamando *"Amizade e amor"*. Faturas que davam a entender que o comércio de laranjas não estava dando bons frutos na época. Cartões-postais de uma prima distante, informando amavelmente que estava bem e desejava tudo de bom ao casal. Analgésicos sob a pia da cozinha, recém-comprados, mas tomados com rapidez. O fazendeiro — ou a esposa — estava morrendo, mas eu consegui deduzir quem. Li a etiqueta. O remédio estava receitado para a senhora G. Lill, da Fazenda Merrydew. Eu me perguntei o que o G. significava, pois em outra vida eu só a conhecera por um nome — Virginia. A mesma Virginia que me salvara de Franklin Phearson, a mesma Virginia que me apresentara ao Clube Cronus, e, naquele momento, a mesma Virginia que havia nos traído a todos, exterminando-nos ainda nos ventres de nossas mães. Se eu tivesse dado a Vincent uma mera informação a mais, ela também teria me matado antes de nascer.

Voltei para a sala de estar, onde meu engenheiro já havia montado metade do equipamento que havíamos levado até lá. Meus mercenários tinham ordens de não falar, mas, mesmo assim, quando entrei Virginia virou a cabeça na direção da tábua de assoalho que rangera sob minha bota.

— Vocês não querem dinheiro? — perguntou ela, por fim, em africâner.

Eu me agachei à frente dela e, com muita calma, respondi:

— Não.

Ela franziu as sobrancelhas por baixo da venda, tentando reconhecer minha voz. Então, encurvou um pouco os ombros e abaixou a cabeça.

— Você deve ser a represália — constatou, afinal. — Eu me perguntava quanto tempo demoraria.

— O suficiente — respondi e, sacudindo o pequeno frasco de analgésicos para ela ouvir, acrescentei: — Quase perdemos você desta vez.

— São os meus nervos. Literalmente. Estão parando de funcionar, indo da periferia para o centro do sistema. Eu vou morrer asfixiada, ou então meu coração vai simplesmente deixar de bater quando eu ficar paralisada do pescoço para baixo.

— Sinto muito por ouvir isso.

— Imagino que você queira saber minha data de nascimento — acrescentou ela logo depois. — Vai ser fácil descobrir, agora que você sabe que sou eu. Você se importa de não me torturar para descobrir? Meu coração vai falhar bem rápido.

— Tudo bem — respondi, sem conseguir conter o sorriso. — Não quero saber sua data de nascimento.

— Não posso lhe dar nenhuma informação — acrescentou ela, firme. — Sinto muito, querido. De verdade, mas não posso. Não sei nada de muito relevante.

— Mas você deve saber *por que* fez isso, por que matou tantos de nós. Ela hesitou.

— Estamos criando algo grandioso. Estamos criando algo superior. Estamos criando... um tipo de deus, suponho. Sim, acho que é isso que estamos criando. Um tipo de deidade.

O espelho quântico. Algumas tecnologias a mais, Harry, algumas vidas a mais, e vamos construir uma máquina capaz de resolver os mistérios do universo. De olhar para tudo com os olhos de Deus. Como era fácil se deixar seduzir pela ideia.

O técnico terminou os preparativos. Olhou-me para que eu lhe desse um sinal, e eu assenti com a cabeça e dei uns passos para trás. Virginia se encolheu quando o primeiro eletrodo foi colado em seu crânio.

— O q-que vocês estão fazendo? — gaguejou, incapaz de conter o medo.

Não respondi. Quando o eletrodo seguinte foi colocado acima do olho direito, ela desabafou:

— Diga. Eu paguei minhas dívidas, cumpri com a minha parte, sempre. Sempre ajudei os jovens, evacuei as crianças, servi ao Clube Cronus. Você não pode... Diga.

Ela começou a chorar, e as lágrimas formavam riachos rosados através da grossa camada de maquiagem que lhe cobria a pele.

— Você não pode... Você não pode me fazer... esquecer tudo. Eu não... eu não estou pronta. Eu estou... Eu quero ver o... ver o... Você não pode fazer isso comigo.

Fiz um sinal com a cabeça para dois dos meus homens, que a seguraram firme enquanto os últimos eletrodos eram colocados. Ela gemeu quando uma agulha penetrou sua pele e injetou um coquetel químico para suavizar os receptores sensoriais.

— Se eu vou esq-esquecer, você pode ao menos me dizer seu nome! Mostre o seu rosto!

Não atendi aos pedidos.

— Por favor! Escute! Ele pode ajudar você! Estamos fazendo por todos, por todos os kalachakra! Nós vamos melhorar as coisas!

Fiz um sinal com a cabeça para o engenheiro. Robusta e carregada de componentes elétricos e tecnologias roubadas, a máquina que havíamos carregado pelas estradas da África do Sul soltou um zumbido e acendeu, preparando a descarga que lançaríamos no cérebro de Virginia. Ela tremia e chorava, e enquanto preparava a carga ela abriu a boca para dizer algo mais. A máquina lançou a descarga, e Virginia tombou para frente — uma casca vazia com a mente queimada.

Nos anos seguintes os membros do Clube Cronus debateriam amplamente o que fazer com ela, mas no fim das contas decidiram não tomar medidas drásticas. A Virginia que matara tantos indivíduos na nossa condição havia sido destruída, e sua mente, apagada. Eu tomara a decisão por eles, e não havia mais nada a dizer sobre o assunto.

Capítulo 66

Passei o resto da décima terceira vida caçando Vincent com discrição, mas sem êxito.

Suspeito que, como consequência de seu ataque ao Clube Cronus, ele passou a se manter às sombras, evitando chamar atenção de seus inimigos alertados, mas enfraquecidos. Apesar de tudo, continuei a busca, assim como tenho certeza de que ele tentou me encontrar, e por vezes o rastro me conduzia por lugares inesperados, aos quais eu sempre chegava um pouco tarde, sempre um passo atrás dele. Se as minhas medidas de segurança beiravam a paranoia, suspeito que, nessa vida, as de Vincent Rankis operassem em nível bem superior. Só me resta especular se ele se sentia tão solitário quanto eu.

Vivi muito mais do que o normal, levando meu corpo e a ciência médica a seus limites. Ninguém parecia surpreso pelo fato de um criminoso querer ter acesso a equipamentos técnicos avançados, e, após eu ter ministrado em meus médicos doses cavalares de suborno, não ouvi perguntas sobre por que eu ditava com tanta veemência os rumos do meu tratamento quando surgiram as doenças inevitáveis. A facilidade para corromper o homem me surpreendeu. Parecia que até os decentes se deixavam seduzir ao se acostumarem com a ideia de que era aceitável receber de presente uma garrafa de vinho, depois um brinquedo para o filho, depois um passeio de um dia para a família toda, depois um fim de semana, depois uma afiliação a um clube de golfe, depois um carro novo... até chegar ao ponto em que mesmo o homem mais decente sinta que é quase impossível rejeitar o último presente, dado que já aceitou tantos outros, momento em que se veem moralmente comprometidos tanto aos olhos dos criminosos quanto sob o ponto de vista da lei. A paciente Mei foi leal até o fim. Seu amante fugiu em 1976, e ela nunca procurou outros, simplesmente começou a passar o tempo escrevendo cartas enfurecidas para empresas de má reputação e fazendo uma campanha ferrenha a favor dos Democratas. Demos boas-vindas ao ano 2000 em Nova York, os dois já sem forças para viajar até um lugar mais distante àquela altura da vida, e Mei chorou como uma verdadeira americana quando George W. Bush ganhou as eleições.

— Foi tudo para o inferno! Não adianta falar com ninguém!

Assistimos em silêncio a queda das Torres Gêmeas em 2001, sem parar, um loop que se repetiu em todas as televisões ao longo do país.

— Estou pensando em comprar uma bandeira para pôr no nosso jardim — disse Mei, e três meses depois morreu.

Eu nunca tinha visto a chegada do século XXI. Não fiquei tão impressionado com a medicina, muito menos com a política, e, em 2003, e, tendo decidido com a avançada idade de 84 anos que outro tratamento de quimioterapia não me faria bem algum e que os analgésicos dos quais eu estava física e psicologicamente dependente estavam debilitando minha mente até um ponto em que não havia mais volta, leguei metade da minha fortuna para a instituição de caridade preferida de Mei, a outra metade a um kalachakra qualquer que conseguisse encontrar essa instituição para entregar o dinheiro, então, numa noite fria de outubro, tive uma overdose.

Acho que existe um estudo sobre os efeitos do vício em narcóticos ao longo de diversos períodos de vida. Na décima terceira vida, morri dependente de uma vasta gama de medicamentos que por vezes agiam de forma integrada, e até hoje me pego pensando se os efeitos permanecem no meu corpo e na minha mente. Sei que é absurdo sugerir que qualquer acontecimento em 2003 gere consequências em 1919, mas um dia, com a permissão da pessoa, estudarei a fisiologia de uma criança kalachakra que morreu na vida anterior por causa do vício em drogas, para tentar descobrir se os efeitos persistem na criança.

No meu caso, eu não sabia dizer se os efeitos persistiram na décima quarta vida, pois, seguindo o transcurso normal, só recobrei minhas plenas faculdades com o avançar normal dos anos. Não tentei contatar o Clube durante essa infância, e em vez disso recorri apenas às artimanhas básicas de um jovem ouroborano: roubei, manipulei, me aproveitei do conhecimento de resultados esportivos e apostei para ganhar todo o dinheiro de que pudesse necessitar. Na verdade, eu também ainda estava decidido a me manter às sombras, por isso não tentei fugir ou encontrar Vincent, e em vez disso tratei de trabalhar como aprendiz de Patrick August no terreno da propriedade, como tinha feito tantas vidas atrás, antes de o Clube Cronus cruzar minha existência. Em 1937, eu me candidatei a uma bolsa em Cambridge para estudar história, tendo em vista que, com tantos ouroboranos forçados a esquecer e o Clube Cronus numa situação tão delicada, conhecer o passado e, mais importante, os meios de estudá-lo me permitiria detectar padrões em acontecimentos que eu poderia ligar a Vincent nos anos vindouros. Quando me ofereceram a vaga, os Hulne ficaram chocados, em boa parte porque Clement, meu primo macilento, fora recusado — na época, algo quase inimaginável para alguém com sua fortuna e origem. Quase pela primeira vez naquela vida, minha avó Constance me chamou ao seu escritório.

Eu já havia percebido uma espécie de padrão na relação dos Hulne comigo. Durante a maioria das minhas vidas, meu pai biológico, Rory, me ignorava tal qual alguém ignora uma doença vergonhosa, algo que faz parte da pessoa, mas que ela não tem interesse em discutir com os outros. Por trás da fachada de decoro, minha tia Alexandra demonstrava um interesse cauteloso por mim; Victoria ignorava qualquer um que não lhe tivesse utilidade, e eu não era exceção; e minha avó, Constance, fazia questão de me ignorar e era também quem costumava dar as más notícias. Se de alguma forma as minhas ações eram reprováveis — e na época não era necessário fazer muita coisa para considerarem reprováveis os atos de um filho bastardo —, era Constance, mais que Rory, quem fazia o que ela sem dúvida considerava trabalho sujo, mas necessário.

Essa foi uma das ocasiões, e, quando cheguei ao escritório, um jovem bolsista de 18 anos, ela já estava preparada para a saraiva de reprimendas, de costas para a porta de entrada, com um par de brincos de prata pendendo na altura da linha do queixo. Ela me viu de relance através do espelho que estava usando para se enfeitar, então voltou a olhar para as orelhas e, sem se virar para mim, disse:

— Ah, Harry. Sim, eu queria falar com você, não é?

Tinha sido notavelmente fácil superar o fato de que, durante minha infância, Constance quisera me jogar de volta ao lugar de onde eu havia saído. Para mim, no fim das contas, essas revelações tinham séculos de idade, mesmo assim eu precisava ter em mente que, para ela, o impulso era tão velho quanto a minha idade naquela vida.

Ela continuou mexendo nos brincos mais um pouco, então se virou para mim de repente, como se tivesse perdido todo o interesse na outra tarefa, e me encarou do alto de seu nariz empinado. Qualquer traço genético desagradável que meu rosto apresente não vem de seu lado da família.

— Ouvi dizer que você vai para Cambridge — disse ela, por fim. — Não é tão popular quanto Oxford, mas suponho que para alguém como você deva ser algo muito importante.

— Estou muito feliz, senhora.

— Feliz? É assim que se sente? Bem, imagino que esteja. Eu soube que ficaram tão impressionados na universidade que decidiram ignorar suas origens, não é isso? Seu pai não pode ficar recebendo cartas com pedido de dinheiro quando você for embora, isso não seria nada bom.

— A universidade foi muito generosa, e eu tenho outros meios.

Ao ouvir o comentário, ela ergueu as sobrancelhas em sinal de desdém.

— Ah, é? É mesmo?

Mordi a língua para não responder: "Sim, avó biológica. Eu sei exatamente quem ganha os páreos do Grand National de 1921 a 2004, além de conhecimento enciclopédico das lutas de boxe mais famosas, dos campeonatos de futebol e até uma ou outra corrida de cachorro durante o período, se não me restar escolha." Mas, de alguma forma, essa revelação não me pareceu adequada para o momento.

— Claro que a sua partida é muito inconveniente neste momento — disse ela, ao perceber meu silêncio calculado. — Seu pai já não é mais tão jovem, e as terras... Bom, eu nem preciso dizer como ele valoriza trabalhar para esta família. Eu esperava que você fizesse o mesmo.

Era a mesma conversa que tínhamos sempre que eu deixava o ninho por qualquer motivo que não fosse o serviço militar. No começo, pensei que aquilo não passasse de mero ressentimento pelo meu sucesso em potencial, mas, conforme a conversa evoluiu, comecei a me perguntar se não havia uma ansiedade mais profunda — um desejo de controlar o garoto que simbolizava o maior erro de seu filho. Eu me lembrei de Holy Island, do meu pai à beira da morte num quarto do segundo andar de um chalé, e senti uma inesperada pontada de vergonha do que lhe disse na ocasião.

— ...acho muita falta de consideração um garoto como você abandonar a casa dele desse jeito.

Aquelas palavras me levaram de volta para o escritório da minha avó. Imagino que deve ter havido algum preâmbulo para essa afirmação, mas, quando se vive tempo suficiente como criado, se aprende a perceber quando um som não significa nada.

— Falta de consideração, senhora?

— Você tem feito parte dessa casa a vida inteira, é praticamente parte do patrimônio! E agora simplesmente pega as suas coisas e vai embora; devo admitir que não era isso que esperávamos de sua parte, Harry. Tínhamos uma impressão melhor de você.

— Melhor do que a de alguém que... consegue uma bolsa em Cambridge?

— Melhor, e você ainda fez tudo às escondidas! Sem pedir permissão, sem estudar mais, sem instrução alguma, pelo que eu pude ver. Não é assim que se fazem essas coisas!

Encarei Constance e me perguntei se, de certo modo, ela não estava louca, completamente desvairada. Não uma loucura neurológica ou uma doença mental, mas uma loucura cultural, uma infecção das expectativas que corrompia sua percepção da realidade. Em qualquer outra circunstância eu teria sido considerado um gênio, um herói e muito possivelmente um modelo para a reforma social numa época tão enfadonha; mas, para Constance, tudo isso me tornava um rebelde. Eu me perguntei o que ela pensaria do século XXI, se choraria ao ver a queda das Torres Gêmeas. Ela seria capaz de compreender esse mundo?

— Está me pedindo para ficar?

— Você é jovem — retrucou ela. — Se você quer abandonar seu pai e partir para um lugar para o qual, na minha opinião, não vai se adaptar, é óbvio que a decisão é toda sua!

Como essa conversa se daria se eu tivesse apenas 18 anos? Mas ali, já com 846 anos vividos, aquilo era quase engraçado.

Informei-lhe que repensaria a minha posição com todo o cuidado.

Ela soltou algumas palavras vazias em resposta e me dispensou com um gesto.

Consegui chegar ao fim do corredor antes de cair na gargalhada.

Capítulo 67

Voltar a ser universitário me trouxe lembranças.

Na maior parte, lembranças de Vincent.

Quando a Segunda Guerra Mundial começou e eu fui convocado, consegui ser designado para a área de inteligência. Em 1943, eu estava desenvolvendo planos de desinformação para os Aliados, sofrendo para decidir se era necessário que os tanques de papelão ajustados segundo a posição do sol para confundir um piloto de reconhecimento teriam de ser modelos em escala e tridimensionais, ou se uns papelões recortados e bem-pintados. Em 1944, eu me sentia tão envolvido com o trabalho que meu coração se sobressaltava sempre que eu ouvia rumores sobre um avião de reconhecimento sobrevoando a costa de Kent *antes* de conseguirmos distribuir todas as nossas maquetes ou voando perto demais dos nossos acampamentos falsos. Por um tempo, deixei Vincent de lado, até que em abril do mesmo ano um grupo de americanos foi inspecionar uma das nossas pistas de aterrissagem falsas, e um deles me perguntou de forma totalmente casual se eu tinha maquetes dos novos caças a jato prontas para uso.

A pergunta me pegou tão de surpresa que aquela foi uma das poucas vezes em que duvidei realmente da minha memória. Um caça a jato tão cedo? Eu sabia que o motor a jato estava em desenvolvimento, e a tecnologia vinha sendo testada, mas uso real em combate? Se a hipótese sequer já tinha sido considerada, não estava registrada em lugar algum que eu tivesse lido, nem em nenhuma vida anterior durante o período de guerra, e isso porque eu já havia subido alguns postos na cadeia de comando, o que me permitia ter acesso a informações confidenciais na época. Fiz alguns comentários vagos e logo comecei a explicar ao grupo que nossos operadores de rádio trabalhavam 24 horas por dia para gerar o máximo de radiocomunicação em Kent entre as muitas unidades fictícias estacionadas lá, concluindo que ficaríamos agradecidos se o exército dos Estados Unidos nos enviasse uma gama mais ampla de indicativos de chamada. Ao fim da reunião, os visitantes foram embora e eu comecei a refletir sobre o grande mistério por trás daquela pergunta formulada com tanta casualidade. Sob o pretexto de ser um oficial entusiasta comprometido com o trabalho, sondei contatos da Força Aérea dos Estados Unidos em busca de informações sobre esse novo motor a jato para enganar o inimigo com mais eficiência ao fazê-lo pensar que tínhamos a tecnologia, ou não a tínhamos, ou qualquer que fosse a mentira que a política do governo ditasse no momento. Recebi algumas respostas através das ondas. Ah, sim, era um projeto em que alguns cientistas especialistas estavam trabalhando, não era? Poxa, Harry, lamento, mas esse aí não é o meu terreno. Você conversou com algum dos caras em Portsmouth? Talvez eles tenham mais informações. Sem chegar a lugar algum, estive a ponto de deixar o assunto de lado, até que, em dezembro de 1945, quando visitei um amigo num hospital em Folkestone, ele apertou minha mão com firmeza, exclamou que estava muito feliz em me ver e me perguntou se eu tinha ouvido falar de seu novo rim. Ele até me mostrou a cicatriz da operação, o que me deixou impressionado não tanto por ser a primeira operação de transplante de órgãos, mas porque isso só deveria acontecer cinco anos depois.

Capítulo 68

O mundo estava mudando, e o epicentro da mudança eram os Estados Unidos.

Em outro tempo, uma alteração tão flagrante e óbvia da evolução natural das coisas teria feito o Clube Cronus cair em cima do responsável como os muros da Babilônia sobre um sacerdote herege. Mas os Clubes não só andavam enfraquecidos, mas nesta vida — a segunda, desde os Esquecimentos em massa infligidos sobre os membros — centenas de membros estavam começando a tomar consciência de quem e o que eram como se fosse a primeira vez. Antes, os Clubes só haviam precisado lidar com um novo membro a cada século, ou coisa parecida, mas nesse novo mundo os sobreviventes estavam sobrecarregados.

— Sua ajuda seria bem-vinda, Harry — disse Akinleye.

Assumindo o comando estava a extraordinária Akinleye, que escolhera esquecer e que por pura sorte escapara das garras de Vincent quando ele foi atrás de todos nós. Aos 16 anos, ela alternava como podia seus trabalhos em Londres, Paris, Nápoles e Argel, comandando os sobreviventes e cuidando dos recém-chegados que começavam a entender o que eram.

— Tenho crianças kalachakra cometendo suicídio; tenho crianças em hospícios, adultos que pedem a ajuda de Deus, adultos que não entendem por que não podem matar Hitler, e, Harry, pelo que me lembro eu só venho fazendo isso há quatro vidas. Você é um dos poucos sortudos que não perderam o controle. Me ajude.

Akinleye, a única kalachakra que sabia a verdade, sabia que Vincent não havia apagado minha memória. Não tive coragem de contar isso a mais ninguém.

— Acho que a pessoa que fez isso ainda está por aí — respondi. — Se eu não encontrá-la, ela vai voltar a atacar os Clubes.

— Mas você vai ter tempo para a vingança mais tarde, não acha?

— Talvez sim, talvez não. O tempo sempre foi o nosso problema, nos Clubes Cronus. Sempre temos tempo demais, nunca aprendemos a aproveitar.

Deixei-a com o problema e tomei um voo para os Estados Unidos em 1947, no papel de especialista em estratégias de desinformação, um estudioso dos corsários do Mediterrâneo da década de 1720, levando na carteira um passe de membro da imprensa de um pequeno jornal britânico que queria expandir o alcance, e com os olhos sempre à procura de Vincent Rankis, onde quer que estivesse.

Onde quer que estivesse, ele certamente andava bem ocupado. As TVs a cores já estavam à venda, e os cientistas se perguntavam quanto tempo ainda demoraria para o homem caminhar na lua. A julgar pelo entusiasmo deles, claramente menos do que eu estava acostumado a ver. Era um país em plena expansão, em que o fervor daqueles que haviam vivido a guerra se combinava com a esmagadora sensação de que dessa vez os Estados Unidos não tinham apenas ganhado a guerra, mas que haviam saído do conflito como *o* país vitorioso, impossível de ser parado, invencível, um país que lutou em duas frentes e se provou superior em ambas. A era nuclear se descortinava à nossa frente, e parecia questão de tempo até todos passarem a usar roupas coladas ao corpo e a ir voando para o trabalho com um propulsor preso às costas. A ameaça soviética era uma tempestade que se formava no horizonte, mas, caramba, os Bons Americanos triunfariam sobre a diminuta minoria de Maus Americanos que haviam se deixado corromper por essa doutrina maligna, como já haviam triunfado de forma tão avassaladora antes. Em vidas anteriores, eu havia passado muito tempo nos Estados Unidos, mas nunca cruzara o oceano tão próximo do fim da Segunda Guerra Mundial. O movimento pelos direitos civis, o Vietnã, o Caso Watergate — tudo isso ainda estava por vir, e quando cheguei me senti oprimido pela cordialidade das boas-vindas, pelas saudações calorosas, pelos elogios sinceros que recebi até diante dos feitos mais comuns, como ir à farmácia comprar uma escova de dentes ("Excelente escolha, senhor!"), e pelos diversos conselhos para comprar artigos domésticos que não deveriam — não deveriam *de jeito algum* — existir na época. Assistindo à TV a cores no quarto do hotel, fiquei me perguntando se o senador McCarthy se sairia tão bem neste novo mundo, em que o rubor vívido de sua pele ficaria tão nítido num tecnicolor glorioso. Concluí que o aparelho em preto e branco emprestava certa aura de dignidade a acontecimentos que, por si sós, não tinham nada de dignos.

Por sorte, eu não era o único a reparar nos grandes avanços tecnológicos do país. Até jornalistas lineares vinham escrevendo notícias com títulos como A AMÉRICA ACERTA OUTRA!, elogiando alguma descoberta repentina. As revistas aclamavam os anos entre 1945 e 1950 como "A Era da Invenção", afligindo tanto o ouroborano quanto o pedante dentro de mim, enquanto Eisenhower ia à TV advertir não só contra o desenvolvimento da indústria militar, como contra a perda dos Valores Americanos que poderia resultar da chegada desta nova era de aço, cobre e tecnologia sem fio. Em 1953, a iluminação pública já era de halogênio, o Valium era o antidepressivo mais usado, e todos éramos convidados a trocar nossos óculos toscos e antiquados por lentes de contato macias que garantiam o brilho nos olhos. Assombrado com o tom caricaturesco de tudo aquilo, vi a sociedade de 1953 assimilar a tecnologia de 1960 com uma ânsia voraz e uma ligeira reticência, como se as gerações que deveriam se revoltar não soubessem direito quais deveriam ser os alvos de sua rebeldia.

O que me deixava mais irritado era ter que rastrear a fonte do surto. As invenções não surgiam de uma só empresa ou lugar, mas de dezenas de empresas e instalações por todo o país, todas disputando patentes com unhas e dentes, enquanto a tecnologia se espalhava como um vírus transmitido de uma mente para a outra, impossível de ser parado, irreprimível, incontrolável. Passei quase dois anos tentando descobrir de onde surgiam aquelas formidáveis ideias, cada vez mais furioso sempre que recebia uma resposta evasiva ou alguém dava de ombros durante as minhas pesquisas, conforme equipes de cientistas se punham a trabalhar tomando os conceitos básicos por trás de aparelhos usados no dia a dia e criando algo inteiramente novo, fruto de seu próprio esforço, algo sempre muitíssimo mais avançado do que se poderia esperar naquela época. No entanto, talvez o mais alarmante era que, a cada dispositivo inventado pelos americanos, os soviéticos mandavam mais agentes para roubá-lo, depois pressionavam seu próprio pessoal para encontrar as respostas por si mesmos, o que acelerou a corrida tecnológica.

Por fim, um doutor em química do MIT, um sujeito chamado Adam Schofield, me deu a resposta necessária. Nós nos conhecemos durante uma conferência sobre "Inovação, Experimentação e a Nova Era". Ao fim, fomos beber num bar de hotel e conservamos sobre carros ruins, bons livros e esportistas decepcionantes, até que entramos no assunto dos últimos avanços em bioenergia.

— Quer saber, Harry? — disse ele em dado momento, inclinando-se para se aproximar por cima da garrafa de vinho do porto que havíamos dividido e, vergonhosamente, esvaziado. — Eu me sinto um baita charlatão ao receber o crédito por isso.

É mesmo, doutor Schofield? E por quê?

— Eu entendo. Eu consigo explicar; podemos fazer coisas boas pra cacete com isso, coisas fantásticas, Harry, capazes de mudar paradigmas. Mas a ideia em si... Eu conto às pessoas que tive "enquanto dormia". Você acredita nessa merda? É uma estupidez completa.

Ah, mas não, doutor Schofield, claro que não, doutor Schofield, mas então de onde você tirou suas ideias?

— Uma carta que chegou pelo correio! Cinco folhas, frente e verso, de umas putas ideias científicas inacreditáveis, como você nunca viu na vida. Demorei quatro dias de leitura para entender aquilo, e, Harry, essa carta, esse cara, seja lá quem enviou a carta... esse cara é a fonte principal.

Ele sabia quem era?

Não, não sabia, mas...

— Você ainda tem a carta?

— Claro! Está numa gaveta. Eu sempre fui honesto com quem me perguntasse a respeito disso, porque não tenho o menor interesse em levar um processo se esse cara um dia vier me procurar, mas, a faculdade, eles queriam conduzir o assunto com muita discrição.

Então, ali estava, ali estava o grande o momento.

— Posso ver essa carta?

Como prometido, ele de fato havia guardado a carta numa gaveta, num envelope remetido a "Doutor A. Schofield". As paredes de seu escritório eram recobertas por painéis de madeira, numa tentativa de dar ao lugar um ar de antiguidade que não combinava com o edifício. A lâmpada fraca brilhava dentro de um abajur verde na escrivaninha. Eu me sentei e li frente e verso das cinco folhas de papel grosso e amarelado, onde havia uma série de diagramas, números e equações fáceis de encontrar em qualquer turma de calouros de uma faculdade de química — em 1991. Nós, kalachakra, conseguimos mudar muita coisa a nosso respeito, mas estranhamente quase nunca pensamos em mudar a caligrafia, por isso reconheci de imediato os garranchos de Vincent.

Examinei o papel, procurei uma marca-d'água, não encontrei. Examinei a tinta, o envelope, atrás de alguma coisa — qualquer coisa — que desse pistas do local de onde fora remetido. Nada. Eu chegara muitos, muitos anos atrasado. Tentei imaginar quantos anos Vincent teria por essa época — uns vinte e tantos, no máximo. A idade ideal para se encaixar perfeitamente em qualquer campus de qualquer universidade dos Estados Unidos. Mas, pensando bem, se seu método de acelerar o desenvolvimento tecnológico era estimular as mentes daqueles que faziam parte da vanguarda do presente, será que ele voltaria a atacar em outro lugar?

Harvard, Berkeley, Caltech. Precisei de muita persuasão e, por vezes, uma enxurrada de bebidas alcoólicas bem caros, mas lá estavam, cartas de papel amarelado escritas vários anos antes. Em uma ou duas faculdades, os professores que as receberam as deixaram de lado, trataram-nas como brincadeira. Mas agora, enquanto viam seus rivais avançarem cada vez mais em seus campos de estudo, eles arrancavam os cabelos e afogavam as mágoas acadêmicas no fundo de alguma garrafa.

Mas o método de Vincent continuava sendo apenas o meio para se atingir o fim. Ele queria acelerar a tecnologia moderna até o ponto em que pudesse recomeçar seu trabalho, encontrar as respostas que desejava e construir o espelho quântico, supostamente usando tecnologias de algum momento do começo do século XXI. Naquele momento eu já sabia como ele queria atingir esse objetivo, mas eu começara a persegui-lo tarde demais para impedir a expansão tecnológica que ele havia posto em marcha. Eu precisava descobrir onde o passo seguinte se daria, pois lá estaria Vincent. E, durante todo esse tempo, enquanto procurava, a tecnologia avançava a uma velocidade assustadora. Em 1959, estava à venda o primeiro computador pessoal — apelidado com muito otimismo de A Máquina do Futuro por um inventor tão maravilhado com sua própria genialidade que não conseguiu pensar em nada melhor. Era do tamanho de um pequeno guarda-roupa e tinha vida útil de aproximadamente quatro meses até que suas peças derretessem sob a tensão, mas mesmo assim não deixava de ser um sinal do que estava por vir. Se eu estivesse menos preocupado com a procura de Vincent, talvez tivesse compreendido um pouco melhor o papel da tecnologia na política. Nunca antes eu havia prestado atenção ao episódio em que

Israel invade a Síria e a Jordânia, embora não tenha me surpreendido ao ver a furiosa resistência local expulsar as Forças de Defesa de Israel, dona de tecnologias mais avançadas, até fronteiras mais defensáveis. A declaração de guerra santa no Oriente Médio causou a derrocada do xá iraniano muitos anos antes do que a média, mas os ditadores seculares pareciam ser a força do momento, ao pegar o vácuo desse acontecimento usando uma nova geração de equipamentos militares muito superiores aos da década de 1980. Como têm necessidades mais urgentes, os exércitos tendem a explorar a ciência mais rápido do que os civis.

Em 1964 os soviéticos deram por terminado o Pacto de Varsóvia, e os Estados Unidos declararam outro grande triunfo do capitalismo, do consumismo e do comércio, e a tecnologia continuava evoluindo sem parar. Consegui o cargo de editor científico de uma revista sediada em Washington, D.C., posição de que me valia para informar discretamente ao FBI sobre o desenvolvimento de crimes da época, entre os quais a fraude telefônica e o primeiro hackeamento de um computador, em 1965. Se meu editor tivesse descoberto minha duplicidade, provavelmente teria me demitido por questão de princípios, mas depois me recontrataria por causa da qualidade dos meus furos e do alcance extraordinário dos meus contatos.

Tudo isso eu acompanhei fingindo indiferença, mesmo quando o Clube Cronus se mostrou furioso comigo. O futuro estava sendo destruído diante dos nossos olhos, os efeitos do século XX vinham se propagando através do tempo. Bilhões de vidas seriam mudadas, e possivelmente milhões de kalachakra deixariam de nascer, ou nasceriam em mundos irreconhecíveis. Nós, os filhos do século XX, estávamos provocando isso, tão despreocupados e indiferentes quanto uma baleia em relação ao plâncton que agoniza no fundo do mar.

— Harry, nós precisamos fazer alguma coisa!

Akinleye.

— Tarde demais.

— Como isso aconteceu?

— Algumas cartas com ideias brilhantes foram enviadas. Só isso.

— Mas deve ter alguma coisa...

— Tarde demais, Akinleye. Tarde demais.

Encontrar Vincent.

Era só o que importava.

Esquecer as consequências, esquecer o tempo.

Encontrar Vincent.

Vasculhei cada empresa de tecnologia, cada universidade, interroguei cada contato, investiguei cada rumor e vazamento. Rastreei listas de remessa de navio em busca de componentes que eu sabia fazerem parte da lista de compras de quem quisesse construir um espelho quântico, investiguei cada cientista e estudioso que pudesse ter alguma serventia a Vincent, que possuísse o conhecimento apropriado, e durante todo esse tempo escrevi artigos sobre a mudança que vinha ocorrendo no mundo e sobre a façanha do desenvolvimento tecnológico americano.

Também fui cuidadoso. Atuei sob uma vasta gama de disfarces, e era raríssimo eu revelar minha verdadeira identidade durante a investigação de alguma história. Quando escrevia um artigo sobre os fertilizantes agrícolas do Arizona, aí, sim, eu era Harry August — mas se certa noite um homem telefonasse para um cientista molecular querendo saber dos últimos avanços nos microscópios eletrônicos, ele o faria usando qualquer nome e em qualquer tom de voz que não revelassem minha verdadeira identidade. Do ponto de vista de Vincent, eu deveria ter me esquecido de todas as vidas passadas, exceto uma, logo após o Esquecimento, e aquela deveria ser apenas minha segunda vida. Se de repente eu topasse com ele durante a investigação, teria que parecer fruto do acaso, e não um ato intencional. A ignorância e a fraqueza aparentes eram minhas maiores armas, que eu preservaria para o ataque definitivo.

E, então, de repente, ele apareceu.

Eu estava participando de uma conferência sobre tecnologia nuclear na era dos mísseis de longo alcance estratosféricos, que meu editor esperava que eu descrevesse com o título de "Mísseis no espaço". Achei a ideia pouco profissional, pois implicava uma sequência de pontos de exclamação ao fim da manchete e possivelmente um parágrafo de abertura começando com "Algumas ideias são terríveis demais..." para então se direcionar rumo ao clímax narrativo. Deixaram no meu hotel um convite para discutir esses assuntos mais a fundo com a patrocinadora do evento, uma tal senhora Evelina Cynthia-Wright, que, ao fim do convite, acrescentara uma nota pessoal explicando que se sentia exultante ao constatar que os meios de comunicação demonstravam interesse por assuntos tão importantes.

Com um sentimento de decepção já assentado nas minhas entranhas, fui de carro até sua casa, uma enorme mansão de fachada branca a uns cinco quilômetros do rio Lousiana. Era uma tarde quente e úmida, tomada pelo canto dos pássaros. A vegetação no entorno da enorme propriedade estava murcha, como se também não aguentasse mais o calor, e um sistema de ar-condicionado recém-saído da linha de produção soltava nuvens de vapor por um dispositivo do tamanho de uma caminhonete, acoplado à lateral do que, no mais, era um edifício venerável, como se fosse uma sanguessuga tecnológica grudada num monumento histórico. Pela fileira de carros estacionados em torno de um laguinho totalmente coberto de algas, ficou claro que eu não era o único convidado, e uma empregada atendeu à porta mesmo antes de eu bater, oferecendo-me um julepo gelado, um cartão de visita e uma bala caseira de menta para minhas dores. Ecos de uma conversa educada e de músicas infantis não tão educadas vinham de um cômodo que só podia ser um salão de baile, um lugar imenso com pé-direito alto e janelas amplas que davam para o jardim dos fundos, uma selva ainda muito mais murcha do que a que ficava na frente da propriedade. Um projeto de torturador de sete anos e meio estava produzindo a música com seu violino martirizante. A família orgulhosa e os amigos educados estavam sentados em círculo ao redor da criança, admirando sua energia. Como se quisesse dar provas de sua natureza incansável, ela começou a tocar outra miscelânea. Mais de oitocentos anos de vida haviam prejudicado minha capacidade de admirar o talento infantil. Eu certamente não era a única criatura na face da Terra que preferia a incubação prolongada à puberdade como método mais seguro de desenvolvimento.

A senhora Evelina Cynthia-Wright era exatamente o que se poderia esperar de uma importante dama que morava às margens do rio Lousiana — extremamente cortês, absolutamente hospitaleira e tão dura como os pregos enferrujados que mantinham de pé sua gigantesca propriedade. Suas pesquisas estavam tão em dia quanto o ineficiente sistema de ar--condicionado da propriedade, pois, enquanto eu esquadrinhava o salão, considerando se havia me mostrado agradecido o bastante pelo convite e me perguntando, não pela primeira vez, se o jornalismo era uma forma apropriada de contestar o fim do mundo cada vez mais iminente, ela se lançou sobre mim como uma geleira prestes a derreter e exclamou:

— Ora, senhor August!

Consegui travar o gesto de surpresa que me causou aquela intervenção repentina e abrir um sorriso, segurei a mão que ela me estendeu e lhe dirigi uma ligeira reverência. Até seus dedos pareciam murchos àquela clima.

— Senhor August, que bom que você veio. Acompanho seu trabalho com avidez...

— Obrigado pelo convite, senhora Wright...

— Ora, ora, você é britânico! Que encantador! Querido! — Um homem cujo rosto era formado de três partes bigode e uma parte expressão facial respondeu ao "Querido!" com o trejeito obediente de alguém que escolheu não lutar contra o inevitável. — Você teria adivinhado que o senhor August é britânico?

— Não, querida.

— Já li muitos dos seus artigos, mas imagino que para você deva ser natural escrever em inglês americano.

Era? Eu podia me permitir dizer isso? Aquela era uma reunião marcada pela falsa modéstia, pela arrogância insuportável? Onde se encaixavam ali a rápida vitória social e a fuga apressada?

— Você precisa conhecer Simon. Ele é um encanto e estava morrendo de vontade de conhecê-lo. Ei, Simon!

Liguei o sorriso no modo automático e, pensando em retrospecto, provavelmente foi isso que salvou a situação.

O sujeito chamado Simon se virou. Também usava um bigode cuja ponta enrolada lembrava uma onda castanha prestes a quebrar, uma barbicha menor, que desviava de leve a vista de quem o olhava para sua clavícula esquerda. Ele segurava um copo de gelo numa das mãos e, na outra, uma cópia enrolada da revista para a qual eu trabalhava, como se estivesse prestes a matar uma mosca com ela, e por ali não faltavam candidatas dignas dessa honra. Ao me ver, ele escancarou a boca num expansivo gesto de surpresa — pois aquela era uma ocasião social em que nada que não fosse expansivo se encaixaria —, enfiou a revista debaixo do braço, passou a mão na camisa, talvez para limpar os detritos dos adversários voadores que já havia abatido, e por fim exclamou:

— Senhor August! Faz muito tempo que eu queria conhecê-lo!

Seu nome era Simon.

Seu nome era Vincent Rankis.

Capítulo 69

Eu também ainda tinha aliados.

Charity Hazelmere não estava morta.

Demorei um tempo para encontrá-la, e só fui topar com ela no meio da décima quarta vida, quase por acaso, na Biblioteca do Congresso, enquanto examinava um relatório sobre os avanços da ciência moderna. Levantei a cabeça após ler um trecho especialmente entediante que nada tinha a ver com minha interminável investigação sobre Vincent e suas atividades, e ali estava Charity, velha — tanto por dentro quanto por fora; era a primeira vez que eu a via se apoiar numa bengala —, observando-me do outro lado da mesa, sem saber se eu era inimigo ou amigo.

Olhei para ela, depois para o resto da biblioteca, e, como não enxerguei ameaça, fechei o livro, devolvi-o com cuidado à prateleira, apontei para a placa de SILÊNCIO, POR FAVOR, sorri e caminhei na direção da porta. Eu não sabia se ela me seguiria ou não. Acho que nem ela, mas por fim ela foi atrás de mim.

— Oi, Harry.

— Oi, Charity.

Um leve sorriso. Seu corpo envelhecido doía, e reconheci sinais além dos da mera velhice. Seu cabelo estava ralo, e sua boca parecia levemente torta no canto esquerdo, e além disso ela mancava da perna esquerda de um jeito que sugeria algo mais do que a simples deterioração genética.

— Então, você se lembra — murmurou ela. — Hoje em dia, são poucos.

— Eu me lembro — sussurrei em resposta. — O que está fazendo aqui?

— O mesmo que você, acho. Em geral não gosto de viver tanto, mas até eu posso ver que tem algo de estranho acontecendo com o tempo. Toda essa... *mudança*. — Ela pronunciou a palavra como se lhe corroesse a boca. — Todo esse... *desenvolvimento*. Não podemos deixar isso acontecer. — Então, ela continuou em tom mais severo. — Sei que você se tornou jornalista. Já li alguns dos seus artigos. Que diabo você acha que está fazendo, chamando atenção desse jeito? Você não sabe que há uma guerra em curso, e que somos nós contra eles?

"Eles" só podia se referir a Vincent, e "nós", ao Clube Cronus. Senti uma pontada de vergonha pelo fato de ainda me encontrar nesse "nós". Afinal, eu trabalhara com Vincent durante mais de dez anos, e certamente minha colaboração, seguida da minha deserção, haviam servido de gatilho para os ataques contra o Clube Cronus. Eu duvidava que alguém soubesse disso, nem estava com pressa de espalhar a notícia.

— Se o inimigo sabe seu nome, pode ir atrás de você! Harry, a discrição é fundamental, a não ser que você esteja procurando problema.

Para a surpresa dela, e talvez também para a minha, eu sorri.

— Sim — murmurei. — De fato, é exatamente isso que estou fazendo. Em longo prazo, isso vai facilitar as coisas.

Desconfiada, ela semicerrou os olhos.

— O que você está tramando, Harry August?

Eu contei.

Todo mundo precisa de um aliado.

Especialmente se o aliado nasceu antes de 1900.

Capítulo 70

Aprendi duas coisas durante a carreira na espionagem. A primeira é que alguém que se limita a escutar com discrição é, noventa por cento das vezes, um espião muito mais eficaz do que um tagarela charmoso. A segunda é que o melhor jeito de abordar um contato não é contatá-lo, e sim convencê-lo de que é ele quem quer ir atrás de você.

— É um prazer, senhor August.

Vincent Rankis estava diante de mim, sorrindo, estendendo-me a mão, e todos aqueles anos de preparação, todo o planejamento, todo o tempo que eu dedicara a pensar no que faria se esse momento chegasse, e por um instante, só por um instante, a única coisa que consegui foi conter o impulso de cravar a borda do meu copo de julepo na palpitante suavidade de seu pescoço rosado.

Vincent Rankis, sorrindo para mim como se fosse um estranho, querendo se tornar meu amigo.

Ele sabia tudo o que havia feito comigo, lembrava-se com a precisão infalível de um mnemotécnico.

O que ele não sabia — *não tinha como saber* — era que eu também me lembrava.

— Prazer, senhor...

— Ransome — completou ele em tom jovial, segurando minha mão e cumprimentando-me cordialmente. Seus dedos estavam frios onde ele segurara o copo, o qual trocara de mão, e úmidos pela persistente condensação do exterior do recipiente. — Já li bastante coisa do seu trabalho, acompanho sua carreira, pode-se dizer.

— É muito amável de sua parte, senhor... Ransome? — Vacilei no tom da pergunta para deixar claro que não o conhecia, mas, quando, se força demais uma mentira, ela vem abaixo. — Você é do ofício?

Em qualquer profissão notável deste planeta, o ofício se refere a qualquer que seja o trabalho desempenhado por quem usa a expressão.

— Meu Deus, não! — Ele deu uma risada. — Na verdade, eu sou meio vadio, um caso perdido, mas admiro os jornalistas, como você, que vão de um lado para outro corrigindo os erros e fazendo outras coisas do tipo.

Vincent Rankis e sua garganta exposta e suada.

— Não é meu caso, senhor Ransome. Esse é só o meu ganha-pão, como dizem.

— Pelo contrário. Suas observações são muito interessantes... incisivas, diriam alguns.

Vincent Rankis, ao lado da cama enquanto o veneno de rato inundava minhas veias.

Indo embora enquanto um torturador começava a arrancar as unhas dos meus pés.

Remando no rio Cam.

Pulando, empolgado com mais uma experiência. Nós podemos superar os limites, Harry. Podemos encontrar as respostas, tudo, em qualquer lugar. Podemos ver com os olhos de Deus.

Não se virando ao me ouvir gritar.

Levem ele, ordenou, e eles me levaram, meteram uma bala no meu cérebro, e cá estou, e eu nunca vou esquecer.

Ele estava me olhando.

Meu Deus, como ele me olhava, por cima daquele sorriso radiante, por trás daquelas mentiras vazias e sedutoras, analisando cada detalhe do meu rosto, procurando a mentira no meu olhar, procurando um indício de que eu o reconhecera, de que sentia repugnância, revolta, qualquer pista de que eu continuava sendo quem havia sido, de que eu sabia o que ele havia feito. Sorri e me voltei para a anfitriã, com o coração palpitante, sem saber se era capaz de impedir meu corpo de revelar aquilo que a minha mente escondia.

— É evidente que você tem ótimo gosto tanto para os amigos quanto para a leitura, senhora — disse eu. — Mas suponho que não tenha me convidado só para discutir o tom incisivo dos meus textos, certo?

A senhora Evelina Cynthia-Wright, que Deus a abençoe, que Deus a tenha em sua glória, tinha uma pauta a seguir e, naquele momento de crise, naquele momento em que eu poderia ter dado meia-volta e perdido o controle, exclamou:

— Senhor August, você pensa como um verdadeiro jornalista! Na verdade, eu queria lhe apresentar a algumas pessoas...

Então, ela passou o braço sobre meus ombros, e eu poderia ter beijado aquele braço, poderia ter chorado naquela manga branca e limpa, enquanto ela me afastava de Vincent Rankis e me conduzia pela multidão. E, assim como Vincent não se virou para me olhar, eu tampouco o fiz.

Capítulo 71

Eu consegui.

Eu consegui.

Eu consegui.

E o melhor de tudo: eu consegui sem precisar me expor.

Ele havia me procurado.

Ele fora atrás de *mim*.

E eu consegui.

Eu consegui.

Finalmente.

Cabeça fria, como dizem.

Era hora de ter cabeça fria.

Ouvi os amigos da senhora Cynthia-Wright discutirem em tom sério, e por vezes agitado, sobre as ameaças de guerra nuclear, os perigos do embate ideológico, a invasão da tecnologia no conflito, consciente de que Vincent estava poucos passos atrás de mim, e não virei a cabeça uma vez sequer. Evitei me mostrar frio, gélido ou distante demais: enquanto saía da casa, sorri para Vincent e o parabenizei pelo excelente gosto para leitura, expressando a esperança de que ele fosse assinante. Ele era. Que grande homem, que fantástico bastião do conhecimento naqueles tempos de constante mudança.

Também não fui efusivo demais.

Não apertei sua mão durante a saída, e, enquanto voltava pelo caminho da entrada sob o céu estrelado, não virei a cabeça para ver se ele estava parado junto à porta.

Eu consegui.

Voltei para o hotel, um quarto de segundo andar que fedia ao mofo úmido que se via em cada canto daquela cidade encharcada, tranquei a porta, sentei-me na cama e fiquei tremendo por quase quinze minutos. Não conseguia parar e, durante um tempo, enquanto minhas mãos tremiam sobre o colo, eu me perguntei que tipo bizarro de reação consciente era aquele, que manifestação das muitas emoções que eu sabia que deveria sentir ao ver aquele homem o qual vinha perseguindo durante mais de um século, aquele homem que havia chegado tão perto de me destruir. Mas, se a reação era a isso, eu ainda não era capaz de controlá-la, e, enquanto realizava as tarefas automaticamente para me deitar na cama, minhas mãos continuavam tremendo, e acabei esfregando pasta de dente no queixo.

Se eu houvesse pensado que aquilo funcionaria, teria chamado o Clube Cronus de imediato. Teria reunido mercenários, pegado em armas eu mesmo, e juntos administraríamos o Esquecimento em Vincent, ali, na hora. Sem perguntas, sem julgamento, sem interrogatórios improdutivos a respeito de seu ponto de origem, informação que ele certamente não daria de mão beijada. Ele era um mnemotécnico, e, se eu levasse em conta minha própria experiência, uma atitude como essa só poderia fracassar, e talvez perdêssemos para sempre qualquer chance de deter Vincent.

Após encontrá-lo, era hora de me afastar.

Se ele quisesse, saberia onde me encontrar.

Três meses.

Piores do que qualquer tortura.

Continuei trabalhando normalmente, e desta vez fui escrupuloso, rigoroso, interpretei ao máximo o papel de jornalista e não movi uma palha que remotamente poderia se considerar uma pesquisa de Vincent. Além disso, comecei a agir como um ouroborano típico na segunda vida após o Esquecimento. Fui a igrejas de todos os credos; marquei e depois cancelei consultas com terapeutas, mantive isolamento estrito dos meus companheiros e, em todas as formas e sentidos, vivi a vida de Harry August, um inocente kalachakra que se esforçava para perseverar num mundo confuso. Até comecei a ter aulas particulares de espanhol, idioma que eu falava com fluência, e escondi minha fácil evolução pedindo ao filho do vizinho do andar de baixo que fizesse meu trabalho de casa todo errado, e embarquei num breve, mas divertido caso com a minha professora, até que o sentimento de culpa por trair seu ausente namorado mexicano a fez pôr fim tanto ao nosso relacionamento quanto às aulas.

Eu não sabia se precisava ir tão longe para manter a ilusão. Se Vincent investigou minha situação na época, ele foi brilhante ao ocultar suas ações. Com certeza ele estava investigando meu passado, buscando meu ponto de origem. Mas minhas aliadas, Charity e Akinleye, já estavam de sobreaviso, e todos os documentos apontavam que eu, Harry August, havia chegado ao conhecimento dos britânicos como um órfão abandonado em Leeds, e que lá permaneci até ser adotado por um casal das redondezas formado pelo senhor e pela senhora August. Eu sabia que Vincent investigaria tudo isso e encontraria um senhor e uma senhora August que haviam adotado uma criança mais ou menos da mesma idade, criança a qual eu sempre tivera em mente como um álibi útil para a minha existência e que morreu num acidente de carro em 1938, a tempo de eu reivindicar a papelada como sendo minha. De diversas maneiras, seu acidente fatal configurou uma grande sorte para mim, pois, se a tragédia não houvesse ocorrido, talvez eu tivesse me visto na obrigação de matá-lo para manter minha identidade a salvo.

Fosse qual fosse o rumo das investigações de Vincent através daquelas mentiras entremeadas com tanto cuidado, ele não me contatou durante três meses, e eu não fui atrás dele. Então, quando por fim reapareceu, ele o fez às duas da manhã, telefonando para meu apartamento em Washington, D.C.

Atendi, caindo de sono e confuso, precisamente como ele queria que eu estivesse.

— Senhor August?

Reconheci sua voz de imediato. Despertei na hora; o sangue correu tão rápido pelos meus ouvidos que eu me perguntei se ele o ouvia enquanto eu colava o fone na orelha.

— Quem é? — perguntei, esticando-me na cama para alcançar o interruptor de luz.

— É Simon Ransome. Nós nos conhecemos no sarau na mansão da senhora Cynthia-Wright.

Então aquilo havia sido um sarau? Talvez.

— Ransome... Lamento, mas não consigo...

— Desculpe, provavelmente você não se lembra — interrompeu-me. — Eu sou um leitor voraz dos seus trabalhos...

— Claro! — Será que minha reação de alegria ao reconhecê-lo foi exagerada, forçada demais? Eu morava nos Estados Unidos, terra das expressões exagerada, e o telefone não era um meio em que as pessoas usavam a sutileza. — Desculpe, senhor Ransome, mas é claro que eu me lembro... é que está meio cedo, é só isso...

— Meu Deus! — Será que seu pesar foi forçado demais, exagerado? Pensei que talvez, quando tudo aquilo acabasse, seria interessante trocarmos impressões sobre a qualidade dos nossos teatrinhos. Não consigo pensar em ninguém cuja opinião eu respeitasse mais que a dele. — Mil desculpas. Que horas são aí?

— Duas da manhã.

— Meu *Deus!* — exclamou ele outra vez, e eu estava começando a achar que deveria tirar pontos de sua interpretação, que até então estava perfeita. Fiz uma nota mental para me lembrar de que, em situações como essa, soltar qualquer banalidade é de longe mais pertinente do que aquelas exclamações ribombantes. Por outro lado, se sua farsa se baseava no fato de que eu era um inocente traumatizado e atrapalhado ainda na segunda vida, talvez ele considerasse mais adequado me tratar como um idiota. — Harry, peço mil desculpas. — E de novo ele usou meu primeiro nome quando ainda não havíamos chegado a esse nível de intimidade. — Eu ia lhe convidar para bebermos alguma coisa semana que vem, pois acho que vou estar pelas redondezas. Que falta de consideração minha me esquecer do fuso horário! Eu ligo mais tarde... Peço mil desculpas!

Ele bateu o telefone antes de eu sequer começar a desculpá-lo.

Nós nos encontramos para beber.

O bar era um antro de lobistas e jornalistas, e, sob as lâmpadas de baixa voltagem e envoltos por um jazz suave, declarou-se uma breve trégua, e os soldados receberam permissão para quebrar o protocolo, se juntar a estranhos em suas mesas e conversar sobre futebol americano, beisebol e as últimas reviravoltas nas batalhas em curso pelos direitos civis.

Vincent chegou dez minutos atrasado num terno branco extravagante com suspensórios. Segundo me explicou, ele era alguém à toa, tinha pouquíssima coisa para fazer na vida, mas sentia fascínio por aquele meu mundo e esperava que eu não me importasse de compartilhar minha sabedoria. Claro que não, respondi, e ele fez questão de pagar as bebidas.

Eu me preparei para a ocasião me entupindo de uma quantidade indigesta de queijo, além de ter bebido um volume monstruoso de água. Tomar um porre durante o serviço é uma arte, e eu estava determinado: ele não me acertaria durante minhas esquivas nem me pegaria com a guarda baixa. O único inconveniente era ter que ir toda hora ao banheiro, mas já paguei preços muito maiores.

Enquanto conversávamos, ficou claro que a noção de Vincent sobre o que considerava um vagabundo endinheirado não era necessariamente a mesma de seus colegas.

— Meu pai me deixou um monte de coisas — explicou, dando de ombros —, até um título que eu nunca uso, uma casa em que nunca fico e uma fábrica que nunca visito, mas não dou a mínima para nada disso.

Claro que não dá, Vincent. Claro que não dá.

— Seu pai deve ter sido bem rico.

— Mais ou menos, mais ou menos...

O chavão eterno dos podres de ricos, cuja saturação financeira inata é tão alta que eles boiam acima do âmbito dos meros mortais e de lá percebem riquezas além da imaginação dos peixes pequenos. Então, "Mais ou menos, mais ou menos" era a promessa de uma riqueza inexplorada.

A questão do pai de Vincent ficou no ar, e, como a isca parecia tenra e suculenta demais, eu a ignorei.

— Então me diga: o que um cara como você está fazendo conversando com um editorzinho de meia-tigela como eu?

— Eu já não disse? Admiro seu trabalho.

— É isso mesmo? Quer dizer, você não é... o quê? Alguém que quer criar um jornal, arrumar emprego na área nem nada desse tipo, é?

— Meu Deus, não! Eu nem saberia por onde começar. Mas deixa eu lhe perguntar uma coisa...

E ali estava ele se remexendo no sofá com ares conspiratórios, cabisbaixo, lançando olhares furtivos para as mesas próximas.

— Você por acaso saberia de algum podre? — perguntou.

Que tipo de podre, meu querido?

— Um contador que eu conheço quer que eu compre uma empresa que está criando não sei que avanço tecnológico com ressonâncias harmônicas, seja lá o que for isso. Normalmente eu deixo ele lidar com esse tipo de coisa, mas dessa vez o investimento é bem alto, e não tenho certeza de isso vai gerar frutos. O que acha?

Eu acho, Vincent, que, ao decidir usar a expressão "um contador que eu conheço", você forçou demais.

Eu acho que seria fácil matá-lo agora.

Eu acho que, apesar de tudo, estou sorrindo.

Sorrindo por causa da sua atuação. Do seu encanto. Da sua simpatia e suas piadinhas sujas. Sorrindo porque durante dez anos nós sorrimos e trabalhamos juntos, e durante alguns poucos dias você tentou destruir minha vida. Sorrindo porque adquiri esse hábito na sua presença, embora eu o despreze de um jeito que ultrapassa qualquer forma de compreensão. Sorrindo porque, apesar das mentiras, apesar de saber tudo o que eu sei a seu respeito, eu gosto de você, Vincent Rankis. Eu ainda gosto de você.

— Qual é o nome da empresa? — perguntei. — Talvez eu consiga verificar.

— Ah, você faria isso? Não quero que pense que só vim aqui para isso. Eu sei que as pessoas sempre se aproveitam das outras. Mas, honestamente, Harry... posso chamar você de Harry? Eu admiro tanto o seu trabalho que queria conhecer você, e esse outro assunto não passa de uma coisa secundária...

— Não é problema, senhor Ransome... Simon? Simon, não tem problema algum.

— Não quero de jeito nenhum ser inconveniente.

— Não está sendo. Faz parte do meu trabalho.

— Pelo menos posso pagar pelo seu tempo! Os gastos! Pelo menos os gastos!

Eu me lembrei de como era fácil subornar um homem decente. Será que esse Harry August, o Harry que eu estava interpretando, era um homem decente? Decidi que ele era, sim, precisava ser, e, como qualquer homem decente diante de Vincent Rankis, ele precisava se deixar enganar.

— Você paga o jantar, e estamos quites — respondi.

No fim das contas, também o deixei pagar a viagem.

A empresa era tudo que eu deveria esperar. No desenvolvimento natural das coisas, deveria estar desenvolvendo a próxima geração de TVs, refinando as oscilações no tubo de raios catódicos, estudando a interferência e a indução eletromagnética. Mas, assim como muitas outras instituições por todo o país, ela havia recebido cinco folhas de papel amarelado com detalhes de especificações técnicas, diagramas e esquemas relativos a tecnologias uns vinte anos à frente de seu tempo, então a empresa estava...

— Realizando um trabalho empolgante, senhor August, empolgante mesmo, sobre a ressonância de feixes de partículas individuais.

E o que isso significava? Para meu artigo, claro, para que os leitores entendam.

— Bem, senhor August, se pegarmos um feixe de luz... um feixe de luz de alta intensidade, como um laser...

Claro, lasers na década de 1960, esse instrumento doméstico tão conhecido.

— ...e o disparamos contra um elétron...

Sim, claro, passamos toda a década de 1960 disparando lasers contra elétrons... onde eu havia me enfiado nos últimos 880 anos?

— ...vamos perceber que se produz uma transferência de energia, e... você está familiarizado com o conceito da dualidade onda-partícula?

Vamos supor que sim.

— Fantástico! Então deve saber que o que hoje entendemos por luz pode ser considerado uma partícula, fótons, *e* uma onda, e por meio da ressonância harmônica entre essas ondas, que também são partículas, nós podemos começar a ver... Tem certeza de que entende isso, senhor August? Você parece bem aflito.

É mesmo? O almoço não me caiu bem. Digamos que o almoço não me caiu bem.

— Ah, sinto muito, senhor August. Não tinha me dado conta disso! Quer se sentar?

Ao fim, escrevi o relatório para Vincent. Percebi de imediato as possibilidades de aplicação daquele avanço, e, o mais importante de tudo, percebi por que Vincent tinha interesse em usar aquela empresa, tendo em vista que a pesquisa poderia ser de grande valia para o dispositivo dos seus sonhos, o espelho quântico, que a partir da observação de uma partícula obteria respostas para tudo. Simples, Harry, tão simples — quando se tem coragem para levar isso a cabo.

Eu sabia que Vincent continuava construindo o espelho quântico em algum lugar no coração da América — era esse o objetivo final de todo o processo. No entanto, eu não podia dar qualquer sinal de que sabia disso, então, em vez de dar foco ao ponto de vista científico, meu relatório se baseou sobretudo nas personalidades das pessoas com quem eu conversara e na minha opinião sobre se a empresa contava com um plano financeiro viável.

Nós nos encontramos para um jantar — Vincent pagou —, e ele se pôs a murmurar, exclamar e suspirar como se fosse um especialista enquanto folheava o relatório, até que por fim largou o material na mesa, bateu as palmas e exclamou:

— Isso é perfeito, Harry, simplesmente perfeito! Garçom, mais saquê!

O ano era 1969, e o sushi estava entrando na moda nos Estados Unidos. As calotas polares derretiam, a poluição industrial pintava o céu com um tom amarelo meio alaranjado, o bloco do leste estava entrando em colapso, e surgiam rumores de um comprimido capaz de deixar brancas como a neve as peles dos negros que lutavam pelos direitos civis no país. Esse, declarou Nixon, era o verdadeiro caminho para a igualdade. Concluí que o mundo só não havia sido destruído por uma guerra nuclear porque ninguém tinha pensado em tentar isso.

— Fale de você, Harry. Você é britânico, certo?

E ali estava a pergunta sobre meu ponto de origem, entrando na conversa com tanta sutileza, tanta suavidade entre os pratos do jantar que eu quase não notei sua chegada.

— Sua família é grande? — continuou ele.

— Não — respondi, e nisso fui sincero. — Meus pais já morreram faz alguns anos. Nunca tive irmãos.

— Ah, lamento ouvir isso. Mas eles deviam se sentir muito orgulhosos de você, não é?

— Acho que sim. Quer dizer, espero que sim. Eram pessoas boas, mas, como eu vim trabalhar aqui e eles moravam lá... Sabe como é.

— Na verdade, não sei, não, Harry, mas acho que consigo entender. Você é de Londres?

Uma pergunta típica de americano. Na dúvida, presuma que o britânico em questão é de Londres.

— Não, mais do norte. Leeds.

— Não conheço.

Nossa, como ele mentia bem; era magistral. Se eu não estivesse tão concentrado na minha própria farsa, teria me levantado para aplaudir. Dei de ombros, o gesto típico do inglês retraído sem muito interesse em falar sobre assuntos complicados, e Vincent reconheceu o sinal e teve o bom senso de mudar de assunto.

Executei diversos outros trabalhos para Vincent, como complemento da minha atividade habitual.

Viajei para visitar empresas estranhas, entrevistei "investidores" em potencial. O padrão era nítido, e a cada nova tarefa eu me permitia afundar um pouco em seu bolso. De muitas formas, as técnicas que ele usou para me corromper eram um reflexo das que eu havia usado na vida anterior para corromper tantos outros: um jantar que se transformava numa viagem de fim de semana, uma viagem de fim de semana que se transformava num encontro regular em seu clube. Ambos usávamos shorts brancos que não combinavam com as camisas e jogávamos squash — como a sociedade esperava que fizessem homens como nós, que se aproximavam depressa da meia-idade —, depois tomávamos café com outros membros do clube enquanto conversávamos sobre notícias, política e sobre se a fusão a frio era o caminho a seguir. No dia em que um grupo de radicais libaneses finalmente soltou uma bomba química em Beirute, eu estava com Vincent no salão de jogos do clube e observei os jornalistas usando máscaras de gás e se escondendo atrás de caminhões blindados enquanto os vivos e os mortos rastejavam para fugir da fumaça que contaminava aquele campo de matança na cidade, e eu sabia que a culpa era nossa, que nós havíamos desencadeado essa tecnologia no mundo, e senti a mão fria da fatalidade nas minhas costas. Em 1975, comprei meu primeiro telefone celular, e em 1977 me vi escrevendo artigos sobre fraudes telefônicas, ações de hackers, e-mails fraudulentos e a corrupção dos meios de comunicação modernos. O mundo estava avançando rápido demais. O tempo que eu passava com Vincent era um refúgio idílico de tudo isso, quando ele me convidava para festas em sua mansão no coração do Maine, longe do caos e da contagem de corpos que crescia cada vez mais depressa. Ele nunca mencionou sua pesquisa, seu trabalho, e eu nunca lhe perguntei sobre o assunto.

No fim das contas, seu pai, fonte misteriosa de sua riqueza, era um indivíduo real que morrera em 1942, um herói na guerra travada no Pacífico. Sua cova era oportunamente anônima e impossível de rastrear, mas eu tinha certeza de que, mesmo que houvesse um corpo a exumar e examinar, sua carga genética seria tão parecida com a de Vincent quanto a minha era com a dos misteriosos senhor e senhora August de Leeds. Seria necessário mais — muito mais — para revelar o ponto de origem de Vincent.

Em 1978, ano da queda do Muro de Berlim e em que a primeira tentativa de criação do Eurotúnel provocou um desabamento submarino que matou doze homens e travou por um breve período as tentativas europeias de recuperação econômica após o estouro da bolha das empresas pontocom, fui convidado, como já era costume, para outra festa na mansão de Vincent. O convite enviado tinha borda dourada e se referia claramente a um grande evento social, e grandes eventos sociais serviam muito bem aos meus propósitos, pois o volume e a quantidade de repetições das mentiras que Vincent se via obrigado a contar nessas ocasiões só facilitava meu trabalho de detectar anomalias em suas declarações. Não se explicava o motivo da ocasião, mas um recado manuscrito no pé do cartão dizia: "Não se esqueça de trazer o pijama!"

Vincent gostava de jogar comigo, e eu, do meu jeito, me divertia com isso. Com o passar dos anos ele começou a relaxar na minha presença, talvez a acreditar que eu era tão inofensivo quanto parecia — Harry August, memória limitada, reputação dúbia — e, caramba, como ele sabia dar uma festa!

Cheguei ao cair da tarde por aquele já tão conhecido caminho de cascalho e me aproximei da grande, velha e também tão conhecida mansão de tijolos vermelhos que ele afirmava ser sua casa "de abril a maio, de agosto a outubro", por considerar o Maine mais agradável durante essas épocas. Ninguém sabia onde ele se enfiava entre novembro e março e entre junho e julho, mas eu me perguntava se nesse lugar ele usava um dosímetro. Se eu pudesse fazer algo mais do que confirmar minhas suspeitas com um contador Geiger-Müller, teria escondido um no meu casaco, mas me bastava a intuição para concluir que Vincent seguia trabalhando no espelho quântico. Eu me perguntei quanto ele havia conseguido avançar.

Cinco vidas, Harry! Mais cinco vidas, e acho que vamos conseguir!

Ele havia me dito essas palavras duas vidas antes. Será que estava cumprindo o cronograma?

— Harry! — Ele me cumprimentou na porta de entrada, abraçando-me com o charme francês e o entusiasmo americano. — Eu preparei para você o quarto rosa... você vai ficar aqui hoje à noite, não vai?

— Seu convite dizia para eu não esquecer o pijama, então só me restou interpretar isso como um convite para passar o fim de semana aqui.

— Maravilha! Entre, os convidados já estão começando a chegar. Peço desculpas por ter que falar com eles, mas você sabe como é: contatos, contatos e mais contatos.

O quarto rosa em questão era uma pequena estância numa torre que emergia da lateral do edifício, projetada por um arquiteto que decidira que o medieval era o último grito da moda. Tinha um banheirinho com ducha, e um retrato pendurado na parede que mostrava um Vincent muito jovem, erguendo com orgulho acima da cabeça o maior rifle de caça que eu já tinha visto, enquanto pisava na carcaça de um tigre. Demorei uns bons vinte minutos analisando a imagem até concluir que ela era falsa, assim como muitas outras imagens do meu anfitrião espalhadas pela casa.

No andar inferior, o palavrório soava cada vez mais alto, e, conforme o sol de punha no horizonte, as luzes das intensas lâmpadas de tungstênio que atravessavam as janelas de cada cômodo da casa riscavam o gramado que se estendia diante do meu quarto. Uma banda começou a tocar músicas country para animar o ambiente, sem necessidade de introduzir gritos vergonhosos como "Iiiiirrá!" num ambiente tão respeitável. Vesti o terno e desci as escadas.

Reconheci alguns rostos em meio à multidão, homens e mulheres aos quais tinha sido apresentado com o passar dos anos de relação com Vincent — Simon Ransome, como todos ali o conheciam. Trocamos apertos de mão cordiais e perguntas sobre contatos em comum, amigos, familiares e, como começava a ser de praxe a essa altura da vida, sobre a saúde.

— Nossa, passei a aferir minha pressão sanguínea em casa... Quando eu vou ao médico, ela dispara!

— Já me pediram para tomar cuidado com açúcar.

— Já me advertiram para tomar cuidado com a gordura!

— Colesterol, colesterol... eu sonho com um pouco mais de colesterol na vida.

Constatei que em poucos anos meu corpo começaria outra vez a marcha habitual de parar de funcionar, num processo que se espalha a partir da medula óssea. Mais alguns anos, e será que eu deveria considerar aquela vida um total desperdício se ainda estivesse longe de descobrir os segredos de Vincent Rankis?

De repente, o tinir de um talher num copo, uma salva de aplausos retumbantes, e lá estava Vincent, ao lado da banda agora em silêncio, com o copo erguido e um orgulhoso sorriso no rosto dirigido a todos os convidados.

— Senhoras e senhores — o começo de um discurso: meu Deus, como eu odiava discursos —, muito obrigado a todos por estarem aqui hoje. Tenho certeza de que vocês estão se perguntando por que...

Durante minha existência, já compareci a 87 casamentos, 79 funerais, 29 bar mitzvahs, 11 bat mitzvahs, 23 crismas, 32 batismos, 8 tribunais como testemunha de um dos lados de um divórcio, 13 tribunais como amigo de cada um dos dois para consolar, 784 festas de aniversários — das quais 111 envolveram strippers, 12 delas, na verdade, envolvendo a mesma stripper —, 103 festas de aniversário de casamento e 7 recasamentos depois de dificuldades no relacionamento, e de tudo isso só consigo me lembrar de, talvez, 14 discursos remotamente, talvez minimamente...

— ...então, senhoras e senhores, eu lhes apresento a futura noiva.

Aplaudi porque todo mundo aplaudiu, no piloto automático, e ergui a cabeça para contemplar a linear mortal com que Vincent havia decidido se entreter daquela vez. Seria uma Frances, escolhida para enciumar um desavisado Hugh enquanto ele joga tênis na quadra de grama? Ou talvez uma Leticia, bonita, mas oca; quem sabe uma Mei, para agregar aquele ar de respeitabilidade conforme ele prosseguia com seus planos nefastos, ou uma Lizzy, uma companheira para as horas mais sombrias, alguém que sempre estaria ali mesmo que não houvesse atração física entre o casal. A mulher caminhou até a entrada do salão, uma mulher com um leve grisalho nas laterais do cabelo e usando um vestido sereia cor de creme de nata, e ela era

Jenny.

A minha Jenny.

As recordações se amontoavam tão depressa que eu não conseguia processá-las.

A minha Jenny, que eu tanto amara e com quem me casara, uma cirurgiã em Glasgow numa época em que as mulheres simplesmente não se dedicavam a isso, muito menos lá. Eu a amara e lhe contara tudo, e aquilo foi demais para ela. A minha Jenny, a quem eu nunca culpara pelo destino que se abateu sobre mim, por Franklin Phearson e minha morte no chão de sua casa, com a artéria femoral cortada e um sorriso no rosto. A minha Jenny, a quem em outra vida eu sussurrara "Fuja comigo", e ela sorriu e pareceu tentada, embora provavelmente não soubesse explicar por quê.

A minha Jenny, e eu havia falado sobre ela com Vincent. Em Pietrok--112, uma lembrança, uma noite de jogatina, um pouco bêbados de vodca, e ele disse...

— Caramba, Harry! Talvez eu não concorde com o Clube Cronus, mas às vezes é saudável que o homem viva umas aventuras.

As recordações, surgindo depressa.

Eu estava olhando para Anna, a técnica de laboratório que calibrava com perfeição até a sexta casa decimal e que sorriu para mim enquanto ajustava os óculos e nem percebeu que esse gesto era um clichê que tornava aquele momento ainda mais encantador. Vincent me deu um tapinha no ombro e murmurou:

— Pelo amor de Deus, Harry! Quem lhe disse que os gênios precisam ser atormentados? Vá em frente!

Eu pigarreei e resmunguei, preocupado com as possíveis repercussões, com o que as pessoas diriam, e naquela noite jogamos cartas, tomamos um porre de vodca enquanto Vincent ridicularizava as minhas preocupações, dizendo que elas não caberiam para um adolescente de 17 anos, muito menos para um homem já tão vivido, bem entrado na décima segunda vida.

— Você deve ter se divertido com umas garotas no seu tempo, hein, Harry?

— Eu sempre me preocupei demais com essa coisa do amor verdadeiro... tenho certeza de que sabe como é.

— Bobagem — retorquiu Vincent, socando a mesa forte o bastante para as cartas pularem na superfície. — Eu acredito do fundo da minha alma que este projeto, o espelho quântico, é a maior façanha que um homem é capaz de empreender, a façanha de ver o universo pelos olhos do criador, responder às perguntas mais importantes da humanidade; ainda assim, também acredito que a dedicação exclusiva a uma só coisa, sem descanso, respiro ou distração, só traz dor de cabeça, e não produtividade. Certamente os burocratas daqui têm alguma estatística sobre isso... digamos que a produtividade aumenta em quinze por cento se a cada oito horas de trabalho o funcionário tem permissão para descansar durante meia hora. Esses quinze por cento de aumento na produtividade compensam o tempo fora do ambiente de trabalho? Claro que compensam.

— Você está falando de... sexo terapêutico?

— Estou falando de companhia terapêutica. Estou falando, como tantas vezes você já apontou, que nem as mentes mais brilhantes podem passar cada segundo analisando os mistérios do universo; em vez disso devem, e digo "devem" dedicar um tempo do dia a se perguntar por que o banheiro é tão frio, por que o xampu é tão ruim e o repolho do refeitório tão empelotado. Eu não espero que os meus cientistas sejam monges, Harry, muito menos você!

— Você tem alguém? Eu nunca percebi...

Vincent se esquivou da pergunta com um gesto.

— Não estou dizendo que as relações inconvenientes e desagradáveis aumentem a produtividade... na verdade é o contrário. Não vou perder meu tempo indo atrás de algum objeto sexual vulgar só porque senti um leve estímulo químico! Mas, quando conheço alguém que considere...

— A meia hora de descanso da sua jornada de oito horas?

— Por aí. Você vai ficar sabendo.

— Você já foi casado? — perguntei. Não lhe fiz a pergunta com segundas intenções, apenas tive a curiosidade enquanto distribuía as cartas, uma conversa educada sobre a trajetória de vida de um amigo.

— Uma ou duas vezes — admitiu Vincent —, quando eu achava que havia encontrado uma candidata apropriada. Certa vez, na minha primeira vida, conheci uma mulher que pensei... Mas é maravilhoso ter essa visão em perspectiva, e depois de morrer descobri que conseguia viver perfeitamente sem ela. De vez em quando eu ia atrás de alguém para me fazer companhia. Às vezes a velhice bem entediante sem alguém fiel ao lado. E você?

— Por aí também — foi minha vez de admitir. — Assim como você, acho que ficar sozinho... Os contras pesam mais do que os prós, sobretudo na velhice. Minha impressão é que, mesmo quando se tem consciência da futilidade da mentira, de como o relacionamento é vazio, se é que se pode dizer que ele é vazio, a necessidade de estar acompanhado, de estar com alguém... é mais arraigada do que eu imaginava.

E, sem saber por que, comecei a falar sobre Jenny.

Jenny.

Ingênuo dizer que ela foi o amor da minha vida.

O amor de uma vida, talvez.

Era ridículo pensar que o afeto poderia durar tanto.

Uma ilusão, formada por tantos anos de mentiras, enganos, de distância de tudo por que não me restava escolha. Longe do Clube Cronus por medo de ser exposto, longe de Vincent por medo de ele deduzir meus segredos, longe daqueles que sobreviveram e daqueles que morreram e não se lembravam, longe das minhas famílias, a adotiva e a verdadeira, longe de um mundo cuja evolução eu conhecia de antemão, longe de...

Tudo.

Esse meu coração acelerado.

Essa minha respiração entrecortada.

Essas minhas bochechas coradas.

Isso não é amor.

Isso é ilusão.

Jenny.

Segurando a mão de Vincent.

Ela estica a outra, deixa o copo deslizar de seus dedos e o pousa na superfície negra do piano. Feito isso, seus dedos voltam para a nuca de Vincent, correm sobre os pelinhos da nuca que assomam ao colarinho de seu noivo. Jenny é quase da altura dele, mas mesmo assim fica nas pontas dos pés, e seu peso o pressiona para trás. Ela o beija, ele devolve o beijo, profundo, longo e apaixonado, o salão inteiro aplaude, e quando se separam ele me olha de relance.

Um segundo.

Só um segundo.

E o que ele viu?

Eu também aplaudo.

Só mais tarde — bem, bem mais tarde — eu me permito me embrenhar num ponto mais afastado do jardim, caio de mãos e joelhos no solo úmido e choro.

Capítulo 72

Vincent.

Meu inimigo.

Meu amigo.

De nós dois, sou eu quem mente melhor.

Mas você — você sempre conheceu melhor as pessoas.

Era esse o teste final? A prova derradeira? Eu seria capaz de olhar nos olhos da minha mulher enquanto ela beijava outro homem, de cumprimentá-la, sorrir, dizer que estava feliz pelo casal, receber um beijo na bochecha e escutar sua voz consciente de que ela era sua, meu inimigo, meu amigo, e ainda assim não revelar nada? Eu seria capaz de sorrir enquanto ela era conduzida ao altar, cantar as músicas na igreja e tirar fotos enquanto ela cortava o bolo? Porque Harry, Harry é jornalista, Harry deve saber tirar boas fotos, não é? Eu seria capaz de ver você sussurrar nos ouvidos de Jenny, de vê-la rir, de sentir seu cheiro na pele dela e ainda assim não ficar furioso porque você a conquistou, não por amor, não por paixão ou pela companhia, nem sequer por aquela meia hora terapêutica após a jornada de oito horas. Você a conquistou porque ela era minha. Eu seria capaz de sorrir diante disso?

Parecia que sim.

Hoje sei que existe alguma coisa morta dentro de mim, embora eu não seja capaz de lembrar quando exatamente ela morreu.

Capítulo 73

Estamos perto do fim, você e eu.

Eu me dei conta de que durante todo esse tempo não lhe falei muito sobre meu pai adotivo, Patrick August, ou, mais especificamente, das circunstâncias de sua morte. Harriet, a bondosa Harriet, morre entre meu sexto e meu oitavo aniversários; Rory Hulne, você já sabe, morre na miséria, embora o lugar varie. Patrick, o taciturno Patrick, que sentava do outro lado da lareira, longe de mim, sofrendo a perda da esposa, morre na década de 1960, insatisfeito com seu destino. Ele nunca se casou outra vez em nenhuma das vidas, desde que eu o conheço, e com frequência a lenta derrocada dos Hulne também o apanha, e ele acaba na miséria, sem sustento, sozinho. Eu lhe envio dinheiro, e toda que vez que faço isso ele me responde com uma carta formal, que se repete quase palavra por palavra em todas as minhas vidas.

Querido Harry,

Recebi seu dinheiro. Espero que não tenha sido inconveniente mandá-lo. Preciso de pouco porque me basto com o que tenho, e os velhos devem se esforçar para agir em prol do futuro dos jovens. Caminho muito e mantenho a saúde. Espero que faça o mesmo. Tudo de bom.

Atenciosamente,

Patrick

Sempre que lhe mando dinheiro, ele o guarda debaixo da cama e se recusa a gastá-lo por pelo menos seis meses. Suspeito que faça isso para um dia me devolver, mas a pobreza ataca, e por fim ele se vê forçado a gastar para sobreviver. Certa vez, tentei lhe enviar dinheiro suficiente para a compra de uma nova casa, mas ele me devolveu o cheque com uma carta na qual me explicava educadamente que uma quantia daquelas seria mais bem-gasta se fosse investida nos jovens, e que além disso ele possuía o bastante para se manter firme. Eu tomo o cuidado de não visitá-lo durante pelo menos os dois meses seguintes após qualquer doação, por medo de que ele interprete a minha aparição como forma de exigir gratidão. Até hoje, depois de todos esses anos, ainda sei bem a melhor forma de fazer com que meu pai tenha uma velhice feliz.

Meu pai.

Durante todo esse tempo eu me referi a Rory Hulne como "meu pai", o que está certo, do ponto de vista genético. Ele tem se feito presente durante a minha vida, uma constante entre as sombras, irrefutável, inevitável; e, por falta de termo melhor para descrevê-lo do que "meu pai", assim o chamo. Talvez eu pudesse chamá-lo de soldado, patrão, fidalgo, homem tomado pelo ciúme, criatura ressentida, estuprador, mas, como cada opção precisaria vir acompanhada de uma explicação, eu o descrevo pelo que ele é — meu pai.

Ainda assim, ele não é metade do pai que acredito que Patrick tenha sido. Não nego os defeitos de Patrick, um homem frio, distante durante minha infância, severo após a morte da Harriet. Usou a vara com mais frequência do que faria um homem bondoso, e se afastou de mim de um jeito que um homem carinhoso jamais faria, mas nunca, em nenhuma das minhas vidas, ele cometeu a crueldade suprema de me contar a verdade sobre minha origem. Nunca afirmou ser outra coisa que não meu pai, mesmo quando meus traços físicos se pareciam cada vez mais com os do homem que negava qualquer ligação comigo. Nunca conheci um homem mais verdadeiro, mais fiel à palavra.

Voltei lá na décima quarta vida. Havia acabado de testemunhar o casamento de Jenny com Vincent, e, claro — como não poderia deixar de ser —, fiquei a seu lado e interpretei o papel de amigo do peito, rindo e dissimulando, gargalhando das piadas do casal, celebrando o carinho que demonstravam, tolerando sua afeição, e só depois de seis, sete meses, vendo que minha credibilidade estava assegurada, eu informei com tristeza que deveria regressar brevemente à Inglaterra. Vincent se ofereceu para pagar a passagem — a essa altura, eu já estava enfiado bem fundo no seu bolso e era seu homem de confiança —, mas recusei a oferta educadamente, dizendo que o motivo da viagem era particular. Quando saí do aeroporto de Londres, dois homens me seguiram até o trem. É complicado despistar alguém sem dar a entender que essa era sua intenção. Para minar a tenacidade e o moral dos meus perseguidores, combinei caminhadas aleatórias, jeito garantido de forçar qualquer vigilante a cometer um erro, a idas bem-planejadas, mas aparentemente espontâneas a cerimônias particulares só para convidados. Quando embarquei no trem para Berwick-upon-Tweed, eu tinha certeza de que havia despistado a dupla sem precisar correr uma vez sequer.

Patrick estava morto, assim como Rory Hulne, Constance e Alexandra, todos os rostos que marcaram minha infância. A Mansão Hulne fora comprada por um homem que fizera fortuna importando heroína da região do Crescente Dourado e se transformara em latifundiário, mantendo doze cachorros e transformando os fundos da propriedade numa gigantesca piscina de ladrilhos brancos para a mulher e os convidados. Ele mandara derrubar a maior parte das árvores mais antigas, e, em vez delas, os antigos caminhos e jardins eram adornados por cercas vivas espessas e aparadas de maneira a formar figuras grotescas de humanos e animais. Para evitar qualquer problema, bati à porta de entrada e perguntei se podia visitar o terreno. Expliquei que quando criança havia sido empregado da mansão, e o traficante me acompanhou pessoalmente, entusiasmado pela ideia de ouvir histórias das glórias do passado e da vida no campo, enquanto explicava todas as mudanças que havia empreendido na mansão e como o lugar estava melhor com TVs em todos os cômodos. Paguei minha entrada contando-lhe histórias de indiscrições antigas e promessas quebradas, de fofocas maledicentes da década de 1920 e das festas dos anos 1930, conforme a sombra da guerra se abatia cada vez mais sobre nós; depois, quando ganhei sua confiança, escapuli até o antigo chalé onde Patrick vivera e o encontrei coberto de hera. Parte da mobília ainda estava lá: uma mesa antiga, uma cama sem colchão, mas tudo de valor havia sido levado por ação de ladrões ou da natureza. Sentei-me entre as sarças enquanto o sol se punha e imaginei a conversa que um dia teria com meu pai. Ele ficaria de um lado da lareira, eu de outro, e, como sempre, nenhum dos dois falaria nada por um bom tempo, até que, por fim, eu romperia o silêncio e diria,

— Eu sei que você não é meu pai.

Tentei falar em voz alta, só para sentir o efeito das palavras.

— Eu sei que você não é meu pai, mas tem sido mais do que meu pai biológico jamais foi. Você me aceitou sem motivo algum, me manteve contra sua vontade e nunca, nenhuma vez, esmoreceu a ponto de me contar a verdade. Você poderia ter me destruído, o filho do seu patrão, e, de formas que nem consegue mais se lembrar, provavelmente se sentiu tentado diversas vezes a acabar com tudo, a me devolver ao lugar de onde eu saí. Mas você nunca levou isso a cabo. E, por isso, mais do que qualquer prato de comida ou lareira acesa, você tem sido meu pai.

Acho que essas seriam as palavras que eu teria dito, se ao menos uma vez tivesse a coragem de quebrar o silêncio de Patrick. Se é que fazia sentido dizê-las em voz alta.

Talvez em outra vida.

Capítulo 74

Em 1983, quando a Primeira Estação Espacial caiu em chamas na Terra e todos a bordo morreram — numa gloriosa tentativa de executar uma nova e brilhante evolução tecnológica que culminou em tragédia num momento em que as nações competiam para mostrar superioridade ante aos vizinhos —, dezenas de milhares morreram nas ilhas Maldivas e em Bangladesh durante as piores enchentes de verão da história desses países. Enquanto os mares esquentavam ao redor das calotas polares, era nítido, até para os analistas mais conservadores, que a grande expansão tecnológica, termo cada vez mais usado para descrever as alterações de Vincent, estava causando mais dano do que benefício à humanidade. De pé no meio de uma plantação no Wisconsin em que cinco tornados dançavam sob um céu cortado por raios, um jornalista declarou de frente para a câmera:

— A humanidade aprendeu a esculpir com as ferramentas da natureza, mas ainda não consegue ver o resultado de sua obra.

E, quando as primeiras guerras por água irromperam no Oriente Médio e na Ásia Central, eu finalmente comecei a ver como poderia se tornar realidade a profecia que Christa fizera séculos antes num hospital de Berlim.

O mundo está acabando, como sempre. Mas o fim está chegando cada vez mais rápido.

Vincent era o causador daquilo, mas apesar de tudo eu havia passado no seu teste final, provara que era impossível eu ter conservado a minha memória, caso contrário haveria enlouquecido, mas mesmo assim ele ainda não me revelava os segredos de sua pesquisa, a obra que estava aniquilando o mundo. Talvez, refleti com certa ironia, minha suposta perda de memória o tenha feito presumir que eu não tivesse mais utilidade no projeto. O que, para ser honesto e de acordo com essa lógica, era verdade.

Contudo, Vincent me manteve por perto, atraindo-me com riquezas e uma vida confortável. Chegado o momento, pedi demissão do meu trabalho de jornalista e trabalhei para ele como faz-tudo. Investigador, conselheiro, secretário ocasional para assuntos sociais: eu me tornei o que qualquer um teria considerado um assistente pessoal multitarefa; ele me chamava de "meu secretário de Estado".

Fui visitar gente em quem Vincent vinha pensando em investir, fiz *lobby* com senadores, bajulei cientistas cujos trabalhos lhe interessavam e, em algumas ocasiões, livrei-o de pagar multas por estacionamento em local proibido quando ele decidia parar em fila dupla nas ruas do centro da cidade. Ele parecia respeitar tanto meu trabalho quanto meu discernimento, evitando projetos que eu considerava imprudentes e abraçando aqueles que eu via como interessantes ou úteis. Devo admitir que, de vez em quando, o trabalho me empolgava. Em 1983, o mercado começou a ser tomado por tecnologias que eu não cheguei a ver sequer em 2003, e dediquei cada segundo livre tentando assimilá-las e analisá-las, como sem dúvida Vincent também vinha fazendo, ambos esforçados em adquirir conhecimentos de vanguarda para nossas vidas futuras. Jenny era uma constante em todas as ocasiões sociais. Escondi meus sentimentos, mas acho que alguma coisa ela percebeu, pois um dia, quando Vincent foi à cozinha buscar outra garrafa de vinho, ela se virou para mim, sentada do outro lado da mesa de jantar, e perguntou:

— Harry, preciso lhe fazer uma pergunta: você gosta de mim?

A pergunta percorreu meu corpo e se instalou na base da minha espinha dorsal, e lá permaneceu como um parasita, roendo os nervos brancos dentro dos ossos.

— Po-por que a pergunta? — gaguejei.

— Por favor, só responda. E rápido, por favor.

— Gosto — respondi depressa. — Eu gosto de você. Eu... eu sempre gostei de você, Jenny.

— Tudo bem — comentou ela calmamente. — Então, tudo bem.

E, aparentemente, isso era tudo o que havia a dizer.

Em 1985, comecei a sentir dores, uma sensação de peso nas pernas, e, após algumas semanas ignorando meu estado, decidi ir correndo ao médico para receber o diagnóstico habitual de mieloma múltiplo. A médica conseguiu meu respeito pela habilidade com que me transmitiu a notícia, desdobrando-a em várias e cuidadosas etapas de diagnóstico, primeiro com as anomalias que *poderiam ser*, então com as aglomerações que *pareciam ser*, e, por fim, após já ter preparado o paciente para receber a medonha notícia através dos dois primeiros passos, afirmou com sobriedade que *eram* e que eu deveria me preparar para uma batalha árdua. Eu me senti tão comovido pela forma como ela conduziu esta última e crucial etapa que ao fim me levantei e apertei sua mão para cumprimentá-la por sua consideração e sua perícia. Ela corou e se despediu de mim na porta com um murmúrio, demonstrando uma desenvoltura muito menor do que apresentou ao me informar que eu estava morrendo.

Quando soube da notícia, Vincent ficou horrorizado.

— A gente precisa fazer alguma coisa! Do que você precisa, Harry? Como eu posso ajudar? Eu vou ligar para o Johns Hopkins agora mesmo... Tenho certeza de que há pouco tempo financiei a construção de uma ala ou coisa parecida por lá...

— Não, obrigado.

— Bobagem. Eu insisto.

Ele insistiu.

Sem forças, eu me dispus a passar por todo o processo.

Deitado e usando uma bata branca projetada para reprimir qualquer espírito livre o mais rápido possível, e escutando os eletroímãs acumularem carga ao redor do meu corpo, comecei a refletir sobre o passo seguinte. Decerto eu havia feito um grande progresso naquela vida — havia observado o modus operandi de Vincent, estudado seus contatos, seus métodos, sua gente, e, o mais importante de tudo, eu o convencera de que era completamente inofensivo. De alguém que ele assassinara poucas vidas antes, eu havia me transformado em seu fiel assistente, confidente e amigo.

No entanto, eu ainda não era digno da informação fundamental tão necessária para acabar com Vincent e impedir a construção do espelho quântico, então eu precisava escolher entre suportar anos e anos de procedimentos médicos duvidosos enquanto tentava descobrir o que me faltava ou morrer e perder a oportunidade.

Assim sendo, resolvi arriscar. Foi a aposta mais perigosa de todas as minhas vidas.

— Não vou fazer quimio.

Era 1986. Estávamos no terraço de um dos muitos apartamentos de Vincent em Nova York, com o Central Park ao sul, as luzes de Manhattan mais além, o céu salpicado de nuvens castanho-acinzentadas. O ar perto do solo estava ficando irrespirável, assim como na maioria das grandes cidades. Muitas ideias brilhantes surgiram num prazo curto demais — carros demais, ares-condicionados demais, congeladores demais, celulares demais, TVs demais, micro-ondas demais —, e não houve tempo para ponderar as consequências. Nova York arrotava uma imundície marrom nos céus e uma gosma verde nas águas em volta da ilha, e o mesmo vinha acontecendo no resto do planeta.

O mundo está acabando.

Não dá para deter o processo.

— Não vou fazer quimio — repeti um pouco mais alto, enquanto Vincent esmagava as cascas de limão no fundo de um copo.

— Não seja ridículo Harry — retorquiu ele. — É claro que você precisa fazer quimio, é claro!

— Sinto muito, mas não vou.

Ele se sentou numa poltrona reclinável ao lado da minha e colocou dois copos — um para ele, um para mim — numa mesinha de metal baixa entre nós. Olhou para o céu e, sem pressa, perguntou:

— Por quê?

— A quimioterapia é uma sentença de prisão. São seis meses de prisão domiciliar, de náuseas sem ser capaz de vomitar de uma vez, de um calor sufocante sem ser capaz de encontrar nada que refresque, de uma dor irremediável, de isolamento e desconforto, e no fim das contas eu ainda vou continuar do mesmo jeito, vou continuar morrendo.

— Você não tem como saber isso!

— Tenho, sim — retruquei, taxativo. — Eu sei. Eu vou.

— Mas Harry...

— Eu sei — repeti. — Eu lhe dou a minha palavra... eu sei.

Silêncio. Talvez ele estivesse esperando. Respirei fundo e toquei no assunto de uma vez. Eu havia contado meu segredo a tão pouca gente — ninguém, desde o ataque ao Clube Cronus — que o medo e o nervosismo que eu senti na hora eram genuínos e provavelmente só fizeram me ajudar.

— O que você diria se eu contasse que não é a primeira vez que eu tenho essa doença?

— Eu pediria para você se explicar melhor, meu amigo.

— Eu já passei por tudo isso antes. Já fiz quimioterapia, radioterapia, tomei remédios, fiz de tudo, mas mesmo assim a metástase se espalhou para o cérebro.

— Meu Deus, Harry! O que aconteceu com você?

— É simples. Eu morri.

Silêncio.

Lá embaixo, o tráfego grunhia; lá em cima, o vento carregava as nuvens com pressa. Eu me sentei e quase conseguia ouvir o cérebro de Vincent maquinando sobre como reagir. Deixei-o meditar. Seria revelador descobrir como ele se sairia.

— Harry — disse ele, por fim —, você conhece uma coisa chamada Clube Cronus?

— Não. Escute. O que eu estou querendo dizer é que...

— O que você está querendo dizer é que já viveu esta vida antes — constatou, com uma voz grave e cansada. — Você nasceu órfão, viveu e morreu, e quando renasceu ainda era você, exatamente onde havia começado. É isso que você está dizendo, certo?

Minha vez de fazer silêncio.

Minha vez de pensar.

Deixei o silêncio se assentar cada vez mais entre nós. Então:

— Como? Me diga como. Por favor.

Ele suspirou e se esticou, e suas pernas estalaram com o movimento. Ele já não era tão jovem, era o Vincent Rankis mais velho que eu já havia conhecido.

— Me acompanhe, Harry. Tem uma coisa que eu preciso lhe mostrar.

Vincent se levantou e voltou para o apartamento. Eu o segui, e as bebidas ficaram na mesinha. Ele entrou no quarto, abriu o guarda-roupa e começou a remexer sua coleção de casacos e blusas. Por um momento achei que ele fosse pegar uma arma, pois como era de se esperar eu já havia vasculhado o lugar quando ele estava fora e encontrei duas armas — uma na cômoda ao lado da cama, outra no fundo do armário de roupas de cama. Mas ele não a pegou. Em vez disso, tirou de lá uma caixa metálica quadrada trancada por um cadeado na frente. Era nova — ao menos não estava lá quando eu vasculhei o lugar pela última vez —, e, ao ver minha expressão de curiosidade, Vincent me dirigiu um sorriso reconfortante e levou a caixa para a sala de jantar. Lá havia uma mesa larga de vidro rodeada por oito cadeiras de vidro desconfortáveis, e ele fez um gesto para eu me sentar numa delas enquanto destrancava a caixa e dispunha o conteúdo na mesa.

Senti um nó no estômago, e prendi a respiração no canto dos lábios. Ele percebeu o som que produzi e me olhou de relance, com curiosidade, e precisei disfarçar a indiscrição dizendo:

— Você não disse como sabe.

Vincent meneou a cabeça ligeiramente e colocou na mesa o conteúdo da caixa.

Era uma coroa de arames com eletrodos. Condutores saíam da parte de trás, e conectores entrecruzavam a superfície como se fossem os cabelos da Medusa. A tecnologia era avançada — a mais avançada que eu já tinha visto — mas era fácil deduzir sua utilidade. Era um detonador cortical, uma bomba mental... um dispositivo bem avançado para a administração do Esquecimento.

— O que é isso? — perguntei.

Com cuidado, ele pôs a coroa na minha frente, para que eu a visse melhor.

— Você confia em mim?

— Confio, de olhos fechados.

Um Esquecimento — ele iria mesmo fazer aquilo? Teria esse atrevimento?

— Harry — murmurou —, você me perguntou como eu sei da sua... condição. Como eu sei da sua vida passada, por que acredito quando você diz que já morreu uma vez.

— Diga.

— E se... e se... — murmurou ele — você e eu já tivéssemos nos conhecido antes? E se eu soubesse desde a primeira vez em que nos vimos que essa não era a sua primeira vida, que você é... especial? E se eu dissesse que nós já fomos amigos, não por dez, vinte ou trinta anos, mas por séculos? E se eu dissesse que venho tentando proteger você há muito, muito tempo? Você acreditaria?

— Eu... não sei. Eu não saberia nem o que dizer.

— Você confia em mim? — repetiu ele.

— Eu... confio. Sim, confio, mas escute, tudo isso...

— Eu preciso que você coloque isto aqui. — Ele pressionou a mão suavemente na coroa de arames. — Harry, você é muito mais do que imagina, muito mais. Você acha que é... a segunda? Talvez a sua segunda vida? Mas não é. Você já viveu séculos. Você tem... tanta experiência, tanto a oferecer. Isso aqui vai ajudá-lo a se lembrar.

Que olhar inocente, que expressão de profunda preocupação.

Olhei de Vincent para a coroa, então o mirei outra vez.

Era óbvio que aquilo não me ajudaria a lembrar.

Era óbvio que sua intenção era me fazer esquecer.

Todo esse tempo, todos esses anos — e pior, uma questão mais inquietante. Em 1966, usando as tecnologias da época, Vincent me forçara a me submeter a um Esquecimento, e eu me continuei me lembrando de tudo. Mas essa... essa tecnologia estava pelo menos meio século à frente da anterior, e eu não sabia se minha mente sobreviveria ao processo, não tinha a mais remota ideia.

— Você confia em mim, Harry?

— É muita informação para assimilar de uma só vez.

— Se você precisa de tempo para pensar...

— O que você está dizendo...

— Eu posso explicar tudo, mas com isto aqui você vai se lembrar por conta própria.

Orgulho.

Como ele ousa pensar que eu sou tão idiota?

Raiva.

Como ele ousa fazer isso comigo outra vez?

Terror.

Eu vou sobreviver?

Eu vou me lembrar?

Eu quero me lembrar?

O mundo está acabando.

Agora é com você.

Vingança.

Meu nome é Harry August, nascido no dia de Ano-novo de 1919.

Tenho 67 anos.

Tenho 895 anos.

Matei 79 homens diretamente, dos quais 53 morreram em alguma guerra, e indiretamente minhas ações mataram pelo menos 471 pessoas, que eu saiba. Presenciei 4 suicídios, 112 prisões, 3 execuções, 1 Esquecimento. Vi o muro de Berlim se levantar e cair, se levantar e cair, vi as Torres Gêmeas desabarem em meio a fogo e pó, conversei com homens que se arrastaram na lama durante a Batalha do Somme, ouvi histórias sobre a Guerra da Crimeia, ouvi histórias vindas do futuro, vi os tanques tomarem a Praça da Paz Celestial, fiz parte da Grande Marcha, conheci a loucura em Nuremberg, vi a morte de Kennedy e o resplendor do fogo nuclear queimar através do oceano.

Nada disso teve a metade da importância desse momento.

— Eu confio em você. Mostre como essa coisa funciona.

Capítulo 75

Ele instalou o aparelho na cozinha. Pareceu um lugar bastante vulgar para apagar a mente de alguém. Sentei-me numa desconfortável cadeira metálica enquanto ele me rodeava e, calmo, se ocupava das tarefas, como se quisesse encontrar uma bolsa vazia para o aspirador de pó. Percebendo que eu me encolhi ao receber o primeiro eletrodo na lateral do crânio, Vincent logo perguntou:

— Está tudo bem?

— Tudo bem — murmurei. — tudo bem.

— Quer beber alguma coisa?

— Não. Estou bem mesmo.

— Ok.

Ele apartou meu cabelo na altura do pescoço e colocou mais dois eletrodos na minha pele, logo abaixo do cerebelo. Ficou evidente que aquela técnica era mais avançada do que os métodos primitivos de que ele se valera em Pietrok-112. Senti o toque frio do metal contra as têmporas, acima dos olhos, e, sempre que eu reagia me mexendo ele parava e perguntava, tudo bem, Harry? Tem certeza de que quer prosseguir?

— Tenho — respondia eu. — Tudo bem.

Não consegui me conter, não consegui controlar a respiração, cada vez mais acelerada conforme se aproximava o momento da verdade. Ele tirou da gaveta um rolo de fita adesiva e perguntou:

— Acho que seria mais seguro atar as suas mãos... tudo bem por você?

Claro, por que não.

— Você parece bem nervoso.

Não gosto dessas coisas médicas.

— Vai dar certo. Isso vai dar certo. Você vai conseguir se lembrar de tudo logo, logo.

Veja que ótimo.

Com camadas grossas de fita isolante, ele atou minhas mãos aos braços da cadeira. Quase desejei que ele tivesse cuspido no meu olho, confessado que eu lhe enojava, pelo menos assim eu teria desculpa para gritar, para libertar minha fúria. Mas ele não fez nada disso. Verificou o posicionamento dos arames no meu crânio, no rosto, depois se abaixou para nivelar sua cabeça com a minha.

— É para o seu bem, Harry — explicou. — Eu sei que para você isso não vai fazer diferença, mas, de verdade, é assim que precisa ser.

Não consegui responder. Eu sei que deveria, mas não consegui, não consegui encontrar palavras entre as respirações, em meio ao meu esforço para respirar. Ele deu a volta e se colocou atrás de mim, onde ajustou os condutores, e eu fechei meus olhos com força, tremendo todo o corpo, até os dedos dos pés tremiam nas meias, os joelhos parecendo gelatina, ah, meu Deus, ah, meu Deus, ah...

Escuridão.

Capítulo 76

É impossível sentir falta de uma coisa da qual você não se lembra.

Talvez Vincent estivesse certo. Talvez estivesse sendo bondoso.

O novo aparelho de Vincent, seu novo brinquedinho para administrar o Esquecimento, tinha diversas desvantagens. Acho que ele não havia tido a chance de testá-lo da forma devida, pois, ao usá-lo em mim, ele me matou na hora.

Meu nome é Harry August, nascido no dia de Ano-novo de 1919, na estação de trem de Berwick-upon-Tweed, e eu me lembrava...

... de tudo.

Charity foi até mim quando eu tinha 6 anos, discretamente dessa vez, sem chamar a atenção, entrando de forma indireta na minha vida através dos Hulne, pronta para descobrir todas as informações, para me perguntar a respeito do tempo que passei com Vincent — nada de glamour, de gritos, de riqueza, de Clube Cronus. Demorou seis meses para ela convencer os Hulne a deixarem-na me "adotar", e, assim que eu saí da casa fui levado às pressas para Leeds, onde os novos senhor e senhora August aguardavam para me criar em troca de uma doação vultosa em dinheiro e da impressão de estarem fazendo uma boa ação e uma obra de caridade. A papelada estava pronta, o trabalho de base, completo — Vincent saberia onde me encontrar, se quisesse procurar.

— Sabe, Harry, você não precisa fazer isso — disse Charity. — Existem outras formas.

É claro que existem outras formas. Vamos reencontrar Vincent; vamos amarrá-lo todo, cortar seus pés, suas mãos, arrancar seus olhos, fatiar seu nariz, gravar nossos nomes em sua pele; vamos obrigá-lo a engolir alcatrão pelando; vamos quebrar todos os ossos do pé dele de uma só vez até...

... até ele morrer sem nos contar nada. Nadica de nada. Vincent Rankis não é Victor Hoeness. Ele sabe perfeitamente bem o que faz e, caso precise, vai morrer defendendo suas ações. Torturá-lo não vai adiantar.

— E se a gente o fizesse esquecer?

Akinleye, ainda criança, à beira do mar, franzindo o rosto com centenas de anos de preocupação — como os séculos a alcançaram depressa, como pesavam sobre ela. Seria consequência de ter renascido tão perto do ataque ao Clube Cronus? Em face dos acontecimentos, teria ela se forçado a assumir a responsabilidade? Ou talvez nós fôssemos apenas as somas de nossas lembranças, e essa nova Akinleye não passasse da soma das lembranças que ela mesma guardava.

— Eu sou mnemotécnico. — Nunca antes eu dissera essas palavras em voz alta. — Eu me lembro... de tudo. Simplesmente... tudo. Vincent tentou me aplicar o Esquecimento duas vezes, e nas duas falhou. Ele também é mnemotécnico. Não vai funcionar com ele. Ou pior... muito pior. Ele faria como eu, fingiria que esqueceu para nos destruir.

Na minha décima quinta vida, o Clube Cronus não era o mesmo dos meus primeiros novecentos e poucos anos. Os membros estavam voltando, os que haviam sobrevivido à limpeza de Virginia. Os que haviam sido forçados a esquecer já estavam na terceira vida, e aos poucos as mensagens estavam sendo transmitidas através das gerações rumo ao passado — o Clube reabre as portas no século XXI, e temos graves advertências para todos. Recebemos mensagens gravadas em pedra datadas do século XIX perguntando ao nosso respeito, querendo saber o que aconteceu ao Clube para que o século XX de repente ficasse tão quieto. As mensagens do futuro eram mais sombrias, transmitidas de crianças a aposentados, rumores que vinham do século XXI.

As vozes diziam que, nas nossas últimas vidas, o mundo não foi o mundo que conhecíamos. A tecnologia mudara — o *tempo* mudara — e muitos de nós simplesmente não chegaram a nascer. Não recebemos notícia alguma do século XXII. Não fazemos ideia do que aconteceu com eles. Por favor, gravem suas respostas em pedra.

Então o efeito da nossa desgraça se propagou adiante, espalhou sua onda através do tempo. Não ousei responder aos Clubes do futuro, nem sequer montei uma cápsula do tempo para ser aberta quinhentos anos depois. Era grande demais o risco de Vincent descobri-la em vida, de acabar sabendo como estávamos perto de ir atrás dele e puni-lo. Eu não arriscaria a segurança de tudo o que havia perseguido apenas pela compaixão por um século que eu nunca vira.

Portanto, meu contato com o Clube se mostrou rigorosamente estrito. Durante os primeiros anos foi apenas com Akinleye — e só a ela eu confiei o segredo do que estava fazendo. Com o passar dos anos, também admiti Charity no grupo. Seu papel era crucial, pois ela gerava toda a papelada relativa à minha vida ficrícia de que eu tanto necessitava, documentos que confirmavam a história que eu contara a Vincent na vida anterior: a de que eu era órfão, adotado pelo senhor e pela senhora August de Leeds, tudo o que comprovasse para Vincent que eu era quem alegava ser. Mais uma vez com a memória apagada, eu precisava viver a vida de um garoto linear comum, me transformar em meu próprio disfarce, por isso fui todos os dias para a escola em Leeds e dei meu melhor para não constranger ninguém nem a mim mesmo, tentando conseguir notas acima da média, mas não espetaculares, até completar 17 anos, quando resolvi me dar a chance de ir para a universidade e estudar algo que nunca tivesse estudado antes. Direito, talvez. Eu me imaginava facilmente perdido entre aqueles volumes pesados, áridos e carregados de sabedoria, tão próprios do assunto.

No fim das contas, conseguir a nota acima da média foi algo mais natural do que eu esperava. Na minha avançada idade, eu ficava confuso com as perguntas pensadas para o cérebro de alguém de 14 anos. Quando pediram um trabalho sobre a Armada Espanhola, entreguei um ensaio de seis mil palavras descrevendo as causas, a evolução e as consequências. Fiz todo o possível para me conter, e retirei quase três mil palavras do trabalho antes de entregá-lo, porém, quanto mais eu pensava no assunto, menos entendia o que o professor queria. Seria um relato passo a passo dos acontecimentos? Parecia a resposta mais óbvia, e foi o que tentei fazer, mas me senti completamente incapaz de escrever *por que* Felipe II escolheu se aliar ao duque de Parma ou *por que* a frota inglesa atacou a Armada em Calais com brulotes. Por fim, recebi a contragosto uma nota um pouco acima da que gostaria, junto com um comentário na margem do trabalho no qual o professor solicitava que eu me ativesse ao tema. A partir de então, escolhi ignorar meu professor por completo, e durante suas aulas passei a ocupar o cérebro tentando inventar, primeiro, um código taquigráfico para o sânscrito, depois uma linguagem escrita completa, derivada do coreano e projetada para gerar o mínimo de movimento da caneta entre cada letra e uma unidade caligráfica mais lógica entre caracteres semelhantes. Quando finalmente fui pego, ouvi que eu perdia tempo demais com esses rabiscos, recebi três reguadas na mão e fui obrigado a me sentar no fundo da sala de aula.

Depois do incidente, dois garotos tentaram me intimidar no pátio, um aspirante a macho alfa com a ajuda de um macho ômega burro demais para perceber que seu líder precisava da adoração do subordinado para reafirmar sua superioridade. Como meu nome não rima com nada obsceno que suas jovens mentes eram capazes de lembrar, eles se contentaram em me dar alguns empurrões e safanões, então gritaram comigo, e, quando por fim, cansado do discurso da dupla, eu os encarei e educadamente disse que arrancaria as orelhas do próximo que encostasse um dedo em mim, o macho ômega desatou a chorar, e mais uma vez levei três reguadas na mão esquerda e ainda fiquei de castigo. Para afrontar meu professor, meu projeto para a semana seguinte foi aprender a escrever com as duas mãos, o que criou uma confusão sem tamanho sobre em que mão eu deveria apanhar sem prejudicar minha capacidade de fazer os deveres de casa. Meu professor finalmente percebeu que eu me tornara ambidestro na época em que comecei a melhorar a qualidade dos meus trabalhos, num esforço para entrar na universidade, quando...

— Seu nome é Harry?

Uma voz de criança, jovial, curiosa, inocente. Eu tinha 16 anos; o menino parecia ter uns 9. Ele usava boina cinza, jaqueta cinza, camisa branca, gravata listrada azul-marinho e meias brancas quase na altura de seus joelhos rosados. Tinha uma mochila pendurada no ombro, e na outra mão um saco de balas grudadas no papel da embalagem. O rosto de Vincent Rankis ainda teria muito o que desenvolver, e de imediato ficou nítido que o período entre os 10 e 18 anos não seria particularmente bondoso com ele. Seu cabelo já ralo assomava por baixo da boina e prenunciava sua futura escassez, mas seus olhos tinham a centelha daquela inteligência tão antiga e familiar.

Fiquei olhando para a criança com centenas — talvez milhares — de anos de idade e lembrei que tinha apenas 16 e não passava de um adolescente órfão de Leeds que queria parecer legal.

— Oi — respondi, com meu melhor sotaque local. — Quer o quê?

— Meu pai me mandou encontrar você — respondeu ele, seguro. — Você deixou cair isso aqui.

Pisando em ovos, ele me entregou um caderno de páginas azuis. Era vagabundo e estava maltratado, e ao abri-lo vi os deveres de francês feitos por alguma criança desventurada, páginas e páginas de frases que começavam com *je m'appelle, je suis, je voudrais* que se estendiam por margens bem-marcadas a régua. Folheei-o, então ergui a cabeça para dizer:

— Isso aqui não...

Mas o garoto já havia sumido.

Capítulo 77

Só voltei a ver Vincent em 1941.

Eu efetivamente estudei Direito, na Universidade de Edimburgo, onde tinha calafrios diante de livros enormes e parrudos cujas páginas estralavam com gerações de insetos microscópicos devoradores de papel que nasceram, viveram e morreram entre os julgamentos. Sabendo que seria convocado, eu me antecipei à ocasião e me alistei no regimento de Highlanders, então passei três meses treinando a arte de atacar bonecos, atirar protegido pelo alto das colinas e gritar "Ao ataque!" até os ouvidos zumbirem. Eu tinha uma vaga lembrança de que a minha unidade seria quase inútil até quase o fim da guerra. Passaríamos boa parte do tempo treinando técnicas de combate invernais, pelo que me lembro, na expectativa de um ataque à Noruega que nunca chegaria a acontecer, e por fim éramos mandados para a Normandia várias semanas depois da tomada das praias. Para nós, a pior parte seria na região das Ardenas, e eu estava plenamente decidido a passar despercebido quando chegasse esse momento. Seria a sétima vez que eu combateria na Segunda Guerra Mundial.

Avistei Vincent Rankis como se fosse por acaso, embora isso fosse impossível, durante um dos períodos mais tranquilos, em que aguardávamos ordens nos quartéis em Leith. Passávamos os dias estudando mapas de lugares que nunca atacaríamos, praticando manobras que nunca executaríamos e aguardando ordens que não queríamos receber. Então, alguém gritou "Atenção!", e todos corremos e nos posicionamos para a chegada do major e seus asseclas. Eu era um segundo-tenente relutante — relutante por não ver muita graça na minha patente, e relutante por terem me concedido a patente com relutância à luz de meus méritos e minhas capacidades, em vez dos requisitos habituais para o posto. Com apenas três semanas de posto, meu capitão se queixou de que eu não falava da forma apropriada, e, em vez de adotar o sotaque neutro que eu sabia ser tão necessário, eu potencializei minha entonação do norte até que passou a ser recorrente o pobre homem pedir que alguém traduzisse meus relatórios, para a diversão de seu sargento, que era de Glasgow até o último fio de cabelo.

Foi o sargento de Glasgow quem nos pediu atenção aquele dia, mas foi o major quem falou. Era um homem decente, que não merecia a morte por tiro de morteiro que o aguardava, mas essa decência não vinha da amabilidade, e, sim, da total fixação em que ninguém sob suas ordens morreria por negligência sua.

— Muito bem, senhores — resmungou ele, como se o peso da barba o impedisse de qualquer coisa além de abrir ligeiramente os lábios. — Vamos fazer uma inspeção. Tenente August, eu lhe apresento o tenente Rankis.

Eu quase caí na gargalhada quando notei Vincent em uniforme de oficial, com botões reluzentes, boina impecável, botas elegantes e uma continência tão intensa que seria capaz de assar um coelho. Ele era um garoto — um garoto de 16 anos —, mas uma sombra de cavanhaque e um par de meias enfiadas por baixo da panturrilha de suas calças e nas costas da camisa haviam bastado para ele enganar o exército a ponto de ser nomeado oficial. Nunca me senti tão grato por ter aprendido e dominado a capacidade de fazer uma expressão impassível, cortesia de anos como suboficial recebendo ordens ridículas, pois Vincent me deu um sorriso radiante, cujo brilho se espalhou por seus dentes e olhos.

— O tenente Rankis não vai ficar por aqui com a gente durante muito tempo — continuou o major —, portanto, quero que todos o impressionem, por favor. Se precisar de alguma coisa, fale com Harry. Tenente!

Nova rodada de continências. Para lidar com patentes superiores, você precisa se acostumar a ser tão rápido com as continências quanto é com o gatilho. Olhei por cima do ombro de Vincent e percebi que o sargento tentava prender o riso. Será que ele também tinha percebido o rosto infantil do nosso oficial e a leve protuberância em volta das panturrilhas, o enchimento que Vincent pusera para aparentar contornos mais viris e masculinos? Mantive o foco na expressão impassível e na continência, e quando o major se foi apertei sua mão.

— Pode me chamar de Harry — disse.

Capítulo 78

Existe um ritual que eu levo a cabo em quase todas as vidas. É o assassinato de Richard Lisle.

Desde que o matei pela primeira vez, eu me encarrego, em toda vida, de matá-lo pessoalmente ou mando outros no meu lugar, antes de ele começar a matar as mulheres de Battersea, e toda vida Rosemary Dawsett e as outras garotas vivem um pouco mais, sem fazer ideia de que seu assassino em potencial foi morto. Só houve uma vida em que não mandei um matador de aluguel e não pude cumprir a tarefa pessoalmente, e por isso Rosemary Dawsett morreu e teve o corpo retalhado na banheira. Já me sinto tão acostumado a matar Richard Lisle que o ato ganhou contornos de ritual. Não perco mais tempo com preparativos elaborados, palavras ou hesitações. Simplesmente vou ao seu apartamento um dia, sento-me longe da janela, espero-o entrar pela porta e meto-lhe duas balas na cabeça. Nunca achei que precisasse de mais nada.

Hoje eu me pego pensando se a atitude de Vincent com relação a mim era tão diferente da minha visão de Lisle. Eu não representava uma ameaça, não havia necessidade de ele ir atrás de mim, mas mesmo assim ele foi, como o dono carinhoso que vai ver o bichinho de estimação preferido. Da mesma forma que eu sempre mantinha Lisle à vista, parecia que Vincent me queria por perto ao longo das vidas. Talvez ele pensasse que minha personalidade fosse tão firme que um dia eu poderia voltar a ser um ameaça; talvez ele temesse que eu recuperasse a memória; talvez eu fosse um prêmio, um troféu, prova de seu sucesso. Talvez ele só quisesse um amigo cujo caráter pudesse moldar, vida a vida, às suas necessidades. E eu me mostrei cooperativo, fui prestativo e maleável, do começo ao fim. Talvez fosse a soma de tudo isso, em proporções que sempre mudavam.

Quaisquer que fossem os motivos, Vincent me manteve por perto. Em 1943, ele fora promovido a capitão, e me surpreendi ao ser transferido para sua unidade de especialistas formada por "crânios, ratos de biblioteca e outros maricas". Quando cheguei, não me surpreendi ao descobrir que Vincent Rankis havia se estabelecido como a referência em assuntos científicos.

— Por que eu? — perguntei enquanto ele me convidada a me sentar na cadeira de seu escritório. — Por que pediu para eu me juntar à sua unidade? Eu sou advogado; não sei nada dessas coisas de ciência.

— Tenente — respondeu Vincent, pois eu seguia sendo um humilde subalterno —, você está se subestimando. Quando eu o conheci na Escócia, você me pareceu um dos homens mais qualificados que já vi na vida, e, se este exército precisa de uma coisa, é de homens qualificados.

E de fato eu fui útil na unidade, pois todos aqueles gênios da ciência nitidamente se consideravam importantes demais para se preocuparem com detalhes tão mundanos como verificar se havia cobertores suficientes nos quartéis, suprimentos no refeitório e gasolina que lhes permitissem ir e voltar das reuniões.

— Veja só, Harry! — exclamou Vincent durante a nossa reunião administrativa mensal. — Eu disse que você se encaixaria perfeitamente aqui!

E, assim, enquanto minha antiga unidade combatia e morria nas florestas da França, eu voltei a exercer o papel de secretário para Vincent Rankis e seu crescente império particular de gênios. Ficou claro — de forma sutil, mas ainda sim obviamente claro — que Vincent já era bastante rico, embora ninguém ali soubesse a fonte de sua riqueza. No entanto, à medida que crescia meu papel de assistente administrativo, crescia junto meu acesso às informações, entre as quais, eventualmente, aos detalhes da conta em que Vincent recebia o salário. Com isso em mãos, além de uma falsificação perfeita de sua assinatura, foi bem fácil ir ao banco pedir um histórico completo de suas transações — com a desculpa de que era para o fisco. Tive sorte. Durante a vida anterior, minha exaustiva pesquisa sobre as finanças de Vincent havia revelado apenas um emaranhado de contas em paraísos fiscais e procedimentos de segurança intricados, emaranhado esse que chegou ao ponto de fazer os melhores auditores forenses darem a volta ao mundo enquanto rastreavam um depósito feito por uma sauna de Bangcoc, ou outro enviado por um restaurante indiano em Paris, ou pensaram que talvez tivessem encontrado alguma coisa numa linha de crédito que desembocava no setor de alimentos da loja Harrods.

Desta vez, como Vincent mal completara 19 anos (mas dava a impressão de ter 25), ainda não tivera tempo de espalhar tanto suas finanças, e alguns poucos dados bancários foram suficientes para eu rastrear suas finanças até a década de 1920. Precisei de muito esforço para manter em segredo meu entusiasmo e as atividades. Vivendo tão próximo de Vincent, eu sabia que não devia me arriscar a manter qualquer registro físico das minhas atividades na base, então passei minha licença numa hospedaria em Hastings, onde estudei a fundo cada linha de documento sob uma luz tênue e com a cortina fechada, depois queimei todo o material e me livrei das cinzas. De muitas formas, seu padrão de comportamento era previsível. Sempre que o dinheiro estava acabando, Vincent apostava, e como todo bom kalachakra ele sabia os nomes dos ganhadores de certos páreos importantes e apostava o bastante para garantir um bom retorno, mas espalhava as apostas para não levantar suspeitas em algum lugar específico sobre como um garoto daquele poderia se dar tão bem. No entanto, um detalhe chamou minha atenção: tive a impressão de que as movimentações realizadas durante os primeiros anos que consegui rastrear ocorriam na região sudoeste de Londres, e, deixando de lado as rendas adicionais que vinham das apostas em cavalos, aparentemente ele recebia um depósito mensal de 16 libras por mês até o começo da guerra. Embora pudesse haver diversas explicações inocentes, só me restou suspeitar, só me restou começar a crer que estava diante de uma mesada enviada por um parente. Talvez um parente muito próximo.

Não era grande coisa, mas era um lugar por onde começar a busca com discrição — muita discrição.

Quando chegou o Dia da Vitória na Europa, eu, sendo o único membro da unidade de Vincent capaz de organizar uma bebedeira numa cervejaria, fiz exatamente isso, talvez como um lembrete mesquinho aos meus colegas de que, por mais que eles fossem brilhantes, geniais, inteligentes e muito possivelmente o futuro do desenvolvimento científico, ainda assim eram incapazes de levar o próprio dia a dia sem alguém que o organizasse para eles. Duas semanas depois, Vincent apareceu com a cabeça na porta do meu escritório.

— Harry! Vou me encontrar com uma garota agora. Pode pôr isto aqui no correio?

Ele me entregou um enorme punhado de envelopes. Corri os olhos sobre os endereços: MIT, Harvard, Oxford, Cambridge, Sorbonne.

— Claro, senhor.

— Pelo amor de Deus, Harry. Já não podemos parar com esse "senhor"?

Quando ele foi embora, usei vapor para abrir uma das cartas. Dentro dela, num papel grosso e amarelado sem marca-d'água, ele pusera um diagrama extremamente detalhado e muito bem-desenhado que explicava os usos, as funções e as especificações de um magnétron de micro-ondas.

Naquela noite, pensei longa e arduamente a respeito do que fazer com esses documentos. Eram perigosos, mortais, e esse método de distribuição postal havia sido exatamente o mesmo que Vincent usara na vida anterior para dar o pontapé inicial ao crescimento tecnológico ao redor do mundo, só que dessa vez — *dessa* vez ele não estava se limitando a ideias de vinte, trinta anos no futuro; dentro daqueles envelopes havia ideias que não viriam a público por pelo menos sessenta anos.

Por fim, procurei Charity para pedir conselhos.

Nós nos encontramos em Sheringham, um povoado na costa norte de Norfolk, onde os peixes estavam sempre frescos e era possível imaginar que a pescaria havia sido arrastada pelos cascalhos da praia por efeito das fortes ondas que golpeavam a orla — um trovejar de água salgada que irritava os lábios, ressecava os olhos e salgava até o último fio de cabelo em poucos minutos de exposição aos seus rugidos. Ela estava envelhecendo, minha aliada, e logo estaria frente a frente com a morte. Eu estava prestes a dar baixa do exército, ainda preso ao uniforme por mais alguns dias, e com as mãos enluvadas segurava firme a boina enquanto o vento soprava do céu cinza chumbo e fortemente nublado.

— E então? — perguntou ela, enquanto andávamos depressa primeiro para um lado, depois o outro, nos poucos metros de praia que não estavam cobertos da espuma branca das águas. — O que me traz dessa vez?

— Cartas. Ele voltou a mandar cartas, para todas as universidades e todos os institutos de engenharia do mundo. E dessa vez não se limitou aos Estados Unidos: enviou também para Europa, Rússia, China, qualquer lugar com recursos e mentes capazes. São diagramas de mísseis Scud, ilustrações sobre a dualidade onda-partícula, análises sobre escudos orbitais termorresistentes, análises da relação entre empuxo e peso para a entrada do escudo em órbita...

Com a mão envolta numa luva branca, Charity gesticulou para eu me calar.

— Acho que já entendi o problema, Harry.

— Ele me pediu para pôr as cartas no correio.

— E você vai obedecer?

— Não sei. Por isso queria ver você.

— Fico lisonjeada por você considerar tanto a minha opinião.

Charity estava aguardando que eu falasse sobre o assunto, decidisse por mim mesmo, e foi o que fiz.

— Se eu postar as cartas, a história vai mudar outra vez. Mais rápido do que nunca. Não dá para prever, não sei o que vai acontecer, mas essas cartas vão revolucionar a ciência, pegar um atalho de quarenta ou cinquenta anos de desenvolvimento tecnológico. Os Clubes do futuro...

— O Clube Cronus do futuro já está no meio de um turbilhão, Harry. Da última vez que Vincent fez isso, mudou a história. Não se iluda pensando que o Clube vai voltar ao normal em poucas vidas.

— Se eu não postar as cartas, vou ser desmascarado. Vincent vai se dar conta de que eu me lembro de tudo, e não vamos nos aproximar de descobrir o ponto de origem dele.

— Eu continuo dizendo que deveríamos arrancar as orelhas dele. Nos velhos tempos isso funcionava.

— Ele não vai abrir o bico.

— Você parece muito seguro disso, Harry.

— Eu não abri o bico, abri?

Ela franziu os lábios, virou o rosto para evitar uma rajada de spray de uma onda.

— Não posso decidir por você. Se você não enviar as cartas, só vamos ter a opção de capturar Vincent de uma vez e tentar arrancar a informação dele. Se enviar, então, ao menos por esta vida, o mundo vai virar um caos outra vez. A ordem vai desmoronar, o curso natural dos acontecimentos vai se desfazer, e outra uma vez a humanidade vai mudar. Mas...

— Mas eu vou manter minha posição e ainda vou ter a chance de tentar enganar Vincent, fazê-lo contar seus segredos.

— Verdade. Não conheço esse homem. Nunca o vi nem posso me arriscar a fazer isso, por medo de ele saber quem e o que eu sou. Não resta dúvida de que ele já vem aperfeiçoando a tecnologia usada no Esquecimento, para o caso de encontrar mais membros do Clube

Cronus. A escolha é sua, Harry. Só você pode decidir o melhor jeito de acabar com isso.

— Você me ajudou muito — murmurei.

Ela deu de ombros.

— Esta é a sua cruzada, Harry, não a minha. Faça o que achar mais apropriado. O Clube Cronus... nós não estamos mais em posição de decidir nada. Nossa oportunidade já passou.

Na manhã seguinte enviei as cartas por correio e peguei o primeiro trem saindo da cidade, antes de ter tempo de me arrepender.

Capítulo 79

Após a guerra, Vincent voltou a se estabelecer como um "investidor" em diversas áreas. Ele não tinha uma empresa específica para encabeçar; em vez disso, começou a rodar o mundo interpretando o papel de entusiasta extremamente abastado, bicando aqui e ali em busca do que parecesse interessá-lo. E eu era seu secretário particular.

— Quero você por perto, Harry — explicou. — Você é exatamente do que eu preciso.

No papel de secretário, eu tinha muito mais acesso a informações do que na vida anterior. Documentos que ele sequer sabia que existiam não paravam de chegar a mim vindos de bancos, universidades, presidentes de empresas, instituições de caridade em busca de investimentos, governos e corretores da bolsa, e Vincent, numa omissão que só posso classificar como um erro fatal, nem se dava ao trabalho de verificar. Ele estava acostumado comigo: eu era seu bichinho de estimação, totalmente confiável, totalmente dependente e totalmente inofensivo. Eu era subserviente, grato por ele me pagar tanto para fazer tão pouco, entusiasmado com as pessoas que conhecia, e, se me perguntassem o que eu fazia, eu respondia com orgulho que não era secretário de modo algum, mas, sim, um executivo corporativo que trabalhava para o senhor Rankis, um faz-tudo que viajava o mundo com ele, vivendo uma vida boa, andando sempre atrás das caudas dos casacos volumosos de

Vincent. Ele me tratou muito bem, tanto como empregado quanto como amigo, e outra vez comprou meu afeto se valendo do padrão habitual de convites para jantar — folgas — golfe — como eu detestava golfe! — e idas frequentes ao seu clube favorito no Caribe, em viagens que ele pagava. Tudo isso fazia parte do seu modus operandi para me corromper, então me deixei levar para demonstrar boa vontade. Gosto de pensar que teria dado um bom golfista, se tivesse me interessado, mas talvez a verdade nua e crua seja que certas habilidades não vêm com o tempo.

Nós compartilhávamos histórias de guerra, amigos, conhecidos, bebidas; dormíamos no mesmo compartimento durante viagens noturnas de trem; sentávamos lado a lado em aviões que cruzavam o Atlântico; fazíamos turnos para ir dirigindo de carro entre uma reunião e outra, primeiro na Costa Leste, depois na Costa Oeste da América. Contemplamos lado a lado as Cataratas do Niágara, uma das poucas paisagens do planeta que, por mais perfeita que seja minha memória, sempre conseguem me tirar o fôlego, e, quando trabalhamos juntos durante essas viagens de negócios, nossos quartos de hotel eram geminados, conectados por uma porta, para podermos beber alguma coisa no meio da noite, quando a vontade batesse. Muitos supunham que éramos amantes, e cheguei a pensar no que faria se Vincent surgisse com a proposta. Depois de tudo o que eu havia passado, a perspectiva de dormir com ele não seria problema algum, e eu teria aceitado num piscar de olhos. Com relação a isso, minha dúvida era se eu conseguiria justificar a atitude com base na identidade de Harry August que havia inventado, um bom garoto de Leeds, criado numa época em que a homossexualidade não só era ilegal, mas um verdadeiro tabu. Decidi que, se o assunto viesse à tona, eu teria uma boa e velha crise de fé, e caso ele persistisse eu só sucumbiria após um intenso sentimento de culpa e possivelmente uma relação amorosa infeliz. Não havia por que facilitar as coisas demais para ele. Felizmente, o assunto nunca veio à tona, embora para todos, incluindo eu mesmo, parecesse mera questão de tempo. Conforme o próprio Vincent havia afirmado, sua atitude com relação ao amor parecia estritamente terapêutica. A paixão destrutiva era uma idiotice; o desejo irracional era perda de tempo, e sua cabeça estava sempre ocupada com questões mais elevadas.

O primeiro indício das questões mais elevadas com que Vincent se ocupava surgiu em 1948, quando, como de costume, ele entrou no pequeno cômodo que me servia de escritório em Londres, largou-se na cadeira do outro lado da escrivaninha, pôs os pés na mesa, entre minha bandeja cheia de documentos pendentes e minha impressionante coleção de tintas coloridas, e disse:

— Amanhã eu vou inspecionar uma coisa em que os crânios estão trabalhando. Quer ir junto?

Coloquei na mesa o documento em que estava trabalhando e juntei os dedos cuidadosamente. Em geral, as viagens de negócios com Vincent terminavam com uma ressaca monumental, um cheque polpudo e uma avassaladora sensação de déjà vu, mas dessa vez fiquei intrigado com a falta de precisão e a leveza com que ele descreveu suas intenções.

— Onde fica esse projeto?

— Suíça.

— Você vai para a Suíça amanhã?

— Na verdade, vou esta tarde. Tenho certeza de que lhe mandei um memorando.

— Já faz dois anos que não recebo sequer um memorando seu — apontei, com suavidade. — Você simplesmente faz suas coisas e espera que eu vá atrás.

— E tudo não têm funcionado perfeitamente? Não é maravilhoso?

— O que tem na Suíça?

— Ah, uma coisa em que eles estão trabalhando com água deuterada, partículas e por aí vai. Você sabe que eu não presto muita atenção nesse tipo de coisa.

Sem dúvida, eu sabia que Vincent não prestava atenção nesse tipo de coisa — ele fizera um esforço hercúleo para deixar claro como não se importava com esse tipo de coisa, mas eu me sentia absolutamente fascinado porque, exercendo o papel da pessoa que planejava quase todos os aspectos da vida de Vincent do momento em que acordava até a hora de dormir, a ida à Suíça revelava um vislumbre tentador do Santo Graal — um segredo que ele vinha ocultando de mim. Eu encontrara lacunas na agenda de Vincent, muitas semanas marcadas como "férias", "assuntos familiares" ou "casamento" — e como Vincent comparecia a casamentos —, mas, como ele nunca pediu que eu organizasse essas viagens, eu nem sequer ficava sabendo de todos os detalhes. Seria a Suíça, com sua água deuterada, suas partículas e esse tipo de coisa? Seria esse o buraco negro que sugava em silêncio grande parte do dinheiro de Vincent enquanto ele pensava que eu não me daria conta?

— Acho que não quero ir à Suíça esta tarde.

Eu era tão bom em mentir que mal precisava ouvir as palavras que dizia. Tão bom em enganar e ser enganado que já sabia qual seria a resposta de Vincent.

— Ah, vamos lá, Harry. Eu sei que você está à toa.

— Talvez eu tenha planos com uma linda jovem interessada nas minhas histórias de altas finanças e bares pés-sujos.

— Filosoficamente falando, isso é possível. Você pode ter todo tipo de plano, pode até ter herpes, mas o fato é que, Harry, em termos empíricos, você não tem plano algum, então pare com essa bobagem e pegue seu chapéu.

Parei com a bobagem, peguei o chapéu e torci para ele perceber como eu estava irritado por precisar fazer tudo isso.

Suíça. Acho a Suíça mais atrativa entre os 52 e os 71 anos. Quando mais jovem, o ar puro, o estilo de vida saudável, o comportamento reservado e a culinária insossa me afastam de lá. Quando mais velho, todas essas características se tornam um contraste deprimente contra o meu corpo decadente e o falecimento que se aproxima. No entanto, entre os 52 e os 71, especialmente caso eu esteja bem de saúde, a Suíça é um lugar agradabilíssimo para se viver a aposentadoria, com suas brisas revitalizantes, seus lagos de água cristalina e, vez ou outra, suas paisagens fascinantes que atravessamos por baixo, pelo meio ou, muito, muito de vez em quando, por cima.

Um carro de Vincent nos aguardava no aeroporto.

— Você mesmo contratou o carro?

— Harry, eu não dependo de você para cuidar de *todas* as minhas coisas, sabia?

— Eu sei. Filosoficamente falando, claro.

Ele fez cara feia e sorriu ao mesmo tempo, então foi para o assento do motorista.

Seguimos de carro por uma subida, depois fizemos uma curva, então mais uma subida e outra curva, e, por fim, já no limite da minha paciência, descemos um grande trecho só para subir outra vez. Sempre me senti frustrado ao passar de carro por estradas com curvas fechadas. Por fim, chegamos a uma altitude maior do que as anteriores, até que as árvores se transformaram em pinheiros com folhas que pareciam agulhas, e a geada começou a brilhar à iluminação dos faróis. Contemplei do alto os vales profundos salpicados de luzes, então olhei para cima e vi aquele céu explodindo de estrelas, então, sem pensar, soltei:

— Caramba, aonde estamos indo? Não vim preparado para esquiar.

— Você vai ver! Nossa, se eu soubesse que reclamaria desse jeito, teria largado você no aeroporto.

Era quase uma da manhã quando chegamos ao nosso destino, um chalé com telhado inclinado de madeira e iluminação já acesa por trás das amplas janelas de vidro. Embora não nevasse, o chão estava congelado e estalou quando saí do carro, e minha respiração formava vapor. Enquanto Vincent batia a porta do carro, uma mulher acenou do terraço do chalé e entrou para nos receber. Com ares de quem conhecia bem o terreno, Vincent avançou decidido pelo caminho estreito e pavimentado e chegou a uma porta lateral que estava destrancada, então gesticulou para que eu entrasse.

Dentro do chalé fazia um calor maravilhosamente agradável, com o ambiente envolto na tênue fumaça de uma lareira aberta. A mulher surgiu radiante do alto de uma escada.

— Senhor Rankis! Que bom vê-lo de novo!

Ela o abraçou, ele a abraçou, e por um instante eu me peguei pensando se havia algo no relacionamento dos dois além de um simples afeto. Então:

— Você deve ser Harry. Prazer em conhecê-lo. Prazer.

Seu alemão tinha sotaque suíço, e ela estava próxima dos trinta. Apressada, ela nos levou à sala de estar, onde de fato havia uma fogueira generosa na lareira, e nos fez sentar para saborear frios, batata assada e vinho quente. Eu estava cansado e faminto demais para fazer perguntas aos meus anfitriões, e, quando Vincent bateu as mãos nos joelhos e disse "Certo! Amanhã vai ser um dia cheio!", grunhi em resposta e fui direto para a cama.

Acordei sobressaltado na manhã seguinte.

Vincent estava parado, apropriadamente vestido para aguentar o frio, ao pé da minha cama, olhando para mim.

Eu não fazia ideia de quanto tempo ele estivera me observando. Ele costurara um par de luvas nas mangas, presas por um longo cordão, como uma mãe faz com as luvas do filho, mas suas calças e botas não estavam úmidas, não davam indício que ele saíra. Vincent ficou me olhando durante um bom tempo, até que por fim eu me sentei na cama e, gaguejando, perguntei:

— Vincent? O q-que é isso?

Por um segundo pensei que ele diria outra coisa.

Então, com um leve meneio de cabeça e um leve arrastar de pés rumo à porta, ele respondeu, sem me olhar:

— Hora de levantar, Harry. Dia cheio, bem cheio.

Eu me levantei e nem me dei ao trabalho de tomar banho.

O mundo lá fora era uma amálgama de tons azuis e verdes coberta com uma leve camada de geada. O ar gélido dava indícios de que nevaria. A mulher se despediu do terraço enquanto voltávamos para o carro compacto de Vincent, então voltamos a subir a ladeira, por meio de pinheiros cada vez mais escassos e rochas protuberantes, com a calefação do carro ligada no máximo, os dois completamente mudos.

Não fomos longe. Em menos de dez minutos, Vincent fez uma curva fechada à direita e rumou para o que, a princípio, presumi que fosse a entrada de uma mina. Um túnel curto nos levou a um estacionamento com chão de concreto rodeado de muros de rochas nuas por todos os lados, algumas partes cobertas por uma malha metálica para evitar desabamentos. Uma plaquinha dizia em francês, alemão e inglês: PROPRIEDADE PARTICULAR. NÃO É PERMITIDA A ENTRADA DE EXCURSIONISTAS. Usando um casaco azul forrado de pele e com uma pistola bem-acondicionada por baixo daquele volume disforme, um único segurança nos saudou com um breve meneio de cabeça enquanto estacionávamos entre os pouquíssimos carros e as pouquíssimas vagas. Uma porta cinza numa parede de penhasco cinza se abriu enquanto nos aproximávamos, e uma câmera de segurança muitas, muitas décadas à frente do tempo nos espiava enquanto atravessávamos.

Perguntas surgiram na minha cabeça, mas senti que não poderia perguntá-las. Descemos um corredor de pedra talhado das paredes da própria montanha, iluminado por lampiões alinhados que queimavam devagar. Nossa respiração virava vapor, mas, conforme descíamos cada vez mais, em vez de o frio aumentar, comecei a sentir uma umidade quente na pele. Escutei vozes vindas mais de baixo, ecoando nas paredes pétreas e arredondadas, e, enquanto descíamos, três homens subiram empurrando um trenó. Eles conversavam alto, mas, quando Vincent se aproximou, calaram-se, e assim permaneceram até ele e eu adentrarmos mais a montanha e não conseguirmos mais ouvi-los. Comecei a escutar um leve silvo de saídas de ar, o ruído de canos, e o calor começou a parecer mecânico e artificial, um pouco intenso e úmido demais para ter sido projetado apenas para o conforto humano. O número de pessoas não parava de crescer, homens e mulheres de todas as idades, que pareciam reconhecer Vincent e virar o rosto. Também havia traços de uma segurança discreta, mais homens usando casacos, com armas debaixo do braço e cassetetes nos quadris.

— Que lugar é este? — perguntei por fim, quando o som das vozes se tornou alto o bastante para abafar a ruptura do silêncio.

— Você entende de física quântica? — perguntou-me ele bruscamente enquanto dobrávamos uma esquina e parávamos perto de uma porta de isolamento até que ela se abrisse.

— Não seja ridículo; você sabe que eu não entendo.

Sem perder a paciência, ele suspirou e se abaixou para passar pela porta que ainda subia e entrar numa caverna ainda mais quente.

— Nesse caso, vou tentar simplificar. Digamos que você observa uma cachoeira e se pergunta como ela se formou. Conclui que a água fluiu no sentido descendente e causou a erosão da rocha. Na parte superior da cachoeira as rochas eram mais duras e não desmoronaram, mas na inclinação descendente as rochas eram mais macias e vieram abaixo por causa da corrente do rio. A partir dessa dedução, você conclui que a água sempre deve fluir na descendente e causar erosão, e essa fricção muda a energia, e a energia muda a matéria, e assim sucessivamente. Entendeu até agora?

— Acho que entendi.

Será que naquele momento ele sentiu falta de mim? Será que sentiu falta do Harry August com quem havia discutido em Cambridge e que chamara suas ideias estapafúrdias de "estupidez"? Acho que, talvez, ele tenha sentido, sim.

Culpa sua, Vincent, por ter me matado.

Duas vezes.

— Bom, vamos dar mais um passo. Digamos que você pegue um átomo do universo e o examine bem de perto. Você afirma que o átomo é feito de prótons, nêutrons e elétrons, e a partir daí deduz que um próton deve ter carga positiva, e um elétron carga negativa, e esses dois se atraem, e você diz que o nêutron se liga ao próton e que deve haver uma força para evitar que a atração entre esses elementos faça o átomo entrar em colapso, e então consegue deduzir...

Ele fez uma pausa para buscar a palavra apropriada.

— Sim?

— Tudo — finalizou ele com um murmúrio quase inaudível, o olhar perdido. — Você consegue deduzir... tudo. A partir de um único átomo, um único ponto no tempo e no espaço, é possível examinar a essência do universo e, usando puramente a matemática, concluir tudo o que foi, tudo o que é e tudo o que será. Tudo.

Outra porta se abriu: um lugar ainda mais quente que os anteriores, com ventiladores trabalhando desesperadamente para resfriar a área, e ali estava, com quase sete andares de altura, envolto por andaimes que iam até o ponto mais alto, e homens e mulheres — às centenas — reunidos em volta de cada detalhe. O ar tinha gosto de eletricidade, cheiro de eletricidade, o barulho era quase ensurdecedor. Ele me entregou um dosímetro, muito mais avançado do que qualquer um que eu havia usado em Pietrok-112, quase vinte anos depois daquele momento, quase dois séculos antes, e, em meio ao estrondo, gritou:

— Contemple o espelho quântico!

Contemplei, e era lindo.

O espelho quântico.

Se você o olhasse fixamente, o próprio Deus retribuiria o olhar.

E estava quase terminado.

Capítulo 80

Minha terceira vida.

Já lhe contei sobre a época em que perambulei por aí como um sacerdote, monge, estudioso, teólogo, chame do que quiser... um idiota em busca de respostas, que seja. Já lhe contei sobre o encontro com Shen, o espião chinês que educadamente esperava que eu não estivesse tentando derrubar o comunismo. Já lhe contei sobre como fui surrado no Egito e desprezado em Israel, sobre como encontrar a fé e perdê-la tão fácil quanto um par de pantufas confortáveis.

Mas não lhe contei sobre Madame Patna.

Madame Patna era uma mística indiana, uma das primeiras a perceber que o jeito mais lucrativo de alcançar a iluminação era transmiti-la a ocidentais interessados no tema e que não haviam tido oportunidades culturais suficientes para desenvolver o cinismo. Por um tempo, eu fui um desses ocidentais e me sentei a seus pés enquanto entoava cânticos vazios junto com os outros, e durante uma época fiquei verdadeiramente convencido — assim como estava verdadeiramente convencido da maioria das coisas naquela vida — de que aquela mulher rechonchuda e sorridente de fato me oferecia um caminho para a iluminação. Após alguns meses trabalhando de graça em suas extensas plantações — o que considerei necessário para me aproximar da natureza e, com isso, de mim mesmo —, recebi a rara oportunidade de ter uma audiência com ela, e, quase tremendo de empolgação, sentei-me de pernas cruzadas no chão à frente da solene dama e aguardei o momento em que ficaria fascinado.

Ela guardou silêncio por um tempo, em meditação profunda, e nós, devotos, já sabíamos há muito que não deveríamos questionar essas pausas prolongadas e presumivelmente profundas. Por fim, ela levantou a cabeça e, com o olhar perdido, declarou:

— Você é um ser divino.

No que dizia respeito a declarações do tipo, aquilo não era novidade alguma no nosso *mandir*.

— Você é uma criatura da luz. Sua alma é música, seus pensamentos são lindos. Não há nada em seu interior que não seja perfeito. Você é você mesmo. Você é o universo.

Entoado por uma multidão num lugar enorme, o que Madame Patna disse poderia ter soado mais impactante. Mas, naquele momento, enquanto só ela sussurrava aquelas palavras, eu me dei conta de como tudo aquilo parecia bastante contraditório.

— E quanto a Deus? — perguntei.

Pareceu impertinente formular essa pergunta para Madame Patna, mas, em vez de desapontar um ávido seguidor com um simples gesto casual, ela esboçou seu sorriso jovial tão característico e respondeu:

— Não existe isso, um Deus. Só existe a criação. Você faz parte da criação, e ela está dentro de você.

— Então, por que não posso influenciar a criação?

— Você pode. Tudo relacionado a você, cada aspecto do seu ser, cada respiração...

— Quer dizer... por que eu não posso usar a criação para influenciar meu caminho?

— Mas você pode! — repetiu ela, taxativa. — Esta vida não passa da centelha transitória de uma chama, uma sombra. Você vai descartá-la e ascender a um novo plano, a um novo nível de compreensão, no qual vai descobrir que o que entende agora como realidade não passa de uma prisão dos sentidos. Você vai ver, e será como se fosse capaz de ver com os olhos do criador. Você está dentro da criação. A criação está dentro de você. Você faz parte do sopro primordial que criou o universo, seu corpo é feito da poeira dos corpos que já se foram, e, quando morrer, seu corpo e seus feitos vão gerar vida. Você, por si mesmo, é Deus.

Nos meses seguintes eu me cansei desses aforismos vazios, e, quando um discípulo insatisfeito contou ao pé do meu ouvido que na verdade nossa líder austera e asceta vivia uma vida de luxo e riqueza a uns cinco quilômetros dali, joguei no chão o chapéu de palha e a foice de mão, e fui-me embora atrás de uma filosofia melhor. Mesmo assim, tantas vidas depois, eu ainda imaginava o que exatamente significaria ver o universo com os olhos de Deus.

Capítulo 81

— Harry, esta é a coisa mais importante que alguém jamais vai fazer.

Vincent, sussurrando ao meu ouvido.

Tantas vozes sussurrando ao meu ouvido, tantos anos para escutá-las.

— Isso vai mudar a humanidade, redefinir o universo. O espelho quântico vai desvelar os segredos da matéria, do passado e do futuro. Finalmente vamos entender os conceitos que até agora só fingíamos compreender: vida, morte, consciência, tempo. Harry, o espelho quântico é...

— O que eu posso fazer? — perguntei, surpreso ao ouvir minha própria voz. — Como posso ajudar?

Vincent sorriu. Pousou a mão no meu ombro, e por um segundo pensei ter visto lágrimas correrem dos cantos de seus olhos. Eu nunca havia visto Vincent chorar, e por um instante pensei que ele estava feliz.

— Fique aqui comigo — pediu ele. — Fique aqui, ao meu lado.

O espelho quântico.

Ver com os olhos do criador.

Vincent Rankis. Veja só quem está por aqui. Pode-se dizer que vamos construir um espelho que reflete a essência da natureza...

Tagarelice!

Um de nós dois terá a pavorosa tarefa de beijar Frances na boca.

Isso é um disparate!

Eu sou um cara bom pra cacete!

É seu passado, Harry. É seu passado.

Rory Hulne, morrendo sozinho.

Patrick August, você sempre foi meu pai.

Silêncio enquanto o caixão de Harriet é enterrado. Silêncio junto à lareira num chalé coberto de hera. Um traficante mora na casa onde certa vez Constance Hulne administrou com punho de ferro, onde Lydia enlouqueceu e Alexandra salvou a vida de um bebê, onde uma empregada chamada Lisa Leadmill foi empurrada contra a mesa da cozinha e não gritou. E em consequência daquele momento nasceria uma criança que faria uma viagem, e de novo, de novo, e de novo, a mesma vida, a mesma jornada, e de novo, de novo, e...

Richard Lisle, morto pelas minhas próprias mãos, vida após vida. Por favor, eu nunca fiz nada.

Rosemary Dawsett, retalhada numa banheira.

Jenny, você devia estar no noticiário, devia mesmo.

Quer fugir comigo?

Você gosta de mim?

Eu sempre gostei de você, Jenny. Sempre.

A futura noiva!

Você aprova, Harry? Ela não é linda?

Akinleye. Você conheceu a Akinleye, Harry? Ela estava certa em escolher esquecer?

— Eu prefiro na coxa! Uma banheira ajuda, mas a gente se vira com o que tem, não é? Tchãrã, doutor August, até logo e é tudo!

Virginia, caminhando sob o sol do verão londrino. Matando kala-chakras ainda no útero. Tremendo quando a fizemos esquecer.

Se um dia ficar de saco cheio disso aí que você faz, vem me encontrar na linha vermelha!

— *Muitos, muitos perdões.*

Lamento, Harry. É para o seu bem. É assim que precisa ser.

O espelho quântico.

Ver com os olhos de Deus.

O mundo está acabando.

Não dá para deter o processo.

Agora é com você.

O espelho quântico.

Fique aqui, ao meu lado.

Vincent, eu sabotei o espelho quântico.

Foi fácil.

Eu nem precisava estar lá. Você havia concluído que eu não era cientista, que não poderia ajudar como fiz na Rússia, pois eu não passava de um homem que nem sequer entendia o mais básico princípio newtoniano, muito menos a tecnologia — quase cem anos à frente do tempo — que você estava prestes a deflagrar naquela montanha na Suíça. Eu era seu administrador, como havia sido uma vida antes, seu faz-tudo para tarefas triviais. Permaneci naquelas cavernas por nove meses, vendo o espelho quântico crescer, ouvindo o rugido das máquinas a cada teste, e sabia que você estava perto, estava bem perto. Relatórios chegavam à minha mesa, e você os ignorou por acreditar que eu não era capaz de entendê-los, mas, Vincent, eu era a única outra pessoa lá que *era capaz*, cada ponto e cada travessão, cada separador decimal e cada alteração mínima nos gráficos. Fui eu quem, em vez de ter pedido tório-234, mudou um dígito na papelada e pediu tório-231. Fui eu quem cortou custos nas barras de boro, cortando alguns poucos e vitais milímetros das especificações; fui eu quem mudou o separador decimal em uma casa nos cálculos de onda. O documento tinha sete páginas, e eu mexi na vírgula logo na primeira, para que ao fim dos cálculos a resposta estivesse errada por nove ordens de grandeza.

Você vai se perguntar por que eu fiz isso.

Por desejo de preservar o universo? Isso soa incrivelmente grandioso — talvez eu devesse arrumar um macacão de malha e uma capa para reforçar a ideia. Quem é você, esse deus em que ia se transformar, para destruir o mundo na busca pelo conhecimento?

Por costume?

Eu havia dedicado tanto tempo para derrotá-lo que não levar isso a cabo me parecia um desperdício.

Por inveja?

Talvez um pouco.

Por vingança?

Você havia sido uma companhia tão fantástica que, por vezes, era difícil me lembrar disso. É difícil manter um ressentimento ao longo de séculos, mas então...

Eu me lembro.

Eu me lembro por ser mnemotécnico, e cá estamos nós outra vez, engolindo veneno em Pietrok-112 e dando graças por isso, sentindo os eletrodos pressionados na cabeça, o gosto de eletricidade na língua, não uma vez, mas duas, e na última você segurou minha mão e disse que era para o meu bem, claro, para o meu bem. Jenny. Você gosta de mim, Harry? Você gosta de mim? Chorando no frio, seu secretário particular, seu cachorrinho, seu bichinho de estimação, seu o-que-você-quiser--que-eu-seja. Eu fecho os olhos, eu lembro, e sim.

É por vingança.

E talvez pela breve compreensão de que esse é o único jeito de recuperar algo que morreu dentro de mim. Uma noção de "fazer a coisa certa" — como se isso ainda significasse qualquer coisa para mim.

Eu sabotei o espelho quântico, ciente de que tudo isso — um separador decimal, um isótopo, uma barra de boro — seria suficiente. Eu atrasaria sua pesquisa em cinquenta anos, e você nunca sequer olharia para mim, jamais suspeitaria que o culpado tinha sido eu.

O teste foi marcado para um dia de verão — não que as estações tivessem muita relevância no calor úmido das cavernas. O entusiasmo era palpável no ambiente. Vincent entrou no meu escritório com o rosto corado por causa de seu *jogging* habitual ao redor das instalações, no que me parecia um substituto para os passeios gélidos ao ar livre a que ele me submetera em Pietrok-112.

— Você vem? — perguntou.

Coloquei a caneta na mesa com cuidado, cruzei as mãos, olhei-o nos olhos e respondi:

— Vincent, fico feliz por ver que você está feliz, mas, como tenho certeza de que você sabe, estou com cinquenta latas de atum fora da validade no refeitório, e a carta que estou escrevendo com a reclamação veemente, eu ousaria dizer furiosa, é, sem querer parecer exagerado, uma prosa épica como nunca se viu na indústria do atum, e agora você está interpretando o papel do homem de Porlock, um visitante indesejado.

Vincent bufou ruidosamente, como se fosse uma orca irritada.

— Harry, sem querer de forma alguma menosprezar seu trabalho, quando eu digo que o teste de hoje pode ser o começo de uma revolução na essência do que significa ser um humano, tenho certeza de que você entende que escrever uma reprimenda contra a indústria do atum pode ficar para segundo plano. Agora, junte as suas coisas e me acompanhe!

— Vincent...

— Vamos!

Ele me agarrou pelo cotovelo. Resmunguei e peguei o dosímetro enquanto ele me puxava pelo corredor. Durante todo o caminho até as profundezas da montanha fui reclamando do atum estragado, da salada que estava apodrecendo e do custo de manutenção do suprimento de energia naquele lugar, então ele reclamou:

— Harry! O futuro da espécie, o entendimento do universo; ignore a salada!

Abaixo, perto do espelho quântico, havia quase trinta cientistas apinhados na galeria de observação contemplando a própria besta. Ela crescera, se tornara um foguete enorme, oscilante e deformado feito de partes acrescentadas e retiradas, de cabos enrolados e superfícies internas intermitentes, de calor, vapor, pressão e mil dispositivos de monitoramento conectados a computadores cinquenta anos à frente do tempo. Eu era o único não cientista na sala, mas, conforme a área perto do espelho quântico se esvaziava, Vincent me puxava para a frente e exclamava:

— Esses idiotas seriam incapazes de fazer um cálculo sequer se você não os alimentasse e os ajudasse a limpar os malditos rabos. Vamos lá! Você merece ver isto.

Supus que merecia, mesmo, tendo em conta que foram meus sutis ajustes nos documentos que muito provavelmente causariam o fracasso catastrófico do teste.

A sirene de advertência soou três vezes para indicar que todos os funcionários deveriam deixar as imediações da máquina. Então, o cientista com a cara mais séria que conseguiram encontrar por ali começou a contagem regressiva, enquanto os geradores se acendiam com um rugido e uma dezena de rostos olhavam fixos para os dados que não paravam de mudar e pareciam cada vez mais alvoroçados. Vincent mal se aguentava parado ao meu lado e agarrou minha mão por um breve instante, até que o senso de decoro masculino o fez largá-la e começar a roer as unhas. Cruzei os braços e observei com uma expressão firme de desinteresse enquanto a máquina alcançava sua potência máxima, e suas peças internas odiosamente finas e diabolicamente inteligentes roubadas de cem anos no futuro giravam, giravam, giravam, alinhavam-se, abriam, puxavam energia, cuspiam energia e...

— Senhor?

A voz formulara uma pergunta, feita por um técnico de frente para uma tela de computador. A pergunta era emocional, não objetiva. Do ponto de vista objetivo o técnico que fez a pergunta era perfeitamente capaz de interpretar os dados na tela, mas do ponto de vista emocional sentiu que precisava de apoio. Vincent percebeu de imediato, girou nos calcanhares e olhou para o infeliz que havia feito a pergunta no momento em que outra pessoa se levantou de repente e gritou:

— Desligue!

Não precisaram dizer mais nada, não quiseram dizer mais nada, então imediatamente a mão de alguém socou o botão de emergência para desligar a energia, e a câmara que abrigava o espelho quântico ficou no escuro. O mesmo sucedeu com a galeria de observação, uma repentina e sufocante escuridão, quebrada apenas pelo brilho cinza das telas e pelo sutil tom de azul das luzes de emergência. Olhei ao redor e enxerguei Vincent completamente lívido, as veias na lateral do pescoço palpitando rápido demais para ser um sinal de saúde, os olhos arregalados e a boca levemente aberta, olhando fixamente primeiro para os homens e mulheres na galeria e então, lenta e inexoravelmente, de volta para o espelho quântico.

Assim como o resto da caverna, o espelho quântico deveria ter sumido em meio à escuridão, mas todos podíamos ver o resplendor alaranjado que emergia de seu núcleo, um alegre tom de rosa avermelhado se espalhando pelas juntas metálicas mais finas, eclipsado apenas pela fumaça negra que começou a brotar de suas entranhas. Ouvi o sibilar das pequenas partes metálicas submetidas à pressão, sibilar que se transformou num grito, que se transformou num guincho agudo, e, ao olhar para o dosímetro, provavelmente eu fui o único ali a ver a película começar a ficar negra.

— Pare — murmurou Vincent, e sua voz foi o único outro som na sala, além do ronco cada vez mais alto da máquina. — Pare — murmurou ele outra vez para ninguém em particular, como se alguém fosse capaz de fazer algo. — Pare.

A luz que emergia da máquina, uma luz de chamas, uma luz de peças que começavam a derreter, logo ficou mais intensa do que as luzes de emergência azuis. Olhei ao redor e vi uma sala cheia de coelhos imóveis sofrendo um terror coletivo, e, com a atitude racional própria de um homem que passa o dia calculando de quanto papel higiênico uma instalação pode precisar, gritei:

— Radiação! Todos para fora!

A palavra "radiação" foi suficiente para todos correrem esbaforidos na direção da porta. Não houve gritos — gritar exigiria um gasto de energia que naquele momento precisava se concentrar ao máximo na fuga para o mais longe possível daquela inundação crescente de raios gama que transbordava para a galeria de observação num silêncio mortal. Mirei Vincent e vi que o dosímetro de sua camisa também estava ficando negro, negro como o petróleo, negro como a morte, então o puxei pela manga e sussurrei:

— Precisamos ir!

Ele não se mexeu.

Seus olhos estavam fixos no espelho quântico e refletiam as labaredas que já se espalhavam por sua superfície. Ouvi o silvo das peças metálicas e sabia o que estava por vir.

— Vincent! A gente precisa sair daqui!

Ele permaneceu imóvel, então lhe apliquei uma gravata e o puxei para trás, na direção da porta, como um nadador salvando um homem prestes a se afogar. Só restávamos nós dois na sala, a luz na câmara era intensa demais e não permitia olharmos para ela diretamente, o calor não parava de aumentar, sufocante, abrindo caminho através do vidro da galeria. Levantei a cabeça e notei que a tinta na parede metálica começava a formar bolhas, ouvi os computadores fritarem, e desisti por completo de tentar nos manter intactos diante do intenso calor que se espalhava pela área e pelos nossos corpos como um vendaval por uma teia de aranha. Ouvi o vidro da galeria rachar e soube com absoluta certeza que a explosão prestes a acontecer mataria a nós dois, que já estávamos mortos. Empurrei Vincent porta afora e o tirei da galeria; ele caiu de quatro, grogue, e virou-se para me olhar. A luz já estava insuportável, ofuscante, ondas além do espectro visível devoravam minhas retinas. Tateei às cegas em busca do dispositivo de emergência da porta de isolamento, senti o metal queimar a pele da minha mão e escutei o chiado que lembrava o de um ferro de passar roupa, puxei a barra para baixo e, enquanto a porta começava a descer, mergulhei por baixo dela.

— Corre! — gritei para Vincent, e ele correu, ensandecido e trôpego, uma mera sombra no meu campo visual torturado.

Eu me arrastei por baixo da porta de isolamento logo antes de ela se fechar, e, cambaleante no corredor escuro que se estendia à frente, dei três passos e senti o mundo explodir atrás de mim.

Visões de um resgate.

Havia metal na minha pele, incrustados bem no fundo.

Pedras na barriga.

Terra na boca.

A equipe de resgate usava roupa revestida de chumbo, e, antes de me removerem dos destroços fumacentos do corredor, jogaram água de mangueira em mim durante quase meia hora. A água correu vermelha durante um bom tempo até voltar a correr cristalina.

Escuridão.

Um anestesista me perguntou se eu sabia de alguma alergia.

Tentei responder e percebi que a mandíbula estava completamente inchada.

Não sei que sentido havia naquela pergunta, nem se indagaram algo mais.

Vincent ao lado da minha cama, cabisbaixo.

Uma enfermeira trocando os tubos.

Pela qualidade do ar, eu sabia que já não estava mais numa caverna.

Vi a luz do dia, e era linda.

Vincent sentado numa cadeira ao pé da minha cama, com um sistema de gotejamento intravenoso no braço, embora ele não estivesse ensanguentado e parecesse dormir. Será que ele havia se afastado de mim em algum momento? Acho que não.

Acordo e sinto náusea.

— Água.

Vincent, lá, imediatamente.

— Harry — Os lábios estão rachados, a pele, pálida. — Harry, consegue me ouvir?

— Vincent?

— Sabe onde estamos?

Enquanto fala, ele verifica meus sinais vitais com cuidado e eficiência. Assim como a maioria dos ouroboranos, ele já teve algum treinamento médico. Meus sinais vitais estão bem ruins, mas este Harry August não poderia saber.

— Num hospital?

— Isso mesmo, muito bem. Sabe que dia é hoje?

— Não.

— Você dormiu por dois dias. Você sofreu um acidente. Lembra?

— O... espelho quântico — murmurei. — O que aconteceu?

— Você salvou a minha vida — sussurrou. — Me jogou para fora da sala, me mandou correr, fechou a porta. Você salvou um monte de vidas.

— Ah. Que bom. — Tentei levantar a cabeça e senti a dor irradiar pelas costas. — E comigo? O que aconteceu?

— A explosão pegou você. Se eu estivesse um pouquinho só mais perto, teria... mas você sofreu a maior parte dos ferimentos. Ainda está inteiro, o que é um milagre, mas tem algumas... algumas coisas que o médico vai precisar conversar com você.

— Radiação — constatei, ofegante.

— Havia... havia muita radiação. Não sei como isso... Mas agora não importa.

Não importa? Essa é nova.

— Você está bem? — perguntei, já sabendo a resposta.

— Estou, sim.

— Parece meio pálido.

— Eu... eu também recebi muita radiação, mas você foi... Você salvou a minha vida, Harry. — Ele não parava de repetir isso, como se custasse a acreditar. — Não sei como posso agradecer.

— Que tal um aumento?

Uma risadinha.

— Não vá ficando convencido.

— Eu vou morrer? — perguntei. Como ele não respondeu de imediato, assenti de leve com a cabeça. — Entendi. Quanto tempo?

— Harry...

— Quanto tempo?

— Síndrome aguda de radiação... não é brincadeira.

— Eu nunca tinha me visto careca — admiti. — E você...? Está...?

— Ainda estou esperando os resultados.

Não, não está, Vincent.

— Espero que... espero que você esteja bem.

— Você me salvou — repetiu. — Isso é tudo o que importa.

Síndrome aguda de irradiação.

Não é brincadeira.

Enquanto você lê isto, estará vivendo o pior momento do processo. Seu cabelo já terá caído há muito tempo, e a náusea já terá passado e dado lugar a uma dor interminável nas articulações inchadas e nos órgãos que estão parando de funcionar, inundando seu corpo de toxinas. Sua pele estará crivada de lesões medonhas, as quais seu corpo é incapaz de curar, e, à medida que seu estado piora e os pulmões entram em colapso, você vai começar a se afogar nos próprios fluidos corporais. Eu sei porque é exatamente isso que meu corpo está fazendo no momento em que lhe escrevo isto, Vincent, meu testamento derradeiro. Você tem, no máximo, alguns dias de vida. Eu tenho algumas horas.

— Fique aqui comigo — pedi.

Vincent ficou.

Após um tempo os enfermeiros levaram outra cama para Vincent. Não comentei nada sobre os gotejamentos que ligaram às suas veias enquanto ele jazia a meu lado, até que, vendo como eu olhava, ele sorriu e disse:

— É só uma precaução.

— Você é um mentiroso, Vincent Rankis.

— Uma pena que pense assim, Harry August.

De certa forma, a náusea era pior do que a dor. A dor é aplacável, mas a náusea abre caminho até pelos mais deliciosos opiáceos e analgésicos. Permaneci deitado na cama e tentei não gritar, até que, por fim, às três da manhã, rolei de lado e vomitei para o balde no chão, e tremi e solucei e me encolhi e ofeguei.

Vincent desceu da cama imediatamente, aproximou-se, ignorando por completo o balde de vômito a seus pés, segurou meus ombros e me perguntou:

— O que eu posso fazer?

Colei os joelhos no peito e fiquei completamente encolhido. Parecia a posição menos desconfortável. O vômito desceu pelo meu queixo em listras grossas e pegajosas. Vincent pegou um lenço e um copo d'água para limpar meu rosto.

— O que eu posso fazer? — repetiu ele com urgência.

— Fique aqui comigo.

— Claro. Sempre.

No dia seguinte a náusea o alcançou. Ele a escondeu bem, saía do quarto para vomitar no banheiro, mas não precisei da minha experiência de novecentos anos para perceber. Já de noite, ele também começou a ser tomado pela dor, e então foi a minha vez de sair cambaleando da cama para segurá-lo, enquanto ele engulhava e vomitava para um balde no chão.

— Estou bem — disse ele, entre espasmos. — Vou ficar bem.

— Viu? — murmurei. — Eu disse que eu você era um mentiroso.

— Harry — chamou ele, com a voz entrecortada e corroída pelos ácidos —, tem uma coisa que eu preciso lhe contar.

— É "Desculpe por ser um mentiroso maldito"?

— É. — Não sei se ele chorou ou riu ao responder. — Desculpe. Desculpe.

— Tudo bem. — Suspirei. — Eu sei por que você fez isso.

As chagas se abriam, mas não doíam tanto quanto a coceira. A pele descascava e caía lentamente. Vincent ainda estava atravessando as náuseas, mas, quando meu corpo começou a esmorecer, a dor se intensificou outra vez, e eu gritei para pedir alívio e morfina. Os enfermeiros administraram uma dose em nós dois, talvez achando falta de educação medicar apenas um paciente, ainda mais o que não estava pagando aquele amplo tratamento médico. Na mesma noite chegou uma caixa para Vincent. Ele se arrastou para fora da cama, abriu o cadeado e puxou de dentro uma coroa de arames e eletrodos. Com as mãos tremendo, ele o ergueu na minha frente.

— O que é isso?

— Isso... isso vai fazer você es-esquecer — respondeu, gaguejando e colocando a coroa na borda da minha cama, como se ela fosse um pouco pesada demais para seu gosto. — Isso vai... isso vai apagar tudo. Tudo o que você é, tudo o que você... Vai eliminar essa memória. Entendeu?

— E quanto a mim? Isso vai me eliminar?

— Vai.

— Então é uma grande idiotice, não acha?

— Eu... eu sinto muito. Se você soubesse... se soubesse algumas das coisas...

— Vincent, não estou no clima para confissões. Seja lá o que for, eu perdoo, e vamos deixar por isso mesmo.

E ele deixou por isso mesmo, mas a caixa com a coroa de arames permaneceu no quarto. Concluí que ele teria que usar em mim, antes de eu morrer e de ele próprio se sentir fraco demais para operá-la.

De noite, os dois sentíamos dor.

— Tudo bem — disse eu. — Tudo bem. Nós só estávamos tentando melhorar as coisas.

Ele tremia, já haviam lhe aplicado a dose máxima de analgésicos, mas mesmo assim ele permanecia com dor.

Conte uma história, pedi, para distrair durante esse momento de necessidade. Olhe, vou começar. Um inglês, um irlandês e um escocês entram num bar...

Pelo amor de Deus, Harry, disse ele, não me faça rir.

Então vou lhe contar uma história, uma história verídica, e depois é sua vez de contar outra.

É justo, respondeu ele, então comecei.

Falei da infância em Leeds, dos valentões na escola, das notas acima da média e do tédio que foi a faculdade de direito.

Ele me contou a respeito do pai abastado, um homem bom, um homem gentil, completamente submetido ao controle do filho.

Falei das excursões ao pântano, das flores na primavera e das urzes que no verão pegavam fogo ao lado das linhas de trem e queimavam, sobrando apenas seus restos negros até onde a vista alcançava.

Ele falou de um jardim repleto de arbustos de rododendro e de apitos de trem que vinham do outro lado da colina.

Era ao sul da Inglaterra?

Sim, bem perto de Londres.

Falei dos meus pais adotivos, de como significavam muito mais para mim do que meu pai biológico, onde quer que estivesse, quem quer que fosse. Falei de como queria ter tido a coragem de dizer: "Vocês são tudo, e ele não é nada, e não foi por causa da comida no prato ou do teto que me proporcionaram, mas vocês nunca me deixaram desamparado, e é isso que faz de vocês meu pai e minha mãe."

— Harry?

Sua voz engasgada de dor.

— Diga.

— Eu... eu quero lhe contar uma coisa.

— Tudo bem.

— Meu nome... meu nome é Vincent Benton. O nome do jardineiro é Rankis. Escondi meu nome verdadeiro porque... eu tenho 25 anos. Eu tenho 794 anos. Meu pai se chama Howard Benton, minha mãe se chama Ursula. Nunca conheci minha mãe. Ainda sou pequeno demais quando ela morre. Eu nasço em casa, em 3 de outubro de 1925. Dizem que a ama desmaia quando eu saio. Nunca contei isso a ninguém na minha vida. A ninguém.

— Eu sou quem eu sou. Nada além disso.

— Não — respondeu, enquanto se levantava da cama. — Não é.

Logo depois, ele destrancou a caixa com a coroa de arames e a colocou na minha cabeça.

— O que você está fazendo? — perguntei.

— Não posso aceitar esta vida. Não posso aceitar. Não posso. Só queria que alguém entendesse.

— Vincent...

Tentei resistir, mas não tinha forças nem vontade. Ele apartou minhas mãos e pressionou os eletrodos no meu crânio.

— Sinto muito, Harry. — Ele chorava. — Se você soubesse o que fiz com você, se apenas fosse capaz de entender... eu vou encontrar você, entendeu? Vou encontrar e cuidar de você, não importa o que aconteça.

O zumbido de uma máquina carregando, o crepitar da eletricidade.

— Vincent, espere, eu não...

Tarde demais.

Capítulo 82

Quando acordei após o Esquecimento, eu estava sozinho e, assim como das vezes anteriores e como, acredito, ainda haveria de acontecer, não importava o que faziam com a minha mente: eu continuava sendo eu mesmo.

Continuava no hospital.

Continuava à beira da morte.

Minha cama havia sido trocada de lugar, ou talvez tenha sido a de Vincent. A coroa de arames voltara para a caixa, e o efeito dos analgésicos me fazia flutuar num brilho morno, com a pele enfaixada para evitar a descamação gradual.

Com o olhar perdido, continuei deitado ali durante um tempo. Enfim, imóvel. Um silêncio de pensamentos e palavras. Depois de um tempo, levantei-me. As pernas cederam de imediato. Meus pés estavam enfaixados, assim como as mãos, e meus joelhos inchados e vermelhos não tinham mais forças. Eu me arrastei até a porta e cheguei ao corredor. Uma enfermeira me encontrou daquele jeito e, chocada, soltou um grito e chamou um assistente com uma cadeira de rodas, que me ajudou a sentar.

— Estou me dando alta — declarei, taxativo.

— Senhor August, sua condição...

— Eu estou morrendo — interrompi. — Só tenho alguns dias de vida. Estou me dando alta, e não tem nada que você possa fazer para impedir. Assino o documento que quiserem para livrar o hospital de qualquer responsabilidade, mas é melhor que você me traga rápido, porque vou sair daqui a cinco minutos.

— Senhor August...

— Quatro minutos e cinquenta segundos!

— Você não pode...

— Eu posso. E você não vai me impedir. Cadê o telefone mais próximo?

Tentaram me deter — não à força, mas com palavras, persuasão, graves avisos sobre as consequências. Resisti a tudo, e liguei para Akinleye do telefone que havia na sala de descanso dos médicos. Feito isso, ainda de bata, saí do hospital na cadeira de rodas e cheguei à rua, por onde passava uma brisa quente de verão. O sol estava se pondo, uma mancha vermelha e alaranjada sobre as montanhas, e senti o cheiro de grama recém-cortada. As pessoas se afastavam de mim aterrorizadas, ao ver minha pele, meu cabelo em queda livre, minha bata ensanguentada nos pontos onde as lesões começavam a supurar, minha expressão de assombro e deleite enquanto eu descia a colina, soltando os freios enquanto avançava veloz rumo ao horizonte.

Akinleye me aguardava na periferia da cidade, num Volkswagen vermelho compacto. Eu pedira que ela ficasse nas imediações da instalação de Vincent durante meses, só aguardando meu telefonema, e, enquanto me aproximava dela na cadeira, ela saiu do assento do motorista e disse:

— Você está horrível.

— Estou morrendo! — respondi, exultante, enquanto engatinhava para o assento do carona. — Preciso de todos os seus analgésicos.

— Eu tenho um monte.

— Que bom. Então me leve a um hotel.

Ela me levou a um hotel.

Entregou-me todos os analgésicos.

— Caneta, papel.

— Harry, suas mãos...

— Caneta, papel!

Ela me entregou a caneta e o papel.

Tentei escrever, mas não consegui. Conforme Akinleye havia apontado, minhas mãos estavam inúteis.

— Tudo bem, máquina de escrever.

— Harry!

— Akinleye — disse eu com veemência —, eu vou morrer em menos de uma semana, e o simples fato de me manter em plena consciência é um milagre dos coquetéis químicos. Arranje uma máquina de escrever.

Ela conseguiu e, para me manter lúcido e são, me entupiu de todos os produtos químicos em que conseguimos pensar do alto dos nossos conhecimentos médicos combinados.

— Obrigado — agradeci. — Agora, por favor, me deixe sozinho com morfina o suficiente para derrubar um elefante e me espere do lado de fora.

— Harry...

— Obrigado — repeti. — Vou visitar você na próxima vida.

Quando ela saiu, sentei-me à máquina de escrever e considerei cuidadosamente as minhas palavras.

Depois de um tempo, quando o sol finalmente sumiu embaixo do horizonte, escrevi:

> *Escrevo para você.*
> *Meu inimigo.*
> *Meu amigo.*
> *Você sabe, já deve saber.*
> *Você perdeu.*

Vincent.

Este é o meu legado e o meu testamento. Minha confissão, se assim preferir. Minha vitória, minha defesa. Estas são as últimas palavras que escrevo nesta vida, pois já sinto o fim se aproximar deste corpo, o fim que sempre chega. Em breve, vou pôr tudo isto aqui de lado, pegar a seringa que Akinleye me deixou e impedir que essa dor continue. Eu lhe contei tudo isso, o curso da minha vida, tanto para me forçar a agir quanto para o seu entendimento. Sei que com isso eu me ponho por inteiro em suas mãos, revelo cada aspecto do meu ser, dos muitos seres que fingi ser durante esse tempo, e do que quer que seja isso em que me transformei. Para me proteger dessa confissão, só me resta destruir tanto você quanto o conhecimento que tem de mim. Eu me forço a agir.

A essa altura, você já terá descoberto que sumi do hospital.

O medo vai tomar conta das suas entranhas, um medo de que o Esquecimento não tenha funcionado, de que eu fugi.

E talvez um medo mais profundo, já que você é mestre na arte de deduzir tudo. Talvez, pela minha ausência, você tenha deduzido que minha fuga tenha se dado por mais do que o mero medo de morrer. Talvez, por eu continuar lúcido após o uso dessa sua maquininha, você tenha percebido que a anterior não funcionou, muito menos a anterior a essas duas. Talvez você esteja vendo se desenredar à sua frente, como nêutrons numa reação em cadeia, o curso global desses acontecimentos, cada mentira, cada enganação, cada crueldade, cada traição, tudo isso se desvelando como um átomo diante dos olhos de Deus. Talvez você já saiba o que preciso lhe dizer, embora eu tenha a impressão de que você ainda não é capaz de acreditar.

Você vai mandar homens atrás de mim, e não lhes custará a encontrar meu cadáver. Akinleye já terá partido, terá cumprido sua tarefa. Eles vão encontrar a seringa vazia e estas palavras, e lhe entregarão as duas coisas, acredito, no hospital. Seus olhos vão percorrer esta página e, ao ler minhas primeiras palavras, você saberá — *saberá*, como já deve saber, como não pode mais negar esse nó no estômago — que perdeu.

Você perdeu.

E, em outra vida, uma vida ainda por chegar, um menininho de 6 anos vai caminhar por uma travessa no sul de Londres com uma caixa de papelão. Ele vai parar em frente à casa cujos jardins exalam rododendros e ouvir o apito de um trem. Encontrará um pai e uma mãe em casa. O nome dele é Howard, o dela, Ursula. O jardineiro do casal, que mantém as flores tão perfumadas, atende pelo nome de Rankis.

O menininho de 6 anos vai se aproximar dos desconhecidos e, com a inocência típica da infância, lhes oferecer algo da caixa de papelão. Uma maçã, talvez, ou uma laranja. Um doce, ou um pudim de caramelo — esse detalhe não importa, pois quem recusaria um presente de uma criança tão inocente? O pai, a mãe e talvez até o jardineiro, pois numa situação dessas o seguro morreu de velho, cada um deles vai aceitar algo do garoto, agradecê-lo e comer o presente enquanto ele vai embora caminhando pela travessa.

Prometo que o veneno vai agir depressa.

E que Vincent Rankis não chegará a nascer.

E tudo será do jeito que deveria.

O tempo vai seguir seu curso.

Os Clubes vão espalhar seu alcance através das eras, e nada vai mudar.

Não seremos deuses, nem você nem eu.

Não vamos olhar nesse espelho.

Em vez disso, durante os poucos dias que lhe restam, você, por fim, será mortal.

Este livro foi composto na tipografia
Minion Pro, em corpo 11/16, e impresso em
papel off-white no Sistema Digital Instant Duplex
da Divisão Gráfica da Distribuidora Record.